U0046347

城破了，家亡了，國滅了！
來年春草再綠時，已不見滿地枯骨……
大廈將傾，孰能爲獨支之木？

高寶書

傾城傾國

凌力——著

茅盾文學獎、姚雪垠小說獎得主

下

戲非戲　DN099

傾城傾國（下）

作　　者：凌力
編　　輯：李國祥
校　　對：卓淑萍
出 版 者：英屬維京群島商高寶國際有限公司台灣分公司
Global Group Holdings, Ltd.
地　　址：台北市內湖區洲子街88號3樓
網　　址：gobooks.com.tw
電　　話：(02) 27992788
E-mail：readers@gobooks.com.tw（讀者服務部）
pr@gobooks.com.tw（公關諮詢部）
電　　傳：出版部(02) 27990909　行銷部（02）27993088
郵政劃撥：19394552
戶　　名：英屬維京群島商高寶國際有限公司台灣分公司
發　　行：希代多媒體書版股份有限公司/Printed in Taiwan
初版日期：2010年02月

國家圖書館出版品預行編目資料

傾城傾國(下) / 凌力著. -- 初版. -- 臺北市：
高寶國際出版：希代多媒體發行, 2010.02
面； 公分. --（戲非戲；DN099）

ISBN 978-986-185-418-2（下冊：平裝）

857.7　　99000951

第五章

一

他做夢也沒想到，自己竟聞名遐邇！自打九月底離登州由陸路北上馳援大凌河以來，所經之地竟人人知道「遼呆子孔有德」！真是好事不出門，惡事傳千里，就沒有一個人稱頌他的海戰功勳！常有小孩和閒人對他們指指戳戳，就像看耍猴，就像他們都是大山裡跑出來的野人！沿途縣府官廳拿他們當下等，供給的糧食草豆又霉又溼，按例接送過路勤王軍隊的犒賞，一頓也沒吃上。連街面集市上這些山東買賣人也看準了他們拚命敲竹槓，菜蔬鹽醬無不價高質次！他多年率領這一千遼丁，情同手足，都是一聽說打仗拚命就蹦高的傢伙，這不平的待遇把出關打仗引上來的快活勁兒全壓沒有了，大家全都吊著臉，倒像是千里奔喪！

昨天遇上了入秋後的第一場大雨雪，淋得大伙狼狽透頂，好不容易趕到吳橋縣城，真是見鬼！城門緊閉，城關所有店鋪統統關張！找來一個閒漢，不知他是缺心眼還是膽子忒大，要不就是沒拿他們遼丁放眼裡，竟直言不諱，笑咪咪地說：縣太爺畢自寅，好父母官，聽說遼呆子孔有德提兵將到，深怕騷擾地方，故而下令閉城罷市以避之！

這不是拿他們當盜賊防嗎？又冷又餓、澆得落湯雞也似的遼丁們指著城上破口大罵。牆高城堅，靜悄悄地毫無反響，連個人影都沒有。孔有德只得下令退回到這河灘坡地紮營，胡亂挨過寒冷的一宿。清早向帳外一望，白茫茫一片，雨雪天成了大雪天，扯絮般的雪片漫空亂飛。

孔有德在他的帳中低著頭急步來回走，像囚在籠裡的猛虎。他不住地咬牙嘆氣搓手，實在進退兩難。帥爺每每責他姑息部下以致遼東兵聲名不佳時，他總是哈哈一笑了事。眼下吃了苦頭，後悔莫及。他心裡頭發誓：從今以後定要軍紀嚴肅、賞罰分明、秋毫無犯！

寒風捲著雪花隨著門簾的開合一陣陣竄進大帳，屬官領隊們絡繹不絕地來見主將，七嘴八舌紛紛訴苦：

「沒吃沒喝，弟兄們都走不動啦！」

「牲口缺草少料，全都耷拉著腦袋，哪有腳力趕路？趕散了放生吧，還積積德哩。」

「大哥，昨晚上，我那兒營帳叫雪壓塌了，兩個弟兄傷了腿，還有幾個凍壞了……怎麼辦哪？」

孔有德只覺腦袋脹得斗大，怒氣上撞，陡然發火：「瞎吵吵什麼！都給老子閉上臭嘴！問我怎麼辦，我問誰去？餓了吃乾糧！渴了河裡喝去！冷了抱團暖和著！大活人還叫尿憋死？……」

他發作一通，罵得大家不敢回嘴。看看眾人低頭受氣的樣子，他又不落忍，不由得降低了嗓門：「行了行了，大伙忍著點，雪停了就開拔。咱們是朝廷發詔令調的援兵，帥爺說的，咱們叫王師……」

「王師？」領隊陳繼功忍不住冷笑，「山東地面上，誰認咱們是王師？」

「哼！淨拿咱們當叫花子打發當賊防哩！」曹得功因海戰前與張總兵侍衛大鬥一場，很得孔有德賞識，新給升了哨官，說話更少顧忌，「自打來到山東，咱就沒過一天舒心日子！如今風裡雪裡，千里萬里爲朝廷出力打仗，那是流血拚命的事呀！他奶奶的，連口飯都不給吃！家裡面養條狗也得餵飽哇！……弟兄們早就忍不下這口氣啦，眼看著……」

「胡說！」孔有德怒喝，虎眼瞪住老部下，「你敢擾亂軍心，我揪下你的腦袋！……都怪我平日太寬，慣得你們沒深沒淺地胡吣！要是早早嚴明軍紀，照當年岳爺爺的樣子凍死不宿民房，餓死不搶民糧，也不會有今日！」

曹得功等人連忙縮了頭，垂下眼皮不吭了。

「咱們離登州工夫，帥爺怎生囑咐來著？登州錢糧庫翻了底，都付給咱這千把弟兄了。帥爺身上擔著多大干係，頂著多大罵名？不爲別的，也得爲帥爺爭口氣，不能叫登州那幫王八羔子看笑話！……」

帳外鬧鬨哄，一群百姓擁在營門口要見領兵官。孔有德只好停下訓話，率眾出見。

一個方臉漢子打量著孔有德：「你大人就是領兵官吧？」

「不錯，咱就是孔有德！」

「轟」的一聲，人群裡騰起呼喊不像呼喊、笑聲不像笑聲的騷動，無數好奇中帶著輕蔑的目光落在孔有德身上。

「管管你的兵吧！」方臉漢子把一名遼丁推倒在孔有德面前，「他去偷雞，叫老先生逮著，他踢倒人家就跑，老先生跌傷了腿，磕掉了牙，他可是我們村的秀才，尊長！老先生你說。」

頭戴秀才方巾、身著棉直裰的老先生年過半百，滿口是血，憤憤地點著那遼丁：「侮辱斯文，侮辱斯文！……竊雞事小，以下犯上、以卑侵尊事大，乃逆賊之行，是可忍孰不可忍！……」

孔有德雖不能全聽懂，大意卻是明白的，對老先生一拱手：「秀才官人，失敬！咱老孔不識字，敬的是念書人。」他一扭頭，盯住遼丁，喝問：「可有此事？說！」

遼丁不敢看他，卻被他目光壓得跪倒了：「大……大人，弟兄們……又冷又餓……」

「不會啃乾糧？」孔有德大聲問。他身後有人答一聲：

「乾糧早吃光了！」

孔有德扭頭找答話者，不覺一怔。不知何時，背後聚集了一大群營兵，圍得裡三層外三層，無數張臉，胖的瘦的、方的圓的、長的短的、醜的俊的，此刻在他眼中全都一模一樣：直眉瞪眼，憤憤不平。

孔有德雖然生性粗獷，但要緊關頭心裡還是有計較的。此刻，他要維護自己的面子，要安撫受擾的百姓，要鎮住部屬的不馴，何況他剛剛下了整頓軍紀的決心。於是他臉一虎，道：「咱老孔上陣打仗不軟，處置這號孬種也不軟！來人，笞三十！就在這兒打！」

「啪！」「啪！」一竹板一竹板抽打人肉的聲音清脆響亮，挨打的遼丁哀號哭叫，營門外的百姓和營門內的士兵都鐵青著臉看著行刑，除了竹板響和慘叫，竟像再沒有旁人，都緘默著。

「手下留情！」營內有人大叫，行刑者停手，士兵們像聽到號令似的立刻閃出一條路。前隊領兵官李應元一干人匆匆走來，對孔有德躬身行禮：「標下特來領罪，求大人格外開恩！」

孔有德瞪著他：「是你手下的？幹出這種丟臉的事，你竟敢講情？接著打！」說實在話，若偷的是大牛壯馬，他反倒未必這樣生氣。可是他伸向行刑者示意的手被人一把攥住：

「孔兄弟，就看我的薄面，還不行嗎？」

「你？」孔有德很意外，「你怎麼在這兒？不是又去塞上了嗎？」

「是啊，事已辦畢，回登州繳令，遇上你們，特來營中望望小兒。」瘦頰深鼻溝斷眉毛，黑眼珠很小的細長眼，一起抖動出一臉殷勤的笑，這正是李應元的父親李九成。他憐惜地看著挨打的遼丁，嘆道：「就爲了一隻雞，何必……」

「打的不是雞！」孔有德生氣地打斷，大聲說給眾人聽，「打他沒有上下尊卑，打他亂我軍紀營規！」

「孔兄弟，唉，」李九成滿面不忍，「若不是爲朝廷辦事，誰願意數九寒天千里奔波、受苦受累挨凍挨餓去打韃子哩？要不是吳橋縣閉城罷市，既無官廳供應又無集市購買，弄得沒吃沒喝，誰肯去幹偷雞盜狗的下作營生哩？」

「你！」孔有德瞪著他，直想發火：這傢伙口若懸河，是說給百姓聽還是說給遼丁聽？是在息事勸解還是火上澆油？可一時竟憋不出一句像樣的話駁他，急得臉漲得通紅。

老秀才在一旁發話了：「大人，也打得他夠了，老朽與他講情，餘下的免了吧！」

「老先生講情，咱得給這面子。饒了他！」見圍著的兵丁還站著看，孔有德不耐煩地喝道，「還沒看夠？再有人犯事，加倍懲打！都散了，快走開！……」

老秀才對孔有德拱拱手，轉身而去，走出數步又回來，小聲道：「大人，此事遇著我也就罷了。若是招惹了王鄉紳家，那就……大人可要小心在意呢！……」

孔有德目送老秀才及鄉人們踏雪離去，回過頭來，營中兵丁也漸漸散開，李九成父子還站在那裡說話。孔有德走過去責備說：「老李哥，你是怎麼回事？不澆水就罷了，怎麼反倒在一邊煽火添亂！」

「哎呀，只顧了說情，沒想那麼多，認罪認罪！」李九成抱歉地笑著，連連作揖。

「你小子一肚子花花點子，離登州這些日子，快把老子肺氣炸了！如今進退兩難，給出點主意呀？」

「嘿嘿，好說好說！」李九成滿臉堆笑，像一顆核桃，他偷空看了兒子一眼，意味深長。

李應元心裡直撲騰，趕快裝個笑臉，把一連串的恐懼、疑慮、慌亂掩蓋過去……

父親是入夜時分突然趕到的，連親兵侍從一行十來人，都戴著雨盔披著雨布，人強馬壯很是精神。安頓妥帖後，侍從取出隨身帶來的美酒熟雞醬牛肉，父子寒夜對酌燈下閒話，李應元度過了離登州以來最無憂慮的夜晚。李應元不免牢騷滿腹地訴說這一路的艱難，弟兄們的怨憤，父親聽得十分仔細，竟無端興奮起來，連著喝了五大杯，眼睛都血紅了，嘻嘻地笑一陣，又笑一陣。

李應元只當父親醉了。父親卻狡黠地對他擠擠通紅的眼，噴著酒氣，口齒清楚地慢慢說道：「給你講一段故事：當年咱村裡黃家婆子園中有幾棵好李子樹，一個機靈鬼約了兩個伴趁夜去嘗鮮。他剛剛翻牆頭跳過去，便踏著陷阱，該死的老太婆把糞坑移到陷阱下面，雙腳一插進就知道壞事了，奇臭無比不說，深得直沒到衣領……」

「真，真有這事？」李應元不由得笑起來。

「不錯，這機靈鬼心思轉得飛快，立刻仰頭低聲呼叫伙伴們：『快來快來！好大個的甜李子！』果然一個伴跟著墜進糞坑，張口就要驚叫，機靈鬼一把摀住，仍舊連喊快來快來，第二個伴跟著也『撲哧』一聲摔進來了……」

「他們豈不要恨死這個機靈鬼啦？」

「不錯，百般辱罵，若不是怕他有幾手拳腳，當下就會打他個滿臉花！」

「那他爲什麼明知故……」李應元似乎領悟到什麼。

父親仰頭一笑：「那機靈鬼說得好：只要咱三人中有一個不落陷阱墜糞坑，日後你們笑我羞我終是沒完沒了。果然事後誰也不敢提起這次失風，哈哈……告訴你，兒子，這是真事，機靈鬼就是你老子我！」

拖人下渾水，使之不得開口的故事李應元聽過不少，從未與父親聯繫在一起。若不是聽他親口講出來，做兒子的怎麼也不會相信的。他呆呆望著父親笑得大張的嘴和鼻溝延伸兩側的幾道圓弧形深紋路，不知作何表示爲好。

父親突然止笑，愁苦地望著兒子。半晌，低聲道：「元兒，爲父如今又落糞坑了！」

「啊？爹這話……是什麼意思？」

「爲父此次口外買馬上當受騙，一匹馬沒有到手，買馬官銀卻被馬販子一捲而空……」

「多，多少銀子？」

「五萬多兩。」

「啊?!」李應元驚得變了臉色，「不曾報官追捕馬販？」

「那些賊頭都通著韃子，不是去了瀋陽，就是進了漠北，上哪兒去追？再說，若報了官，爲父項上這顆人頭……難保哇！」

「這，這如何是好！」李應元慌了手腳，「如何向帥爺交代？……」

「還管得了那個？」父親焦躁地搶過話頭，「失了大宗官銀，就算爲父一死，咱家也賠累不起啊！家產變賣入官，人口也要折價發賣爲奴。元兒，你的前程可就……唉！」

李應元亂紛紛的思緒突然明晰，卻又口吃了：「那爹講、講的那故、故事……」

父親猛一抬頭，目光閃爍：「你都明白了？好！咱父子就這條生路啦！……」

所以，李九成剛才那一番被孔有德責爲「煽火」的話，李應元完全明白其用心，知道父親正在把孔有德往糞坑裡招呼，想起孫帥爺的爲人和孔有德的厚待，他於心不忍，但想到遼丁入關後及這一路受的氣，他又心安理得。只是他不會想到：那五萬兩官銀並非被馬販子捲逃，而是被他父親揮霍在京師歌樓舞榭賭場的大銷金窟中了。

孔有德忙著向人稱百事通的李九成打聽：「你知道此地有個什麼王鄉紳嗎？」

「王鄉紳？」李九成眼珠子一轉，「可是叫王象春的？」

「誰知他叫什麼！只聽說勢力大，想來是個富戶，咱找到他家去買點糧來，總不能叫弟兄們挨餓！」

「勢力大？那定是王象春家！算得山東省的頭一號大人物！早年在朝做到大學士，如今致仕家居，門生故吏滿朝野遍天下，聽說省城王巡撫趕著與他家聯宗，他家公子進京都是溫相爺府上的人接送……呵呵，真叫手眼通天哪！」

「手眼通天？什麼意思？」孔有德不解地搔搔耳朵。真是個十足的鄉巴佬！李九成自覺又多了幾分把握，嘴裡殷勤地解釋：「手眼通天，是說他的情能一直求到皇上跟前！……怎麼，朝他買糧？不妥吧，別鬧個老鼠舔貓鼻梁，玄！……」

又一片雜亂的喧鬧，數十人推開守南門營兵一擁而入，扯著嗓子大叫：「領兵營官出來！領兵營官出來！」

孔有德大步迎上去：「咱就是。什麼事？」

一個穿一襲黑緞皮袍的矮胖子，神色倨傲地看看面前鐵塔似的大漢，略略有些吃驚，態度明顯地平緩下來：「大人可是姓孔？」

「不錯，咱就是孔有德！」

「哦嗬，久仰久仰。」他一擺手，兩名穿著黑號衣的漢子押上一名五花大綁的人，那頭盔，那藍色絆襖紅色號衣，竟又是一個遼丁！「他盜伐家主爺祖宗墳塋上的樹木，其罪難容！」

「家主爺？」

「你不知道？眼跟前你腳下的田土，你們立營的山丘飲馬的河灣，都是我們家主爺的地界！來在山東，誰不知道新城王鄉紳！」

「你又是誰？」

「這地界是我們家主爺在吳橋的莊田，我是莊頭！家主爺說你們是客兵，要我把這傢伙交還你孔大人處置，你就看著辦吧！」家僕解了捆綁，把遼丁推到他的主將面前。

孔有德臉色極難看，就像挨了一耳光。他一把提過遼丁，重重摔在地上，罵道：「你這不作臉的孬種！」

這遼丁卻是個犟脾氣，爬起來梗著脖子爭辯：「那麼大地界，又沒見著墳包石樓，誰知道是他家祖墳！這大冷天，弟兄們還不興弄點柴火燒燒，暖和暖和啦？……」

孔有德氣得大喝：「給老子閉嘴！」

李九成湊近孔有德：「王家可千萬不能得罪，後患無窮，不重重處罰怕打發不了他們……」

孔有德一咬牙，吼道：「來人！貫箭遊營！」

陸續圍攏來的營兵「轟」地喧嚷起來：

「憑什麼？就爲一根破木頭？」

「欺負人，欺負人！」

「遭瘟的王鄉紳！」

「該死的山東佬！」

……

兩名侍衛只得遵令，不顧四周的不平之聲，各拿一支箭，貫穿插在那倒楣的遼丁左右耳朵上，反綁了雙手，推搡著他依次遊過營區的四門。

帶血的箭頭高高豎在頭上，遼丁雙頰和肩頭的斑斑血漬更襯出他面容慘白，滿是屈辱的痛苦，一步一步地走，一聲一聲地喊：「我犯了事，活該受罰，弟兄們別學我！……我犯了事，活該受罰，弟兄們別學我！……」

營裡的士兵們圍著他，跟著他，更多的遼丁從帳篷裡跑出來，互相詢問，一起追隨在後，小聲議論，大聲咒罵，到處是不平和憤恨，到處是對受難者的同情。

營區不大，遊營遼丁嘶啞的喊聲時近時遠，一直可以聽到。孔有德重重地吁了口氣，對莊頭說：「該罰的也罰了，你請回吧！」

莊頭傲然一笑：「不忙。」

遊營的遊回到南營門，孔有德發現所有的營兵都加入到這浩浩蕩蕩的人流中來了。於是，沉默又一次出現，比上一回更沉重，更令人不安。李九成暗喜，藉著捋鬍鬚對李應元伸出三個手指示意，表示有了三分徵候。

久在軍中的孔有德也感到潛在的危險正暗暗壓迫而來，急於結束糾紛，不客氣地再下逐客令：「莊頭請便，不送了！」

矮胖子冷笑一聲：「這就算罰完了？」

孔有德愕然：「還要怎樣？」

「我們家主爺早就請到朝廷和省城巡撫巡按大人的諭令：踐踏墳塋一株草者斷腳；折墳塋一根樹枝者斬手；冒犯塋墓墳土者死無赦！你這貫耳遊營算什麼東西！」

營兵譁然，翻捲過一重憤怒的浪潮。

孔有德臉色煞白，粗眉倒豎，氣息粗重：「你，你！……你們殺了他，豈不乾淨！」

「這是我們家主爺的意思，要你親自動手，才好教訓教訓你手下的這幫……」矮胖子輕蔑地撇撇嘴，不屑於說下去。

李九成憤然大叫：「你不要欺人太甚！我們是奉旨出關救援的官軍，是王師！懂不懂？」

「官軍？王師？」矮胖子反問一句，口氣十分可惡，跟著就放肆地仰頭大笑。他一笑，他身後那一群也跟著笑，互相使眼色做鬼臉笑成一團。這是嘲弄的輕蔑的恥笑，笑得孔有德臉上紅一陣白一陣，笑得李九成跺腳亂吼，笑得營官領隊們咬牙切齒眼睛冒火，笑得營兵中又捲起一重更加喧囂的怒潮。

矮胖子邊笑邊抹淚，說話越加輕薄：「孔官兒！交還你自家處死是爲你好，若等省裡參你們登萊巡撫一本，朝廷問下罪來，你們一個個吃不了兜著走，後悔可就遲了！」

孔有德勃然變色：「你！……」李九成趕忙攔住他，瞪眼向矮胖子：「少來唬人！你到底要怎麼著？殺了他？」

矮胖子極其傲慢地說：「先得斬手剁腳，以爲後來者戒！不然……」

營兵們掀起了第三次譁噪，喊叫咒罵轟然四起，揮臂伸拳、跳躍起伏，像是一隻巨大的多頭怪獸，憤怒地搖動著牠百千個可怕的腦袋，急促地喘著氣，眼看就要爆發。

孔有德原本微弱的自制力終於垮了，虎目噴火，濃眉飛揚，大手當胸一抓，眨眼間把矮胖子拎起來用力一摜，吼道：「去你奶奶的！」

矮胖子卻有幾分功夫，著地打了個滾，跳起來指著孔有德大叫：「好你個遼呆子喪家犬！你要反哪？」

孔有德一怔，未及答話，背後那匹多頭巨獸驚天動地地吼了起來：

「反！反就反啦！」

「不幹了！散伙！」

「殺呀！——」

孔有德背後捲起一股烈風，劍光一閃，矮胖子驚叫倒地，心口插進一柄長劍，只掙扎了兩下就不動了。

孔有德大驚，還沒回過神來，背後這匹被血腥刺激起來的巨獸移動著沉重的腳步，砸得地面「咚咚」有聲，排山倒海地撲向一色黑號衣的「來賓」。驕橫慣了的王家家丁哪見過這個陣勢，嚇得掉頭就跑。有人喊聲：「追！」一呼百應千應，轟然雷鳴，營兵們怒濤般湧出營門，追上去大打出手，發瘋似的，狂暴地、痛快淋漓地大喊大叫：

「反啦！反啦！——」

* * *

李九成和李應元等營官策馬跟著孔有德，侍從親兵簇擁在後，沿著大路急速南下。父子倆不時交換一道目光：兒子在沮喪中透出一副無可奈何、聽天由命的神情，父親一臉自嘲的冷笑，眼睛裡卻閃爍著壓抑不住的狂暴和憤怒。

李九成怎麼也沒想到，事情會變成這個樣子！

當曹得功那一劍把矮胖子捅個對穿之際，當營兵們山呼海嘯般撲向那群不速之客時，李九成禁不住高興得心頭怦怦跳，以爲大功將成。不料營兵們原都是湧來看熱鬧的，沒人帶武器；那些家丁又都有點拳腳功夫，逃得又快，竟沒能打死一個；回來營裡又是一團混亂，只會亂哄哄地胡說八道：這個要殺到吳橋拿縣太爺吊死，那個要搶了縣城，大家分了銀子散伙；還有的要求孔參將領大伙上山落草，劫富濟貧……李九成只恨自己棋誤一著，如果事先聯絡些心腹、商量好事後的行止目標，後果就會大不相同了。他當初只想嗾反遼丁鬧出大事，擺脫自己的困境，沒料想事變來得這樣快，這樣突然，倉促間，連他這個有無數心眼的伶俐人也抓了瞎。

更不料孔有德一聲虎吼，竟使亂哄哄鬧嚷嚷的千名遼丁頃刻間靜下來。他說什麼來著？

「弟兄們，不能反！大丈夫生長天地間，要緊的是個義字！咱們反了朝廷，豈不害了孫帥爺？還有咱留在登州的家眷！我老孔一輩子就講恩怨分明，這山東地面走不得了，咱們回登州，到帥爺臺前講理！求帥爺上朝廷給咱們討個公道！……要是不聽我的，弟兄們硬要反，那就先殺了老孔吧！」

是畏懼孔有德的虎威、佩服他的功勳，還是感念他平日待弟兄鄉親們的恩義？遼丁們立即響應。孔有德便下了三令：

令曹得功快馬日夜兼程趕回登州向帥爺稟報詳情；

下令封刀，回登州途中不得開殺戒；

下令往縣城官倉「借」糧「借」銀，不得騷擾百姓。

就這樣結束了吳橋之變，李九成能甘心嗎？千名遼丁直奔東南，走陵縣、過臨邑、圍商河，只不過以「借支」爲名將幾縣銀庫糧庫搶掠一空。臨邑知縣聞變驚死，商河縣丞因失銀糧上吊自殺……

李九成由此明白了，想要這千名遼丁直接聽命於自己是不可能的。他只能擁戴孔有德，藉孔有德，逼孔有德才能達到目的。回登州，自己怎麼交代？望著陰沉著臉、一語不發的孔有德，想起他既憨直粗魯又倔強暴烈的性子，李九成真覺得無計可施了。

前方低矮平緩的山坡後面，隱隱揚起一片塵煙。探哨飛馬趕到，稟報說：從省城大路來了一隊兵馬，約有千人，打的是撫標中軍沈、分守參將陶的旗號，揚言奉令討逆。

李九成憤然：「我等又不是叛軍，討什麼逆？逼人太甚！」

孔有德略一尋思，果斷下令：各隊立住腳，嚴陣以待，聽號令而動，違令者斬！

千餘人立刻散到路側的山坡上，按前後左右中五方，占據有利的高地勢，井然有序，軍容威整，黑白紅黃青五色旗幟隨風飛動。討逆官軍領隊沈廷諭、陶廷鑨見此陣勢暗暗吃驚，不敢大意，止住了兵馬，向對方仔細打量。

「官軍在此！孔有德快來馬前受縛！」不知多少人在同聲大喊，雖是逆風，也清楚地傳入立馬前軍的孔有德耳中。他立刻拍馬迎上去，屬官及侍衛親兵緊隨其後。

沈廷諭身爲撫標中軍，是巡撫大人親信，又有副總兵銜，氣勢自然不同，厲聲大喝：「巡撫大人有令：叛將孔有德，立即率部投降，可免一死，否則，殺無赦！」

孔有德怒聲分辯：「二位大人，末將沒有造反！……」

「不遵朝廷法度，不聽聖諭調遣，又縱兵搶掠，濫殺無辜，還說不反！」

「吳橋縣官閉城罷市，王家莊頭仗勢欺人……」

「你少囉唆！」沈廷諭極不耐煩，「現下指給你一條生路：一、放下兵仗馬匹，率隊投降！二、交出殺人凶手；三、你要親往新城向王家負荆請罪、殺凶手抵命！……」

孔有德的臉頓時漲成豬肝色，胸脯大起大落，鼻息粗重如風箱呼呼作響，好半晌才咬咬牙，陰沉沉地瞇著眼說：「你們不要以爲我孔有德好欺負！」

「你敢怎麼樣？」沈廷諭放下臉，瞪眼喝問。

孔有德深深吸了口氣，緩解胸口的憋悶，略略平靜了些，說：「我要叫你知道，我孔有德不反。我不跟你動手，我讓著你，這總行了吧？」說著，一勒絲韁，胯下油亮的棗騮馬揚蹄人立，跳著步兒個圈子跑回陣中，手中杏黃旗一揮，大喝道：「撤！」剎那間，山坡騰起一團煙塵，五方陣各成一列長龍，穿過煙塵沿著大路向北退走，不一會兒轉過小丘沒了蹤影，只留下滿地蹄痕和慢慢降落的塵埃。

陶廷鑨猶豫地看看北去的路：「沈大人，怎麼辦？」

「追！」沈廷諭很堅決。

追出二十多里，只見著大路上雜亂的人馬腳印，路邊一棵大樹上，長箭深入沒了鏃頭，釘著一封信函，呈交撫標中軍沈大人。字是流利清秀的行書，文卻是不折不扣的孔有德口吻：

咱們井水不犯河水，你走你的陽關道，我走我的獨木橋！咱老孔說不反就不反，你別逼老子造反！

陶廷鑨賠笑道：「沈大人，不如先回省城稟告上峰……」

沈廷諭揮鞭一指：「遼呆子不戰自退，倒像真是心虧理短，怕著官軍哩！追吧！」

向北又追二十里，竟出了丘陵地，眼前無遮無礙，一馬平川。他們追擊的對手赫然在目，千餘人密布在冰封的河岸，刀槍林立，旗幟飛動，像是突然生長出來的蘆葦叢。隊列之前，斗大的「孔」字綠旗下，孔有德手提大刀，胯下棗騮馬，威風凜凜，像一尊泥塑天神一動不動地立在寒風中。官軍靠近到二百多步,「嗖」的一支飛箭射中「陶」字大旗的旄頭,官軍不睬,繼續進逼。「嗖!」第二箭射斷「沈」字大旗的旗桿。二箭示警無效,第三箭急嘯著飛來,正正插在陶廷鑣盔帽頂,把紅纓射得滿天亂飛,陶廷鑣驚得險些落馬。

沈廷諭狡黠地笑道:「還不明白?他們不敢傷人!殺傷官兵可就坐實了叛逆的大罪名!咱這叫虎入羊群,天賜良機,殺!」

官兵士氣大振,藉著下坡的便利,勇猛衝擊!

「當!」迎上來的孔有德大刀一舉架住沈、陶二將的長槍雙刀,黑著臉嘶啞著聲音陰沉地說:「再勸一句,你們退回省城!」

沈廷諭冷笑:「遼呆子!看你這熊樣!那海戰大捷勇冠三軍,想來都是謊報戰功、欺君罔上,哄弄人吧!……」

孔有德渾身的血彷彿突然逆流,這隻被激怒的東北虎暴吼一聲,猶如平地炸響了霹靂:「我肏你奶奶個熊!殺!——」大刀猛揮,千鈞重石當頭壓下。沈廷諭橫槍迎擋,「喀嚓」一聲槍桿折斷。他大驚失色,提韁退馬撤身,陶廷鑣忙使雙刀掩護主將接戰孔有德。怒火沖天的孔有德,「嗬嗬」吼聲震天,「呼呼」大刀飛舞,招招挾著風聲,不過三個回合,陶廷鑣就招架不了,正待回馬避開,大刀追來,砍在他肩背上!雖有鋼片鎖子甲護體,力大無窮的震動仍迫得他噴出一口鮮血,摔下馬鞍,被護兵趕忙救走,十幾員偏將趕來圍住孔有德,戰得團團亂轉。

方才被「虎入羊群、天賜良機」鼓舞起來衝進敵陣的官軍,此刻成了衝進虎群的羊。他們長住省城吃糧當兵,一年操練不到兩回,十年上不了一次陣,哪裡是這些久經戰陣的遼東大漢的對手！這裡喊媽，那裡叫娘，不多時就全無鬥志，紛紛後退，待聽得及時的一聲收兵金鉦響，立刻跟在沈廷諭的馬後沿來路南逃。

孔有德殺性大起，吼一聲「追！」憋氣憋了許久的遼丁可找到發洩的機會，跳上戰馬，拚命追上去大砍大殺，又喊又叫又笑又罵，就像一群瘋狂的惡魔！官軍嚇得沒命地奔逃，逃進丘陵地，山坡遮住了他們的背影，追殺也陸續停止，遼丁們說笑著回營：

「真他娘的痛快！可出了口惡氣！」

「省城的兵竟這麼熊包！」

「可不是！爛菜瓜，一碰就流湯！」

「哈哈哈哈！……」

說笑倏地收住。遼丁們見他們的主將立馬山坡一動不動，眼睛呆呆地望著前方，臉像石頭人，沒一點表情。他們也順著孔有德的目光看過去：長長的大路，從接觸交手的戰場起，到進了山坡轉彎的路口，這裡那裡，到處都是官軍的屍體，不上百也得有七八十！遼丁們互相望著，不由得心裡打鼓：真不料殺了這麼多人！說不反、不反，這一來，可不就反了嗎？……

李九成小心地窺伺著孔有德的表情。他心裡是高興透了，真是意外之喜、天賜良機！事到如今，僅僅爲遮掩自己那小小過失，就太小器了。宰雞焉用牛刀，但牛刀在手，何妨試試去殺虎？

「孔兄弟，事已如此，悔也無用。西水黃流東水海，南山老虎北山狼，橫是死路，豎也不得活，繩上不死刀下死，九九歸原，總歸是死路一條！……」

孔有德如同沒有聽到，仍傻呆呆的。

「這是逼出來的，沒法兒呀！你令小兒連發三箭示警，他們總不肯聽，逼著來殺，難道該伸了脖兒請他砍？……」

孔有德突然伸手指著遠處，丘陵腳下隱隱約約一片冬季疏林，掩映著一帶牆垣門樓：「那是什麼地方？」

李九成迷惑地四下張望，嘴裡念叨著：「奇怪了，這麼眼熟……」他突然提高一倍嗓音驚叫：「是他！就是他！新城王鄉紳王象春家！我還……」他猛地縮住口。他曾經拜望過王家，在那裡喝過茶吃過飯借住過幾宿。

「王鄉紳，王象春。」孔有德慢慢重複，一個字一個字似乎都被他咬碎。他慘然一笑，笑得極其難看，又十分可怕：「今晚咱們去他那裡宿營。九成兄，你說好不好？」

孔有德猙獰的笑使李九成心裡突突亂跳，但仍表現得義憤無比：「千該萬該！弟兄們落到這個地步，都是他鬧的！……」

「殺呀！——」孔有德的狂吼淹沒了李九成的餘音，他揮刀拍馬衝下山坡，衝上大路，衝向王家莊園。

「殺呀！——」千餘遼丁同聲響應，馳馬飛奔，跟在主將後面咆哮呼喊，把一腔腔怨憤噴灑出來，都發洩到那個可惡的王象春頭上！

王家莊園再堅固，王家家丁武藝再高強，也擋不住訓練有素、擁有鳥銃佛朗機的叛亂軍隊，壕塹吊橋土城垣，都被叛軍輕易攻破。城門樓子一開，叛軍如洪水湧入，搶！殺！燒！大火熊熊，騰起十丈烈焰；王象春和他在家的兄弟子姪全都被殺；家中銀米財物被搶掠一空；五百多名奴僕家丁逃的逃散的散。四鄉卻湧來成群百姓同燒同殺同搶。他們自稱是王家佃戶及鄰近居民，王家倚勢逞強、魚肉鄉里、橫暴至極，而官府庇護，百姓哭告無門，今見王家遭受報應，大快人心！其中一些精壯漢子竟是來投孔有德，情願入伙反它一場的。

孔有德坐上了王家華麗客廳正中的太師椅，米襄陽的山水畫中堂，已被叛軍用長槍戳得七零八落，蒙上了「孔」字大旗。四周都是他們爲洩憤而砸得稀爛的古董瓷器花瓶等擺設的碎片。堂下跪著兩個遼丁，是因趁亂姦淫王家婦女被侍衛親兵拿住來見主將的。孔有德拍案大罵畜生，命人立刻將二人拉出去砍頭，並叫來隨軍書記，命他記下軍令，頒送各隊：凡淫人婦女者，殺無赦！

他抬眼依次掃過站立兩側的營官領隊，虎著臉說：「就是當賊做強盜，也不能姦人婦女，壞人名節！採花賊，天報應，要壞大事！聽清了？回去管好各自弟兄！」

眾人走了。闊大深廣的廳堂裡只剩下孔有德了。痛快勁兒這時已經過去，他覺得異常疲乏。「當賊做強盜？……採花賊？……」他仰頭看著廳堂頂上規整的花紋想，竟不由自主地又用起了當年做海盜時候的慣常話！

這堂頂的花紋爲什麼看起來這樣眼熟？……當賊做強盜……當年不就是爲要跳出黑道，才去投毛大將軍，才去投孫帥爺，一心要在戰陣中一刀一槍殺出個功名官爵，殺出個封妻蔭子嗎？流血拚命，在正道上幹了這些年，轉了一大圈，又回去了！叛軍變兵，還不就是盜賊行徑？……又當了盜賊！……

這花紋，與帥爺客廳頂的花紋相像！……臨行的頭天晚上，就在那間客廳裡，帥爺千叮嚀萬囑咐，要孔有德殺敵立功報效國家，約束部眾挽回名聲……就在那間客廳，帥爺親口許婚，說他有一螟蛉義女，才貌出眾、年歲相當，正堪與孔有德作配，待孔有德援救大凌河歸來，便可遣媒人問徵，開春之後就可成親了。當時孔有德感激涕零，如今想來，不就像一場夢，不就像前一世的事情？……

「賊子強盜……」孔有德品味著，心中有如刀割，一股此生從未有過的淒涼襲擾著他，使他鼻喉間有股難以忍受的酸熱苦楚……自他跟隨了孫元化，才知道什麼是聖賢，孫元化就是他心中的聖賢，不由他不五體投地。京師歸來，他更加奮發，他要拚命幹，日後定要當大將軍要封侯。此次出征，他更發誓要立大功得朝廷封賞，給帥爺長臉，叫人人都佩服帥爺的識人之明、舉才之賢，叫孫家小姐一輩子不後悔嫁給他這個遼東漢！……

一切，所有一切，都成了泡影！

從此，他只是叛賊，是強盜！……

「噢！——」孔有德發出一聲慘烈的、拖得很長的、荒野的狼一般的嗥叫，花紋規整的廳堂頂棚被震得簌簌顫抖，落下許多灰沙。

二

「夫人，難道真得下官給妳下跪嗎？」孫元化仍是微笑著，但眉宇間已透出難言的憂煩。沈氏不忍看，別轉臉偷偷抹去眼角的淚，收起方才的盛氣，嘆道：

「那所房產雖說離城遠，終究是祖業……」

「唉，不是告訴妳先典出錢只當挪用嗎？明年朝廷給補上欠餉，再贖回來就是。」

「那麼容易？到時候朝廷不補，無錢去贖，豈不就白白丟脫？」沈氏說著說著又有氣了，「都道登州繁富，兵精糧足，怎麼轉眼間糧庫銀庫全空？說沒有錢，給那個吳公公修房蓋樓怎麼就有錢？」

上午街市一派鼓樂歌吹，引得百姓夾道圍觀，原來是州縣各官爲監視登萊兵馬糧餉的內監吳直送賀禮，慶賀他的監視衙門、署堂及署後高樓落成。其中以知府送的大匾最觸目，長寬竟與樓頂尺寸相同，大書「迎恩樓」三字，又加彩繪鏤刻，十數人抬著，極是氣派……

「不要講了！」孫元化提高聲音，心裡有說不出的煩躁。吳直也給他發來署衙落成宴的請帖，他因堅持不與內監私交而謝絕，卻不得不送去回帖和一份普通的禮物致賀，爲此心裡正不自在，沈氏偏偏提起！沉默片刻，他強使自己平緩下來，耐著性子向妻子解釋：「吳公公是欽差，建署的錢糧登州豈能不出？孔有德率千人馳援，餉銀必得給足，還要預支安家費養家銀，終不能叫他們的家眷留在登州挨餓受凍吧？省裡例撥糧餉已停三月，要我自籌，眼下已到年底，府庫縣庫將空，難道忍心加派賦稅捐款，叫百姓過窮年？典房產籌款也是不得已之舉，妳竟不明白？」

「登州官民有的是財主，偏你這窮巡撫典房籌餉？便籌得來也有限，登州上萬兵馬，濟得甚事！」

「我總要先以身作則，才好勸諭旁人。濟事不濟事，支撐一時算一時吧！……」孫元化吞嚥下一陣酸楚：當初來登州雄心勃勃，要建火炮要塞，要渡海收復四州，恢復遼東，完成岳穆武都未能完成的痛飲黃龍、一洗國恥的勳業，讓英名永垂青史！不想困難蝟集、障礙重重，逼得他步步後退，國恥不得雪，復四州也成幻夢，如今竟落得個典房典地苦苦支撐的局面！

沈氏看看丈夫，和解地說：「罷了罷了，我知道你是和尚頭上插金花——忍痛要好看，心裡頭黃連炒苦瓜——苦上加苦。也沒啥好講啦，就是氣你事前不告訴我，要不是郝媽說起，我還不知道你叫郝大回嘉定了呢！連把幼蘅許給孔有德的事也不對我講！」說著，又瞪了丈夫一眼。

孫元化極力從沉悶的心境中擺脫出來，靜靜地說：「總要人家遣了媒人來才算數。」他不信沈氏猜不到他許婚的用心，這也是一舉數得：既籠絡了大將，又使幼蘅終身有靠，還消除了自己身邊的隱患。至於有時午夜夢迴，憶及此事心頭偶爾湧上的惆悵，與「數得」相比，就算不得什麼了。

門外一聲「客來！」家僕遞進名刺：「張總爺來拜！」

夫妻倆一對視，都覺出對方的擔心。孫元化吩咐「書房待茶」，自己起身換上公服和紗帽。沈氏趕忙囑道：「他要是提起那事，你可別應承，這可不比那處房產！」

「唉，看妳說到哪裡去了！」孫元化撇下這麼一句，走了。

沈氏卻坐立不安了。

她早就知道張總鎮府上有求婚的意思，她可看不上那個憊賴相的張鹿征，也不喜歡他們府上的家風，所以常在孫元化耳邊說張家的不是，借女兒之口表示對那家人的不滿：女兒恨張鹿征虐待小狗，欺侮弱小，生性殘忍；女兒親眼見張總兵命家僕剷除門前院內牡丹、芍藥、杜鵑、玫瑰等一切花草，惋惜不已，張總兵卻嚴正地板著臉，說什麼「吾輩武人豈效婦人女子」等等。孫元化每每只是聽而不答，有時還笑道：「小孩子脾氣！」也不知他說女兒還是說妻子。沈氏深知丈夫的公而忘私，為了朝廷取四州復遼東的雄圖，會不顧一切，生怕他用和親聯姻的古老辦法，達到收服張可大，彌合登、遼嫌隙的目的。

直到上月中，張鹿征登門拜望，她才放了心。

張鹿征實在枉為總兵之子，舉止言語處處不得體，畏畏葸葸，汗流滿臉，明明無話找話，說不兩句，又另拈話題，一點不著邊際。孫元化倒能和顏相待，耐心對答。侍立一側的和京與一眾婢僕都忍不住低頭竊笑。後來他作出很謙恭、很好學的樣子，拱手道：

「小姪每常有一事想請教前輩，總是忘記。常聽人說一姓歐的，叫……叫歐陽修的。他是個什麼人？」

孫元化愣了一愣，問道：「世兄早年不是也有秀才功名的嗎？」

張鹿征忙答道：「正是正是，小姪乃書生。」

孫元化道：「歐陽修亦是舊時一書生，後來顯達，曾參與大政。」

「那麼，他也能寫文章了？」

孫元化嘴角微微一牽，旋又忍住，道：「文章也可以。」

沈氏身邊七歲的小幼蕖「撲哧」一聲剛笑出來，趕忙捣嘴，轉過身子藏到母親背後去了。

張鹿征走後，孫元化搖著頭又笑又嘆。

後來，孫元化約張可大談及請登州文武各官捐俸助餉、共渡艱難的事，談得很不愉快。孫元化當眾拿出僅有的七百兩銀子，張可大和眾官才你二十、他三十地勉強捐助了些，合共也只一千兩。孫元化事後頗傷感，大約就是那時起意典房產救急的。這樣，孫、張結親的可能性更小了。

今天張可大又上門來做什麼？沈氏越想越不放心，正要叫個小廝到書房去探聽，孫元化卻很快回來了，一面脫官服換常服，一面主動告訴夫人說：「他因去年勤王有功，晉銜右都督，已調任，僉都南京左府，不日就要離開登州，特來致意的。」

沈氏長吁了一口氣：「這就好了，再不用敷衍他們那一家老小。恭喜他老雄雞戴帽子——官（冠）上加官（冠）！」

孫元化皺著眉頭笑：「妳這張嘴，太不饒人！知道妳怕把蘩兒給他家。其實要回他有什麼難？教徒不能與異教徒結親，一句話就夠了。」

沈氏鼻子裡一哼：「說得好聽！就怕你不肯回。」

「是啊，他既調任，自然再無關礙。他倒是個好官，只是他那位公子，實在配不上咱家蘩兒……」

「咦？你也知道？」

孫元化並不理睬她的挖苦，坐在扶手圈椅裡，喝著新沏的熱茶：「咱家這三個女孩，幼蘅配給孔有德，兩全其美；幼藻配給峒曾兄的幼子研德，也算得上門當戶對；最能相夫立業的要算蘩兒，我業已看好一個人，還拿不準……」

說起女兒的婚事，沒有比做娘的更關心，老兩口很有興致地談論起來。近兩個月難得有這樣輕鬆的氣氛。沈氏當然猜到是因爲張可大離任調走的緣故，不過她不說破，她知道孫元化口頭上絕不會承認。

晚飯後，兒女們來父母跟前昏定問安時，孫元化問：

「幼蘩呢？」

幼蘅很快與沈氏交換一道目光：「蘩妹偶感風寒，身子不爽，我勸她歇下了。」

幼蘩從不這樣嬌嫩，而且幼蘅向夫人使眼色是什麼意思？孫元化起了疑心，說：「那麼我們去看看她……」

幼蘅忙道：「爹爹不必去了，蘩妹自己通醫道……」

沈氏也說：「小孩子感風寒什麼要緊，老爺累了一天……」

孫元化立起身：「走吧！」

在樓梯口迎接的小丫頭黃苓跪著告罪，說小姐剛服了藥，蒙被發汗，不敢請她起身迎接老爺夫人。孫元化走到幼蘩閨房門前止了步，因爲他看到放下綠紗帳的烏木雕花床上，女兒確實擁被躺在那裡，已經睡著，一動不動。他低聲詢問了病狀、服藥和飲食情況，吩咐婢女們經意照看，之後便下樓去了。畢竟做父親的不宜在成年女兒的閨房久留。

孫元化和隨侍使女的腳步聲從木樓梯上「咚咚」地響下去，出門下臺階，終於消失。沈氏忙拉住幼蘅：「是怎麼回事？」

幼蘅疑惑地問黃苓：「妳不是說……」

黃苓跑到床邊，掀開帳子：「快起來！老爺走了……真嚇死我了！」

床上猛然坐起的是紫菀這胖丫頭，也拍著胸口，正好和黃苓同聲道出：「真嚇死我了！」

沈氏急了：「幼蘩呢？到哪裡去了？」

三個姑娘都跪下了。

近些日子，老爺為籌餉精疲力盡，身心勞瘁。幼蘩、幼蘅與母親商量，要助父親一臂之力，將她們與丫頭們幾年來刺繡的帳簾門簾、桌罩椅袱等大件拿到市上去賣，得銀助餉。幾次廟會，已賣得近三百兩銀子了。今日逢真武廟大集，外來客商最多，幼蘩要親自去賣，一早便同郝媽出了北門。晚飯時節郝媽帶著賣得的五十多兩銀子高高興興地回來了，說小姐去買紙筆文具，晚一步到家。不料左等右等，到現在還沒人影。因為事先商定賣繡品籌餉的事先要瞞過老爺，剛才是黃芩機靈，急中生智故弄狡獪，才把老爺哄過去了……

「哎呀，這個郝媽！常年跟幼蘩出外擺攤施藥，怎麼今日竟糊塗了！這可怎麼辦？」

四個人愁眉相對，眼看著天色越來越暗了。

* * *

呂烈踉踉蹌蹌地踏著夕陽，一會兒嘟嘟囔囔地說，一會兒輕聲地笑，惹來行人驚異的注視，怕這醉漢生事，都遠遠躲開。

他醉了，醺然大醉。偏又和酒友打賭，乘醉獨個兒回署，叫他們瞧瞧，我找得著門走不錯路，我沒醉，還能喝！

他從來不會醉透。今天的許多事歷歷在目，記得一清二楚：

吳直這老公竟也配住這麼排場的樓！高大寬敞，只那朱紅樓柱和雕花窗櫺就得費上千兩銀子，不到兩個月就完了工，無怪乎這不男不女的傢伙樂得顛顛兒的，大宴賓客！……

酒嘛，好東西！宴嘛，不吃白不吃！接了帖子的登州文武官員、縉紳名士有幾個不去的？又有幾個不送禮致賀拍這老公馬屁的？……知府送上大匾，道員進奉地毯，一個個滿臉諂笑，就像這沒屌子的傢伙是他們老子，噁心！……我偏不送禮，偏來白吃白喝！你怎麼著？……

這老公，真歹！竟朝我要畫：「我知道你，徐大少！畫一幅，權當還我酒債！」哼！這個蹲著撒尿的怪物，也配要我的畫！……要他一耍！要他二丈長的條幅，畫個小孩放風箏，一根風箏線跟紙一般長，那頭出一個小小蝴蝶風箏，影影綽綽。瞧他笑嘻嘻的團團臉跟著我這風箏線越拉越長，好不痛快人也！浮一大白！……

他要我添幾筆，好，一邊添一邊喝酒，對飲同乾……乾一杯，加一簇綠草；喝兩杯，添一座青山；飲五杯，桃紅李白；更盡三杯，松柏鬱鬱蔥蔥……筆下狼藉，酒興卻愈濃，周圍的賓客嚇得吐舌頭！……喝醉了，不擺平日的官威，不故作文雅狀，他倒真有了幾分男人氣，把勸解的人都罵出去！書房裡就我們倆，喝酒，畫畫，你一句我一句地說，哈哈！喝得痛快，畫得痛快，說得痛快！……

他眼都斜了，不住念叨：「我知道你，徐大少，我知道你！……」他想說什麼？我可不客氣，還他一句：「我也知道你！」

他翻白眼：「你知道我什麼？」

「我知道你媽……」可見我還不糊塗，掂得出輕重，沒把那個老鴇子的底細兜出來，順口就改了，「你媽的不仗義，就爲了我們孫巡撫不肯拍你馬屁，你就專跟他過不去，拿糧餉卡他！……叫登州營的弟兄吃苦不是？」

他是真醉了，要不怎麼說酒後吐真言呢，他竟認帳：「沒錯！咱要是密奏萬歲爺給登州撥餉，十有八九準得下來！可我幹嘛要當那好人？你瞧不起我，我還不巴結呢！看看誰求著誰！……」

他還說什麼來著？「他個舉人出身，小小兵部主事，驟然榮升巡撫一方的封疆大員，沒有我吳直，他做夢去吧！……我憑什麼就該以德報怨？」他連著灌了幾大杯，擠著眼睛尖聲說，「你瞧著，你瞧著，總有一天，我得叫他求我！他趕著要把女兒嫁我，我還不定理不理他呢！……」

我哈哈大笑！實在可笑，孫巡撫的女兒是什麼香餑餑，這麼多人搶，惹得太監也跑來爭當門婿！……把他笑急了，瞪眼罵開了：「你知道個屁！歷來就有皇上指婚，把大臣的女兒嫁給有功內監……」

我說，就算有，不也是乾夫妻？缺了那玩意兒，還有娶老婆的興頭？

他那眼淚竟嘩嘩往下淌，還笑著說哩：「知道不知道，聾子送禮喜歡送人鈴鐺，瞎子送禮愛送人燈？一個意思！」

我說，怪不得，你一來登州，別的事不問，先打聽回龍草，準是想叫天下男人都痿了，跟你們一樣你才開心，是不是？

他忙說，不是不是，訪回龍草是皇爺的意思，說回龍草真名叫蔫草，一可痿陽二可避寒，正堪邊軍使用……

他是大醉，大醉，竟敢說出這些話！……我沒醉，沒醉，不要人扶，自己找得到歸路！……

呂烈右搖左晃，渾身燥熱難當，一陣陣酒勁湧上撞擊咽喉，終於扶著路邊樹幹，「哇哇」大吐一陣。吐畢，又往前走了數十步，見一塊大青石板，原想坐下歇歇，可坐下去就不想再站起來，竟裹著錦袍躺下，沉沉睡去。

這一睡不知多久，醒來睜眼看天，分不清是暮是曙。十數步外就是大路，路上影影綽綽有幾個推車漢坐在那裡歇腳說笑，遠遠傳來十分清晰，講的都是今日大集上的趣事。他定是被說笑聲喚醒的。恍然記起今日是真武廟會，那他頂多只睡了一個時辰，沒什麼可著急的了。

他慢慢坐起，打個哈欠，太陽穴隱隱約約地刺痛。等那些路人推著吱吱嘎嘎的車、哼著小調、說著家常話走遠了，才懶洋洋地扶著樹幹站起身。

一縷細細的哭聲送來耳邊，斷斷續續，似有若無。他朝著聲音走了幾步，腳下荒草窸窣亂響，哭聲倏然消失。他趕忙止步，用一雙久在軍營練就的夜視眼細細搜尋，終於發現離路邊不遠的一棵樹下，有一團不時聳動的黑影，彷彿伏著一頭小獸。他輕手輕腳走近一看，是個坐在樹下蒙臉哭泣的瘦小漢子，忍不住招呼道：「喂！你……」

那人嚇得一哆嗦，驚慌地看著呂烈直往後縮，淡淡的月光照著他尖瘦蒼白的臉，可憐的細脖子，窄小的肩膀，完全是個未成年的孩子。

「你是誰家小廝？哭什麼？迷路了？家裡大人呢？」他向四面瞧瞧，沒有一個人影。

孩子眼睛一眨不眨地盯著呂烈，只不做聲，還在發抖。

「你怎麼不說話？啞了？」

孩子突然點點頭，指著嘴，發出「啊、啊」的沙啞聲，果然是個啞巴。他又指著自己的膝蓋，做了個摔倒的樣子，然後連連搖頭皺眉做痛苦狀。

「哦，哦，你絆了跤，把腿扭傷，很痛，走不動路了，是這意思吧？剛才路上過去好些行人，你怎麼不招呼呢？」

孩子比畫著：那些人又高又大，掰著手指數有七八個人，指指自己背著的藍布包袱，縮身蒙臉做恐懼狀。

「哦，你怕他們打搶你。你就不怕我打搶你？」

孩子怔了怔，一笑，指指呂烈的頭盔官衣，又指指呂烈的口，皺著小鼻子，用手在面前搧了兩下，那意思是說呂烈是長官，又是醉漢，逗得呂烈哈哈地笑了：

「好，你既信得過我，我就送你回家。你住在哪裡？」

孩子又指又畫，嘴裡「啊啊」地幫助解釋。呂烈越看越糊塗，問道：「你會寫字嗎？」

孩子趕忙點頭，伸手就在地上畫字，哪裡看得清！呂烈說：「我的住處不遠，先到我那兒去，寫出地址來，我再著人送你回家，好嗎？」

孩子閃動著烏黑的大眼睛，半晌，點頭同意。

呂烈扶孩子站起來，孩子渾身一哆嗦，齒間嘶嘶響。

「很痛嗎？摔得不輕哩。」呂烈擔心地看看他一腳不敢沾地的姿勢，發愁地說：「看這樣，還得背著你，算我倒霉！……小兄弟，你冷得很？病了嗎？」孩子一直在發抖，一雙小瘦手涼得像冰棍棍。呂烈伸手去摸他額頭，孩子躲閃不及，額頭倒是汗涔涔地溫熱，呂烈才略略放心，脫下身上的錦袍，裹在小傢伙身上，不顧他的反對和掙扎，背了就走。

呂烈的腳步還不大穩，目光還有些迷茫，頭也還發漲發暈，也許是因爲醉後心緒特別柔和，特別容易感動，背著這個縮成一團、又小又輕的小啞巴，他忽然覺得強者的自豪，對自己行爲的讚賞，由此感到了前所未有的真誠的滿足，並對這可憐的孩子生出長兄對幼弟的憐愛……

到了屋裡燈光下，孩子依然索索發抖。呂烈猜想一定是自己署衙前的兵丁及進門後眾多迎接侍候的親兵把小傢伙嚇著了，連忙命人端上熱茶和點心，款待陌路相逢的小病人。

他一定餓壞了，只管低頭喝茶吃點心，姿態很文雅，像個書香世家的子弟。呂烈拍拍他背著的藍花布包袱，笑道：「什麼寶貝，不捨得放下？不嫌沉？」

孩子解下包袱，攤在桌上打開，呂烈眼前一片色彩繽紛，全都是非常精美的錦緞繡品！繡圖又都是「麻姑上壽」、「天女散花」等極繁難的人物故事，絕非一般歲寒三友、鴛鴦蝴蝶等俗品可比。呂烈自己善畫，很容易就發現，無論構圖還是設色，都是一流的。他順序看過，看一樣讚一聲：

「好！好！怪不得怕人打搶，果然是上品！是從集上買來的？」

孩子以口就杯喝著熱茶，搖搖頭，拿筆在茶几上爲他鋪放的白紙上歪歪斜斜地寫了一個字：「賣」。停了停，又寫了一行：「肯買否？一副三件，十五兩銀子。」

呂烈笑了：「不愧是登州人，小小年紀便會做生意！……十五兩不算貴，拿去京師三十兩也有人搶。只是我個男人家，要來有什麼用？又不置嫁妝！」

孩子好奇地眨眨眼，靈活地轉動著黑眼珠，又寫了一行：「買與父母妻女，家用。願讓價。」

呂烈鼻子裡哼一聲，狠狠地說：「妻兒老小一概沒有！光桿兒獨個兒過一輩子！」

孩子怔了怔，見呂烈的目光從紙上移向自己，趕忙又低頭去喝茶，聽得他又問：「你個小小男娃子，哪裡來的這些東西？敢莫是偷了家中物事來賣錢，去吃喝嫖賭吧？」

孩子驚懼地把頭搖得像撥浪鼓，又寫道：「家父有難，家母命賣繡品積錢濟難。」

「你父親是誰？做什麼的？」

孩子抬不起頭，猶豫片刻，紙上又出現一行字：「不敢使長輩蒙羞，乞見諒。」

呂烈點點頭，看來確是世家子弟，遇到家難，只得靠變賣家產救急。怪不得他這麼文質彬彬、有禮懂事。於是命親隨取出兩封銀子，放在孩子面前，笑道：「咱們今天路遇也算緣分。把你這包繡品留下，不是三副九件嗎？我給你一百兩銀子，這裡兩封，一封五十兩，你收好。偏巧眼下我手頭緊，要是平日，再捐助你一二百也不難！」

孩子猛地抬頭，淚光熒熒，十分感動地撐著茶几站起來，對著呂烈慢慢地深深一揖到地，瘦肩膀聳動著，看看就要哭出來。呂烈見他如此感激，反倒不好意思，連忙扶住他：「別！別！小心你的腿傷！」

孩子倏地扭臉向茶几，拿起一封銀包打開，從裡取出一塊五兩重的小銀錁子，連同另一封銀向前推了推，表示不要，把手頭那封四十五兩揣進懷中，並一本正經地在紙上寫了三個比前面的大三倍的字：「不二價。」

呂烈笑了，心裡感動，走到孩子跟前，抓住他的手，把他不要的硬塞在他手上：「拿著吧，小兄弟，算我捐給你爹救急還不行？……」見孩子還是硬推，他乾脆拿銀子塞進他懷襟：「我可是誠心誠意，你再不要，就是瞧我不起啦！」

孩子臉漲得通紅，用力把呂烈塞銀子的手推開，背身垂頭站了片刻，終於回眸一笑，不好意思地點了點頭。

呂烈猶如雷殛電觸，傻了，目不轉睛地望著孩子，結結巴巴不知在說什麼：「你……你是……」

孩子見他瞪眼張口的樣子，嚇了一跳，滿臉疑問地看著他，忽然想到什麼，趕緊又轉過身去細細打量牆上的字畫。

瞅瞅孩子摘了氈帽後略顯蓬亂的包著髮巾的頭髻；瞅瞅那罩在寬大的藍綢棉袍裡單薄的身體；再瞅瞅他腳上沾滿泥土的雙雲頭棉靴，呂烈不由嘆了口氣，說：「小兄弟，問你一句話……你是不是有個通醫道的姐姐？愛穿黑衣黑裙，常常施藥濟世行善的……」

孩子一驚，眼裡透出奇怪的難以捉摸的神情，遲疑片刻，輕輕地點了一下頭。

「那麼……」如有鬼魂附體，呂烈竟脫口問出一句極不得體、極倒架子、事後一想起來就臉紅的話，「你姐姐她……那麼，你可有，可有姐夫？」話一出口，呂烈自己倒先吃了一驚，立刻罵自己該死，問這幹什麼？你不是決心一輩子不娶、一輩子不相信女人的嗎？只要能收回這一問，呂烈情願，情願……受什麼罰都行！

孩子果然豎起了黑眉毛，漲紅了臉，滿面怒容地瞪著他，逼得他慌慌張張趕忙改口：「在下……身有賤恙，多次投醫不治，想……致函令姐求醫，若得指點一二，感激不盡！」

附在身上的鬼魂真也超群，竟急中生智想到求醫，好像圖謀已久似的！

孩子嘴唇抿得看不見了，眼睛卻靈得像水中的黑蝌蚪，在呂烈和四壁書畫間打了好幾圈，低了眼皮，幾乎看不出來地微微點了點頭。

呂烈萬沒料到孩子能接受自己的解釋，更沒料到自己拿起筆寫求醫信時，竟如此心慌意亂，手指簌簌直抖，幾乎不能成字，綺詞麗語、挑逗芳心的情話，竟一句也想不起來。屏息靜氣好半天，再提起筆，竟一氣呵成，在孩子灼灼目光的監視下，他用流利灑脫的行草寫下這段既不似情書，又不似求醫信的特殊文字：

女華佗妝次：僕有病，病在心，心悸失眠；僕有病，病在肝，肝鬱不舒。三日後僕欲再往開元寺求醫，唯乞神醫仙姑不吝賜教，普濟眾生……

幼蘅跪在神龕前默禱，不多時便出了神，變成一尊身姿優雅的彩塑泥像。一雙熱烘烘的小手突然從背後伸來蒙住她的眼睛，她驚叫著直跳起來，背後突施襲擊的人也嗟嘆地「咦」了一聲。

「哎呀！可回來啦！把人急死！」幼蘅撲向義妹。

幼蘩看著手上沾滿的淚水，又低頭細看幼蘅的眼睛：

「姐姐，妳怎麼又哭了？」

幼蘅避開幼蘩的問話，忙道：「娘急得團團轉，又不敢告訴爹，只好暗暗著人去集上尋，集早散了！……娘知道妳回來了嗎？」

「郝媽去稟告了。又賣得一百兩，給娘送去了。快要湊足五百兩啦！」幼蘩臉紅得像海棠，眼睛亮晶晶，喜悅中透著得意。

郝大、郝媽老兩口是孫家世僕，在府外草橋邊有一處住所，幼蘩每次出府施藥行醫都在那裡落腳換裝，由他夫婦相陪。近日郝大被老爺差回嘉定，幼蘩出行只有郝媽陪同了。

「又扮成小秀才嗎？怕一老一少兩個女子做生意被人欺哄吧？」幼蘅故意找開心話題。

「這倒不。」幼蘩認真地說，「往日施藥行善，出自本心爲世人做善事，應當以本來面目；現下爲了換錢交易，扮個小廝，心裡少些羞恥，方得安寧，行動也方便……」猛然覺察「小廝」二字是在重複他的話，不禁一陣心跳耳熱，連忙轉了話題：「姐姐爲何落淚？這麼早就做晚禱了？可是天主沒有答允姐姐的祈禱，氣哭了？」

幼蘩的調侃又觸動了幼蘅，她笑著推了妹妹一把：「去，去！不要瞎說！……」聲音卻又哽咽，眼淚又滾落下來。

幼蘩「哎呀」一聲，身子晃了晃，忙扶住牆。幼蘅慌了，過來扶住了問：「是怎麼了？」

「沒大事！集散歸家，一腳踩空，扭傷腿筋走不得路，所以回來晚了。不要緊，方才在郝媽處已取藥敷上，此刻業已消腫，還有些餘痛罷了。」

二人的心事，都這麼輕巧地掩蓋過去。

夜色濃重，女孩子們與往日一樣在燈下刺繡。她們要悄悄湊足五百兩，在元旦之日獻給父親，好讓多年憂勞的老爺得到一個意外驚喜。

最精細傳神的人物由幼蘩操針，花鳥魚蟲是幼蘅的手藝，丫頭們編條子織花邊，成品交夫人，只瞞著孫元化。

彎彎月牙高懸樓角，呼嘯的寒風吹得窗櫺「格格」響，閨房內卻一片明亮溫馨。黃苓早把腳爐放在小姐腳下，手爐放在繡架一側。紫菀在門邊煎好茶，用托盤捧上熱騰騰的茶盞和幾碟精緻點心，隨後也湊在亮煌煌的幾盞桌燈下做活兒，熱心地聽幼蘩興致勃勃地講那百兩紋銀的來歷：她如何扭傷，如何遇著一位軍營大叔管她叫小兄弟，這位大叔又如何慷慨解囊、助人救急……

紫菀神往地說：「這位大叔真好！準是又高又壯，力大無窮，說話跟打鐘那麼響，待人極是厚道……該不是到府裡來過的孔參將吧？眼睛好大，眉毛好粗……」

「不對不對！」黃芩搶過話頭，「這大叔想必是細高挑紅臉膛，黑鬍子又濃又長，蓋過肚子，就像關老爺！關老爺不就最有義氣嗎？」

「都是胡說，」幼蘩又笑又皺眉，「他不胖也不高，不黑也不紅……」

「那麼是個白臉？有耿中軍那麼年輕那麼俊嗎？」黃芩脫口而出。耿仲明身為中軍，常在府中出入，下人都認識他。

「放肆！」幼蘩沉了臉，「女孩兒家怎麼講話！大叔就是大叔，鬍子一大把，說他家裡五男二女七子團圓哩！……」

幼蘩平日話不多，今天為什麼如此興奮？幼蘅不由抬頭看看她，幼蘩正好觸到這道疑問的目光，驟然紅了臉，不自然起來，有關「大叔」的話頭再不提了。沉默片刻，她接著自言自語地問：「要是典房產的錢還不夠關餉，怎麼辦？咱們就得賣首飾了吧？……」

夜深了，胖丫頭紫菀熬不住，倚著桌腿睡著了，輕輕打著鼾。幼蘩和幼蘅都笑，正要收拾睡覺，黃芩神祕地說：

「虧得紫菀睡了，我才好說。她嘴不嚴，露出去叫夫人知道了，準要罵我偷聽，挨頓打可就冤了。」

「什麼事，神神鬼鬼的！」幼蘗瞪了她一眼。

黃苓的一雙圓眼睛滴溜溜直轉，聲音更小了：「晌午，張總鎮過府來拜……」

「他來做什麼？」幼蘗十分敏感，忙追問。

黃苓這才把她偷聽來的老爺夫人關於三個女兒婚姻事的話說了一遍。「千萬可別教夫人知道是我說的哦！」黃苓是姑娘的耳報神，傳過無數次密語，每次都忘不了囑咐這麼一句。隨後便叫醒紫菀給兩位小姐鋪床、熏香。

幼蘅站在屋角那張花梨木文几邊，仰頭觀賞那粉青美人肩哥窯瓷觚中剛開了一兩朵的水仙花。幼蘗走過去叫了一聲「姐姐」，趕緊住口，原來幼蘅已是淚流滿腮了。

幼蘅什麼都好，就是常愛落淚。她的底細幼蘗不全知道，也不好問，但料想有她的傷心事，也能覺察到她不是名門閨秀出身。她能待這位義姐親熱友好，卻不能從心底消除自己對她的優越感。她此刻的淚，想來是不願配給那位孔有德。這使她對義姐多少有些不滿，她雖然說不出「不識抬舉」之類的話，心裡覺得她未免自高位置，辜負了父親的一片好心。於是幼蘗拉了幼蘅的手，笑道：「他……他是一員虎將，前程無量，登州誰不知道？日後必有一番作爲。常聽爹爹說起，他忠厚淳樸，是個靠得住的人呢！……」

幼蘅甩脫義妹的手，哭道：「不要講了！……」

幼蘗一怔，聳起了眉尖。

幼蘅忙拭淚賠笑：「我失手了，妹妹莫見怪！……」她長嘆一聲，低頭走開。

幼蘩與義姐苦樂迥異。回掉張家，她一身輕鬆，彷彿洗去一層黏在身上的柳絮。

那次爲張家老太太診脈後，他家十二歲的小姐也來請幼蘩看病。走進小姐閨房，小姑娘才捋起袖子，露出紅腫潰爛的胳膊，叫幼蘩嚇了一跳。問起因由，只不過是陪父親用飯，已經吃飽，父親又遞給她一個熱騰騰的饅首。家中嚴格遵循古禮，長者賜，幼者賤者不敢辭。她不敢不吃，又實在吃不下，只好假裝掰著吃，把掰下的饅首塊往袖筒裡裝，燙得要命還不敢說、不敢哭……

看那小姑娘鬱鬱寡歡的面容，總是閃著驚慌神色的從不會笑的眼睛，幼蘩的心在發抖。這樣嚴刻的人家，幼蘩是絕不能忍受的！何況那個張鹿征，她絕不想見他第二回。幸而爹娘聖明，她打心底感激。

今日的奇遇，更在幼蘩心頭激起了從未有過的歡樂和從未有過的慌亂不安。她已安枕帳中了，仍沒有絲毫睡意，滿腦子裝的全是他！他的面容，他的笑語，他的目光，他的神態……他的手多麼粗大，多麼暖和啊！想到伏在他背上的光景，臉上羞得一陣陣發燒；想到他問起黑衣黑裙姑娘時那專注、那真切，她心裡又甜得噝噝作響……「求醫信」就在懷裡，摸上去燙人！信熱還是自己心口熱？……三日後去不去開元寺？就是沒他的信也該去的。到時候他會怎樣呢？要是認出我就是那個「小廝」、那個「小兄弟」呢？那不羞死人了？……天哪！這不就是結私情嗎？被人知道，怎麼得了？敗壞爹爹官聲，敗壞門庭，羞愧死！……

不！相愛慕的男女結成夫妻，是天主的意思啊！只要他正正當當遣媒來說親，又有什麼不好？……可那樣一來，我就要告訴他爹爹是誰了！真可怕，上回在開元寺就是猛見他身著武官品服，想到他是爹爹部下，才慌得跑開了的！……爹爹能看得上他嗎？……他將來肯受洗入教嗎？……

幼蘩心裡亂紛紛的，翻來覆去無法入睡，突然想起忘了做晚禱，趕忙坐起身，合掌低頭祈告：「天主，饒恕我！……」

* * *

府院深處的小姐繡樓一派寧靜，而巡撫署前堂此刻卻燈火煌煌。幼蘩做夢也想不到，她的意中人近在咫尺。從呂烈、曹得功半夜進府之時起，突然降臨的危機感壓得人們氣都透不過來。

孫元化正坐大堂，副將張燾、中軍耿仲明左右侍立，親兵武士站滿一堂，無不面色陰沉，細聽曹得功稟報吳橋兵變的經過。

曹得功最後說：「弟兄們被逼無奈，無法北行，要回登州來，乞帥爺向朝廷討個公道！」他拜伏在地，不肯抬頭。

「呂游擊，你怎麼遇到他的？」孫元化問。

呂烈昨晚送那小兄弟回家後，返署途中與曹得功的馬頭相撞，曹得功竟摔暈過去，待救得他醒，驚聞事變，不敢耽擱，半夜闖轅門，領曹得功進了巡撫府。呂烈不及說完，侍衛匆匆帶領兩名省城來的急使進堂，呈上兩函急件。孫元化立即拆看。

查原登州營參將孔有德目無法紀，縱兵騷擾民間，於閏十一月丁卯叛於吳橋，陷陵縣、臨邑、商河，屠新城，焚掠甚慘，又擊殺追剿官兵，罪不容誅！該亂兵呼嘯東去，意在登州。特諭知沿途郡縣嚴加防範，各衛所備兵助剿，並移文登萊巡撫及登州鎮副總兵速發兵馬堵截合剿。

巡撫山東等處地方
督理營田兼管河道　提督軍務　余大成
巡按山東監察御史　王道純
崇禎四年十二月戊寅

另一函是山東巡撫余大成的親筆信，請孫元化出兵截擊，並約在青州府會見，面商剿撫之策。

看罷信函，孫元化靠在椅背上，沉入思索之中。他看上去沉著從容，一副胸有成竹的樣子，使堂上堂下的人們繃得很緊的心弦稍稍鬆緩了些。沉寂中，上百雙眼睛都凝視著孫元化，等候他決策。

孫元化的手慢慢伸向大案的籤筒，抽出一支鐫有「令」和「巡撫登萊東江地方贊理軍務孫」字樣的令箭，說：

「呂烈，你領一哨人馬立即動身，持我令箭往諭孔有德等人，命他立即停止殺伐攻掠，速回登州待命。本撫將往青州與山東巡撫會商，力爭招安赦罪。」

「遵命！」呂烈接過令箭，匆匆下堂離府，天亮前就率隊出發了。他喜歡這激烈變化的刺激。馳出百里之外，才記起開元寺之約，懊喪片時後，一笑置之。

大堂上侍立的耿仲明有些著急：

「帥爺，若是省城兵將、各衛所兵馬逼殺，孔大哥豈能忍氣不還手、白吃虧？……」

「耿中軍，若孔有德真反了，你將如何？」孫元化望定耿仲明。不料張燾小聲插了一句：

「事出激變，非其本謀，孔有德憨厚忠誠，未必真反……」

孫元化瞪了他一眼，他閉嘴低頭。耿仲明態度很堅決：「孔大哥若反，定是被逼無奈。但無論如何，仲明絕不負帥爺恩義！」

「這就好。明日隨我出兵。」

「是！」耿仲明和張燾一齊躬身。

「張副將留守登州，須防備金虜北來侵襲，報海戰大敗之仇……」

侍衛又匆匆上堂呈送信函，竟是即日就要南下升任南京左府將軍的張可大寫來的。劈頭便說：

「孔有德狼子野心，今日乃大白於天下！遼人獷悍，視登州爲金穴，欲得而甘心久矣……」接著又說：「可大雖離任而責猶在，得省城巡撫巡按移文，即率兵馬前往征討！唯兵已欠餉三月，糧草難以爲繼，乞大人急爲籌措，早日運抵軍前是盼……」

孫元化一抬頭，急問：「張總兵何時出兵？」

侍衛答道：「聽那送信家將說，已出城西去了。」

孫元化雙手一按大案，猛地站起身：「這麼快？……」這可不是吉兆！他佩服張可大忠於職守，又擔心他深懷登、遼嫌隙而魯莽行動鑄成大錯。他眉頭一擰，立刻點了四營兵馬，下令五鼓集隊動身。隨後又傳急檄，召來登州知府、蓬萊知縣等官員，說明原委，要他們會同各州縣設法募捐以救糧餉之急，限五日內押送軍前。

地方官員們愁眉苦臉地離去之後，孫元化也趕回後堂向妻女告別。最後跪在天主像前默默祈禱。

他的祈禱，從來沒有具體的近切的題目，而今天，他卻非常明確地乞求主保佑他：保佑他能追上張可大，阻止他與孔有德動武結仇；保佑撫局早成，兵亂平定；保佑糧餉得濟，登州無恙……

三

遼呆子孔有德叛兵作亂的消息傳到省城，滿城驚惶。因爲叛兵攻掠的臨邑、齊河、齊東、新城，都是濟南府屬縣城，相距不遠，朝發夕至；剿賊的官兵又盛氣而去，大敗而回，一時間店鋪關門，糧價暴漲，東郊北郊百姓竟開始投親靠友進城避難了。直到孔有德全軍向東、意在回歸登州的確切消息傳送到省城，民心方定。大明湖上，遊船來往，又如昔日一般優哉游哉，趵突泉邊，歌臺舞榭，仍舊繁華熱鬧。

喝道的鑼聲陣陣響過來，數十兵馬簇擁著一頂大轎走過街市，卻也因行人車馬過多，不得不多次停步等候。轎中官員不時掀簾朝外看，他濃眉細眼，胸前一把濃鬚已夾雜了灰白，臉上神情幾分意外、幾分不快、幾分著急。街邊一些中年人、老人瞥見他的面容，頓時驚喜出聲，一傳十十傳百地互相傳告：

「徐大人！是徐大人！」

「徐大人又回來了！這就放心啦！……」

於是許多人夾道瞻仰這位徐大人，幾位老頭竟跪下向徐大人伏拜了。若在平日，他早就停轎出來與子民相見慰問了，今日事急，他要趕著去弄清局勢，實在顧不得。爲此，他從儀仗中去掉了官銜名牌，只留了一對迴避牌、一對肅靜牌，不想還是被人認出。他嘆了口氣，低聲命隨轎的侍從：「快走！」

他，徐從治，二十年間，以知府、右參政、右布政使三次出任濟南，頗有政聲。這次因吳橋兵變，接山東巡撫急檄，由武德兵備道任上召來省城監軍。他接調令後急如星火，連夜趕赴省城，來解危救難，不料眼前一派娛樂昇平；去拜謁巡撫大人，卻被告知撫院出巡青州，將與登撫會商圍剿叛兵事宜，已爲他收拾出監軍署及一切應用物品，要他在省城候命。他一時摸不著頭腦，跟著就去謁見山東巡按王道純。

巡按乃代天子巡狩、考察所按藩服大臣、府州縣各官的欽差監察官，舉劾尤專，大事奏請皇上裁奪，小事可以立斷。他們同朝中的御史言官一樣，品級不高，權力卻不小，最爲各地方官員所畏懼，一旦被巡按彈劾，丟官罷職不說，更有性命之憂！

按參拜禮節，徐從治應該謁訪巡按，倒不是爲要巴結。他們私交甚好。做官多年，徐從治引爲同道知己者寥寥，王道純是其中之一，雖然他們相識也不過兩年。

遠遠望見巡按府門外兩個大青石獅子，四周車馬紛紛，許多僕役在牆根站著坐著晒太陽聊天，想必來拜謁的官員不少。徐從治止住儀仗，命侍從去遞手本。

片刻間，巡按府的門官搖著紗帽的小帽翅，隨著侍從匆匆趕到徐從治轎前跪拜：「徐爺，您老可來啦！我們老爺打昨兒晚上就吩咐小的候您老大駕光臨，直等到這會兒……您老快請，您老快請……」他滿口京裡的常用語，滿臉堆笑，哈著腰陪徐從治走進大門。登上臺階，他一轉身，笑臉眨眼間變成冰霜臉，對門丁嚴厲地下令：「吩咐下去，其他各府署，一概擋駕！」再一回身，對著徐從治，又是笑容可掬，令徐從治驚嘆不已。

在二門邊，府裡管家接住，門官非常謙恭地告退，徐從治便由管家陪同進二門，過穿堂，不走正門，折向左側的垂花門。老管家看出客人的疑惑，忙笑道：「徐爺不是尋常客，是家主爺至交，家主爺昨日就吩咐了，不用官場客套，迎徐爺去書房待茶。」

徐從治點頭微笑，心裡很舒坦。官場那套繁文縟節，虛假偽善，他極厭惡，所以一而再地告退回鄉。有人讚他清直，也有人譏他不識時務；然而一發生重大變化，又都不得不請他出來收拾局面。

管家又笑道：「近日公務繁雜，家主爺從各府州縣巡視歸來，昨夜修本直至天亮，只怕就睡在書房，這時分或許還未起身哩……」

「嘻嘻嘻！……哈哈哈哈！……」一串清脆稚嫩的笑聲令跨進書房小院的徐從治吃驚地停住腳，看看管家。管家迷惑地聳聳眉，恍然悟道：「家主爺定是醒了，這是小爺的聲音，就在書房……」

小爺的聲音在撒嬌撒賴：「嗯，我不嘛！肚子裡沒有，不尿！」

「就尿一點，」這是山東巡按王道純的聲音，可沒有平日巡按的威嚴，倒像個老媽媽柔聲軟氣地哄孩子，「好乖寶寶，掏出小雞子，對準了，尿一點點就行……」

早就聽說王道純極疼愛他的獨子，都十一二歲了，還常常要孩子騎在肚子上玩，叫他往自己肚臍眼裡撒尿。徐從治只拿這當笑傳，並不深信，不料今日竟當面碰上。

「從治兄到了？快快請進！」王道純聽了管家稟報，抱著兒子迎出來。書房門首「求道軒」篆字匾下，兩人隨意寒暄了幾句，說笑著一同進了屋。

徐從治笑道：「大人舐犢之情，毋乃太過？」

那小爺瞪了徐從治一眼，返身緊緊摟住父親的脖子。王道純笑了笑，輕輕拍著兒子的脊背，嘆道：「可憐只有此一個喲！……」說著，把兒子交給侍立在側的保母：「領他到街口買油果吃……王洪，支給五個大錢！……不夠？好，好，唉，支給十個吧！……」

管家王洪領命，帶著保母、孩子一同出去了。

「快拿我衣冠來！」王道純一迭聲地喊著，並對徐從治笑道，「不敬之至，不敬之至！」

徐從治也笑道：「彼此稔熟，何必認真。」

「噯，朝廷禮法，還是要認真的呀！」王道純說著，兩名小童進來為他更衣：皮袍外罩上官便袍，戴上烏紗帽，換上粉底皂靴。

此間，徐從治轉到窗下案邊，案上有尚未寫完的奏摺，案頭還有厚厚的一本宣紙冊，封面規規矩矩五個正楷：「求道軒日記」。翻了翻，盡是每日幾時起身、幾時用飯、共飯幾人、食用幾樣菜的菜名等等，彷彿流水帳；偶爾，某日記之下有一行小字：「本日與老妻敦倫一次。」

徐從治差點笑出聲：這種閨房祕事，他果然一本正經地逐次記載！他知不知道外間對他這怪癖的訕笑嘲諷，稱之為「半瘋道學」？他知不知道他凡事認真誠實、講究正心誠意之學的言行，被人看作古板矯情、嗤之以鼻？細想去，徐從治又十分感嘆，笑不出來了。

王道純見他翻看日記，並不在意，他奉行「無事不可對人言」，對自己的正和誠非常自信。他吩咐下人送茶，一面問著徐從治的一路行程。徐從治隨口答過，接著說：

「道純兄，不孝有三，無後爲大，何不納副室以廣子嗣？」

王道純搖頭苦笑道：「納妾娶小，要多少花銷！我的境況須瞞不過從治兄……」

徐從治的目光迅速掃過陳設簡陋的書房、下人送上的清淡茶水、王道純身上的布面羊皮袍以及那只炭火不旺的小火盆，心裡很是感慨。王道純是山西蒲州人，爲官極是清廉，除了官俸之外，一毫不取。擢升御史、巡按山東以來，更以海瑞自況，不僅有直聲，也以清貧著稱。靠那點俸銀，既要維持官體，又要養活家口，縱然十分精細節儉，也過得十分爲難……徐從治有心彎腰取出靴筒裡的禮單，又怕觸犯了這位巡按大人，正猶豫間，聽王道純問：

「從治兄可能猜到，此番調兄赴省監軍是誰的主意？」

「自然是巡按大人一力促成！余撫院於剿、撫兩途，怕是主撫的吧？」

「從治兄，你若再稱弟巡按大人，弟就要尊稱你爲老前輩了！」

「不敢，不敢！……」徐從治連連擺手，二人一同大笑。

他倆的交往頗奇特。徐從治今年五十七歲，海鹽人，萬曆三十五年進士；王道純今年五十二歲，天啓二年進士，比徐從治晚了四科，理當稱之爲老前輩。徐從治授右參政兵備道職，正三品官；王道純官不過七品，卻因山東巡按身分，有代天子監察百官的特權，事實上又臨各官之上。二人的仕途原很難相交，也不屬同一個圈子，因志同道合，竟成契友，這是很少見的。

徐從治道：「吳橋兵變，原不難收拾，余撫院不知爲何簡派沈廷諭、陶廷鑨去辦？武將有膽無略，焉能應付激變反戈之兵哉！」

三年前，薊州軍因欠餉數月而譁變，將順天巡撫王應豸圍困在遵化城內。身爲薊州兵備道的徐從治單騎馳入城中，部署撫標兵將分守四門，按甲不動。他親自登上城門樓，揚臂高呼：「糧餉現已調到，將給每兵分發三個月口糧，立刻各歸分守汛地領取！否則大兵出擊，悔之晚矣！」變兵竟應聲而散，紛紛歸營領糧，一場譁變平息。變兵首領被斬，徐從治因而進秩左布政使。

「從治兄所見極是！弟正爲此，特請大駕來省……」王道純一言未了，門外院內一片爭鬧聲、腳步聲，管家氣喘吁吁地嚷著：

「你這個人，怎麼不明事理！快扯住他……」

書房門「嘩啦」推開，一人撞了進來，「嘶啦」聲響，此人衣襟和袖子扯裂，斷在阻攔他的僕人們手中。

王道純與徐從治同時站起身，王道純厲聲問道：「幹什麼的？怎麼回事？」

那人一頭撲倒在王道純腳下，伏地大哭，嘴裡不清不楚地喊叫著：「都天大老爺[1]作主！……都天大老爺！……」

老管家怒視來人：「你！你不是說……」他轉身向主人跪稟，「老爺，他自稱是老爺的親戚，族姪兒，說家裡出了大事，特來稟告。小的只當事情緊急，故讓他進來等我通報，他！他竟

1 各省巡按都有都察院御史之職，故平民稱之為「都天大老爺」。

衝進書房！」

「你是誰？來做什麼？」王道純皺眉問，忽沉吟道，「我好像在哪裡見過你。」

來人抬頭，滿臉是淚，邊哭邊訴：「小的王叔圃，乃新城王象春之子，特來獻銀助餉，捐給官兵，剿滅遼呆子孔有德，替我家被難遭害的三十六口男婦報仇雪恨！……」他抹著淚，從懷中掏出一個函封袋子，雙手高舉過頭，獻給王道純。

王道純點頭，對徐從治說：「不錯，去秋我往新城巡查，見過王鄉紳一家，此子其時也在場。王叔圃，你們新城王家有此義舉，亦是好事。但我這裡乃巡按衙門，不受理捐助錢糧事，你往撫院大人處投遞去吧。」

「撫院大人不在省城……」

「或投藩司、臬司，或投濟南府，自有管錢糧的衙門。」

「老大人，我新城王家雖然遭此大難，根基未毀，捐助錢糧不惜血本……求老大人過目……」

聽他說得古怪，想必那封函裡有什麼名堂。王道純開封一看，勃然變色：在寫了捐助銀五萬兩、糧五萬斛的紅帖中夾了一張小紅帖，上寫「請奉千金爲同宗大人壽」。他「啪」的一聲闔上紅帖，冷笑道：

「老夫從不做壽，且誕辰還在夏六月，你熱心太過了吧？」

王叔圃瞪大了眼睛，很是意外：「老大人，這、這乃是常例，我……」

「我這門上沒有這等齷齪常例！」王道純正顏厲色，「你家四處宣揚，說是與我同宗，我幾時與你家聯過宗來？你父親居家不謹，魚肉百姓，你們王家子姪輩更是恃強橫暴、仗勢欺人！四鄉投來訴狀近百宗，若非吳橋兵變，本按原要拿你王家的人來問話！……如今還不深自反省，反又四出鑽營，竟遣十數人進京，越級上控，將兩院兩司置於何地！」說到這裡，王道純十分生氣，用力拍了桌子。

兩院兩司，自然是指山東巡撫（撫院）、山東巡按（按院），山東布政使司（藩司）、山東按察使司（臬司）。子民上京控告，是對本省地方官員極大的輕視，一旦告准，常常會危及他們，降職、罷官，甚至被逮回京打下詔獄受罪都是可能的。

王叔圃痛哭著伏地叩頭：「老大人見諒！老大人見諒！……可憐我家三十六口老小慘死刀下！我等報仇心切，出此下策，更聽說省中大人主撫不主剿，我等氣憤難平，才起意京控……」

王道純蹙額道：「是剿是撫，乃軍國大事，豈容爾等小民置喙！」他將兩張紅帖裝回封套，「啪」地擲回王叔圃身邊：「捐助糧餉，乃是義舉，此功不可泯。你往藩臺衙門投遞去吧！」

王叔圃再叩而起，掩面哭著退下。

徐從治耳聞目睹，既感慨又不無疑惑，略一拱手：「道純兄清直，令弟佩服。」

王道純略作沉默，然後說：「你我知己，自不必諱。但求兄莫與他人言及此事。」

「這又奇了！如今貪賄者毫無廉恥，道純兄此行足令儕輩羞愧死！」

王道純嘆了口氣，說：「做官固然第一要清，然勿求人知。若爲顯示張揚，則同列不謹不清者眾，必定譖我；而爲上司者多不加詳察，適足取禍耳。惟默默行之，但求無愧於心而已。」

徐從治也點頭嘆息著說：「足見高明！……」他轉而一想，望定王道純，問道：「這樣處置王叔圃……莫非於吳橋兵變也持撫議？」

「唉，撫、剿兩途，近日省內已成爭端，自上而下，兩院兩司乃至幕僚，無不爭論，喋喋不休，聽說巡撫署中幾動老拳……」

徐從治陡然拉下臉來：「道純兄，若為招撫叛兵而調弟來省，便大錯了！弟一生最恨這個撫字！否則，我徐從治也不是今日了。」

徐從治雖是正途文官，卻不書生氣，機敏通變，凡平叛向來主剿不主撫。天啓元年徐鴻儒反鄆城，連陷鄒、滕、嶧三縣，他正在兗東副使任上，力主剿滅，不僅捕殺其伏於兗東之黨徒，還保舉強將能吏，獻搗賊中堅之策，終於平定叛亂，他因此大功進升右布政使。不久白蓮教復起，當時按院主撫，徐從治爭執不果，辭官告歸。崇禎元年重新起用他，因平定薊州兵變再進秩為左布政使，卻又因對山賊主剿而與當權者主撫計議不合，再次辭官告歸。這是他第三次起用，不到一年，竟又遇上剿、撫之爭，難怪他變色。

「豈有此理！」王道純笑道，「別人不知兄，難道我也不知？若講撫字，誰敢請動從治兄大駕！……吳橋之變初起，省城裡一片喊剿聲，大是同仇敵愾！待得剿滅不成，鎩羽而歸，轉而又是一片主撫。弟有心砥柱中流，但時至今日，已有獨力難支之勢，所以極力向撫院舉薦從治兄……」

「怎麼，余巡撫他……」

「余巡撫為人尚好，素有清正名，但不知兵。蒞任山東以來，於白蓮妖教及逃兵之亂，皆不能討。聞吳橋兵變，又託病數日不出面，被弟追逼不過，才遣將發兵，不料又敗回省城，要他主剿，想來爲難。但此人耳根不硬，於兵事無定見，尚不爲大害。難只難在那位登萊巡撫了。」王道純停下來，拈著鬍鬚憂心忡忡地搖頭。

「兄是說那孫元化？」

「正是。余巡撫此去青州便是與此人會商，只怕被其左右。孫元化這個人嘛……自關外遼東至此，素言遼人可用，標下也多用遼人。驕兵悍將，說起來也是他縱容出來的！一旦出亂子，他力主撫議，那是勢在必然。」

「我記得此人乃舉人出身？」

「唉，還是買得個監生資格，天啓元年順天鄉試考中的舉人，也還算正途就是了。」

「天啓元年才中舉？在下比他早十三年就已京師會試成進士，可人家倒巡撫一方，封疆大吏！……」

「他終究還是有才學。」

「有才學爲何中不了進士？才學？什麼才學？與他擁兵自重一樣，不過是挾夷術而自重、獻淫巧以邀寵罷了！我很看不上這路人物！」徐從治越說越激憤。

大明開國以來，漸漸形成重文輕武的風氣，官場中對仕途出身尤其講究。進士出身是正途中的翹楚，宰相大學士及六部尚書，非進士出身不可。哪怕官至方面大員，若非進士出身，也常常自慚形穢。進士瞧不起舉人、舉人瞧不起秀才、秀才瞧不起童生、童生瞧不起不識字的白丁，則更是人之常情了。所以王道純並不勸阻牢騷滿腹的徐從治，只輕描淡寫地說：

「此人年不上五十，資歷淺，驟獲重膺，多半急功近利，企圖一言解紛，一紙書退百萬兵，以顯其能，主撫可想而知。只要余撫院力主剿滅，他怕也得退讓三分……」

正議論間，管家又急急忙忙送進一封信函，稟道：「登州來人，說是監軍道王大人致函巡按大人……」

「王徵！」王道純接信，並不急於拆封，冷冷一笑，「果然是山雨欲來風滿樓！我猜他必是爲孫元化的撫議說項！」

「王徵？可是陝西涇陽王徵？記得與你同榜進士，頗有才名哩。」

「是啊，他與我同榜同門同姓同庚，人品才學俱屬上乘，可惜墮入邪門左道，去拜什麼天主！不然，何以棄封疆之任而就佐貳之職呢？」他開了封函，匆匆掃過一眼，「果不其然，做說客來了。」

徐從治哼了一聲，說：「四面楚歌，盡是講撫聲，只怕余撫院也難獨樹一幟吧！」

王道純嘆道：「其實把話說透，有什麼不可解？歷代直至本朝，但凡能一舉而剿滅者，絕不講撫！講撫，無非權宜之計，多是爲安撫脅從，暫讓一步，以便於伺機拿住倡亂首惡，殺一儆百。所謂剿、撫並用，撫其實還是爲了剿。今上初即位，平定宮內譁變，最得此策精髓，極是少年英明之君！孫元化、王徵輩不明此理，竟以撫爲目的，豈非大錯特錯？亂臣逆子，人人得而誅之，若連此理都含糊過去，真可謂荒謬絕倫了！」

徐從治聞言神情振奮，拍案大呼：「正論！正論！義正詞嚴，好暢快人也！」

「砰啪！」茶盞被他拍得跳起來跌碎了，兩位好友相視大笑，感到彼此心意相通，很是愉快。

「余撫院臨行，我已交代再三，」王道純平和地說，似乎胸有成竹，「務必剿滅亂兵，平定叛亂，方可以大功告慰皇上。他總不至於置按臣進言於不顧。」

徐從治想了想，張目盯住巡按大人，神采飛揚地說：「道純兄，咱們有言在先，若是兩巡撫青州會商竟商出個撫局來，在下可是萬難從命，只得第三次辭官告歸，那時勿謂弟言之不預！」

王道純哈哈大笑：「從治兄快人快語！弟也與你約定，兩撫院若真是定下撫議，弟必力爭於朝廷，求皇上親自下敕令剿！若仍不奏效，弟也掛冠去，絕不食言！」

四

令全山東各級文武官員注目的兩巡撫會商，將在青州府舉行。山東巡撫行轅在西，設在府衙院內；登萊巡撫行轅在東，設在府學中。兩位巡撫的龐大侍從衛隊及各種儀仗，使青州府城前所未有地擁擠、熱鬧、光彩奪目。居民紛紛湧上街頭看稀罕。聽說兩位巡撫大人各帶了好幾千兵馬，駐紮城外，被孔有德兵亂消息嚇慌了的百姓，頓時吃了定心丸。

孫元化上午到達，聽說余大成中午在府署下馬，午後才交未末，孫元化便具了名帖，帶了十數名隨從，來到山東巡撫行轅。

余大成接到名帖，吃了一驚。按照常規禮節，兩巡撫應當先遣派各自屬官互致問候，然後由各自的撫標中軍商定見面日期地點，才能正式相會。許多講究氣派排場的巡撫，常要在這種時候拿身分，自高位置，故意刁難，使對方屈就於己有利的地點，或者遲遲而來，令對方坐一會兒冷板凳。余大成是準備受孫元化的這種慢待的，不料他會如此謙恭，以晚輩下官的禮節，首先來拜會自己。他捋著花白的鬍鬚，沉吟片刻，吩咐：「客廳待茶！」親自出大門迎接。

兩位巡撫互相拜揖，互道寒溫，說著「久仰」、「幸會」之類的禮節話，都在仔細打量對方，心裡暗暗掂量。孫元化黑眉黑鬚，寬頤隆準，奕奕有神的丹鳳眼，溫文慈和的神態和低沉渾厚的聲音，使余大成感到意外，幾乎掩飾不住自己的驚訝；而余大成花白的鬍鬚、疏朗的眉目、骨肉停當的相貌表現出的忠厚、寬大，也教孫元化暗暗鬆了口氣。

彼此初見時生出的好感，對後來的會商極有好處。但進入客廳分主客坐定，下人獻茶之後，兩人的話題卻與吳橋兵變全然無關。

「余大人清德，元化傾慕已久。常聞大人於天啓年間忤魏逆以維護士林，實可欽佩！」孫元化望著兩鬢斑白的余大成，拱手致意。他實在想像不出這樣一個慈顏老者，當初敢於在魏忠賢的熏天勢焰中挺身抗爭。

魏黨倒臺已三年多了，但提起當年勇，余大成仍很自豪，嘴裡雖也謙遜幾句，卻忍不住又滔滔不絕地講起往事：魏閹遣人帶了禮品籠絡他，如何被他回絕；魏閹令他以貪賄罪拷問東林黨，他如何據理力爭以致忤魏罷官；回原籍江寧後，他如何險些爲閹黨所害等等，雖然不無誇張之處，但因出自這位面貌忠厚的長者之口，聽來還是很教人信服的。

見孫元化神色那麼恭敬，想到人們對這位舉人出身的登萊巡撫的種種傳說和非議，余大成心下慨嘆：可見以訛傳訛，流言不足信也！他突然改變話題：「孫大人才幹卓異，前途無量，更蒙當今信用，正可一展宏圖，所謂龍從雲虎從風，風雲際會君臣相得，歷代難遇啊！」

孫元化連忙低頭謝道：「不敢當。」

「皇上親賜御筆『勞臣』匾，中外轟動啊！……日前道經濟南，老夫也曾親迎親送，聽專差官員回程時說起，貴省兩院兩司及蘇州府上下官員郊迎十里，鼓樂傳送直至孫大人府上，實在是非常之際遇，曠世隆恩……」

去秋，御筆親書的「勞臣」匾，自北而南，從京師到嘉定，沿途地方官隆重迎送，確實風動一時。余大成提起此事或許是讚美，但也可能是以讚美過去表示責備眼前。孫元化連忙避位起立，拱手低頭：「天高地厚之恩，元化雖粉骨碎身也難報萬一。如今卻因治軍不嚴以致屬下遼丁譁變生事，貽朝廷憂，貽君父憂，又累余大人勞碌奔波，元化之罪也……」

「我不過隨意說起，孫大人不要誤會。」余大成笑著解釋，請他坐下，然後進入主題，「吳橋兵變，一省震動。孔有德悍勇難制，官軍初戰失利。若東西夾擊，南北合圍，或可奏效。不知孫大人可有取勝良策？」他眉頭微皺，瞇眼注視著孫元化。

孫元化不料余大成開口便是「剿」，與他的推斷大相逕庭。略一思索，決定開門見山，不兜圈子：「在下以爲，此事一撫便了，無須戰。」

「哦？」余大成揚揚灰眉，看不出是贊同還是反對，「孫大人倒有這等把握？」

孫元化命傳曹得功上堂，稟告吳橋兵變的起因和經過。曹得功原本口齒伶俐，余大成也聽得很專心，有時不由自主地點點頭，又迅速斂住。曹得功稟畢叩頭退下，余大成聽罷默然，並不表態，顯然與他在省城聽到的情況大有出入。

孫元化索性把話說透：「此事確實事出有因，是激變而非預謀，當撫不當剿。在下之所以主撫，一可免黎民百姓遭戰亂之苦，二可免官兵受傷亡之累，三來也要爲朝廷籠絡住孔有德這員虎將。」

「哦？」余大成睜大了眼，很感興趣的樣子。

孫元化於是講起孔有德的身世，講起太平寨之戰、長島之戰及今夏的對金海戰，並說：「此人忠厚坦誠，相隨數年，最講義氣。此次吳橋兵變，他必有隱衷。所以，在下聞變，便立即差人持我令箭去招撫他。料得近日便有好信回報。」

「哦。」余大成臉上喜色方露便逝，只微微點頭。

「我想若能成就撫局，則應早日檄令有關府州縣，不得邀擊襲擾，使孔有德部早回登州就撫。」

「這個嘛……還要從長計議。不知孫大人遣去招撫孔有德的差人，何時能夠回報？」

孫元化暗暗叫苦，真是百慮一失：呂烈走時，竟沒有想到應該叫他來青州回報！他只得安慰余大成：「回報不回報，結果都一樣，下官心裡有數，余大人請放寬心……」但他看得出，余大人是不能夠放寬心的，通常能夠升到巡撫這樣的封疆大吏，謹慎是必不可少的重要品質。孫元化暗自猶豫：是繼續說服，還是暫時告辭以待明日正式會商，再進一步分剖利弊？……

耿中軍匆匆走來，俯身在他耳邊，壓不住喜悅地低聲說：「帥爺！呂游擊，他來啦！」

「怎麼？」一向喜怒不形於色的孫元化，心情激動，以致聲音都有些發抖了，「他，他到青州來了嗎？」

「是。正候在轅門外求見。」

眼下沒有比這更叫孫元化欣慰的事了！想什麼就來什麼，難道天主答允過他有求必應？他心裡充滿對呂烈這個怪人的感激和讚賞——他從耿仲明的語調裡已猜出呂烈此行達到了目的。他滿面春風轉向余大成：「老前輩，巧得很，我遣去招降孔有德的游擊呂烈來到青州，正在轅門外候命……」

「這麼巧？快請！快請！」余大成也顯得很高興。

風塵僕僕的呂烈進了客廳，立刻感到人們投給他的好奇中帶了讚賞和欽羨的目光。他身材挺拔，面貌英俊，進退禮節嫻熟周到，更有一種威勢與勞倦都不能壓倒的冷峻和灑脫，使他在眾人眼中為登州軍官掙足了面子。余大成也不由得對他另眼相看，特賜他茶酒以示慰勞。

呂烈向兩位巡撫說起他此行的經歷。

他率隊離登後，日夜兼程，兩天後在小清河岸邊，遇上了大隊亂兵。他那一哨人馬不過三十餘人，立刻被包圍了，四面高聲喊殺，又叫他們下馬投降。呂烈上前大聲說明，他是孔有德的舊友，特地到此相會的。包圍他們的人群才靜下來，走出兩個領隊模樣的人，橫眉怒目盤問好半天，又命人收繳了一行人的武器馬匹，才叫出兩個壯漢吩咐把呂烈送去西莊。

這些人，沒有一個登州遼丁。途中呂烈問起押送他的人，才知道他們都是新近投來的。那兩個領隊原是新城王鄉紳的家丁，因入伙最早，所以得當小官。

一路上不斷遇到大隊亂兵，村東村南都能看見成片的帳篷。進了村，來來往往說笑喊鬧的全是亂兵，不但見不到一個村民百姓，連牛馬豬羊雞鴨貓犬也沒有蹤影，不是被亂兵殺光了，就是被他們嚇得跑光了。

在一所大宅院門前停下，押送兵正要進門通報，人來人往的大門口忽然飛起兩聲高叫，一驚一喜：

「呂烈！」

「呂游擊！」

呂烈一看，是李應元和陳繼功，剛要答話，李應元飛身衝到跟前，拔劍就砍。呂烈遇變不驚，身子往左一閃，抄出右手順勢一把攥住他舉劍的右手腕，用力向後一翻，李應元「哎喲」一聲，呂烈左手跟上奪了劍，回手架在他脖子上，大喝：「誰敢亂動，我先殺李應元！」

事情發生在眨眼之間，周圍的人都嚇住了，陳繼功半天才回過神來，埋怨李應元：「你，你怎麼不問青紅皂白！……呂游擊，你怎麼來這兒啦？」

呂烈鐵青著臉：「少囉唆，叫孔有德出來！」

「誰在大門外頭亂喊亂叫？看我不揭了他的皮！……」孔有德的聲音老遠地從後院轟隆隆響過來，一伙人簇擁著他走到大門口，一見這場面，驚駭不已。孔有德喊起來：

「呂老弟，是你！這是怎麼了？」

李九成「哇呀」地叫著，提刀就要向前衝。

「站下！敢過來我就殺了你兒子！」呂烈一喝，李九成白著一張臉，果然不敢再動。呂烈一聲冷笑：「孔有德！李九成！春上你們到京師，我呂烈如何相待？今天我好心好意持帥爺令箭招撫，給你們開一條生路，竟讓這猴崽子見面就動刀！十足負義小人、狼心狗肺！」

孔有德渾身一戰：「什麼？帥爺差你來的？曹得功他見到帥爺啦？哎呀，快快請進，快快請進！」

呂烈傲然道：「不進！我放了他，你們亂刀砍了我，我可就虧本了！」

孔有德疑惑地看看李應元，又看看陳繼功。陳繼功忙說：「孔爺，我跟李守備出門辦事，見到呂游擊，我招呼一聲才要搭話，李守備不知怎麼失心瘋也似的，拔劍就砍，他又不是個主兒，眨眼就叫呂游擊制住了。」

李九成連連拱手、作揖，滿臉賠笑：「唉，呂兄弟，你的恩德我一輩子都忘不了，哪能有害你的心呢？犬子喝多了酒，最見不得登州營的人……再說，回登州報信的曹得功又沒回來，他八成是心裡犯疑惑……」

李九成的話，果然使孔有德等人現出戒備的神情。呂烈暗恨李九成狡詐，索性直截了當：「帥爺要在青州與山東巡撫會商，曹得功隨了去替你們說明原委，才好招撫哇！」

孔有德激動起來：「你說的當真？」

呂烈又一聲冷笑：「我平白無故地跑這兒來幹什麼？專挨這猴崽子一愣劍嗎？告訴你，孔有德！若不是帥爺替你兜著，這山東省內各郡衛所武備和登萊各營數萬兵馬，東西夾擊圍剿，你這小小千把人馬，早就灰飛煙滅了！」

孔有德嗓子眼裡打個磕絆：「帥爺他，他怎麼說？」

「帥爺命你們立停攻掠，速回登州，駐軍蓬萊縣西南三十里北溝村待撫。」

「口說無憑。」孔有德分明激動得氣息不暢了，仍在勉力抑止。

「這裡有帥爺的令箭！」呂烈右手仍執劍對準李應元，左手從懷中掏出令箭遞給陳繼功，陳繼功雙手捧著交給孔有德。孔有德拿著這支見過多次、從孫元化手中接過多次的令箭，輕輕捋了一遍，雙手高舉過頂，叫了一聲「帥爺！……」便慢慢地屈膝跪倒了。李九成、陳繼功及所有將弁衛兵也都跟著跪倒。呂烈收起劍，用力一推李應元，李應元踉蹌幾步，跪在他父親身邊，再也不敢抬頭。

孔有德站起身，黑臉紅彤彤地發光，興奮地大喊：「傳令：各路人馬齊集村外打穀場！搭高臺，我要親自傳令！」

呂烈注意到，多數將弁都露出鬆了一口氣的喜色，但也有人不大愉快，比如李九成父子。可那位乾巴瘦的父親發現呂烈在注意他，立刻又笑得滿臉皺成核桃樣，過來拉著呂烈的手，親熱地說：「老弟的恩德我何曾忘！應元這兔崽子實在不是東西！說心裡話，他因處處遜你一籌早就嫉恨你，沒見過世面的小子！這不，才得意了兩日，就不知天高地厚，連我這老子都不放在眼裡了！……我一定狠狠教訓他！老弟你大人不計小人過，饒他這一遭吧！……」

「算了算了，別囉唆啦！」呂烈討厭他甜膩膩的腔調。

「好，好！老弟果然大度，佩服！……吳橋的事，曹得功既已稟告，就不多說了。只是一件，我們兄弟闖了大禍，得罪了各處各方許多大人老爺，孫帥爺講撫，我等信，又怕作不得數，務必求朝廷發一道赦罪聖旨，既往不咎，大家才好放心……」他嘿嘿地笑著，細小的黑眼珠遊動不定。

對李九成的話連連點頭的孔有德，也趕來拍拍呂烈的肩頭：「好兄弟，就是這話，拜託你回去千萬對帥爺說明，千萬求一道赦罪招撫的聖旨。有了聖旨，還怕他山東省的人作怪嗎？帥爺也好少些麻煩，免許多口舌是非。」

呂烈倒不料平日看去粗莽的孔有德還有這點細心，於是想到應該首先趕赴青州，將孔有德一干人的要求及早回明，或可有利於兩巡撫會商。

呂烈沒有就走，他等著看了孔有德傳令。那景象頗爲壯觀：黃昏後，西天留下最後一抹晚霞，映照著村外連成片的打穀場，一團一團黑壓壓的人群，高舉著數不清的松明火把，如千萬盞明燈，照得四周亮如白晝。臨時搭起的兩人多高的松木臺上，燈籠火把簇擁著孔有德高大的身軀，他手中高高舉著孫巡撫的令箭，震耳的聲音能傳出一二里外：

「弟兄們！咱孫帥爺來了將令，咱的委屈，咱的苦楚帥爺都知道了！特地命呂游擊來告訴咱們，朝廷就要下聖旨赦咱的罪，安撫弟兄們，回登州和家人老小團聚！……」

「噢！──」人群中爆發了歡呼聲。

「咱老孔在這兒要對弟兄們說清楚：自今日起，不准再攻地掠財，不准殺人，咱這回真下封刀令了！誰敢違令，別怪咱老孔翻臉不認人！聽明白了沒有？」

「明白了！──」

「後來入伙的弟兄是留是走，自願！明兒一早起，咱就打點上路，回登州！」

「噢！──」一片歡呼淹沒了孔有德的話音。火把燈籠亂舉，紅紅的火光跳蕩，黑黑的松煙瀰漫，那些在煙霧中忽隱忽現，閃著油光的各種面孔，發亮的各種眼睛，在呂烈看來，不僅亢奮放縱，而且狂暴粗野，更像是綠林群盜的聚會，因而生出一種說不清的不真實的幻覺感，莫不是某種捉摸不清的可怕的預兆？

不過，這種預感，也和呂烈對李九成父子的不信任感一樣，是存於心間，說不出根據和道理的。所以他在向兩位巡撫大人稟告時，就略去不提了。

余大成和孫元化都聽得很仔細。其中余大成插問了一句：「以你所見，現下孔有德有多少兵馬？」

「只以那晚集隊傳令看來，約在三千上下，馬步各半。」

「哦……」余大成有些吃驚，端起茶盞遮掩過去。但細心的孫元化已看出端倪。待呂烈退下，便抓住時機進一步說：「余大人，可見孔有德求撫之心頗誠。還有一端……」他故意遲疑片刻，接著說：「余大人乃忠厚長者，在下就不揣冒昧，直言了。孔有德乃虎將也，激憤而變，又勝了官軍，氣焰正高，若行追剿，所謂縛虎難，縛怒虎更難，傷人必多爲害必久。與其剿而難滅，何如撫而速成？……在下管見如此，老前輩指教。」

余大成終於拈鬚微笑點頭：「孫大人所見不差。只是……」他側身略略靠攏孫元化，放低了聲音：「按院王大人難與共語也。他司朝廷風紀監督之職，又力主追剿……」一想起王道純數次爲兵變事上門催督，出語傷人，余大成不覺憤怒：「這些御史言官！怪不得朝野稱之爲烏鴉！」

「一省軍政，責在巡撫，按院但有監督之權。若是剿而失利，兵變愈演愈烈，爲害地方，殘害百姓，你我均難逃罪責……」

下面的話孫元化不說了，但余大成自能意會：地方出事，按院極易推卸責任。這使他終於下了決心。其實，在沈廷諭、陶廷鑨敗歸之後，他就已主撫不主剿了。但他的話被按院王道純堵回去不得說，今天孫元化替他說了。他一時覺得身上如去重負，很是輕鬆。但孫元化的一句話，又給他肩上壓了擔子：

「余大人，吳橋兵變起於糧餉不繼，如今登萊各營缺糧欠餉很是爲難，軍中多有怨言。若不及早設法，萬一再出王有德張有德，就更難措手了。」

事實是，應由山東巡撫籌送的登萊糧餉，七、八兩月減半，九月、十月減三分之二，十一月、閏十一月及眼前的十二月，則全停，要登萊巡撫自籌。對此，余大成確實心裡歉然，長嘆道：「老夫上奏朝廷爲登萊乞餉，有何難哉！便一日三發又有何用？難在登萊兵糧的監視中官吳直，他若不上奏，總理戶部工部的中官張彝憲決計不會理睬……」

他也沒有把話說完，孫元化也照樣能領會：要想監視中官及總理中官發慈悲，非得卑躬屈節送禮行賄不可，孫元化又拉不下這張面皮……

* * *

呂烈的到來，促成了孫元化原以爲會十分吃力、需要據理力爭，甚至會爭得不歡而散的兩巡撫會商。山東巡撫與登萊巡撫聯名奏請朝廷速下招撫諭旨，盡快平息事端。同時又聯名向孔有德部東歸途中各州府縣發下照文，告之變兵已就撫，各地不得襲擾邀擊。

會商以孫元化出人意料的拜訪開始，又出人意料地圓滿結束。孫元化便要告辭，余大成極力挽留，設宴款待。山東巡撫果然有大省大員的氣派，出巡時也帶著極好的廚師廚娘，菜肴精美豐盛，酒醴更是醇香醉人。二人談論詩詞歌賦，閒話平生，很是投緣。余大成一一問起登州文武各官，特別問起呂烈。聽孫元化一一答過後，他笑著點頭：

「孫大人麾下皆才俊之士，多謀略、知變通，頗爲難得，所以上下同心。老夫回去省城，正不知還要費多少口舌，生多少閒氣呢！……」

孫元化知道他在擔心巡按王道純作梗，便苦笑道：「所以呀，必須請下聖旨，撫局才能定啊。」余大成頻頻點頭。

難道他孫元化就不擔心？登州總兵張可大不也是他難以克服的阻礙？這位已經卸任的將軍，仍然那麼忠於職守。他絕非有意與孫元化爲難，卻又處處與孫元化爲難。兩巡撫會商後回登州，孫元化首先就要面對他——張可大。

孫元化此次率師西進那麼急迫，就是要追上早幾個時辰出發的張可大，阻止他和孔有德部接觸。一直過了黃山館，他才追上那五營登州兵。

張可大父子應召來大帳見孫元化，舉止語氣還是恭敬的。可是孫元化一說明招撫的意向，張可大就拉長了臉；喚曹得功來向他稟告吳橋之變的詳情，尚未開口，張可大父子已然怒目相向。事後孫元化也責怪自己沒弄清曹得功與張可大的過節，以致張可大不顧身分地在大帳中發火，怒聲宣告：「亂臣賊子，人人得而誅之！孔有德輩遼人狼子野心，謀劃已久，如今乘機發難，圖謀登州，只能剿，不可撫！……」

孫元化請他息怒，說明自己將往青州與余巡撫會商，撫局必成，請他率隊速回登州，不要滯留於此，免生意外。

張可大竟不領命：「下官身爲登州鎮總兵，職守登州，必得阻住叛兵東來攻伐登州城！」

孫元化見他固執得不可理喻，有些生氣：「張大人已榮任南京左府都督，登州鎮總兵出缺，待朝廷任命新員。大人不在其位，就免謀其政吧！」

張可大臉漲得發紫，態度仍是硬得像石頭：「孫大人只管去青州，張某人在此相候，若是議成撫局，我隨大人同回登州；若是講剿，張某人駐此正可備緩急之用！」

如今會商完畢，撫局已定了，但想到等候在黃山館的張可大，想到他得知撫局後又會怎樣爭辯，怎樣怒形於色，孫元化還是覺得心裡發忧，覺得不痛快。

孫元化就是孫元化，他當然不會像余大成，把這些官場中、僚屬間的嫌隙說出來。宴會中，他自始至終都那麼謙恭從容而又脫俗不凡，以致余大成擎著酒盅感嘆不已：「外間盛傳，說你以舉人出身得方面之任，不無僥倖；又道你清高自許目中無人……今日看來，盡是虛詞！唉，果應了一句老話：木秀於林，風必摧之；堆出於岸，水必湍之；行高於人，眾必非之！……仕途險惡，元化兄須要小心謹慎才是啊！……」

就任登州以來，還沒有人對他說過這樣親切的話，沒有人這樣理解和同情他的處境呢！孫元化心下感動，又多喝了幾盅酒，一時眼睛都溼潤了。

此後，他們竟成了好友。在接踵而來的險惡的驚濤駭浪中，余大成頂著各種壓力支持孫元化，始終不渝。

五

鵝毛大雪從除夕下到初一，紛紛揚揚，沒有停息的意思。登州城銀裝素裹，別是一景。三十餘名貂袍風帽的縉紳富商冒雪走進巡撫署的大門，心頭都有些惴惴不安。元旦日民間耆老向地方長官賀節也是有過的，但巡撫大人召請卻少見。莫非與孔有德有關？……孔有德一眾數千人馬就駐紮在三十里外的北溝，說是待撫，難保不出意外！登州人提起這就發慌，過年的興致都低了，一夜沒響幾個鞭炮……

沿著鵝卵石鋪就的小徑，一行人被引到東花廳。階下幾株紅梅應時開花，送出縷縷幽香。寧靜中諸人才有了瞻仰觀望的心緒。一人指著花廳門柱上的楹聯道：

「這是巡撫大人自撰自寫的呢，好筆力！」

注有「嘉定孫元化撰寫於崇禎三年秋」小字的楹聯，確實不俗不凡：

載來吳下寒梅，為與此間補春色

掃卻庭前落葉，何妨竟夕共清談

另一人拈鬚讚嘆：「恤民勤政之心，盎然可見啊！……」

他們互相謙讓，推推搡搡，終於在花廳內數張八仙桌邊坐定。僕役送上清茶和果盒。水好茶香，眾人嘖嘖稱讚。果盒一打開，卻都愕然了：八瓣攢心果盒裡，只有兩味茶點：瓜子花生，連一般人家過年必備的桃紅酥油果子都沒有。心思靈活的珠寶商對同伴們眨眨眼：

「諸位總該解得其中味了吧？」

人們微微點頭，初進巡撫署的惶恐不安迅速被難言的憤懣所代替，一個個耷拉了頭臉。近些時，縣裡府裡不住地召請，今天巡撫大人也親自出馬，定然又是勸捐！自家的錢糧如同貼骨的肉，割一點也是痛的，憑什麼要給別人？他們都不是沒見過世面的鄉巴佬，既能軟磨硬抗過了縣關府關，到了這裡，外甥打燈籠——照舊（舅）。

巡撫大人和善地笑著進了花廳。一片拜節賀喜的喧鬧圍繞著他，歌功頌德不絕於耳。孫元化卻在簡單的答謝和致賀拜節之後，立刻開宗明義：

「常言道，兵馬未動糧草先行。登州糧餉素無拖欠，只因六月裡金虜圍大凌河，各地勤王軍北上，山東省只得停了撥給登萊的協餉。眼下欠餉已達三月，軍心勢將不穩，一旦生亂……孔有德吳橋兵變諸位想已知道，其起因也是欠餉，如今待撫北溝，登州無餉，如何招撫得來？更有金虜在北，虎視眈眈，若乘時來襲，各軍如何守城？萬一城破，本撫受朝廷責罰事小，登州繁富之地，則百姓遭殃啊！……向聞諸位識大體顧大局，素有忠君報國之心，請各借給餉銀，維持營伍之需，共度時艱。」他推出桌上的一本名冊：

「請各寫認捐之數，日後也好償還。」

花廳內一片寂靜。償還？日後誰敢向官府索要？還不是老虎借豬！

孫元化苦笑，又說：「還有一途，便是邀登州人家養兵，管吃管住。家境貧寒者，三戶養一兵；家境中等者一戶養三兵；上等家境可養十兵，至若大戶首富，家中有成百僮僕家丁者，養百兵也不作難……」

眾人早已不滿地低聲議論開了。大戶人家，家家門內有影壁，怕的就是外人窺探家中的隱祕，怎能讓生人住進家裡，況且還是兵！那位穿著最爲陋樸寒酸的瘦老頭連連搖手，忘記了子民應有的謙恭，大聲嚷嚷，看得出是真的著了急：「不成不成！我們窮商家哪裡養得起兵！官府不養，朝廷不養，攤給我們窮百姓？不公不公！」

他一嚷，別的人也都跟著表示拒絕，鬧嚷起來。不過他們都注意控制自己，不超過乾瘦老頭的程度。孫元化向身邊的書辦低聲詢問，書辦小聲稟告說，瘦老頭姓胡，從開招商小店起家，如今人人都猜測他富甲一縣，可他生性極吝嗇，日子過得極苦，吃穿俱都簡陋至極，中年納過幾次妾，都餓跑了。如今老兩口度日，無兒無女，整天還爲針頭線腦拌嘴爭吵……

「姓胡？……」孫元化心裡一動，掠過一絲難以捉摸的不安。老頭十分可憐，也就不計較他的無禮，仍然溫和地說：「既不肯認捐，又不願養兵，萬一營中生亂，或是賊兵破城，那時玉石俱焚……諸位就毫無遠慮嗎？」

胡老頭一把抓下頭上皺皺巴巴的氈帽，往桌上一摔，尖尖的下巴上鬍鬚直抖，站起身嚷叫得唾沫星子亂濺：「不出銀子！不養兵！遼呆子來也好，金韃子來也罷，我老漢不管不怕！反正就這句話：要錢沒有，要命就這一條！……」

竟敢如此犯上！眾人都嚇住了，連忙攔住他，按他坐下，又向巡撫大人賠笑作揖：這老兒年過古稀，老糊塗了！……只見大人沉著臉呆坐不動，恐怕冒犯大人的胡老頭要倒霉。

胡老頭摘帽露出了右側缺了大半的殘耳，孫元化心裡一個冷戰，渾身的經絡驟然抽緊了。三十年歲月的濃霧剎那間廓清，他終於找到自己負罪感的來由。三十年前，就在這個半隻耳朵的胡店主的小客棧，由於登蓬萊閣觀海天而興奮得大醉而歸的十九歲遊學士子孫元化，把店主那嬌羞的十六歲獨女關在自己房中，春風一度，海誓山盟，次日便帶著滿身的脂粉香澤，跨馬出登州。後來他遊歷大江南北，類似豔遇不在少數。當他終於決心安身立命於濟世報國，特別是當他皈依了天主，以「十誡」律己以後，便與少年時的風流性情一刀兩斷，忘卻過去，重新做人了……

難道真有報應存在於冥冥之中？偏在他最感棘手的艱難關口，胡老頭出來領頭跟他作對？他陡然記起海邊祭奠投海母子的習俗，難道登州大劫就應在自己身上？……

「諸位莫嚷！」肥胖的珠寶商站起來向四面作揖。人們靜下來聽他說，他卻恭敬地轉向孫元化：「老大人有命，小民等焉敢不遵。只是年來登州多事，各人生意田莊也都艱難。論起來，大人莫怪，只怕登州府縣各官、登州營各營將官比小人們還強些哩！……大人！」

孫元化猛地回過神，只見珠寶商對自己躬身而揖，不懷好意地笑著，滿廳的人也都眼睜睜地望著自己，他有些迷惘，吐出含義模稜兩可的常用語：「什麼？」

珠寶商一驚，把話又說了一遍，口氣更加謙恭。

「正是，大家都艱難，才更須同心協力。」孫元化顯得很疲倦，端起瓷盞喝茶。侍候在側的陸奇一見帥爺被這些人氣得臉色都變了，心中不忿，忍不住戳指頭指著珠寶商大聲道：「你們這些畜皮！帥爺爲了籌餉，把自家田產房屋都典出去了！……」

「放肆！」孫元化喝一聲，「誰許你亂插嘴？退下！」見陸奇一垂頭退後，他才回頭來和氣地說：「只因嘉定遠在江南，典田產所得至今未能送到，緩急之間周轉不來，才請諸位助一臂之力，實在是不得已。這裡有府內眷屬爲籌餉捐助的一箱首飾，足下給作個價，就算足下一份捐款如何？」他說著，把管事家人送來的首飾箱指給珠寶商。

這一著大出眾人意外，一時都怔著不出聲了。珠寶商帶著他那一行人特有的精明和極力掩飾的貪婪，搓搓手，打開了首飾箱，把一個個小抽屜拉出來，人們情不自禁「啊」地同聲驚嘆：兩副金項圈、兩副金鐲、兩副白玉鐲、三副翠鐲，還有一抽屜各色戒指、珠環、玉釵、銀簪。

看樣子，巡撫大人寶眷的心愛物都捐出來了。珠寶商朝孫元化再三拜揖：「小的慚愧！大人忠心爲國，小的也該報效一二，否則，真不成個人了！……大人這箱首飾我收下，出價二千五百兩，小人自己再認捐一千兩！」

有人開了頭，其餘的人出於對巡撫大人的欽佩，出於自尊，出於無可奈何，也就紛紛表示願捐。書辦很是歡喜，一面寫冊，一面大聲地報出來：「姚鄉紳慎仁，捐八百兩——李封翁振石，捐五百兩——……」

報到後來，認捐數目越來越小，總和竟沒超過六千兩。登州駐軍萬餘，加上孔有德三千人馬，六千兩能濟得甚事？況且按冊去收捐銀時，又不知要打多少折扣了。

胡老頭倔強不屈，仍然一毛不拔。

還有一位客人，是登州最大的人參藥材商帶來的，也不認捐。書辦問他，他笑而不答。當孫元化暗暗嘆息著送客時，此人卻留下了——有人託他帶給孫巡撫一封信、十匹絹，務必要面呈本人。

孫元化開封，信寫得十分簡單：

初陽先生台鑒：

識荊天妃宮前，三生有幸。先生才幹學識、道德文章冠絕一時，令我欽佩無地，懷想至今。恰遇便船南下，託參客彭君帶信，並贈表裡十端。區區賤物不成敬意，望先生笑納。

遼東參客　不第秀才程頓首百拜

程秀才！他為什麼這樣？有所求嗎？……

「勞你帶信捎物。怎麼稱呼？」孫元化轉向來客。

「小的彭富。」

「你與程秀才相熟？」

「都是做參貂生意，在旅順相識的……大人，請著人隨我取貨吧？就在門外車中。」

幾名侍衛抬著絹箱進來，顯得很吃力。彭富跟在後面指手畫腳：「定是上好錦緞，不然不能這麼重，我帶這些上船下船，也好費一番氣力……」

打開封包的三層白布，果真是織得十分精美的錦緞，香色、紅色、紫色、墨綠色交織成細密絢麗的花紋，閃著絲織品特有的光亮，把大家都看呆了。

孫元化對錦緞的富麗似乎並不動心，以檢查的目光打量，不住地摸、捏、抬，後來乾脆提起一匹，扯出錦緞匹頭一抖，展開，緞匹翻了幾滾，色彩繽紛的錦緞就斷了，閃出一道白光。原來包在錦緞裡面的是薄而輕軟的雪白的絲絹！孫元化又扯住白絲絹頭用力一抖，在場的人不約而同地驚叫出聲：絲絹之間竟裹著密密的黃金葉子！怪不得它重得出奇！

孫元化見彭富張大了嘴呆若木雞，料想他不知道絹匹中的祕密。又命侍從們依次扯開其他九端表裡，結果一樣：五彩錦緞裡全是夾著金葉的白絲絹，金葉集攏竟有二十斤左右！

這一大筆意外之財，弄得眾人大眼瞪小眼，全糊塗了。

終於，在一匹白絹中心找到了一封信。筆跡與彭富帶來的信一致，是暢如行雲流水的草書，內容卻叫孫元化大吃一驚：

大金國汗致書孫巡撫元化知道：

朕敬你是當世英雄，才學出眾。當日天妃宮前又有一面之緣，特贈黃金三百兩以為新歲賀禮。文館當值章京范文程代書。

天聰五年臘月朔

天妃宮！程秀才，老護院……范文程，金國汗！……往事在心頭電閃，孫元化自覺額頭沁出冷汗，咬緊牙關忍住背上掠過的寒戰，指著彭富，揚眉喝道：「拿下！」

侍衛應聲將彭富扳倒跪地，反剪雙臂綁了。彭富篩糠般抖個不住：「冤枉，冤枉啊！小的犯了什麼罪？……」

「你這奸細，還敢強辯！這表裡和信件究竟是誰著你送來的？老實招供！」

「冤枉啊！實在是旅順參行的程姓客人託我辦的，說是辦成了有重謝，這邊能結交巡撫大人，日後生意可得許多方便……小的實在不知其中有詐呀！……」

孫元化揮手命侍從將彭富關押起來，但不可虐待。此事實在關係重大，必得保護活口為自己作證。

這時，呂烈大步走進花廳，向孫元化行禮，抬頭就見八仙桌上錦緞絲絹堆上那黃澄澄的一團金葉。他眼睛一亮，驚喜萬分：「大人，何處籌來這許多黃金？登州有救了！」

孫元化搖了搖頭，板著臉將那兩封信遞給他：「你來得恰好，可為我做個見證！」

呂烈看罷信，吸了口涼氣：「好傢伙！那金國汗竟親身來過登州？」

「可記得正月十六天妃宮廟會，那位程秀才的老護院？」孫元化心裡惶恐不安，也很沉重。既爲對方的氣魄心胸所震撼，又怕此事洗刷不清，落個袁崇煥的下場。

「真厲害！不料這些韃子竟有……」呂烈打住即將出口的讚嘆，心裡還在估量那個皇太極，順口說，「求之不得，咱登州正鬧欠餉，多少也好補上點！」

孫元化詫異地看著他：「你糊塗了？這種金子難道也好用的嗎？」

呂烈一回神：「該死，我真糊塗了！……大人打算如何處置？」

「你來得正好，做個見證。請你攜了書信、金葉和那個下書的商客去見吳監視，向他稟明，他再稟告朝廷，咱們才能脫清干係。」

「遵命。」呂烈心裡暗暗思忖：我若是孫元化，就殺了送書人燒了書信，拿這三百兩黃金救登州之急！不過事情萬一洩露，那就是通敵大罪，落個身首異處……他雖不免有些迂，卻迂得有道理……

「呂游擊進府何事？」孫元化的問話，打斷了呂烈的胡思亂想，他連忙拱手道：

「稟大人，卑職特爲糧餉事而來。卑職屬下各營因欠餉日久，元旦之日無犒賞無喜錢，午餐竟是米粥，弟兄們怨憤不已，人心洶洶……」他詳細敘述了兵丁們今天潑翻粥鍋，成群擁到糧臺索餉的經過。

孫元化心下越加沉重。他沒有要求鄉紳們捐糧，也嚴禁走露缺糧的風聲。但他心裡最虛弱的正是這軍糧，相比之下，欠餉銀尚好對付。各營糧庫都已見底，存糧只能維持三五天了。這消息一旦洩出，定致軍心大亂！他努力抑住心頭的煩亂，嚴峻地說：「此事著實令人憂心。各營情狀大致相同。可萊亞說他手下葡萄牙教官一致宣告，再不發餉就回澳門，不在這裡等死；張燾手下遼丁更不成話，竟放風說不如去跟孔有德，吃香喝辣……豈有此理！正邪不分，平日裡教導他們忠義報國，此刻竟都忘記了！」

呂烈不料孫元化如此坦率地告知真情。近日他常感到矛盾，他發覺在登、遼之間，在張可大與孫元化之間，自己已明顯地偏向後者，卻又並不是他心裡願意的。進府之時，正遇縉紳們出門，聽到孫元化爲籌餉典房產、賣釵環的事，知道他在盡著最大努力，心裡很感動。但一見他那沉穩的表情，有條不紊的舉止，反感又油然而生：此人城府太深，很難以誠相待。此刻，呂烈的心境又是一變，關切地問：

「大人約見那些鄉紳是爲籌餉吧？籌得多少？」

「認捐不過六千。」孫元化眼睛裡滿是無可奈何。

「這幫老慳！」呂烈罵道，「一個個都是家財萬貫！那些富商，每人就出萬兩也不過九牛一毛！老慳！老慳！……我著人扮成土匪，綁他幾個，叫他家拿十萬兩銀子來贖，看他出錢不出錢！」

「胡鬧！」孫元化笑得臉色難看，「如今登州已是內外交困，再這麼瞎搞，更加不可收拾。登州人一定認準是孔有德幹的，那還得了？豈不要大亂？」

「招撫孔參將的諭旨怎麼至今不下？」呂烈忙問。

「我正爲此事著急。諭旨不下，人心難定。北溝這三千人馬就懸於一紙詔書啊！……」他真想說，這是懸在他頭頂的一把利劍，隨時可能落下來致他於死命；這又是一股躥騰不安的火苗，隨時可能爆發成大火，延燒到登州。拖的時間越長，危險就越大……

耿仲明領了一名校尉，急急忙忙走進來：「稟帥爺，余巡撫差人送來加急信函！」

孫元化看那校尉，認出他是余大成的親隨，連忙問余巡撫安好，等他拿出信來。但校尉只是跪近孫元化低聲稟告：「家主爺因此事不好寫信，特命小的日夜兼程來告知孫大人：朝廷撫旨已然下到省城，但被巡按王大人扣住不發，他會同監軍徐從治聯名上奏，力請朝廷收回撫命，速發敕令會剿叛軍。家主爺已再次上奏力爭撫局，特地命小的趕來，請孫大人會同吳監視上奏請撫……」

耿仲明、呂烈都被這消息震驚：眼下情勢若改撫爲剿，北溝待撫的孔有德軍豈不要孤注一擲、圍攻登州？登州豈不要內亂？後金會不會趁火打劫？登州城的前途，所有人的身家性命……真是不堪設想！

孫元化命耿仲明領信使去歇息用飯，隨後沉思有頃，嘆口氣，說：「事已至此……唉！呂烈，你隨我同去見吳監視，爲這注金子和夾帶書信做個見證。」

「大人你……也要去吳監視府上？」呂烈知道，自吳直來到登州，孫元化從未去拜望過這位司禮監大太監，一切公事都是公文來往、書吏傳送的。

「不得不去了……」孫元化很有些黯然。書香門第文人，一方封疆大吏，去向一名閹人低眉彎腰，實在是屈辱！「登州所欠糧餉，非他上奏不能調撥；乞朝廷即發撫旨的奏本，非他會簽不能奏效，奈何？……」他抬頭看看眼梢嘴角盡是苦笑的呂烈，突然問了一個與此時此地極不協調的問題：

「呂游擊，你我共事一場，還不知道你有無家室，是否聘親，若不嫌冒昧……」

呂烈十分意外，好半天才答道：「尚無家室之累，也未定親。」他心裡有些忐忑，暗暗盤算如何回答後面接踵而來的問題。

「哦，哦。」孫元化只點點頭，這個題目沒了下文，又出乎呂烈的意料之外。

孫元化領著呂烈和侍從去拜會吳監視。走到鐘樓下，忽覺今日街巷上行人驟然增多。多是從南門大街擁入，挑擔背筐。更有用小車或騾驢載著婦女老幼和大小包袱，一個個臉上像落盡金漆的土偶，極其憔悴疲勞，滿是驚恐之色。遠遠望向南門，竟是源源不斷。孫元化下馬，叫住一個推車漢子，問是怎麼回事。漢子大約從沒見過跟著上百員隨從的紗帽紅袍大官，嚇得直往後縮，結結巴巴地說：

「南、南邊打、打仗了！來城裡，躲躲……」

「打仗？」孫元化吃驚不小，忙問，「誰跟誰打？」

「說、說是遼呆子跟官兵，打起來了！……」

孫元化只覺心向下一沉，頓時臉都白了。張可大率軍正駐在南門外！他轉向呂烈：「此事非同小可，我必須親自去看看。拜會吳監視的三件要事，就請你代辦了！」

「謹遵臺命。」

呂烈是吳直的酒友，沒有費多少口舌，他就進了新近落成的五進大院、兩處樓臺、雕飾嶄新的監視府，被兩名清俊小廝一直領進他從未去過的書房。

一切都大出他意料之外：環牆的滿架圖書；半人高的青花瓷瓶裝滿了畫軸；北窗下的琴桌擺著名貴的寒泉古琴；一幅《秋林山溪圖》的中堂畫，一看便知出自名家之手；中堂之下的八仙桌上黑白子亂紛紛，棋局已殘；他的酒友、此行要拜謁的舉足輕重的大人物監視中官吳直，正在揮毫習字——竟是一筆雍容中兼含嫵媚的柳體！這裡分明是文學之士的書齋，誰能相信書齋的主人是令世人鄙視的閹官？

「小鄰居今日怎麼有了空閒？來報敗陣之仇嗎？」吳直不停筆，笑吟吟地說。上次鬥酒，呂烈先醉。

呂烈呆望著吳直運筆轉腕，答非所問：「你這一筆字，難得！幹什麼還趕著朝我要字要畫？」

「交朋友嘛！……我這字當真不錯？」吳直很高興。

「裱成軸子，能賣大價錢！」呂烈有意奉承。

「哈哈，眼下還不缺錢花，趕到窮途末日，再指著這字換飯吃吧！……爲練這字，當年在內書房沒少挨打，隔三岔五的，就得扳著兩炷香，那日子，嗨！……」

只有呂烈這樣的朝廷大臣子弟，懂得這個「扳著」的意思：在孔聖人像前直立彎腰，用兩手扳著兩腳，不許屈腿，稍屈則戒尺亂打如雨。這是宮裡內書房專用來責罰太監的辦法。呂烈索性再奉上一頂高帽子：「俗話說得好：不經一番風霜苦，哪得梅花撲鼻香。」

吳直開心大笑：「哈哈哈哈！說得好！真不料你這麼知趣！上回你畫風箏，我就看你與眾不同嘛！今兒我謝了客專陪你，咱倆喝個痛快！我的廚子那燒江鰩、拌鴨掌，登州城絕找不出第二份！」

「慢著慢著，」呂烈這才乘機拋出主題：「我今兒來可有公事。辦了公事再喝，喝個一醉方休！」

「公事？什麼公事？」

「登州欠餉日久，招撫孔有德諭旨至今不下，這兩件事，孫巡撫都要請監視大人會簽上奏，設法催辦……」

吳直笑容倏失，頓時拉下臉，眼睛也變得陰淒淒的，對呂烈不言不語地看了片刻，對隨侍的小內監一揚下巴頦：「取我那奏本來！」

小內監熟練地開櫃取摺匣，拿出兩件奏本放在寫字桌案上。一本題爲「爲登州欠餉日久陳請戶工總理張儘先盡早調撥協餉事」，另一本題爲「爲招撫吳橋變兵孔有德部請速下諭旨事」。呂烈又驚又喜，認定這是留底的副本：

「原來監視大人早有先見之明，已上了奏本！」

吳直呆著臉搖頭：「不曾。」

「怎麼？……」

「我是萬事俱備，只候東風。」

「東風？莫非要黃白之物助功？」

吳直凶狠地一笑：「旁人或許可以金銀財寶頂替，唯有他不行！」

「他？是誰？」

「你們的巡撫大人，孫元化！」

「你要他怎樣？」

「我要他親自來我府中，親自跪在我腳下求告！」

儘管知道閹人多數喜怒無常，呂烈仍覺得不可思議，嘆道：「你這也太過分了！」

「我過分？」吳直忽然激動地跳起來，一把團掉桌上他的那些柳體大字，滔滔不絕傾瀉而出：「多年來，我何等仰慕他，盡力助他，無非敬他是個忠直之士，學識過人，才幹超群。一心想親近他，這也是我向善愛才的好心吧？他卻從不正眼瞧我，總是躲著我，好像我是瘟疫，是骯髒之物！……這次我出任登州，更是吃盡了他的冷臉子，多少次下帖子請啊！……老實說，我吳直得聖眷，得首相學士青眼，文采學識不遜於人，他怎敢這般輕賤我？整個就不拿我當個人！難道他比萬歲爺，比當朝宰輔們還高貴？我真不信了！……」他說得氣喘吁吁，蒼白的臉上泛出紅暈，使他那無鬚的胖面龐更像一位中年貴婦了。他突然傷心了，眼中飽含淚水：「唉，我們這些刑餘之人哪，可憐啊！別說活著叫人瞧不起，死了也沒臉去見祖先呀！……」

吳直這一番發作，呂烈感到厭惡，卻又不由自主地同情。他從來都拿太監當下賤奴才——不管他們權位多高。和太監交往，不是另有目的，就是他遊戲人生的一小齣。今天他第一次想到，在殘廢了的身軀內，更傷心而羞憤地躲藏著痛苦的、需要自尊的心靈……於是他第一次不加戲謔地認真勸道：

「何必如此！今天孫巡撫原要親自登門拜訪的。南門外出了急事，他才委託我……」

「當真？」吳直興奮了一下，隨即又洩了氣，叫道：「騙我的！他是不肯來的！……」他發了狠勁，咬著自己的嘴脣，惡聲惡氣地說：「好哇！也有求我的時候！你回去告訴他，奏本早寫得了，若想會簽上奏，他過府來跪我求我！或者……拿一萬兩銀子來！他一跪拜值萬金，夠高貴的吧？哈哈哈哈！……」

一瞬間，他又變得這樣可惡可恨，呂烈真想搧他一個耳光，——就像教訓潑婦一樣。怎麼能把軍國大事交給這些不明事理的潑婦！呂烈冷冷地聽吳直尖聲笑罷，斜視著他，說：

「你竟勒索這樣一個忠臣，佛祖饒得了你嗎？你知道不知道，他爲籌餉典了自家田產、賣了妻女的首飾釵環？」

「啊？你說什麼？」吳直叫起來。

呂烈說起上午巡撫府花廳裡發生的事，吳直呆若木雞。

呂烈又說起金國送絹詳情，孫巡撫委他送人證物證交吳監視，不僅顯示了孫元化的忠鯁與廉潔，也表明了他對監視大人的尊重和信賴……

半晌，吳直「哎喲」一聲，恍然大悟的樣子：「這麼說，是我錯怪了孫大人？……可也是，早幾年魏逆猖獗，把太監的名聲給弄臭了，正人君子誰不得遠著點呀！……嗨，該死該死，真是佛爺不容！……我這就再上一道奏本，乞朝廷表彰孫巡撫公忠體國，清廉正直！」

「三百兩黃金，就用來充餉不成嗎？」呂烈趕緊建議。

「這可不行！除非戶工總理批下回文准許。好吧，奏本上再添一筆，若不批，再押送這些黃金進京不遲。黃金與證人何在？」

「都隨我帶來了，在二門等候，請監視大人複審。」

複審地點在前院西廊公事房。呂烈做夢也沒想到此事會與他有關。

證人押進門，那垂頭喪氣的身形步態不知怎的，令呂烈微感不安。這參客跪倒在地，叩頭如搗蒜，不住哀告饒命，聲調和掩蓋不了的錢塘鄉音竟使呂烈心頭「怦怦」亂跳，耐不住地喝了一聲：「抬起頭來！」於是，那張自幼就刻在他心上的凶惡、蠻橫、無賴的相貌，雖然被密密的皺紋和驚恐哀告的神色所遮掩，還是叫他厭惡得渾身一顫，不錯，就是他！這個他一輩子都不能原諒的呂夢龍，他的父親！

呂烈頭戴眉庇壓得很低的六瓣明鐵盔，身著柳葉甲，外加綠色罩甲衣，呂夢龍自然認他不出。

剎那間，呂烈胸中電閃雷鳴，滾過無數往事，興起無數念頭，恨與憐交織，恐懼與痛快共存。他自以爲看破世情，對一切無所謂，此刻卻心亂得自己都不知如何是好了。

「砰！」吳直一拍驚堂木，把呂烈從雲霧迷茫中驚醒，趕忙定了定神，聽他審問。吳直氣派竟十分威嚴震人：

「大膽奸細！竟敢潛入登州，圖謀不軌！你受金虜何人指派？到此爲何？從實招來，若有半句謊話，立斬不饒！」

「冤枉啊，大老爺！小的杭州人，近年經商，專販參茸等藥材，不時來登州、旅順等地泊船買賣貨物，此地許多商界朋友、原籍保甲里長都可作證，小的實在不是奸細呀！……」

「哼！縱然你不是金虜所派，但交通敵國、私買私賣，就有殺頭之罪！」吳直面色愈加嚴厲冷酷。

「大老爺饒命！……不知者不爲罪，小的著實不知情啊！……可憐我蹭蹬大半生，好不容易才謀得經商的正經營生。可憐我三個孩兒大的不滿五歲，小的還在吃奶，殺了我，他們去靠誰？

都活不成了！……大老爺高抬貴手，饒我一條狗命吧！……」他「砰砰」地叩頭有聲，淚水如湧泉，頃刻就溼了前胸。

坐在側位不做聲的呂烈大爲驚訝，他從未見過父親的淚水，不料他爲他的三個孩兒竟然這般動真情、傷心到這種地步！他記憶中的父親，從沒給過他一個哪怕稍稍和善一點的臉色！打罵都在其次，他最忘不了那日常的嫌惡、厭棄的目光和冷酷的面容，沒有溫暖沒有笑意，只有不知因何而生的寒冰似的憎恨！當年他落魄金陵無法北歸，去向父親求援時，父親竟閉門不納，只露出一張幸災樂禍的冷笑的臉，扔石頭般扔給他一句咬牙切齒的詛咒：「可得著報應啦！……」他從來認定父親有一副與常人不同的鐵石心腸。如今是怎麼了？上了歲數，心腸變軟了？……

但這個嫌疑犯絮絮叨叨說起他的子息，卻犯了吳直的大忌，他的臉驟然鐵青，拍案喝道：「混帳！三個孩子也值得炫耀？你便有三十個兒子，饒不得只是饒不得！不是奸細也是奸民！呂游擊，拿他正法吧，奏本上交代一句就是了，省得押來押去空費錢糧，麻煩死了！你說呢？」

彭富嚇得渾身抖個不了，手腳並用地爬到呂烈座前胡亂叩頭，語無倫次地哀求：「大老爺，大老爺，發發善心吧，救人一命勝造七級浮屠！……」

呂烈一雙鋒利的眼睛閃著寒光，從眉庇下盯著面前這個卑汙小人。他從小就恨他，變著法兒跟他作對、給他添亂、暗地捉弄他，他一直巴望著有一天能以其人之道還治其人之身。這一天不是來到了嗎？……

「饒命吧，大老爺！不看僧面看佛面，求大老爺就看在我那小兒小女的分上，嗚……嗚……」彭富竟至失聲痛哭。

是「小兒小女」的真情哀痛感動了呂烈？是「不看僧面看佛面」令他想到了母親？呂烈也弄不清自己這一瞬間轉了些什麼念頭，突然朝吳直一拱手：

「監視大人，此人來往於登州旅順經商，確屬實情，末將曾見過他。方才孫巡撫也叮囑在下，說此人似不知情。況且監視大人事佛虔敬，最能體上天好生之德……」

「怎麼不早說！」吳直笑著埋怨，「你既見過，孫大人又有話，何須我囉哩囉唆，費半天口舌！你說怎麼辦好？」

情勢急轉直下，頗令呂烈感到意外，不禁更加信服京師裡朋友們對閹人的準確形容：喜怒無常，瞬息萬變，時具婦寺之仁心焉……呂烈於是正色道：

「公事自要公辦。著他親友具結交保，萬一日後有事，不怕他飛上天去。」

一顆將要落地的人頭，就這麼陰差陽錯，憑了呂烈一句話，依舊長在他脖子上。吳直此刻是一好百好，樣樣隨順，一心要顯示佛門弟子的仁心善心。照彭富提供的名單，果然尋著幾名保人，納了保金，具結了保狀，對著吳直和呂烈千恩萬謝地跪拜，陪同彭富出府去了。

吳直要留呂烈痛飲，又要同他對弈。呂烈一一婉謝：「我營中還有急事，改日叨擾。」他又知心地進言道：「日暈而風，礎潤而雨。目下登州軍心浮動，謠言四起，情勢叵測，前程難料。監視大人千萬小心在意，早作防範爲好。」

吳直竟大爲感動，幾乎落淚：「在下來登州將近四月，奉承阿諛聽得耳朵起繭，誰肯如足下這般真心爲我著想！……也罷！你回去稟告孫大人，我立即將三本奏章封好著人送去巡撫府，請他會簽後快馬馳送京師！」

一百八十度大轉彎！前後判若兩人！

「監視大人公而廢私，如此用心，則登州之幸也！」呂烈心中感激，如釋重負，對吳直頓生好感，說出的話，有送高帽之形，已無故意奉承之實了。

臨行，呂烈突然想起一事：「有一回酒醉，聽你說起想求孫大人之女爲妻。莫非此女果真沉魚落雁、閉月羞花？」

吳直突然難爲情地垂下眼睛，忸怩道：「哎呀呀，那是我酒後氣話！我是什麼人，怎配與孫大人攀親！孫家小姐，只聽得人說極是能幹有才學，並未見過……」

呂烈忍不住調侃：「如若孫巡撫真成了你的老泰山，登州的糧餉、孔有德的撫旨，怕早就到手啦！」

吳直哈哈大笑，彼此一拱而別。

呂烈急著辭出監視府，確實有一件要事。

他沿著河邊那條有名的無數石磨盤鋪就的車馬道，匆匆趕往城中店鋪茶樓酒肆最集中的三官廟附近。如他所料，保彭富出來的幾位大商賈，就在名揚東三府的鹿鳴園爲這個參客設宴壓驚。還在樓梯上，呂烈便聽得那肥胖的珠寶商中氣充沛的洪亮聲音在讓菜：

「……快嘗嘗這味西施舌，白嫩細膩足使你消受，平平胸中氣；再吞上一個天鵝蛋，來年黃金萬兩，大發大發！……」

呂烈在雅座小門前一站，一屋子人頓時鴉雀無聲。彭富臉色慘白，怕冷似的縮著身子，裝出一副可憐的笑臉，招呼著：「大……大老爺駕……駕到，請……請入席……」

「請出來，借一步說話。」呂烈直盯住彭富。

彭富腳下猶如拖了千斤石滾，艱難地走出小門。有人跟過來，呂烈伸手在門前一擋：「都回去！」

走進樓梯口的一小間，呂烈帶上了門。彭富已然面無人色，「撲通」跪倒，仍然賠著笑臉，指天畫地，裝出豪氣滿懷：

「大老爺救了小的一條狗命，便是小的再生爺娘。大老爺是要銀子還是要人參鹿茸，小的便當了房子賣了褲子，也要奉承大老爺你高興！老天爺在上，我彭富若敢存半點欺心哄騙，五雷轟頂，屍首不全！……」

卑賤的笑臉和舉動、極盡惡毒的賭咒發誓，呂烈見過無數次！許多年前，每當見到舅舅徐璜，此人就要演上一回，討好賣乖，竭力奉承，最終總能得舅舅一筆資助，一轉身，又去吃喝嫖賭，揮霍一空！……呂烈皺眉喝道：

「起來！別跪著。聽見沒有？起來！」

彭富莫名其妙，站起身，仍對呂烈滿臉賠笑。

「你當真不認識我了，呂……呂夢龍？」不管呂烈怎樣憎恨他，怎樣決心一刀兩斷，但親口叫出父親的姓氏名諱總是不孝，總是磕磕巴巴，難以出脣，聲氣驟然低落。他慢慢除下了頭上的六瓣明鐵盔。

彭富渾身一哆嗦，呆呆地望著呂烈，好像傻了。

呂烈提起中氣，一字一句很用力，憤憤地說，透出少有的痛快勁兒：「你聽著！我不幸生為你的兒子，你給了我這條命；今天我救了你，還了你一條命。從此咱們兩清，我不是你的兒，你也不是我的爹，誰也不欠誰了！」

「原來是你！」呂夢龍傲然地說，挺直了腰，眨眼間就恢復了長輩的威嚴，剛才那一副討好諂媚的卑汙相一掃而淨，彷彿從未出現過，竟在脣邊露出冷笑，「不過仗著官親勢力做了官，就不把尊長放在眼裡了，十足的忤逆！」

「你！……」呂烈對他的突然變臉，既覺得意外，又十分惱怒，還無法反駁，一口氣憋在胸口，臉都漲紅了。

「要是比作做生意，你這回虧本可虧大啦！」呂夢龍想必也被今日的事激怒了，羞憤無地，說出的話一團團盡是惡意，「你原本就不是我的兒子，我跟你不沾半點血親，換什麼命？怎麼個兩清？哈哈哈哈！……」

「什麼？……」呂烈蒙了，瞪大眼睛。

「告訴你實話你聽不聽？就算報答你救我一命，怎麼樣？」呂夢龍又換了一副譏諷嘲弄的腔調，「聽仔細了——你那舅舅舅媽才是你的親爹娘！你媽其實是你姑姑，我不過是你姑父罷了！」

呂烈也像方才的呂夢龍一樣，好半天不能從極度的震驚中醒來，視聽一時都出了毛病，眼前只有那張從小就又恨又怕的面容，此刻布滿愜意的幸災樂禍的表情，脣邊凝固著殘忍的冷笑……

呂烈努力一掙扎，恢復過來，迷惑不解地說：

「縱然沒有骨肉情，我終究是你的親戚，是你的內姪兒，又不是仇人，爲什麼……」

「我恨透你了！從來就恨你！」呂夢龍突然爆發，不管不顧地嘶聲喊叫出來，眼珠子通紅，激憤把他五官扭曲成一副猙獰面孔，不住地揮動著拳頭，「你簡直就是我的羞恥！看見你我就五臟六腑不痛快，百骸不自在！……我，一個堂堂男子漢、知書達禮的秀才相公，爲什麼要靦顏忍辱，拿個私孩子當自家兒子養活？就爲了巴結老婆的娘家，爲了她那份嫁妝，爲了她兄嫂用來封我嘴巴、替他們遮醜的每年二百兩白花花的銀子！……白得的銀錢爲什麼不花？花了消災！偏偏你，從小就跟我作對！還仗著你那親爹親媽的勢力，弄得我家破財盡！……如今我有自個兒的生意，有自個兒的老婆兒女，真正親生親養的，再不用去巴結誰、討好誰、求告誰，我還怕什麼？」他盛氣地看著呂烈，大口大口長出氣，一副痛快淋漓的樣子。

呂烈喃喃地說：「我是私孩子？……」

「你生在萬曆三十四年秋七月癸未，南下運河的官船上。對不對？你爹是在萬曆三十五年春闈中進士之後，迎娶你娘完婚的，對不對？你爹還不是也爲了巴結你娘那娘家的權勢，不然，他那樣的風流才子，早把你娘甩了！……」

呂烈心裡亂哄哄的，亂得一塌糊塗，卻又覺得刹那間明白了許多以前想不通的事：舅舅、舅母爲什麼待他那樣好，爲什麼催他改姓過繼——其實是歸宗，真所謂用心良苦……舅舅——也就是親生父親，雖然不敢得罪有權勢的外公家，卻因「先姦後娶」而一直輕視母親；母親也自認爲品行有虧而默默忍受丈夫的無禮，事情不就是這樣的嗎？……

呂夢龍不知何時已經自管推門走了，好像留下幾聲乾笑和幾句話。呂烈似聽未聽，已經全不在意。當他慢慢走出酒樓，牽著馬，踏著雪地「嘎吱嘎吱」響著漫步時，飛揚的雪花不時落在他頭上身上、撲打他的面頰、撞進他的眼睛，他也像是沒有知覺，在專心致志地想，卻又任憑思緒東流西竄：

他受了愚弄，人生最大的愚弄！他的出生、他的寄養乃至他的過繼，全然是一場大騙局！拿他當局中棋子，隨意擺來擺去。設置騙局的，卻是他的生身父母！還有比這更可悲可恨的事嗎？他一向認爲人間只有欺詐，不料至親骨肉間也脫不出這兩個字！

奇怪的是，他想要憤怒，卻怒不起來；自認受辱卻沒有受辱的痛苦。舅舅、舅母，也就是父親母親在他身上傾注了多少心血和愛！他懂得他們的迫不得已，他們的欺騙，最終是爲了不失去他！

……先姦後娶雖不體面，在呂烈眼裡還不失爲風流韻事。原來，嚴正的、滿口道學的舅舅也有他青春年少、風流放蕩的時候！怪不得我那兩句詩便贏得他的歡心，原諒了我的放蕩……可憐的舅媽，爲了一時失足，一輩子不得展顏，可她實在也是離不開舅舅的呀……舅舅不也很可憐嗎？爲了前程功名，必須遮掩風流罪過，否則潦倒一生，也會走上呂夢龍的那條路。

……呂夢龍就沒有他的道理嗎？有的！他原是個心高氣傲的人，爲生計不得不含羞忍辱，收下一個與他毫不相干的私生子做兒子，可能還附有不許他另生親子的先決條件，他怎能不恨這個孩子，又怎能不向醉夢中尋求解脫？……

呂烈陡然記起近日在哪部書上看到的一句話：「天下所有可愛之人都是可憐人，天下所有可恨之人都是可惜人。」當時，他嘲笑作者濫好人，而今他忽然覺得其中有真味……他是不是真該像二喬姑娘說的，問問自己：爲什麼把人都看得那麼壞？

來往行人，腳步匆匆，幾次撞著他而不覺，有人在跑在喊叫著什麼。下雪天原應寂寥的街巷，竟許多人三五成群交頭接耳，神色很是緊張，幾句話衝進他耳中：

「可不能讓遼呆子進城！」

「城裡還有這麼多遼人呢！都是禍害呀！」

呂烈一把拽住那個叫喊的漢子：「出了什麼事？」

漢子像是認識他，立刻嚷道：「你是登州營的將官吧？快去求求巡撫大人！可了不得啦，他要放孔有德進城！……」

周圍一片附和聲，七嘴八舌地求告，拿呂烈當救星。呂烈很吃驚，也很疑惑：孫巡撫怎麼會作這種危險的決定？

「大人！可找到你了！」一名傳令親兵飛馬趕到，「巡撫大人命你即刻趕赴西門，有要事！」

呂烈無暇多問，跨上馬背，加鞭飛奔而去。

六

當孫元化趕到南門外校場時，在張可大率領下追殺「孔有德亂兵」的陸師左右兩營已經大勝而歸。竟敢違令出戰！孫元化感到震驚，不待通報，逕自大踏步闖進校場營房張可大的臨時住處。門衛見是巡撫大人，趕忙跪倒迎接，耿仲明一步跨上，猛然推開門，孫元化頓時一怔。

張可大尚未卸甲，筋疲力盡地癱臥在躺椅上，渾身是血，厚厚堆積的血呈紫黑色，糊住了他的手臂和手握的大刀，以致手與刀柄都黑紅一片無法區分了。

「張大人，你……受傷了？」孫元化進屋站定，問道。

張可大睜眼見是巡撫大人，掙扎著要起身行禮，孫元化做了個制止的手勢。張可大不安地說：「失禮了！在下不曾受傷，只是天寒血凝，這刀一時脫不了手……」

正說間，親兵端來一大盆熱湯，將他的手連同刀一起浸入，水頓時通紅，冒出的熱氣也帶了難聞的血腥味。好一會兒，他手上凝血化開，「當」的一聲，大刀落下，他才把右手從熱湯中取出，那已不是熱水，是一盆濃血了！

這都是孔有德的遼東兵的血？他殺了多少人？孫元化只覺怒氣上衝，撞擊心扉，變了臉色，喝道：「張可大！你膽敢違令出戰！」

張可大一驚，趕忙起身恭敬站立：「卑職怎敢違令！但變兵游勇威逼城池，我身負守城重任，焉能袖手旁觀！」

孫元化極力忍住怒氣：「什麼變兵游勇？如何威逼城池？」

「稟大人！自孔有德駐兵北溝以來，每日都有他的遼丁三五成群跑回來探望家小。卑職也曾稟告大人，大人說天倫至情，阻之不德，只要不聚眾不滋擾，可問可不問。卑職領命。不料他們得寸進尺，近日來人愈多，甚至留宿家中不去。今晨竟有三百餘遼丁結伴而來，騎馬帶兵器，先搶掠了南窪莊，又要進西校場營區，既聚眾又滋擾，且心懷叵測。營中弟兄早已忍無可忍，卑職也怕生出意外，便領兵驅逐……」他侃侃而言，很是磊落。但他沒有說起他與幾名親信商議的更深用心。對遼丁恨之入骨的管惟誠、陳良謨諸人，力主再次激反孔有德，使撫議不成，朝廷必調大軍剿滅遼丁，便能爲登州徹底除患，爲國家也爲登州百姓幹一件大功業！當時張可大覺得這舉動甚不光明，追殺行動時也不無內慚，此刻面對孫元化的指責，卻突然理直膽壯、無愧於心了。

西校場是登州四大駐軍營房之一。孔有德率一千遼東兵救援大凌河，他們的妻兒老小便都集中住在這裡。孔有德北溝駐兵待撫，手下官兵偷跑回來探親，原也不是什麼大事，誰知竟鬧成這樣？莫非孔有德真是別有所圖、心懷叵測？還是他治軍不嚴、隊無紀律所致？……

孫元化氣惱地說：「你殺得痛快！壞了撫局誰承擔？」

「不撫便剿，又有何難？我不信登州萬餘官兵，竟對付不了孔有德三千烏合之眾！」

「張總兵！」孫元化怒極，大喝一聲，周圍的人嚇得一哆嗦，從沒見過孫元化發這麼大的火。張可大「咚」的一聲跪倒，索性大聲進諫：「孫大人，卑職一向以爲，似這等叛臣亂兵，害民賊子，有一個殺一個，有兩個殺一雙，須是手軟不得，免留後患！便殺千殺萬，也是有功無罪！招降安撫只能是權宜之計。否則叛逆不滅，國何以安、民何以安？……」

「孔有德多年患難相從，斷不會棄我反叛！」

「縱然孔有德念故主恩德有仁義可言，但遼丁卻不乏狼子野心，早就眼紅登州財富地利！……大人請三思！萬一孔有德詐降，登州城破，你我就算逃得出兵災，也免不了西市一刀！」

棄地失守的官員有殺頭之罪。張可大把話說到這個分上，已是極處，顧及他新升任的右都督的身分，也不好再責備他。實際上，一個最重要的原因，也就是促使他決意主撫不主剿的根本點，孫元化無法說出口：登州城內的遼丁比孔有德所部人數更多，他們是決計不肯剿殺共患難的同鄉，所以，剿必敗，剿必亂，終將造成不可收拾的局面，以致毀滅他多年親自訓練、親自帶領、屢立功勳的當年人稱「孫家兵」的遼東軍！面對複雜紛亂、內外交困的形勢，他真覺得力不從心，焦頭爛額了……

孫元化極力使自己鎮靜，不表現慌亂，靜靜思索片刻，說：「這樣吧，張大人，請你率陸師左右兩營及水師諸營專守水城，嚴防金虜自海上來攻。本撫率陸師其餘五營守大城，防止孔有德部中途變卦。各專其職如何？」

張可大一時摸不清孫元化的用意，只隱隱覺得他是在設法把登州兵與遼東兵分開。從避免內外衝突而言，也無不可，他領命了，但還是不放心地問一句：「孔有德手下屢侵西營房的事……」

「我另有安排。朝廷撫旨不日將到，孔有德部便受撫也不可入城。我意命西營房遼丁家眷遷入城內，騰出房舍給孔有德部居住，西營房住三千兵馬，綽綽有餘……」

張可大十分吃驚：「大人！萬萬不能讓孔有德部逼近登州城！萬一有變，防不勝防啊！」

「自然要等朝廷撫旨到了……總得安置他們吧？國家正值用人之際，難道將他們就地遣散？」

張可大無法回答，只得再三重複：「事關緊要，大人請三思！……」

侍立在側的耿仲明暗暗吃驚。長年做孫巡撫的中軍，他早就發現，巡撫大人凡有舉措，通常不會只有單純的一個目的，往往可收一舉多得之效。此刻他立即意識到，爲孔有德部騰營房的同時，遷移進城的遼丁眷屬便都成了人質，招撫背後，也在進行剿除的準備！……孔有德是他把兄，遼丁是他鄉親，他哪能不牽腸掛肚呢？但孫大人待他恩重如山，他自己又存著那麼一段不敢出口的心思：以他的年貌武功、機敏勤謹獲取帥爺的歡心，終能袒腹東床也未可知……他心頭的天平尙無偏向之時，表面上更得不動聲色，立刻將換防和遷移遼丁眷屬入城兩道命令下達，督促即行。

畢竟是軍隊，換防很迅速地完成了。遷移遼丁家眷，竟極其煩難，孫元化不得不親自出馬，坐鎮西門。

孫有德部留在登州的家眷不過五百餘戶。奉召而來的呂烈率部下幫助搬遷。呂烈的游擊營原是登州鎮諸營中的精銳，向以「南兵」自詡，不要說遼丁，連河北兵、晉中兵都不放在眼裡。攤上這個差使，心中極不情願。但帥爺在城樓上監督、營官哨官哨長在身邊管束，又限兩個時辰內遷完，他們不得不忍氣吞聲，駕了軍車馬匹，去搬遷他們最討厭的骯髒愚魯的遼丁家眷。說不盡的哭鬧爭吵、拖賴撒潑，少不了相罵相打、強推硬拉，總算把這五百餘戶連老帶小，鍋碗盆瓢箱、雞鴨鵝豬羊，全都裝上車馬。搬家的行列長達五里，亂糟糟鬧哄哄，這裡叫那裡哭，喧囂一片，向西門滾滾而來。

西門內外，擁擠著聞訊聚集來的登州百姓，聲聲高叫著：「滾出去！別叫喪家犬進城！」嘲罵詛咒嚷成一片。饒是游擊營的兵卒在呂烈指揮下用力排開他們，好讓遼丁眷屬入城，還是有好幾次人們衝開士兵的攔阻，撲上去揪打，對著進城的老小揮拳大罵。

七月裡，王徵監軍編寫的四季小調在各營傳唱，很快傳到城內四郊，幾成民歌。自那時起，半年以來登、遼間的爭鬥確實平緩了許多。街市間登人遼人相打相罵的事日益減少，凡有爭鬥也有人出頭勸解、責備了。登州軍各營同仇敵愾的氣象也漸漸有了眉目。孔有德這檔事一來，這點喜人的景象幾乎在一夜之間盡都化爲烏有，登、遼之間重又燃起仇恨的烈火！

西門內外的混亂和仇視，都落在坐鎮城樓上的孫元化眼中。他幾乎沒有精力爲自己與王徵的努力終於失敗而傷感，因爲他正被求見的登州耆老縉紳所包圍，他們對他發起了車輪大戰，激烈反對遼屬入城，彷彿遼屬是可怕的瘟疫。孫元化咬緊牙關，硬著頭皮，臉上擠出微笑，裝作認真傾聽的神態，口裡不時客氣地應酬幾句，任隨縉紳們乞求哀告，惡言譏刺，心裡一絲一毫也不動搖。

他知道，遼屬入城，只過了第一關。進城後如何安置？他命地方安置借住居民家中；實在住不下，則集中暫住開元寺、萬壽宮、文昌宮三處。這又要引起多少糾紛、爭吵和打鬧，登州人將如何不滿和憤怒，他都想像得到。然而，與促成撫局、免遭戰火之劫相比，又算不得什麼了。

在西門城樓上，他寫了一封信給孔有德，說明登州軍出戰實屬誤會，叫他別疑心；朝廷撫旨不日即可頒下，要他耐心等待，管好屬下官兵，嚴禁擄掠騷擾；告訴他已將各家眷屬遷進城，騰出營房預備他率三千人眾歸來居住等等。

孫元化把信交給耿仲明時，全神貫注地盯著他迅速眨動的細長眼睛：「耿中軍，此信關係重大，所以差你，務必送到。」

「是。」耿仲明雙手去接，孫元化卻沒有放。耿仲明奇怪地一抬眼，正觸著帥爺的深不可測的目光，像兩潭寒泉，不由得心中一懍。只聽帥爺的聲音比平日格外低而厚：「雲臺，你與孔有德是結拜弟兄，可要以國家爲重、萬民爲重啊！」

耿仲明一咬牙：「帥爺恩義，仲明絕不敢負！願對天發誓！」

「不必了。」孫元化溫顏道，「速去速回。」他終於鬆開手指，信函輕輕落在耿仲明手中。

＊　　＊　　＊

夜已很深了，孫元化才拖著極其疲累的身體回家。跨進中堂，沈氏忙迎上來，鬆了口氣：

「哎呀，你可算回來了，大年初一的，一整天不照面……」

「怎麼？」孫元化一怔，「家裡也出什麼事了？」

「沒有哇！……他們爲候你回來，都等得睡著了。」沈氏指著孩子們，幼蘅、幼蘩、和京都揉著矇矓的睡眼，趕上來向父親問安，七歲的幼蘂還倚在奶媽懷裡熟睡。

孫元化抬手示意，眼睛不看面前的兒女：「難得你們一片孝心，各自回屋歇息去吧！」

「咦，你這人！糊塗啦？初一的團年飯還沒吃，就等你回來呀！」沈氏有些急了。

「以後再說，」孫元化滿臉倦容，疲憊不堪地往椅上一坐，又揮了揮手，「你們都去吧！」

兒女們不敢違拗，陸續離開。沈氏伸手摸摸丈夫的額頭：「啥地方不舒服？可是病了？……」丈夫臉上的憂慮、沮喪和緊張，驚得她問不下去了，好半天，才囁嚅道：「出，出什麼事了？……」

孫元化在西門監督遼屬入遷以後，又去各營巡視，發現糧米之缺比他想像的更嚴重。爲了省糧，各營都改三餐爲兩頓，已使士兵怨聲載道。今天大年初一，多數營區仍喝稀粥！十之七八的營兵因此鬧得不可開交，怨聲已變成怨恨、怨憤，以致隨行的陸奇一，爲了爭辯說沒有剋扣糧餉，竟被一群登州兵打得鼻青臉腫……孫元化悚然悟到，與城外的孔有德相比，城內軍心怨憤是同等強大的威脅！

回府的路上，踩著厚厚的積雪，看著被大雪裝點得十分莊嚴潔淨的城樓、廟宇及千門萬戶，他心頭憂慮萬分。寧靜美麗的銀色世界之下，處處埋著火藥桶，已經開始冒煙，不及時滅掉引信的火星，立刻就會大爆炸。他，必將在爆炸中粉骨碎身！……

這樣的預感，他當然不能對沈氏講，但又不能完全瞞著她：「夫人，須對妳實說，登州城危在旦夕，不見得會被孔有德攻破，倒可能斷送在城內亂兵之手！」

「啊！」沈氏大驚，「城內也……譁變了嗎？」

「眼下還沒有。但欠餉日久，內外交困。今日勸捐的銀子只收來四千餘兩，我令發下各營，首先買糧，務必使營兵按例吃著元旦日的春餅捲蔥絲雞蛋……不過，此舉只能緩得一時，不能持久……」

「這，這可怎麼辦？……」沈氏面無人色，坐立不安。

「還有一層，」孫元化緊蹙的眉頭忽然放平，語氣也變得格外從容，「夫人妳是知道的，此城無論是被攻破，還是因叛軍譁變而失，本撫與張總鎮均有死罪，除非堅守兩個月無援軍，否則不能寬貸。張總鎮奉調南京，已無守土之責，所以守城之責在我。如今前途難料，夫人妳要預做打算……」

沈氏「嗚」地哭出聲來：「就再沒有法子好想了嗎？……」

孫元化輕輕一嘆：「田產典了，珠環首飾賣了，吳監視已答應上奏求餉，但遠水救不得近火。士紳耆老認捐也只是如此，終不能也如孔有德一般搶大戶吧？如當年曹操借糧官之首級平息亂兵的卑鄙險惡手段，我又使不出來……除非大賜我五萬兩白銀補上一月欠餉，或許能有迴旋餘地……」

沈氏哭出聲：「五萬兩！……把你我賣了，也得不著五萬兩啊！……」

門「嘩啦」一聲推開，門簾掀處，幼蘅衝進來，「撲通」跪在孫元化夫婦膝前。她臉色雪白，渾身發抖，耳墜和鳳釵、流蘇跟著忽閃，聲音更是顫得可憐，說出的話卻令人震驚：

「爹！娘！把幼蘅賣了吧！」

老兩口一怔，還沒來得及回答，門簾又一掀，幼蘩隨後進屋，跪在幼蘅身邊，昂首挺胸，臉上一片救苦救難、視死如歸的莊嚴，聲音卻也有一點顫抖：「爹，姆媽，還有我！」

「爹娘待兒恩重如山，就成全兒報恩行孝一番心願吧！」幼蘅雙手合掌胸前，仰臉望定孫元化，淚水熒熒的美麗眼睛裡滿是哀求和痛苦。孫元化觸到這柔如水、溫如春、銳利如劍的注目，趕忙移開自己的眼睛，忍不住心頭一陣悸動。

昨晚他半夜從夢中驚醒，極爲不安，充滿罪惡感，向天主祈禱了許久。因爲他做了一個荒誕不經的怪夢：

……一聲轟隆，炮彈在巡撫府炸響，喧鬧哭叫的混亂中，侍從衝進來稟報：「夫人身殞！」他大吃一驚，拔腳就趕去救援。跑了許久，竟跑至一處山間院落，有人告訴他夫人在此養病。他進院推開上房的門，果然見到房中木床和床上的藍花布帳。雙手撥開帳幔，露出沈氏帶著病容的笑臉。她請他在床前杌凳上坐定，卻又驚惶不安地偷偷把床邊一雙小鞋推進暗處，怕他看見。他頓起疑心，站起身四下觀看，大床後面竟有一張小床，小床上竟睡著一個女嬰，女嬰的臉貌竟活脫脫是呂烈的模樣！他登時大怒，指著女嬰厲聲質問。妻子卻是一副毫不在乎的樣子，不否認有私情，又不肯供出野漢子是何人，竟翻過身去不再理他！

……恍然間，他獨自在荒野大步走著，氣悶難耐，憤恨不已。幼蘅從背後趕來勸他息怒，捏著他的手，撫著他的肩背，倩言巧笑，軟語溫存，又如七夕之夜，大膽地投入了他的懷抱……

他不是少年，不是涉世未深的書生，完全明白這個夢是怎樣向他揭示了他的理智絕不肯承認的、深埋於心底的願望：他希望得到幼蘅，卻又不能違反十誡，不能損害自己不二色的名望。想要兩全，只有沈氏死去或被休棄，才能空出位置。醒來後他心中作嘔，痛恨這個夢，也就更相信天主關於人類充滿罪惡、不贖罪絕不能超生的指示。一整天的緊急軍務已使他忘卻一切瑣碎家務和私事，此刻她突然衝進來，夢境又栩栩然如在眼前。一旦面對她深明大義的求告，孫元化又是另一番心境了。

「爹爹！姆媽！」幼蘅揚揚黑眉，「耶穌捨身救世，正是女兒的榜樣！平日捨藥醫病，不過救得數人。今日如果捨一身能解父母危難，救全城生靈，女兒雖死無憾！」

沈氏把兩個女孩一齊摟在懷中，流淚道：「難得妳們一片孝心，但孩兒們受苦，父母心頭怎麼能忍？……況且妳爹爹總是朝廷官員，巡撫一方，落得賣女兒的下場，還有臉在世上嗎？……」

「不然！」幼蘅緊緊捏住母親的手，「張巡守睢陽，殺妾餉士卒而使軍心復振；張伾鬻愛女助餉而令將士感泣堅守危城！……歷代名將賢士流芳百世，女兒此舉，也一定能得天主讚許！」

孫元化聽得心頭一動，萬一山窮水盡，這也未必不是一項權宜之計。只是……

老僕在門外稟報一聲：「老爺，耿中軍求見，有緊急軍情！」

孫元化趕忙出後堂，快步走到外衙公事房。耿仲明滿面驚惶地迎上來：「帥爺，孔有德他率兵圍城了！」

「哦？」孫元化心裡一震，竭力保持平靜，看定耿仲明：「你上午去送信，不是說他很恭敬的嗎?」

「他確是恭敬,但他手下各營,都有被張總兵所殺的弟兄,憤恨不平,他或許拗不過眾人……那些烏合之眾,難說有軍律聽號令的……」

「圍城何意?不願受撫?」

「不,不!他們射上城來的信函,是要求交出追殺探親遼丁的凶手,以命抵命……」耿仲明說著,呈上書信。

真是雪上加霜!難而又難!孫元化目光灼灼,凝視著耿仲明說:「雲臺,你隨我時日不淺,當此危難,可要心定神清啊!」

中軍官竟激昂地喊起來:「我耿仲明若有半點不利於帥爺之心,叫我碎屍萬段!」說著猛一跺腳,跪倒在地!

「起來!立刻遣人往水城與四門傳令:加意防守不得鬆懈;令可萊亞游擊督率各教官及火器營速上城樓,不得離開大炮一步!」孫元化沉著鎮定,有條不紊。圍城並沒有使他慌亂。登州城高壕深,大炮四十餘位,中炮二百多門,要堅守城池,綽綽有餘。

然而,命運注定了崇禎五年的元旦之夜是個災難頻仍的夜晚,充滿了爆炸性事件。

傳令兵急促的馬蹄聲擊碎了雪夜的沉靜,各處守軍在急匆匆地調動,車聲轔轔,馬嘶蕭蕭,官兵紛紛開往四門,擁上城牆。城中跟著亂起來,孔有德圍城的消息頃刻傳遍登州!登州人在驚慌之餘,同仇敵愾,首先把憤怒擲向白天遷入城中的遼丁眷屬,全城各條街巷,凡是住有遼屬的人家,都在驅趕房客,鋪蓋、家什、雜物扔得滿街都是,怒罵、推搡直到拳腳相加。那些遼丁眷屬老的老小的小，在雪地裡哭叫掙扎哀告，只換得惡意的痛快的狂笑。

登州人的憤怒一浪推一浪，目標由遼丁眷屬漸漸波及所有的遼東人，他們一概被斥爲「遼呆子奸細」，被一群群提著燈舉著火把的登州人追趕、捉拿。憤怒的人群抓到發洩對象，就發瘋似的擁上去拳打腳踢，咒罵、怒吼與挨打人的聲聲慘叫塡街塞巷，形成一股股喧囂的聲浪，整個登州城沸騰了！人們終於紅了眼，失卻了理智。不知誰一聲號召，拿刀執杖的數百成千人，瘋狂地衝向遼屬集中的開元寺、萬壽宮、文昌宮，鬱積許久的對遼東兵的怨恨猛然爆發，使他們一次一次猛撞廟門，越撞不開，渴望越強烈：要衝進去，大開殺戒！

孫元化得到城中大亂的報告，心急如焚。事態如此惡化，是他沒有料到的。他立即傳檄令登州太守及蓬萊知縣即率得力巡捕兵役，制止城內的瘋狂。

兩名侍衛背上檄文立刻走了。但孫元化在他們緊迫的腳步聲間隙中，聽到由遠而近的喧響，彷彿一重重海浪拍打岸礁，又似一陣陣朔風捲著黃沙。他想是勞累過度產生的錯覺，吁了口氣，在大案後的圈椅中重重坐下，閉目養神。恍然覺得又有人進來。睜眼一看，竟是剛剛遣出去送檄文的侍衛。

「稟帥爺，我們出不去了！」

「帥爺，許多兵士圍住了巡撫府！……」

「什麼？」孫元化輕聲問了兩個字，眼前飄過一朵顫動的白花，暈眩得直噁心。他最擔心的事終於發生了。

「他們來索餉……」

「說是若不補足欠餉，就不守城！」

孫元化竭盡全力集中精神，死死盯住兩名侍衛，半晌說道：「快去送檄文，這裡的事你們不要過問！」

侍衛惶惑地說：「巡撫府已圍得水洩不通……」

孫元化大怒，雙眉倒豎、滿面血紅，拍案怒喝：「衝出去！給我衝出去！」

從未見過帥爺如此震怒的侍衛嚇壞了，沒頭蒼蠅似的撞出中堂，趕緊跑了。

七

「大人！大人！快醒醒！」

呂烈明明聽得人在耳邊呼喚，仍是迷迷糊糊醒不過來。時而面對吳直縱聲狂笑，時而扯著呂夢龍的衣襟與他爭辯不休。彷彿又見到舅母羞愧的面色，恨不能跪到她腳前大喊一聲「母親」！忽又覺得在亂糟糟的、面色嚴峻的人群中，遠遠看到了二喬姑娘驚慌失措的眼睛……

醒過來！快醒過來！他對自己喝叱。面對呂夢龍而產生的強烈感情衝擊和隨後承擔的搬遷遼屬入城那繁雜無比的各項事務，弄得他身心極度疲倦……

他忽地被人一推，墜下萬丈深淵！可怕的不是下墜時的風聲和黑暗，而是著地而粉身碎骨的一剎那越來越逼近，教人驚恐得要發瘋！他張口要叫，猛然從夢中驚醒，眼前是自己的親兵和巡撫府傳令侍衛的緊張面容。他一躍而起：「什麼事？」

孔有德率兵圍城！城中百姓圍三寺！營兵索餉圍著巡撫府！傳令侍衛急忙傳知這三件大事，匆匆離去。

風雲突變！石破天驚！

呂烈立召屬下哨官哨長，急下三令：全營立即戒備，隨時待命出動；三哨一百二十人去協助府縣解三寺之圍；一哨二哨共二百四十人隨營官往巡撫署解圍！

一哨哨官欲言又止，很是惶恐，終於跪倒請罪：「大人，恕卑職管教不嚴之罪，營中兵丁十之五六，都去巡撫署了！……」

「荒唐！」呂烈低低罵了一聲，「起來！跟我走！」

還離得很遠，就看見巡撫府四周那數不清的松明火把，無數張激動憤怒、滿是塵土油汗的士兵的臉在火光中閃動，伴隨著嘈雜得令人頭暈的喧囂，所有的人同時在喊叫、咒罵，在訴說、爭吵。黑壓壓的人群，超過千數。

巡撫府大門到照壁間的那一大片空地，擠滿了索餉的士兵，最前列的十多人臉紅脖子粗地朝門官侍衛喊叫：「快請巡撫大人出來說話！……不散！就是不散！巡撫大人不照面，欠餉不發，我們就不走！……」

有士兵衝上去「咚咚」地敲那大紅門。守門衛士急忙阻攔推搡，不多時便扭打糾纏在一起，人群助威大呼，喊聲震耳欲聾。

呂烈本想上前排解，忽見後方人群較為稀落的地方，火把映出幾張熟悉的面孔：有登州營營官陳良謨、姚士良，有可萊亞這位西洋領隊，甚至有遼東營的都司陳光福！呂烈明白了，士卒索餉鬧事，背後有各自營官的支持。這樣看來，各領兵將領對孫元化的不滿也已達到極點！

不知出於什麼，玩世不恭，幸災樂禍，還是別的，呂烈突然也不想出頭了。他勒住馬，命部下止步候命，自己靜立大槐樹下，倒要看看事情究竟能鬧成什麼結果，孫元化究竟有多大本事，能不能化解這塊壓在頭頂的重石……

「轟隆隆！」巡撫府兩扇高大沉重的紅門緩緩打開，門前的索餉士兵不由自主地往後擁退，掀起一陣驚惶的騷動：是不是衝出一隊見人就砍的鐵騎？或者更糟，推上幾門可怕的鐵炮，只要一次齊射，就能把門前數百人轟個屍骨橫飛！……

門開後，裡面竟無聲息，但見十數名侍衛，手持上寫「登萊巡撫孫」的黑字大紅燈籠肅立兩側，正中的人紗帽紅袍一身官服，雙手端著腰間的素金束帶，一動不動，如同一尊石仲翁。

「巡撫大人！」一聲驚叫，壓過了四周的喧囂，雜亂的鬧哄哄漸次減弱終於完全靜下來。人潮的湧動漸次收斂以至完全平息，登萊巡撫便與他屬下最低一級的索餉士兵們相距不過數尺地面對面了。一時靜得只聽到火把的「畢剝」作響和人們粗重的呼吸。這一瞬的寂靜很可怕，像一團超重的濃濃烏雲，看不透將爆發雷電還是砸下冰雹；不知道打破這寂靜的是一場嚴酷的鎮壓，還是一次流血的兵變？……呂烈遠遠望著，冷得從心裡向外顫抖，手心卻捏出了汗。

其實，此刻的孫元化非常鎮靜，已將生死置之度外。他既無力拿出欠餉和缺糧，唯有據實把長期以來瞞著士卒的真情說明，以誠信相待，動之以情，或許能收拾渙散的軍心。若達不到目的，則死於變兵之手和死於朝廷之刑，不過只差一步，沒有太大區別。

士兵們都被巡撫大人的氣勢鎮住。平日裡哨長差遣役使、打罵責罰都是正管，哨官管哨長，營官又管著哨官，巡撫大人則管著所有的營官和大人們，就像爺爺的爺爺，就像高不可攀的天神一般威嚴！他不就是朝廷、就是王法嗎？不敢冒犯啊！最大膽的前排士兵有勇氣與府中衝出來責罰鞭笞他們的人拚個死活，面對莊重肅立的巡撫大人本人，竟是驚畏得說不出話了。

巡撫大人卻首先開口：「弟兄們三個月未關餉，元旦日未得犒賞喜錢，反而喝稀粥，下官無能，累弟兄們受苦，在此向弟兄們謝過！」他雙手高高拱起向四周示意。

他的聲音低沉渾厚而又慈和，像餘音裊裊的鐘聲在每個人的耳邊振盪，竟是那樣真摯而且有力，深入眾人心底。如果他出言凶暴專橫，開口就責罵這些違令聚眾的士兵，以王法軍律相恫嚇，那麼必定有許多人冒死一搏，不但索餉，還能留得個不畏權勢不怕死的英名。但這位最高地方長官，對他們這些最低下的小兵卒，卻是一口一個「弟兄們」，態度這般謙恭，將欠餉的過錯算在他自己頭上，竟然向他們謝過！這是他們做夢也想不到的。人之常情：天雷不打送禮人。暴力發作，不是產生於受壓太過的反抗，便是由於恃強凌弱的欺辱。眼下巡撫大人毫不加壓，更沒有恃權威盛氣凌人，士兵們哪能發作？眾人沒了主意，竟不知說什麼才好，因爲他們要說的話，已被巡撫大人自己說了。

「當兵吃糧，吃糧當兵，沒有糧吃當的什麼鳥兵！遼呆子又圍城，難道叫弟兄們餓著肚皮守登州！」說話的是一名哨長，故意氣勢洶洶以示膽大無畏。四周士兵都拿眼睛看他，竟有不少責怪的意思，和孫元化的謙遜相比，嫌他過於無禮，有人小聲嘟囔：「連大人都不稱一聲，成個什麼體統！」

「這位弟兄說得對，」孫元化愈加和顏悅色，儘管消瘦憔悴，仍是風采獨具，「咱們登州糧餉歷來豐足，超過邊鎮。弄得如今這樣，若論怪誰恨誰，我說須恨金虜內犯！其中原委，今日便對弟兄們細細說明……」他說起金國攻大凌河，天下兵馬勤王集餉，山東只得停了例撥給登萊的協餉；他說起登萊巡撫若自徵錢糧須得朝廷特准，但至今未能得到准徵的詔諭；額外向朝廷申請的撥餉，又因吳橋事變道路阻隔而停發……他充分發揮了他的聲音魅力，頭頭是道，極令人信服。眾人靜靜聽著，不像來索餉，倒如同來聽大人訓話了。

哨長突然又提了個話茬兒：「孔有德率兵援遼，你不該將登州餉銀盡數付給他！」

人群中「嗡嗡」地掠過一重騷動和議論。孫元化立刻接過話頭：「這確屬下官的不是。一來爲使援遼弟兄安心，留下養家銀；二來以爲朝廷的額外撥餉及山東協餉不日送到，即可補上空缺，不料後來又生他變。元化只得另覓別途。喜得我府中眷屬深明大義，捐助釵環首飾，所得銀兩，爲弟兄們置辦了元旦晚餐例食……」

「噢！」不少士卒驚嘆，原來晚餐豐盛的過節酒肉和春餅捲雞蛋蔥絲，竟是孫大人家眷用首飾換來的！

「又喜得本城耆老鄉紳認捐五千餘兩，元化日前已遣人回鄉典去房產田地，近日將歸，若能湊足五萬兩，就能爲弟兄們補上一個月的欠餉了……」

孫大人典田產助餉！士兵們聽得發怔，躲在後面的營官哨官們也都面面相覷，不知該信還是不信。

那哨長想來是索餉的發起人，感到了眾人情緒的變化，心裡發急，說話就少了分寸，多了虛張聲勢的大話，極不明智地逆著多數人的情緒，近似惡言挑撥：「說得好聽！誰信？典田產賣首飾？騙鬼去吧！大過年的，你羊羔美酒嬌妻美妾過得可是舒坦？可知道我們弟兄吃不飽穿不暖，家裡頭老的叫小的哭，叫人還活不活啦？……」他後一半說的是實情，觸動了許多士兵的苦楚，紛紛附和；但前一半卻又使一些人覺得他冒犯了巡撫大人，因爲孫元化有一件最有力量的武器——他一貫的清廉正直不二色的官聲。所以儘管哨長說得指手畫腳，大團大團白氣噴向寒夜，很有鼓動人的架勢，卻惹得很多人拿白眼珠子瞪他。

孫元化嘆了一聲：「弟兄們的苦楚，我怎能不知，怎能不問？可恨元化無能，叫弟兄們受苦，元旦佳節竟然飢寒交迫，不得不聚眾索餉，罪在元化，實在上負君恩，下負黎民，愧對諸位弟兄……」他低沉厚潤的聲音撕裂了、沙啞了，連忙閉口不說，沉默下來。索餉的士兵們竟無人接上去再質問，不同程度地被打動了。

孫元化費力地側過臉去，不知對誰微微點頭，人們目光隨著轉過去，那兩列紅燈籠的盡頭，黑暗的二堂垂花門下，一前一後緩緩走出兩個人影，進入燈籠暈染出的一片紅光之中，裊裊娜娜，竟是兩個女子！這突然發生的奇跡使大門外又一次靜下來，千百雙眼睛一齊投向那兩個嬌小玲瓏的身影。

走近了，從紅燈盡頭走來了，看得人眼花繚亂，是兩位神女，還是一對花仙？高高的雲髻略飾幾朵絹花，苗條的身上披著一紅一藍風雪披風。紅衫女明眸粉腮，神采飛揚；藍衫女修眉秀目，面似寒玉，雙雙跪在孫元化面前，一同顫抖著嗓音喊道：「爹爹……」

孫元化的聲音也在哆嗦：「孩兒們，朝前跪……」

兩個女孩兒走到大門階前，面朝眾人款款跪倒，前排的士兵不由自主地後退，引起一陣小騷動，又很快止息。紅衫的幼蘅極力支撐著，昂首挺腰，藍衫的幼蘩被眼前這從未見過的陣勢嚇住，驚慌羞慚得不敢抬頭，渾身陣陣戰慄。

孫元化的聲音忽斷忽續，顫抖得厲害：「赴任一年……有餘，元化家中更無長物，唯有這兩個小女……願將小女作價，以爲將士們元宵佳節飽足之費用……弟兄們可願……可願領情？……」他的聲音嗚咽嘶啞，熱淚盈眶，再也說不下去了。

老天！誰能想到這個！所有的人驚得呆住，不知是真是夢，不知是不是聽錯，一時都反應不過來，滿場一派驚愕的寂靜。寂靜中，忽然響起女孩子戰戰兢兢、細柔悲傷的求告，那是幼蘅，閃著滿眼的淚光：「伯伯叔叔大哥，行行好，成全了吧！……成全我爹爹的忠，也成全我們做女兒的孝！……」

凜冽的寒氣傳遞著悲切的顫抖，越傳越遠，飛逝在夜空。

「不！——」大吼突然爆發，這是呂烈。在他看清那兩副裊娜身影和熟悉面容的一剎那，彷彿有一隻可怕的巨手掐住了他的喉嚨，他透不過氣，幾乎昏厥，拚命掙扎、抗爭，終於吼出了這一聲，擊碎了沉重的寂靜。

「不！——不能啊！——」許多人回應著，大聲喊叫起來。

「帥爺！——」另一聲狂呼，幾乎與呂烈同時，來自人群的後方，那是都司陳光福，同樣激起了一片響應：「帥爺！——帥爺！——」

陳光福不管不顧地撞倒許多人，直衝到大門階下，「撲通」跪倒，淚流滿面：「帥爺！我是大混蛋，我對不起你老人家！爲了幾顆糧幾兩銀子，逼得你老人家賣閨女，我還算個人嗎？該死！真該死！……」他提起大巴掌，照自己的臉「噼噼啪啪」地抽起了耳光。

周圍是一片不由自主跟著跪倒的士兵，他們幾乎忘記此舉的目的，真心悔恨著，落著淚，語無倫次，不清不楚地嘟噥：「可別啊！千萬不能啊！不能啊！……」

最心愛的女人和最痛恨的女人並排跪在那裡！她倆竟都是孫巡撫的女兒！而孫巡撫正要賣女助餉！這是夢嗎？荒謬得不可思議！爲了二喬姑娘，呂烈要立刻衝上去替她擋住一切有形和無形的傷害！但因爲那個灼灼，他又恨不得掉頭就走，絕不看第二眼！強烈的吸力和同樣強烈的斥力，深深的愛和同樣深的恨，用力撕扯著他，把他的心撕成兩半，他簡直要瘋癲了！……

他一眼看到站在兩個女兒身邊的孫元化，那勉力支撐的身姿，那耗盡心血的憔悴神色，那強忍悲痛力求從容平靜的表情……這不就是鞠躬盡瘁、死而後已嗎？呂烈從不相信現世還有這樣的人，但這人就站在他眼前！他詛咒自己，一拳擊在自己胸口，翻身跳下馬，直奔巡撫府門，如入無人之境。士兵們見他來勢洶洶，趕忙上前阻攔，都被他拳腳齊出，撞到一邊去了。他對孫元化雙手高高一拱，跪地深深一拜，語調有些嗚咽：「帥爺！我呂烈今日真心誠服！……」他霍地站起來，轉身對士兵們大喊：

「弟兄們，咱們齊心協力，死守登州！」

索餉的士兵們早被感動得鼻酸心熱，卻都拙於言詞不知該怎麼辦。呂烈一聲號召，打開了宣洩感情的閘門，上千條大漢同聲大吼，震天動地，屋瓦爲之震響，簷下冰凌柱也被震斷跌碎：

「齊心協力，死守登州！」

「誓守登州，不求犒賞！」

「帥爺放心，我們再不索餉了！大家苦在一處！快請二位小姐回去吧！……」

後面的話，已是許多人亂紛紛的勸告了。陳良謨、姚士良、可萊亞等營官都從後面擁上前來，表示願與帥爺同甘苦，可萊亞更用他那腔調怪異的中國話再三地說：「姑娘們離開，快回家，夜晚，天氣冷……」

暗夜中的街巷裡，忽然一片馬蹄聲車輪響，和著數十人的大喊大叫：

「餉來了！餉來了！……」

眾人一齊回頭看，巷口的人群已自動分開，讓出一條寬路，數十名高頭大馬上的騎士手舉著火把，護擁著三輛馬車直馳到巡撫府前，領先一人急忙跳下馬朝孫元化跑過來，竟是監軍道王徵，老遠就拱著手說道：

「初陽！但願我不是遲來一步！」

「良甫！你這是？……」孫元化大覺意外，也實在猜不出其中緣故。

王徵卻來不及向孫元化解釋，立刻轉身向眾官兵們揚手大聲喊道：

「弟兄們！這裡有籌來的三萬兩餉銀，各營營官這就隨我到糧臺領取，天亮以後，就可以分到弟兄們手中了！弟兄們安心守城，今年所欠餉銀，朝廷很快就要送來了！弟兄們但放寬心，都包在我王徵身上！……」

人群中傳出一陣歡聲。

「良甫！」孫元化一把抓住王徵的手，「從哪裡籌來的銀子？」

王徵笑笑，說：「無非把死物變成活物罷了！」

孫元化嗓子一哆唆：「你，你把寶杯和那帖賣了？」

王徵意猶未足地說：「可恨馮銓那個小人！知道我急等著用，把價硬壓到三萬！事情緊急，沒法再跟他講究，不然還能多弄點！」

孫元化心頭一熱，眼裡充滿淚水，兩手一齊將王徵的雙手握住，嘴唇顫抖得說不出話來。

周圍人群卻聽明白了他們的對話，一圈一圈地傳開來：巡撫大人賣家產賣女籌餉、監軍大人賣傳家之寶籌餉，嗡嗡的聲音越傳越遠，越傳越大，形成一層層感情的波瀾，迴盪著一片又一片的讚美和感嘆：

「好巡撫啊！」

「好監軍大人啊！」

「真是大好人啊！」

「……」

這真是雪裡送炭！卻又何止是雪裡送炭？

望著王徵熱切而又誠篤溫和的面容，望著周圍無數激動得淚光閃閃的眼睛，孫元化心頭思緒萬千、百感交集，再也抑止不住，不由得仰天呼道：

「天主啊！我孫元化原不過三尺微命，一介書生，何德何能，竟賜我如此俠骨丹心的摯友、如此深明大義的這許多好兄弟！……」

他彈去眼角遏止不住的熱淚，雙手抱拳高舉，向王徵和所有圍府的官兵們示意，喉頭哽咽地高聲說：「好兄弟，請受我孫元化一拜！」他後退兩步，便深深地、深深地躬腰拜了下去，不顧王徵和身邊諸人的阻攔，好半天不肯直起身來。

「帥爺！……」士兵們參差地喊出聲，有人感動得咧嘴大哭，帶得許多男子漢落淚。巡撫大人，朝廷的封疆大員，登萊東江各軍之主帥，竟向他們這些最低賤的婢僕隸卒流的小人們下拜！誰見過？祖祖輩輩，誰見過？……

孫元化拜罷起身，憔悴的面容重新露出明睿和自信。但一瞬間又皺眉微怔：他站在臺階的最高處，一眼就發現開元寺方向衝出一片火光，必是又出了意外！他果斷地立刻向面前的營官們說：「請諸位領各自屬兵速回守地。呂烈，你率騎隊趕赴開元寺，協助府縣制止攻寺！」

「遵命！」闔府官兵立即行動，千餘人馬頃刻走光。

呂烈在強烈的激動之後，渾身乏力，自覺體腔內空無一物，五臟六腑似乎都被摘去了。但他還是強打精神，拱手領命之際，朝孫元化身後看了一眼：兩個裊娜的身影已走到紅光與暗夜的接界處，正在回頭尋找什麼，目光落到他身上，兩位姑娘都一激靈，迅速縮進夜幕中去了。

八

「著火啦！」望樓上傳下一聲高叫，望樓和將臺四周聚集的三千名整裝待發、臂纏白巾的兵馬頓時沸騰，人叫馬嘶，躍躍欲動，像一片黑色的、起伏湧動的海浪。

李九成急不可待：「孔兄弟，發令出動吧！」

孔有德瞪他一眼：「急啥！」轉向望樓高叫：「著的是啥地界？」

望樓上傳下稟告：「是開元寺那頭兒！」

轟！兵馬又是一番騷動。他們已經知道，他們的父母妻子有許多暫住在開元寺。

孔有德沉著黑臉吩咐：「不是魁星樓的火，不作數！弟兄們耐下性子且等著！」

自打小清河邊接了呂烈送到的帥爺令箭，孔有德心裡一塊石頭落地，一心一意等候招撫諭旨。在北溝等了許多天，全無動靜！上上下下的弟兄，連孔有德在內，都犯嘀咕。有些弟兄忍不住偷跑三十里回去探望家小，順便聽聽消息，總是人之常情，孔有德雖禁止哪裡禁得住？張可大的登州兵卻挾舊恨驅趕毆打，終於開了殺戒。昨天是大年初一，回去探親的人多一些，也不過三百多弟兄，張可大這個狗官竟親自率兵馬追殺二十里，死傷弟兄一百多！若非撫局不成，他豈敢下這樣的毒手？孔有德聞訊領人馬援救，在赤山腳下與張可大大戰一場，新仇舊恨煽得雙方都殺紅了眼，登州兵死傷過百，而孔有德手下兵馬前後合共死傷超過二百，吃了大虧！

收兵回北溝，營裡處處哭聲處處叫罵。大小首領紛紛跑來，紅著眼珠子，要求攻破登州，拿張可大千刀萬剮！

孔有德心裡滿是說不出的愧恨。赤山對陣，論年歲論氣力論武藝，張可大都不是對手，他滿可以將這老對頭一刀劈於馬下！但他心裡顧念那個「撫」字，自然下不去手。面對一排排血汙肢殘的弟兄們的屍體，真覺得對他們不起。然而要下決心攻登州，他又猶豫了：怎麼對得住帥爺？……

他舉棋不定之際，耿仲明來了，在火上澆了一盆油！

耿仲明帶來帥爺的手諭和指令。

耿仲明對孔有德，還有什麼話不說？耿仲明身為登萊巡撫標下中軍官，還有什麼事不知道？隨著一道道鮮美的菜肴，一杯杯濃烈的醇酒，登州城內的大事從耿仲明口中滔滔湧出：撫詔被省城王巡按扣住不發，同著王象春的門生故舊一齊使力，要改撫為剿，朝廷中有閣老宰相做靠山……

登州城裡，帥爺為撫局受盡張可大一干登州官員的明抗暗擠，處處作對。帥爺為籌餉，已到典當田產、變賣眷屬首飾的地步……

遷入城內的遼屬，備受本地人欺辱，集中住進三寺的遼丁家眷，處境更是岌岌可危……

一樁樁一件件，孔有德越聽臉越黑，氣息越粗重，旁邊李九成父子、陳繼功、李尚友等人早就臭罵開了。

耿仲明最後說：「大哥，看來招撫恐怕是夜長夢多……」

孔有德跳起來，眼露凶光：「撫個屌！滾他娘的招撫！老子不幹啦！」

李九成立刻響應：「殺進登州！宰了張可大那個王八蛋！」

大家捋袖揮拳，嚷成一片：攻城！殺張可大！

陳繼功一拍耿仲明：「老弟，別回去啦，一塊兒反了吧！」

耿仲明苦著臉搖頭：「這不害了帥爺？朝廷不分黑白，登州狗官該殺，可帥爺待咱恩重如山哪！……況且弟兄們家眷都遷進了城，這城池又堅固無比，等閒攻它不下，曠日持久，老小妻兒還有活命嗎？……」

登州城池周九里，磚石城牆高三丈五、厚二丈，城牆外池深一丈、寬二丈，東西南北四門均是四樓七鋪五十六，馬踩吊橋響，極是易守難攻。他們久在登州，豈能不知？至於帥爺的恩義，家眷的安危更是難題，眾人一時都沒了主意。

李九成有心提議「管他三七二十一」，但立刻意識到眾怒難犯，一句話說錯就會前功盡棄。這位孔有德的智囊，當此關口，只好一聲不響。

不料孔有德雙拳往桌上猛地一砸，杯盤酒菜「丁冬」飛起，「嘩啦」摔下地，他一字一頓，斬釘截鐵地噴出一句話：

「咱們擁戴帥爺，永鎮登州！」

一句話，解決了所有的難題，與宴的這些遼東大漢們大聲歡呼，爲此同乾一大杯！剩下的，就是具體辦法、細節安排了……

望樓下兵馬躁動洶湧，爆發了狂野的咆哮。

「火！魁星樓著火啦！」望樓上歡聲大起，「東門樓上懸起兩盞紅燈啦！」

孔有德濃眉聳動，目光如炬，毫不含糊地發著命令：「不准喧譁！按計議的幹！誰敢傷帥爺一根毫毛，我老孔定把他劈成兩半！起動！」

三千兵馬，像黑色的箭，朝登州城東門撲去。

東門守軍陸師中營，全是遼東弟兄，早就悄悄放下吊橋。都司陳光福和巡撫府傳令侍衛陸奇一打開了城門，遼東老弟兄們頓時摟在一塊兒！孔有德如往常一樣，把陸奇一高高舉起、輕輕放下。

陸師中營迅速把預先準備好的白布纏上左臂，隨同進城的遼東軍分兵兩路，一路由李九成、陳繼功、陳光福率領去救護三寺的眷屬，占領府、縣及另外三門；另一路跟隨孔有德、李應元，由預先到達北門的耿仲明策應，殺進水城，攻占總鎮府，捉拿張可大。

「轟隆」一聲，天崩地裂，隨後爆炸聲不斷，一團巨大的煙霧騰空而起，城內儲存火器火藥的火藥局燃起了大火，喊殺聲驚天動地，撲向登州各處衙署和城門。登州城內頓時大亂！

* * *

頭一聲巨響傳進水城內總鎮府，震得侍衛們面面相覷。接二連三的驚人爆炸，帶來一陣陣人喊馬嘶，使張可大變了臉色，知道出了大事，急忙領著親兵出內衙，直奔白天剛搬遷粗定的大堂，並指令侍從：立即著人回大城探聽消息！

前腳才邁進大堂，一名親兵滿頭大汗、滿臉驚慌衝上臺階，撲倒在張可大面前：「大人！不好啦！孔有德亂兵攻進東門，城內遼丁遼民一起造反，大城已陷，四處起火！……」

「啊！」張可大腦袋嗡的一響，他預料中的最壞結果出現了！耳邊的喧囂吶喊如海潮洶湧，夾雜著零星的炮聲銃聲，由遠而近。他眉頭一擰，喝道：「帶馬！快！」他要往各營督戰，無論如何要守住水城！

馬還未帶到，又一名親兵跌跌撞撞地衝進來，大喊著：「大人！振揚門！……」他一口氣上不來，昏死過去。

振揚門！這是水城與登州大城連接的唯一通道！振揚門怎麼了？跟腳奔來的守門哨長跪稟：「大人！耿中軍持巡撫令箭叫開振揚門，孔有德亂軍一擁而入，殺進來了！」

張可大沉臉提刀跨馬，領了親兵侍衛衝出府門。水城各處已是烈火熊熊，殺聲震天，一片混亂了。他略作判斷，便大刀一揮：「向南殺出去！接應大城！」

兩馬飛馳奔到，一個渾身是血的校尉滾下馬鞍：「大人！孔有德來勢極猛，意在攻取總鎮府。我們守備大人率部死守道口，阻住亂兵向北，著小的來稟告大人，他定拚死命拖住孔有德，多一刻是一刻，求大人你由水門快走，再遲就來不及啦！」他一邊說著一邊痛哭。

「大人！水師游擊營和平海營從亂造反，響應亂兵在水城裡殺將起來，水師左營還在抵抗，右營和中營已經被打散了！……」另一報信營兵也已聲嘶力竭。

「哇」的一聲，張可大噴出一口鮮血，捶胸慟哭，仰天大叫：「老天！老天！果然登州難逃此劫嗎？……」

中軍管惟誠連忙勸道：「大人，事已危急，是不是收集餘部，火速從水門北撤，以圖再舉？……」

張可大收淚，瞪了管惟誠一眼，厲聲道：「回府！」

張可大進了他的總鎮府，兩扇銅釘鐵葉大門便緊緊關閉了。他大步走進後堂，丫鬟僕婦都已嚇得面無人色，老太太正驚慌地左顧右盼，詢問兒子的情況，因無人回答而大發脾氣，一見兒子進屋，才鬆了口氣，露出笑容：「可大，我曉得他們在騙我，外面鬧嚷，總是過年的喜氣吧！」

張可大強笑：「娘說的是。現下叛兵賊子在城外作亂，兒身負守土之責，將要出戰。娘不必掛念兒的安危，兒去後，叫鹿征陪娘過年，我已命人備了暖轎……」他說不下去了，對著母親跪下去，三跪九叩，淚水嘩啦一下湧出來……

辭別母親出屋，他叫來了獨子張鹿征，厲聲道：「眼下危急，你立刻帶親兵及服侍丫鬟，侍奉祖母到水門上船，連夜出航，離開登州！取道天津往京師……」

「爹！」張鹿征大叫，涕淚雙流，「那你老人家……」

「快走！」張可大喝道，「再遲疑就來不及了！」

張鹿征猶豫著，哭著：「還有母親、姨娘許多人呢？……」

「畜生！」張可大發怒，一把拔出佩劍，「再囉唆就要你的命！」

張鹿征嚇得「哇呀」喊叫出聲，掩面跑開。

張可大回大堂，穩坐大案交椅上，神色又是一變，從容中有一種說不出的威嚴，目光灼灼，亮得驚人。

「吳振姬，過來！」那個每戰跟在鞍前馬後爲他打著「張」字大旗的忠心耿耿的旗鼓尉，連忙應聲而出，跪在當前。

張可大解下腰間所佩的刻著雙龍雙虎、貫以紅絲絛的金符牌，鄭重交授給吳振姬：「你立刻持此符牌出水門，走小路西去濟南，再上京師，將此間事變上報山東巡撫、山東巡按，並報兵部知道，快去！」

吳振姬匆匆一叩首，站起身匆匆離去。

「管中軍！」張可大解下佩劍，「哐啷」一聲扔在地上，把應聲而出的管惟誠嚇得變了色，「拿我寶劍去後堂，命夫人自裁，斬盡諸婢妾！快去！」

管惟誠看一眼總鎮大人冰冷鐵青的臉，冒血一般的紅眼睛，什麼話也不敢再說，提劍去了後堂。

「具我朝服衣冠，持白練來！」張可大威嚴地緩緩命令。

「大人！」滿堂驚叫。

「快！」張可大厲聲喝道。

親兵侍從們一個個渾身發抖，淚水橫流，不只爲張可大，也爲自己，不知大人最後怎樣發付他們。他們總算迅速地服侍大人穿好最莊重富麗的朝服：頭戴六梁冠，身上赤羅袍綴著獅子補，腰繫鑲金雕花犀帶，腳下一雙嶄新的粉底鴉青緞靴。這一身在燈光下格外耀眼絢麗的朝服，與懸在大堂梁上的閃著冷森森白光的素練一對比，每個人的心都在戰慄。

張可大站在白練之下，一座山那樣沉穩，緩緩說：「你們從後門走，若能追上鹿征及老太太，便一同乘船離開，路上也好有個照應。」

「大人！」眾人一下子哭出來，「呼啦」跪倒一片，同聲喊著，「大人，隨我們一同走了吧！……」

張可大神情威嚴地搖頭：「身爲一方總鎮，必須與此城此土共存亡，方不負朝廷世代恩養。況且士可殺不可辱……」不再往下說，只擺擺手：「去吧，都去吧！」

眾人紛紛叩頭，哭著離去。忽聽大人咬牙切齒地說：「你們記住，誰敢回來將我救下，便是我不共戴天的大仇家！」最後一個離開大堂的親兵忙亂中回頭再看一眼，只見總兵大人面向北肅立，恭恭敬敬地稽首一拜、再拜、三拜，他是在向朝廷向皇上禮拜告辭！……親兵淚水驟湧，不敢再看，飛快地逃走了。

* * *

由於阻道的守備官採用死纏軟磨的戰法拖住孔有德，力大無窮的他就像老虎捉老鼠一樣使不上勁，氣得哇哇亂叫，費了好一陣工夫，才覷著破綻，一刀把守備砍下馬。營官陣亡，下面兵勇被殺散，道路打通，孔有德揚刀大呼，恰似半空中一聲響雷：

「攻打總鎮府！捉拿狗官張可大！——」

「殺啊！——」紅了眼的遼丁怒吼著從四面八方衝向總鎮府。緊緊關閉的大門，激起他們更大的憤怒，咒罵叫戰聲如同沸騰。

幾十個遼東大漢，抬來兩根最粗大的桅杆，狠狠撞擊銅釘鐵皮門，千百條喉嚨同聲喊著號子，壓倒了「嗵嗵」的撞擊響。不過七八次猛撞，「轟隆！」兩扇大門齊齊倒下，遼丁們歡呼怒吼，潮水般往裡湧。孔有德一馬當先，衝在最前頭。

馬蹄踏在前院的石板路上，「喀啦喀啦」像敲鐵錘，孔有德急於找到他的老對手。為無辜而死的弟兄們，為自己來登州後所受的屈辱，他要親手劈了張可大這狗官！由於復仇在即，他非常興奮，大喊大叫著自己也不知是什麼意思的字眼，痛快得有如瘋狂！

大堂竟也掩上兩扇門！孔有德拍馬衝到近前，揮大刀猛力一劈，堂門「嘩啦」洞開，微弱的燭光映照著大堂正中一個懸在空中的人，倒把他嚇了一跳，趕忙招來打火把的侍從，隨他騎馬繞著已經斷氣的屍體轉了一圈。沒錯，這個衣冠鮮麗的官兒正是張可大！孔有德心頭頓時湧上一陣失望。

興高采烈的弟兄們揚著火把刀槍，敲打著應手傢伙高聲大叫：「狗官死啦！」「張可大懸梁自盡啦！……」一時間總鎮府內外歡聲如潮。孔有德突然發火了：

「都亂號個啥？還不快給我搜！」

五進院子裡頓時火把燈籠到處閃動，把每個角落都照得通明。幾個弟兄驚疑不定地跑來稟告：後面房裡院子裡盡是死人！

孔有德策馬來到三進院、四進院，血腥味濃得就像大戰後的戰場。院子裡屋子裡，東一具西一具，盡是婦道人家的屍體，好幾十！院裡的看去多是婢僕，斑斑血跡染紅了白雪，凝成硬塊；屋裡的多半衣著華貴，想必是張可大的妻妾親眷，都是頸中受劍而死……

院一側的樓上，傳來「咚咚」的樓梯響，夾著可憐的、喘不過氣的哀告：「饒了我吧！……求你高抬貴手，求求你，饒命，饒命啊……啊！——」尖利的號叫戛然而止，側門突然跌出一個披頭散髮的年輕女子，撲倒在孔有德馬前二丈遠的地方，猛烈地抽搐幾下，斷了氣，左胸有個從背後穿透的窟窿，往外汩汩地流著鮮血。隨後，一個高大的男子出現在側門邊，渾身是血，滿臉凶殘狂暴，身體搖晃著，用長劍拄地勉強不倒。

「管惟誠！」孔有德怒吼，「你這混帳王八蛋！孬種！追殺女人，也算你的本事？」

管惟誠瞪著火炭般赤紅的眼睛，野獸一樣舔著乾裂的嘴唇：「我，奉的大人將令，夫人自裁，斬盡全家婢妾，共是四十五口！……哈，我管惟誠上陣還沒殺過這麼多人哩！殺得大人這把寶劍都缺了口捲了刃，我這胳膊也抬不動了！……哈哈！殺得好！死得好！一門忠烈，舉世無雙！……」

孔有德想發火，想怒吼，不知爲什麼沒有辦到，反而和緩下來：「管中軍，我知道你是條漢子！只要你隨了我，保你富貴不盡！……」

「放狗屁！」管惟誠破口大罵，「你這亂臣賊子，人人得而誅之！還想保別人富貴榮華？別做你娘的春秋大夢了！……」

「張可大已經上吊死啦，這水城，這登州鐵定是攥在我老孔手心裡！你要死還是要活？」

管惟誠搖搖晃晃「撲通」跪倒，仰面痛哭：「大人！大人！你爲國捐軀，英靈不遠，我管惟誠絕不負你！」不知哪裡來的力氣，他陡然站起，指定孔有德：「你這十惡不赦的叛賊，我跟你拚了！」長劍一揮直撲過來。不等他靠近，侍衛持短刀猛地擲出，另一侍衛的鳥銃也及時發火，管惟誠胸前中刀、腹部中鉛子，倒地後再也沒有動一下。

孔有德回頭喝罵侍衛：「混帳東西！誰叫你們飛刀放銃！就讓他跟我對打幾個回合，死也好死得服氣！……」

他們重新回到大堂時，一直騎在馬背上，揚言絕不在總鎮府內下馬的孔有德居然下了馬，命人把張可大從梁上放下來，停在大案上。牽馬出堂之際，他略一遲疑，轉身回去，對著張可大的遺體拜了三拜。拜罷，抬頭碰上遼丁們迷惑不解的詫異目光，他不高興地說：

「看什麼看？他到底還算是個男子漢，對不對？……算了算了！快給我滾吧！……」

孔有德的聲調很不耐煩，是爲了掩飾心裡那股說不清的不痛快、不舒服。對手就這樣死了，他原先充塞著報復、比個高低的膨脹的心突然變空了，沒著沒落了，這使他的興奮、他的瘋狂的勝利感一下子失去了光彩。此刻他心裡似有若無地閃過一個影子，一個在屍橫遍地的荒野上獨立支撐、發瘋似的向虛空亂砍亂殺的人——那是他自己，爲了殺韃兵，做不怕死的武將英豪。如果他那時死了，不也是忠烈之士嗎？……

他絕沒有想到，二十年後，他果然成了大忠臣，重演了張可大的這一幕。

* * *

變兵入城，城內遼丁遼民立即響應，因而聲勢浩大。況且以有備攻無備，攻方對登州城內大街小巷、官署民居又都瞭如指掌。攻占四門，奪取大炮，孔有德的軍隊很快就掌握了全局。守方一直沒能夠形成有效的抵抗，幾次有組織的反擊被打垮以後，守軍就崩潰了。天亮時分，銃聲喊殺聲零落了，變兵開始了搶劫，官署、富商、財主、士紳及平日與遼丁有宿怨的人家，成了搶劫的主要目標。

太陽升起，照著白雪籠罩的大地。城中還有幾處房宅餘火未盡，黑煙在裊裊飄散。城頭街巷，盡是夜來激戰留下的屍體和血跡。被俘的要人用長繩綁成一串，被變兵押往考院集中，其中有知府知縣以及昨天上午被請進巡撫府的所有富商士紳，他們從一具具屍體邊走過，或嘆息或驚恐，不一而足。飽掠而歸的變兵背著各種包袱箱籠，大聲說笑呼喊著，對屍體看也不看，毫不在意。但他們不敢走近城隍廟後三賢祠一帶，這是孔有德剛剛下的禁令，違令者斬無赦！

因爲，登萊巡撫就被困在三賢祠內。

孫元化靠在供桌邊喘氣，精疲力竭，口焦舌燥。舉目望去，小小的三賢祠堂內，只有張燾、呂烈和幾名親隨侍衛散坐各處，院內還有三十多名撫標親兵守衛著祠堂大門，一個個都疲憊不堪，身上血跡斑斑。

昨夜變起倉促，孫元化來不及安慰委屈的女兒和飽受驚怖的妻子，便立刻投入戰事。然而已經晚了，他調集兵馬的將令傳不下去，各營的抵禦作戰行止也傳不上來。只有陸師游擊營呂烈率部分人馬來保護巡撫府。不久，張燾一行二十餘人趕來稟告城中混戰的局勢，因爲他屬下火器營同幾個遼東營一起響應孔有德而全都叛變了！孫元化知道大勢已去，不顧一切，率領身邊僅有的兵將百餘人衝出巡撫府，與叛軍巷戰。從半夜戰到天明，身邊的侍衛親兵越來越少，他也說不清砍殺了多少叛兵，但身上卻絲毫沒有受傷，只濺滿了對手的血。到了黎明，能辨認面目時，他發現了，只要遇著叛軍中的遼丁——他當年從寧遠帶到登州來的部下，對手就慌忙閃避，不肯與他接仗，而換上一些眼生的士兵。即使是這些人，也不敢傷他，只用令人眼花繚亂的槍法刀法阻住他的進路或退路。就這樣，進進退退，殺來殺去，他們被逼進了三賢祠。

孫元化用力呼吸幾口氣，努力打起精神。他急於知道外面的戰況，但派出去的親兵都被擋回來，說是三賢祠外各個路口都有大量叛軍把守，通不過。他立起身，沉聲道：「我們得出去，設法聯絡上耿仲明、陳良謨。」

張燾緊皺雙眉：「耿仲明？我怕他已經……」

「不會！」孫元化斷然說，「他向我發過誓！走吧，呂烈。」

呂烈倚著堂柱，正靜靜打量著三賢的泥塑像——他們是宋朝的馬默、李師中、蘇軾，因爲都當過登州太守，又都爲登州辦過幾件好事而被百姓祭祀至今。聽孫元化這麼說，呂烈冷冷一笑：「帥爺，你信他發誓賭咒？我可不信！三賢若有靈，助我一臂之力，我定要親手殺了這個吃裡扒外的奸賊！」他「嘩啦」抽出腰刀，領頭出了祠堂，張燾、孫元化在後，所有的三十餘名侍衛親兵簇擁著他們，一起衝出院門。

剛轉過巷口，便有大隊叛軍撲上來阻攔，呼喊喝罵，刀槍鏗鏘撞擊，雙方又戰成一團。

一騎遠遠奔來，揚臂大叫：「住手！住手！——帥爺，是我呀，我是耿仲明——」

一語未了，這邊呂烈棄刀奪過對手的長槍，跳起來直奔耿仲明，舉槍就刺，耿仲明連忙出槍抵擋：「哎，哎，呂烈，先別動手，我有話說，我有話對帥爺講！……」

呂烈全然不理。儘管以步敵騎很是吃力，他仍是不顧一切地急風暴雨般進攻，招招都挾著殺氣，倒把耿仲明逼得步步後退，退到混戰的人群中。

「帥爺，帥爺！……」耿仲明要應付呂烈，又得回顧招呼著孫元化，「帥爺，你聽我說……哎呀，不好！」耿仲明大叫一聲，掉轉抵擋呂烈的長槍，刺向與孫元化對陣的叛軍小頭目，幾個聲音同時驚叫：

「啊呀！……」

一刹那間，大家都停下手，怔住了：孫元化倒地，叛軍小頭目身亡，耿仲明落馬，同時發生！

原來，年近半百的孫元化體力不支，不耐久戰，出劍已顯出遲滯吃力。對手卻是個精壯漢子，刀刀裹著風聲。他乘機飛身躍起，一個泰山壓頂的猛勢砍下，孫元化舉劍一迎，抵擋不住，長劍脫手飛出；這一刀力勢太猛，收不住，眼看落在孫元化右肩，將削去他的臂膀；耿仲明情急，轉過頭挺槍一刺，正中叛軍小頭目咽喉；而他自己左側暴露，呂烈就勢一槍刺進他肩窩，他翻身摔下馬鞍。

侍衛親兵連忙扶起各自的將軍。孫元化臂上擦過一刀，受了點輕傷。耿仲明肩窩卻是血流不止，親兵在給他包紮。

孫元化、張燾和呂烈瞠目相視，都不明白耿仲明爲什麼要因救孫元化而殺掉叛軍小頭目。他一出現，臂上纏的白布已表明他是孔有德的人了。也奇怪這些與他們交手的叛軍見小頭目被殺都無動於衷，此刻站立兩側，全無繼續動手的意思。

那麼，耿仲明救護孫元化，總不是惡意吧？

「耿仲明！」孫元化咬牙切齒，「你這叛賊！竟敢如此！」

耿仲明摀著肩傷，跪在孫元化面前，忍著疼痛說：「帥爺，仲明對天發過誓，絕不負帥爺恩德！」

「你還有臉提這話！」孫元化又怒又恨又奇怪。

「稟帥爺，眼下，原登州總鎮屬下各營散了兩營，降了兩營，俘獲三營，營官陳良謨、姚士良、可萊亞均已陣亡，張可大在水城署中自縊而死，知府知縣各官也都被執關押，登州城已是遼東營的天下了！……」

「哦，張總鎮！……」孫元化悲憤交集，痛悔地閉上眼睛。

「弟兄們要來拜見帥爺，讓仲明先到一步請告，不料……瞧，他們來了。」耿仲明指著巷口北頭。

一片五顏六色的旌旗，簇擁著一面繡著巨大的「孔」字杏黃旗和一面繡著黑色的「李」字紅旗，像燦爛的雲霞停在巷口，雜亂的馬蹄聲引出一隊騎馬的將領，盔帽鋥亮、甲冑鮮明，下馬便朝三賢祠快步走來。越走越近，辨認得就越清楚：那是孔有德粗悍的身軀；那是李九成精明的瘦臉；那是陳繼功、李尚友、李應元、曹得功；還有留在登州的陳光福；他背後那個瘦小的影子，竟是陸奇一！……孫元化心頭一陣刺痛，不得不再次閉了眼睛。

「帥爺！」一聲大吼，震得眾人一怔。孔有德飛跑著，直撲到孫元化面前，「撲通」跪倒膝下，伏地大哭，像三歲小孩一樣哭得無所顧忌，胸脯大起大落，渾身直哆嗦。

「帥爺！……」其餘同來的將領也都跪下了。

孫元化睜眼注視痛哭的孔有德，胸中百感激盪、氣血上衝，好一會兒才緩過一口氣，憤懣地說：「想不到，竟是你在哭！」

「帥爺，我只當這輩子再也見不著你啦！……」孔有德抽抽噎噎，熱淚縱橫，滿腔忠誠，一臉憨厚，絕不像幹出這種殺人放火掠地攻城叛逆大事的奸惡之徒。

「我命你駐兵北溝待撫，爲什麼圍城攻城？」孫元化又疲倦又厭惡，緊蹙著劍眉，冷冷地問。

「帥爺，張可大無故殺了我們二百多弟兄，難道就罷了？豈能不來討還個公道？後來城中趕殺遼人及弟兄們的家眷，難道就白挨刀，怎能不救？……」

「你就這樣救！攻占城池，擅殺國家官吏，燒殺搶掠百姓，盡是叛逆大罪，十惡不赦！我既落在你手，是殺是剮隨你處置吧！」孫元化冷冷說罷，又閉上眼睛。

孔有德大驚，再次伏拜在地：「帥爺這麼說，我老孔怎麼做人！弟兄們都身受帥爺大恩，我老孔的命都是帥爺拾起來的，不然一百回也死過了！怎敢負了帥爺遭天雷打！事情弄到這個地步，實在不是咱老孔和弟兄們故意的。但既到了這個田地，乾脆破罐破摔！朝廷無道，逼得弟兄們沒路走，上上下下嫉賢妒能，帥爺你夾板氣還受得不夠？……」

孫元化突然睜眼，目光亮得不可逼視：「你要幹什麼？」

李九成趕忙湊近，極其恭敬地低頭說：「帥爺，弟兄們此番舉兵，絕非去當草寇！眾人議定，占登萊，扼渤海東江，據有山東，擁戴帥爺爲主，永鎮登州！」

孫元化大驚失色：「什麼？」

孔有德趕忙補充：「正是正是！咱們自家徵田賦收租稅籌糧餉，安定一方！大明氣數已盡，何必受它挾制！咱們怎麼就不能也立個國？帥爺你怎麼就不能也當皇帝？……」

「住口！」孫元化怒喝，決眥欲裂，痛心疾首地恨道，「大逆不道！大逆不道！算我孫元化瞎了眼，錯認你孔有德！」

「帥爺！」孔有德還在解釋說服，「我老孔絕不負帥爺恩德，心甘情願從龍聽喝，爲帥爺包打江山！……」

孫元化只覺得內臟似乎都在大出血，臉色灰敗，心中絞痛。他竭力支撐，陡然挺胸，提起中氣，凜然宣告：「我孫元化生是大明臣，死是大明魂，絕不苟且貪生！絕不與亂臣賊子爲伍！」

他沒有氣力一直響亮地把話說完，腳下大地在塌陷，頭頂天空在旋轉。他那收復四州、築起天下第一堅固的登州要塞的美夢已成灰燼，日日夜夜奔波策劃耗盡的心血已經白費，皇上的殷殷期望、天顏綸語有如隔世，此一刻他萬念俱灰，慘然笑了笑，說：「孔有德，我如何待你，你竟陷我於大逆！……孫元化臣節無虧！」話音未落，腰下寶劍已經出鞘，極快地反手橫向脖頸，用力向下一拉。呂烈眼疾手快，一個箭步上前奪劍，卻已晚了一步，孫元化頸間鮮血迸流，倒在了地上。

「帥爺！——」孔有德大叫，撲在孫元化身上，眼淚狂噴如泉，泣不成聲。

「帥爺！——」周圍的人一起大叫，喊聲在窄巷間滾動、迴盪，震得人們耳朵嗡嗡亂響，催逼得這些粗莽、野蠻、殺人不眨眼的漢子們掉下了眼淚。

第六章

一

元月初七是人日，溫體仁到首相周延儒府上拜節。

照理說，元旦皇極門大朝會，百官朝賀天子之後，同僚相聚，已經互相致過新年祝賀了。然而，正是在朝會中，溫體仁從首相保養得光潤白皙的面容上，覺察出幾絲陰雲；從那俊朗的眉宇間捕捉到掩飾的煩惱；也從百官的態度中感受到他們對首相的強烈不滿。

確實，朝中人言籍籍，都在或明或暗地指斥首相的種種劣跡：他的連襟陳于泰竟不顧迴避制度參與朝考奪得狀元；他的哥哥周素儒竟冒名頂替入錦衣衛得千戶職；他的弟弟周正儀仗他的寵愛公然招賄賣官，標出「七千得詞林、五千得科道」的價格；他的家將周文郁一升再升，竟得到副總兵的高位；他推薦的各地總督巡撫大員，大車小車流水般往周府送禮，金銀財寶、美女狡童無所不備……最令滿朝議論紛紛的，就是吳橋兵變及由此而來的撫剿之爭。耿直之臣有識之士無不主剿，這原是平叛除逆的正道，他卻偏袒他薦舉的登萊巡撫孫元化，極力主撫——誰知道孫元化暗地給首相送了什麼厚禮？這個舉人出身而任封疆大吏的人，當初就有許多朝官認定他難以勝任，遲早要出毛病。「果然應了不是！」朝會時一談起吳橋事變，這成了口頭禪，不無幸災樂禍，自詡先見之明。入冬後，首相又遇上一件災禍：由於他的子弟家人橫暴鄉里，百姓憤怒群起，燒了他的老屋故居，掘了他的祖墳！這奇恥大辱非常人所能忍受，何況當朝首相？朝廷言官反而據此糾劾他縱容子弟胡爲，有失教之責，非大臣之體！

在這種情況下，溫體仁豈能不關心？豈能不主動向首相表示忠誠和支持？給首相以適時的安慰？……

周延儒親自出門相迎。溫體仁只覺眼前一亮，差點沒認出主人。進到客廳待茶，分賓主坐定，溫體仁閃眼細看：這位頭戴凌雲巾、身穿姑絨圓領沉香色長袍、外罩玉色貂皮長半臂的當朝首相，竟如風流才子一般瀟灑出塵，大約是飲了酒，白皙的臉上微泛桃紅，眼睛如同含了水，不僅顯得比平素年輕，還露出幾分嫵媚。溫體仁壓下心頭自慚形穢的說不清的酸楚，笑著與主人賀節，互道寒溫，隨後蹙眉道：

「昨日張副憲來我處，說起宜興刁民鬧事詳情，真正可惱！定當嚴辦！言官竟顛倒是非糾劾玉繩公，真不知是何肺腸！這些鐵嘴烏鴉，委實令人痛恨！」

周延儒一笑：「隨他去，君子坦蕩蕩。」

「人道宰相肚裡好撐船，果然汪海度量！我雖痴長十數歲，也得僥倖入閣，卻是萬萬不能及的！」

「長卿兄當年獨力撐拒，力敵諸言官御史，展轉不屈，也可謂驚天地而動鬼神了！」

「哪裡哪裡！若非玉繩公援手相助，體仁焉有今日！早被那幫鐵嘴烏鴉攧回烏程老家去了！……」

二人相視而笑。首相笑得如他平日一般狂放，溫體仁笑聲只在喉頭打滾。

當初御史們參劾溫體仁爲魏逆建生祠作頌詩、賄賂魏黨大奸崔呈秀，揭發他在朝中排擊異己以邀帝寵，溫體仁一概否認。在皇帝召集的內閣九卿會議上，他與諸官辯詰舌戰，始終不屈，並奏告皇上說：「諸人排擊爲臣者百出，而無一人左袒臣，臣孤立可見……」這話正打動了最恨臣下結黨的朱由檢。偏偏此時，又一御史彈劾溫體仁娶娼、受賄、奪人產業等不法行徑，周延儒暗體皇上心意，立刻指摘此劾本失大臣體，有損朝廷威儀。這激怒了崇禎帝，以奏本語褻的罪名將此御史降級外調；又由周延儒薦舉，溫體仁終於入閣。周延儒雖是首相，但同閣爲相，溫體仁原不須如下屬般謙恭的。

「家鄉之事，玉繩公還要寬懷，萬一傷心損神，朝中大事卻去靠誰！……」溫體仁憂心忡忡，十二分體貼安慰。

「長卿好意我領了。我周延儒豈能那般小家子氣！當年郭令公祖墓也遭人掘，仍是七子八婿汾陽王，富貴壽考古今稀！哈哈哈哈！……」大有自況郭子儀的豪氣。一轉臉，問道：「聽說吏書想要起用王之臣等人，長卿知道嗎？」

「吏書也向我提起過。」溫體仁心裡一驚，回答卻不含糊。難道他起了疑心，知道此事其實是我的主意？

「此事斷不可行！王之臣等人乃魏黨，起用他們，必致人心混亂。皇上爲此召我諮問，我奏說：『若用此輩，則無異於昭雪閹黨了。』皇上省悟，才沒有准吏書奏本。」

一瞬間，溫體仁極恨面前這個風流才子！果然是他作梗拆臺！看他洋洋得意，好像皇上是他的！魏黨又如何？誰不知道你那孌童馮銓也是魏黨大將？……

「長卿，聞聽你爲此事對我頗有不滿？」

「哪有這話！」溫體仁極口否認，「我溫體仁怎敢對恩公說半個不字！我還成個人嗎？」看四周無人，他突然離座，竟直挺挺地跪倒，右手高高指天，左手撫著心窩，慷慨激昂：「此心可對天表，溫體仁絕不負恩公提拔栽培！」

周延儒見逼出這種表示，不免過分，連忙扶起，笑道：「何須如此！我不過想提醒你。兒女之私，人之常情，言官攻你娶娼，攻我多欲，俱是小節，不足深怪。但殺魏閹除逆黨，是皇上即位第一大德政，卻是大節。所以，馮銓與我私交甚好，才學也出眾人上，我卻從無羅致選用之意。」

溫體仁聽他提起娶娼舊事，邪火直衝腦門，不料他又說及他的男寵，毫不難爲情，彼此扯直，倒也平息了心頭的惱恨，連連點頭稱是。敷衍了幾句閒話，他忽又說道：「方才進府，見到好幾副車仗，以爲還有同僚在座哩……」

周延儒略一遲疑，終於笑笑：「果然有幾位。來吧，也請你入席。」

溫體仁隨周延儒走進一所精緻的小花廳，宴桌後面的人都站了起來。雖然一個個忠靜冠、飄飄巾、錦袍羅衫，溫體仁也能認出他們是兵部、吏部侍郎、僉都御史徐璜和一位江南名士龔鼎孳，都有才子之名，常與周延儒詩酒唱和。一番寒暄問候，再爲溫體仁添了一席宴。

三巡酒過，溫體仁才仔細打量四周，心裡混合著刺骨的嫉恨和刺骨的羨慕：這個狀元宰相風流才子太會享樂了！

自家花廳怎麼就沒有這樣敞亮？原來四面皆是雕著精美的山水人物花木的鏤空花軒窗；自家

食具酒器怎麼就毫無雅意？哪像這裡滿桌都是晶瑩如玉的古窯名瓷；自家也有一堂螺鈿家具稱得上精緻，卻比不上這裡的紫檀古董那麼名貴富麗；自家也有熏爐，卻從未見過圖案如此精巧細密的銀絲嵌鏤的大罩花熏爐，熱氣裡噴出濃香，整個花廳暖如春末夏初，怪不得這些人只著薄薄的羅衫！

早聽說周府家童侍婢多解音律，其中最聰俊的十名童兒皆以「些」命名，什麼雲些、月些、雨些、露些，眼前來來往往上菜斟酒的俊俏小廝，或許就是「十些」？自家最清俊的書童，也只配給他們提鞋牽馬！……

溫體仁正在胡思亂想，耳邊隱約飄過一句話：

「登州近況，你繼續說。」

這是周延儒的聲音，在對徐璜講。看來是要繼續被溫體仁突然到來打斷的話題。溫體仁連忙收攝神思，飲酒吃菜，似不在意，耳朵卻極其敏銳地聽著。

「我家人是從錢塘回京師途中，繞道登州去看望我那外甥的。據他帶回的家書來看，吳橋之變確實應撫不應剿。孫巡撫在登州頗得人心，尤爲遼丁所敬重。撫局必成，登州也很安靜，難處只在缺餉。」

「糧餉之事，處處爲難，何止登州！只是登州有欽差監視兵糧，別人難以置喙……登州富足，我料它出不了大事！」周延儒但凡出口，總是很自信。

徐璜笑道：「那豈不令朝中諸公失望？他們拿孫元化做靶子，實則尋你的不是喲！」

周延儒揚頭一笑：「這些人糊塗之至！說我庇護孫元化，我爲什麼庇護他？沒有一點好處到我手邊嘛。他是皇上親自提拔的，我周延儒豈能不護著皇上！皇上英明如此，有什麼看不透的？……算了算了，不說這些煩人的事了。雲些，月些，快上雞羹烹魚，諸位且嘗嘗我這尋常雞魚的味道！」

溫體仁同著眾人一起拍案笑著，心裡卻七上八下：周延儒的話是不是有意說給他聽的？他原想借吳橋兵變大做幕後文章，萬一招來皇上疑忌，那可不是鬧著玩的！或許該收斂一些？可是放棄這大好機會，太令人沮喪了！……

「十些」托著銀盤絡繹走來，給每個宴桌擺上兩尊形狀特異的紫砂器：有的方，有的圓，有的帶提梁，有的加撐腳，有離桌面五寸高的高腳碗，有環耳圈足式樣的彝敦，十二件食器件件有蓋，通體花紋，精美古雅，或刻或雕，各盡其態。眾人嘖嘖稱羨，反覆打量撫摸這光澤溫潤的奇物，愛不釋手，誰也叫不出它們的名稱。

眾人的神態令周延儒得意：「不認識嗎？這是我家鄉宜興的紫砂陶。本人出的樣子，仿照古代禮器，著名陶工精製，每樣只燒兩件，出窯便毀其一，使之成爲獨一無二的絕世珍品，無價之寶！如何？仿得可有幾分神似？」不待客人回答，他已興沖沖地一一指說：高腳碗仿的是齊太公豆，泥色爲海棠紅；方圓盤仿的是周鑠季甗簋，泥色爲朱砂紫……

「妙極！妙極！」溫體仁撫摸著面前深紅色蟠夔敦邊極生動的雲龍雕，沒口地讚美：「嘆爲觀止啊！真不知盛裝何等佳看才不辱沒它！」

周延儒一笑：「諸君且嘗嘗。」

身後伸出兩隻粉白玉潤的胳臂，蹺起尖尖蘭花指，輕輕揭開食具的蓋子，濃烈香氣直撲人面。溫體仁幾乎照顧不過來，是看菜肴還是看玉臂，此時他才發現，主客身後都站了四位妙齡女郎，難道專司揭蓋？

「喔唷！絕世美味，可稱天下第一羹！」徐璜高聲讚美。

「這煎炒太鮮美啦！令我三日不思食！」吏部侍郎直咂嘴。

溫體仁從未嘗到過這樣的美味，恨不得把舌頭咬下來！他忍不住請求：「玉繩公，快快公布祕方吧！口福只一享，實在不甘心！」

「雲些、月些，把製肴之法說與諸位大人先生！」

月些口齒極是伶俐快爽：「那杯羹名爲珍珠羹。須將兩歲母雞驅出籠外追打奔跑至力盡倒地，一身精華萃於雙腿，立即殺卻，取腿上無筋無膜色嫩白之活肉，煎成珍珠大小的肉球，加十種作料文火慢燉，一日夜可成。」

「盤中煎炒名曰銀芽玉瓣。銀芽者，鴨舌也；玉瓣者，鯉魚眼側活肉也……」雲些說話純然文縐縐的文人腔。

諸人驚嘆，匪夷所思！徐璜道：「這珍珠羹、銀芽玉瓣須得多少雞鴨魚才能配足？」

雲些道：「一杯羹，不過以三雞充之；一份煎炒，只用鴨、魚各三十足矣。」

月些趕緊補充：「雞取腿、鴨取舌、魚取肉瓣之後，所餘皆粗陋不可食，盡拋棄了，不曾入肴上席，請諸位大人先生放心！」

溫體仁且笑且嘆：「今日不但一飽口福，也大開眼界了！……」見周延儒正與徐璜說話，便轉臉問龔鼎孳：「還有歌舞助興吧？」他微微指點著身後的四位盛裝女郎。

龔鼎孳瞇眼笑著低聲說：「雖無歌舞，勝似歌舞！至於她們……君不記前朝肉屏風？不覺得背後溫香暖玉遮風擋寒嗎？嘻嘻……」

溫體仁恍然憶起，唐代楊國忠、嘉靖朝嚴世藩都有這癖好，專選肥婢於前遮風，號「肉障」、「肉陣」、「肉屏風」。周延儒畢竟不同，四名女郎長短肥瘦相同，各著紅黃綠白四色紗衫，玉體若隱若現，芳香馥馥，肅立身後，既是八寶四扇屏，又是美人陣……這個風流子，真非常人可及！

酒到五分醉，主客越加不拘行跡，忍不住便有的去撩撥身後的肉屏風，招來陣陣嬌呼俏笑。周延儒醉態可掬，叫道：「諸公諸公，一時半刻便忍不得了嗎？……」他哈哈笑著，雙手連拍三下，眼見四面軒窗垂下重帷，花燈內亮起燈燭，雖也明燦輝煌，較之青天白日，終究暗了許多，而燈下觀宴席觀主客，則又另是一番景象，恍若神仙了。

繡簾開處，十數名五顏六色的人兒魚貫而入，盡是十六七歲小男女，或鬢光釵影，雲髻高聳，長裙曳地，帛帶飄飄，裊裊婷婷俏女郎；或頭戴軟巾，襴衫褶袍，腳下鑲邊雲頭履，瀟灑風流美少年。在閃動的燭光中，一個個秀色倍增，春意頻添。

溫體仁正不知這是齣什麼戲，那邊周延儒連聲高呼：「孝升孝升，負過一局，今日若又輸卻，東道不可再賴脫！」

龔鼎孳笑道：「且看我今日手段！……我愛尋白玉綿團！」

徐璜跟著調侃：「的確是此公本色！」

眾人哈哈大笑。溫體仁不明所以，起身去問隔席的吏部侍郎，此人卻張著嘴只是笑，目不轉睛地盯著龔鼎孳在這堆妙人兒中挑選，有口無心地答著：「且看他選，且看他選！……」

龔鼎孳選中一位俊俏女郎，一把攬進懷中，伸手入裙揑摸片刻，長嘆一聲：「天！又錯了！還是紅霞仙杵！……」

一片譁笑叫嚷：「記下，快記下！兩番東道，卻是賴不脫了！……」

這時吏部侍郎才低聲告知，此乃周相欲得味外之味特地而設的樂事。這十餘少年中有男有女，但常常男扮女裝，女服男衣，燈下絕難區別，往往猜錯，便罰作東道請客以爲笑樂。周相好觀美婦之臀、美男之勢，故而號臀曰白玉綿團，號勢曰紅霞仙杵……

真所謂見所未見，聞所未聞！但溫體仁一旦入此境界，立刻樂此不疲，反覆賭賽，和眾人一樣借酒增興，興豪飲酒，已是頭重腳輕，還不住地品嘗「味外之味」，直至十數名仙女仙童全都原形畢露爲止。

少年男女們退去，重帷再開，燈燭熄滅。看著賓客們一個個滿臉潮紅、眼神狂亂，周延儒高興得大笑：「如何？如何？天下好色誰能及我？……我前世乃宋朝蔡京，以作孽太重而墮地獄，幸而記得日日誦經，耳目爲之一亮，免入畜道，卻又罰作揚州寡婦，守空房四十餘年，好不幸酸慘苦也！哈哈……」

龔鼎孳點頭：「難怪玉繩公癖好奇異如此，非世人所省！」

「正是！」周延儒越加得意，「男子之美在前，女子之美在後，世人易之，非好色者也！……」

溫體仁如廁不在席間時，徐璜湊近周延儒：「因何請此人共飲？相公須要小心。」

「他親自上門拜望，又跪天指心誓不相負，我見他心意頗誠，況且他也見到你們幾位的車駕了。」

「相公疏放面軟，當不得幾句好話。」

「此人長於心計。閣中諸人票擬奏章，每遇刑名錢糧，名姓之繁多、頭緒之紛錯，皆相顧攢眉；獨他一覽便了，從不因舛誤被皇上駁回改正，眾人皆服其敏練，皇上也頗中意。若能推心置腹，豈不是好？」

「凡觀人當觀其骨，今日指誓，他年下石，不在少數。此人外曲謹而中猛鷙，機深刺骨，不可不防。今日宴樂入他眼中，豈不授柄與人？……」

「放心！上次御史參他娶娼，皇上發怒嚴懲劾者以後，無人再敢以褻語入奏。況且他已參與，必陷之深，諸公均是見證，我料他無此膽氣揭發！」

「哦，哦，」徐璜笑著拱手，「足見高明！」

於是，溫體仁得以隨同其他人一起，離開花廳，進入花木掩映的西跨院中一個更小的小廳。廳門是圓月形的，溫體仁指看門上一塊寫著「歸古洞」三個篆體字的匾，笑著讚美：「好俊筆！必出玉繩公之手！可謂一字千金了。」

周延儒哈哈大笑：「不錯！一點不錯！在下的字果真是一字千金，這可不是我自己吹噓喲！」

此言一出，連這些慣於奉承首相的知交好友們也不由得一怔：無論如何，表面的謙遜文章還該做一做，哪能這般自吹自擂、狂妄自大呢？

周延儒趁著酒意自管大說大笑：「長卿可知道王叔圃？王象春之子。他爲他父親求諡，擬了一個『毅』字，吏部不肯受理，他直求到我門下，奉上四千銀爲使用。我見他委實可憐，在他的奏告摺本上簽了『還與他諡』四個字。皇上果然准奏。四千銀，四個字，我這下可不真成了一字千金了嗎？哈哈哈哈！……他沒有去求告你？」

溫體仁笑著連連搖頭：「不曾！不曾！在下哪有周相書法大家的才名啊！」他故意把話題還落到書法上來，引得其他人爭著向周延儒讚美不絕，周延儒越加得意、歡喜。溫體仁肚裡卻在暗罵：好你個爛心肝的周延儒！天下第一大貪！

事實是，王叔圃來京，兩次找到溫體仁門下。頭一次獻銀五千兩，請溫相爺促成朝廷發兵剿滅孔有德，爲他家報仇。溫體仁拒賄不收，卻著實在爲此事出力，只是未能奏效。聽說他轉去求告首相，賄銀增到了一萬。周延儒收了他的銀子，卻絲毫不爲他辦事，何其卑鄙！第二次求諡，他還是先求溫體仁，偏那時溫體仁不在家，即使幫這個忙，他也不會受這筆銀。卻肥了周延儒，供他自鳴得意！……

溫體仁從來喜怒不在臉上，肚裡罵得千般毒萬般惡，神色依然和悅謙恭。況且，一進這個歸古洞，便置身一個更加隱祕、更加奇特的環境：紅色的帷簾重幕把門窗遮得不透一絲光線，地上是厚厚的紫紅色地毯，壁上紅燈、桌上紅燭吐出的紅光氤氳一屋，使每個人的容貌身形都發生了奇特的變化，變得年輕了、古怪了。溫體仁也不由自主地沉入朦朧和迷亂中，忘卻了一切。

周延儒的雅興，令溫體仁再一次目瞪口呆：十多名俊童——其中大約有著名的「十些」，同十多名侍女——其中或許有「肉屏風」，款款進入歸古洞。他們黑帕蒙首，身上卻一絲不掛，在賓主們喘不過氣來的笑聲中互相亂探亂摸，互相猜說對方是某郎某姬，猜對了有賞——賞他們就在紅地毯上交合……

這就是周延儒的「活祕戲」。賓主以觀看種種姿態爲笑樂，彷彿看戲。即使年過半百的溫體仁、徐璜，也看得臉紅耳熱，心脈狂跳，口乾舌燥……

「什麼！」周延儒突然大叫一聲，眾人一驚，都轉臉看他。原來是月些匆匆走來，不知向主人稟告了什麼，使他驀地變了顏色：「見鬼！……快快有請，中堂待茶！」說罷呆坐片刻，似在計謀盤算，賓客們都不敢打擾他，一起沉默下來。周延儒終於站起身，對兩位侍郎說：「二位代我陪孝升再坐坐。長卿、溫之，請隨我來。」

去往中堂途中，溫體仁和徐璜忍不住探問事由。周延儒臉上一層灰暗：「梁大司馬來了，說是登州城陷！」溫、徐二人都很吃驚，見首相面色極難看，也就不便多問了。

「周相溫相！孔有德攻陷登州，張總兵殉國！」梁廷棟顧不得常禮，劈面就稟告這個壞消息，還不住拭著額頭的汗。

「確實嗎？」周延儒擰著眉頭，似乎已鎮靜下來。

「東撫余大成送來告急文書，同來的是張可大的旗鼓尉。張可大之子也已趕到京師，來兵部稟報詳情，乞朝廷發兵剿滅叛軍，收復登州……」

「登萊巡撫呢？」周延儒沉臉問，「有他的奏章嗎？」

「這個……」梁廷棟沒有把握不敢亂說。因爲張鹿征提供的消息說孫元化是孔有德陷登州的內應，他不敢信又不敢不信，只得含糊其辭：「沒有他的告急文書，也不知他下落……」

「那麼，登州究竟出了什麼事，還不清楚。」周延儒沉吟片刻，道，「這樣吧，此事暫不宣揚，待弄清實情再向皇上稟告。長卿以爲如何？」

「很是很是，」溫體仁連連點頭，「山東巡撫必有詳情奏本隨後送來，那時才好定應對之策。」

周延儒想著，各署衙均在封印過節之際，這件事短期內不至於鬧得很大，尚有轉圜餘地；溫體仁卻不料登州事有此一變，所謂峰迴路轉、柳暗花明，真天賜良機也！……

與首相的願望相反，一兩天內，此事就傳得沸沸揚揚，「登州陷、孫元化反」的消息，直使舉朝大譁，無不義憤、無不慨嘆。而真正與孫元化休戚相關的禮部尚書徐光啓，卻一點也不知道，正趁著年節假期，在書房裡埋頭修訂他自己最爲喜愛和得意的著作——《農政全書》。

徐光啓幼年家境清貧，在故鄉上海過了一段耕讀生活，在鑽研天文、數算等門學科的同時，也很愛好農事。雖然後來考中秀才，講學授徒，卻始終不忘農事，閱讀各種農書，遊歷各地收集訪問墾植栽培技術，已積累幾十年。在中舉中進士做官以後仍然不放棄努力，開始編寫這部考古證今、廣諮博詢、總括農家諸書的巨著，共六十卷，分十二門：田制、水利、農器、農事、開墾、栽培、蠶桑、牧養、釀造、造屋、家庭日用、荒政等，全書文字約五十萬。編寫它、修改它，對年近古稀的徐光啓來說，不是一件易事。但他屢屢在奏本中提、向學生們講：「富國必以本業，強國必以正兵。」他爲正兵而費盡心力引進西洋大炮和火器，他爲農本而耗盡心血地編寫《農政全書》。用行動實踐自己的主張，這就是徐光啓。

徐光啓生平務有用之學。早年同利瑪竇合作翻譯了歐幾里德的《幾何原本》這著名的西洋數學書以及《測量法義》、《測量異同》兩部應用幾何學著作。他又自譯了水利科學著作《泰西水法》。這幾年他領受欽命，開設曆局，延請湯若望、羅雅谷、龍華民等耶穌會教士共同修訂曆法。一部一百三十餘卷的《崇禎曆書》完成在即。然而他自己仍是偏愛他的《農政全書》。

近日，他收到兩封信。一封來自漳州，一位門生應他的要求在當地採訪，從甘薯最初由呂宋島引進漳州、漸漸在福建安家，大災年依然豐收、救命無數的經過，到甘薯的栽種技術、食用方法等等，詳詳細細寫了數頁紙。另一封是家中老管家寫來的，向他報告按他要求飼養的蝗蟲和白蠟蟲的生長繁殖過程。他很高興，要在書中《樹藝・蓏部》一章專爲甘薯寫的一節裡再增添些內容，還要把滅蝗蟲、養白蠟蟲的時機方法寫得更詳細準確些。

早飯後，他便來到書齋，鋪開了紙筆和兩封信。清茶一杯冒著熱氣，他安適地坐在扶手椅中，取出舊稿，細細推敲。

書齋內並不寂靜。他的夫人領著孫子和外孫在外間玩彩選格戲。兩個孩子稚嫩清脆的笑聲細語陣陣傳來，十分近切，是他稱之爲「天籟之音」而格外喜愛的，不但不擾亂他，反而令他心境格外平和、安定。

婆婆懷裡抱著家中人人喜愛的花貍貓，同孫子外孫輪流擲骰子，桌上那一大張彩選格，是剛從西廟護國寺廟會上買來的《梁山泊》：從時遷開始回轉，直到最中心持令旗的宋公明，共一百零八格，每格中一位梁山好漢都畫得有模有樣、色彩鮮豔、呼之欲出。按擲骰點數挪動各自的碼子，有升有降，先到宋公明處者得勝。勝者的獎品婆婆事先已應允：可以從桌上的敞口瓷盆中選兩尾最好的紅魚自家去養。

徐光啓伏案改完一個段落，直起腰打個伸展，啜口熱茶，瞇著眼享受這番舒心寧謐：小孩鳥雀啁啾似的對話；骰子在碗裡「丁當」跳盪；貍貓「呼嚕呼嚕」念佛不止；夫人哄孫子的溫靜慈愛的語調，匯成了一支和諧優美的動人樂曲，輕輕撫慰著他的心靈。他平生淡泊自愛，不好色不貪財，連一般士大夫好酒的習氣都沒有，一輩子致力於求知，孜孜不倦，從未做過虧心事，良心十分清白。此時他半醒半睡，進入一片溫馨寧靜，這不就是最真切的清福嗎？到此境界，於願足矣！……

「我先到宋公明！我勝啦！」外孫子脆生生的歡叫，引得徐光啓合著眼睛笑，彷彿看見那小人兒山雀般蹦跳……不知發生了什麼混亂，一時孩子嚷，大人喊，「潑剌剌」水響，「喵嗚喵嗚」貓叫；跟著「砰嘭」一聲大響，什麼東西摔碎了，兩個小孩「哇」的一起大哭，夫人和保母絮絮叨叨地勸……

徐光啓趕忙走到外間：地上一攤水，布滿白瓷魚盆的碎片，孩子們捧著茶杯在哭，等兩個保母把到處亂跳的紅魚捉住放進來。見爺爺出來，趕緊跑來訴委屈：外孫子勝了，扯過魚盆下手撈獎品，貍貓卻猛躥過來叼了魚就跑，孩子們急得去追，又把魚盆碰翻摔碎……都怪貍貓不好！

「怪貍貓不好嗎？貓吃魚是天性，就像你們要吃糖獅糖果餅一樣，是不是？」徐光啓故意不笑，認真地說。

「那……怪我不好，不該下手去撈魚……」

「也怪我不好，碰翻魚盆……」

「好，好，這就對了。」徐光啓笑了，對保母說，「領他們去街上，每人買一個面具。」

孩子們立刻忘了眼淚，歡天喜地地去了。

徐夫人笑道：「我也有錯呢，沒有按牢雲姑，把小孩子們嚇著了。」雲姑是她愛貓的小名。

「誰敢派老太婆的不是！」徐光啓開著玩笑，心情很好。

徐夫人瞅了丈夫一眼，也笑了，又搖搖頭：「可惜這魚盆，連這十數頭朱魚，還是去春幼孽辛辛苦苦從登州老遠帶來的……還有幾個月就是你七十大壽，元化他們一家子不知能不能來京師聚聚？」

笑容從徐光啓臉上消失了。年前，因吳橋兵變引起朝中的那場波瀾，令他十分擔心，夫人的話，又觸動了他心底的憂慮。他仍用說笑的口吻道：

「摔碎魚盆，算不得不祥之兆吧？」

「勿算勿算！」夫人笑得很文雅，「歲歲（碎碎）平安嘛！」

「歲歲平安，他們一家必定平安，便能趁陛見之期來與老夫的七十誕辰了！」徐光啓是安慰夫人也是安慰自己。

老僕進屋似要通報，院內已響起熟悉的、興高采烈的喊聲：「徐保爾！看我帶回來了什麼！」

徐光啓夫婦相視一笑，早聽出這是湯若望的聲音。在教內，湯若望是他們的懺悔神父、靈魂的指導者；在學識上，他和徐光啓同修曆書，常就天文數學問題相互切磋爭論，又如同平輩。然而湯若望畢竟年少三十歲，在老兩口眼裡有時又是個遠離父母親人、身處異國他鄉的孩子。所以湯若望在這一對虔誠慈祥的老夫妻面前，有時免不了一點放縱，孩子般無所顧忌。此刻，他就不待說請，逕直進了書齋，捧著一大摞花花綠綠的紙張放在桌上，雙手一揚，開心地笑著，露出一口潔白堅實的牙齒：

「太美了！知道從哪兒弄到的？城隍廟市！很便宜很便宜呀！我挑選了這許多張，才要一錢銀子！」

湯若望非常喜歡收集中國民間刻印的圖畫。這些畫在徐光啓夫婦看來很是粗陋豔俗，上不得臺盤，與文人畫相去何止千里。一一翻看，果然是集市上最普通的年畫，大紅大綠，花里胡哨，湯若望竟拿著當寶貝！二位老人只是笑，並不作評論。

「難道不好嗎？」湯若望熱心地遞過一張張燈畫、斗方、窗花，急切地介紹著，活脫是急於得到長輩誇獎的孩子，「看這色調，多鮮明、多大膽！……這一幅構思多巧妙，三個胖娃娃的頭臉，連在一起卻成了六個胖娃娃！……」

「這叫『連生貴子圖』，」徐夫人笑著指點，「拿它轉著圈看，這些娃娃們反轉上下、如升如降，所以又叫娃娃升降圖。」

湯若望連忙轉圖，果然看出升降效果，高興非常：「太妙了！妙極了！……那麼這張呢，還有這張呢？是什麼意思？也有什麼巧妙變化嗎？」

兩位老人不得不像對待提出無數個「爲什麼」的好奇的孩子那樣，耐心地一張張講給這位洋孩子聽：《天河配》說的是牛郎織女——得把故事講個大概；《雙美圖》畫的是鶯鶯、紅娘——得把《西廂記》的戲文說個明白；這張小小的木刻畫裡老兩口四周七子八婿十九個孫兒，居然個個面目清楚，神態生動，畫的是汾陽王郭子儀，名爲《滿床笏》；這張斗方滿目桃紅，三人對著烏牛白馬焚香叩頭，說的是桃園三結義……

「啊，多美的故事！跟我家鄉的《尼伯龍根之歌》一樣動人！」凝神細聽的湯若望讚嘆著，又翻出一張，「這是什麼故事？或許是寓言？」

遠山近松之間，一隻猴兒騎在一匹飛奔的花馬背上，馬鬃馬尾飛動，抓耳撓腮的猴兒提心吊膽地回頭仰望，一隻大過猴腦袋的蜜蜂緊追其後，看看就要猛撲下去。情態活潑有趣，栩栩如生。

徐光啓呵呵地笑了：「這叫『馬上封侯』，借了蜂、猴的形和音。」他向湯若望說明中國借諧音字說吉利話、畫吉利圖的風俗。諸如「蓮（連）笙（生）貴子」、「筆（必）錠（定）糕（高）粽（中）」之類。湯若望瞪大藍色的眼睛：「不可思議！太妙了！……這兒還有一張怪畫，畫了一個怪人……」

這張畫無處不圓處處圓。外面一圈花環圖案，環中一圓胖人頭紮雙圓髻，耳戴雙環，項掛金項圈，身穿八寶團花錦衣，屈膝盤坐成一團，渾圓的臉眉開眼笑，雙手展一弧形卷，上書「一團和氣」四個字，全體渾然一團形，觀之令人頓生和氣愉快之意。這其實既有諧音，又是畫意。徐光啓被觸動，在說明此畫之後，聯繫到了別的事情：

「聞得憲宗皇帝曾御筆作《一團和氣圖》。遠望如一圓球，近觀是一位笑瞇瞇的圓胖人，細細看才能發現是相抱一起的三個人，團團如球……」

「皇帝親自畫《一團和氣圖》？」湯若望從未見過皇帝，而中國皇帝的森嚴和神祕遠遠超過歐洲君主。他居然也畫畫？

徐光啓嘆了口氣，講起一百八十年前那件震驚中外的「土木事變」、「奪門之變」以及由此引起的大冤案。講起這位憲宗皇帝平反冤獄後，怎樣以《一團和氣圖》表達他對朝廷諸臣消弭積怨、同心同德、建功立業的企望。徐光啓雖然位在大九卿[2]之列，卻是個務求有用之學的大學者，朝中各黨各門派都不去沾邊，而且對黨同伐異、爭權奪利、互相傾軋的風氣深惡痛絕，不由得由古及今，口氣變得憤懣了：

「時下所缺，就是這一團和氣！事辦不了，功建不成，總有忌恨者排擠中傷。但凡才識超人，又不幸出身低微，略得重用便群起而攻之！唉，風氣已壞，即使皇上也作一幅《一團和氣圖》，怕也無濟於事了！」他連連搖頭，神態確已是位皤然老翁了。

徐夫人當然聽得出他有所指，但不好明言，只是輕聲地安慰著丈夫。湯若望倒也毫無顧忌：「你是在說孫伊格那蒂歐斯？他真了不起！登州是我見到過的最強固的要塞，他是傑出的司令官！有人在中傷誹謗他嗎？」

朝廷內情，徐光啓不願深說，敷衍幾句，換了話題：「神父，我記得崇禎十年一次月食測算略有誤差，請將算草取來，一同查明原因。」

「哦，還有幾處日出日沒時分也不太準……好的，我去取來。」湯若望撿起他的收藏品，向徐夫人招呼一聲，匆匆離去。

徐光啓送神父出書齋後，沒有立即回屋。初春的陽光照在身上暖洋洋的，書齋小院面積不

2 明代稱六部尚書、都察院都御史、大理寺卿、通政司使為大九卿。

大，又堆了幾座玲瓏山石，一點風都沒有。南邊院門一陣腳步聲，進來兩位熟客——金聲和瞿式耜。徐光啓待他們轉過石山，才笑著呼喊他們的教名：「金利歐（Leo），瞿托馬斯（Thomas），元旦剛拜過節，今天怎麼有空來串門做客？」

正在低聲談論的來客一起抬頭，徐光啓立刻發現他們臉色不對頭：「二位怎麼啦？出了什麼事？」

「徐師，登州……登州失陷了！」金聲沉重地說。

「啊！……」像被人推了一掌，徐光啓身體晃了晃，臉上漸漸失了血色，「初陽呢？」

瞿式耜眉頭打結，氣息粗重：「尚無確信，只是滿朝人言籍籍，都傳『登州陷、孫元化反』……」

「胡說！」徐光啓發怒了，臉漲紅了，像是蒙受了奇恥大辱，他頸上青筋凸起，高聲斥責，「豈有此理！孫元化會反朝廷？笑話！」

瞿式耜瞪大眼睛：「徐師，沒有人比我更不願意相信這流言了！可是朝廷上下人情洶洶，有十數名言官及各司臣僚揚言要掛彈章[3]進揭，聲討叛逆、追究登州城陷的罪責！」孫元化最初入朝爲官，除了大學士孫承宗的提拔，就是瞿式耜、侯震暘的推薦。薦人不當，最是朝官引爲羞愧的失職罪之一。

徐光啓冷靜了一些：「年前不是撫局已成，登州只有糧餉事作難的嗎？怎麼會有此一失？」

3 明制，凡彈劾大臣，先於朝廊掛出彈劾奏文要點，名為進揭，然後寫奏疏上達皇帝。

金聲滿臉陰雲，又不敢說重：「登州失陷若是謠傳還則罷了，不然，登州總兵張可大已殉國，初陽到哪裡去了？若說城陷殉職，又怎的沒有消息？……」

「不不！」徐光啓不高興地瞅了金聲一眼，露出老年人那種令人生畏的固執，「初陽忠心耿耿勤於國事，絕不會反！或者，死於亂軍……」他有些說不下去了。

「徐保爾！」湯若望大聲喊著快步由側門走來，「登州出事了！被孔有德亂兵占領了！……」看到金、瞿二位教友，連忙打了招呼，急促地說下去：「陸若漢剛剛脫險回來。」

果然，前不久教會派去登州的隨軍神父葡萄牙人陸若漢就跟在湯若望身後。徐光啓三人立即迎上去慰問。陸若漢消瘦憔悴得失了形，寬大的新黑袍穿在身上，真像個可憐巴巴的稻草人，他苦笑著答道：「進屋細談。」

陸若漢說明了吳橋兵變後登州的所有大事：孫元化主撫張可大主剿；遼人與登人的不斷衝突；糧餉欠缺帶來的動亂，以及登萊巡撫爲此所做的一切努力直至賣女籌餉、激勵軍心守城等等。然而城還是破了，輕而易舉地破了。葡萄牙炮隊教官可萊亞陣亡，全隊死傷過半，他和兩名葡萄牙炮手跳進城外深雪中逃跑，歷盡辛苦，今天才趕回京師，炮手們已去兵部報告了他們所知道的詳情……

「孫元化呢？」幾個聲音同時問。

「不知道。……張總兵自殺了。亂兵搶劫了城市。孫巡撫不肯擾民加賦去籌措軍餉，如今錢財都落到亂兵手中……」

「他，也許已經陣亡……」瞿式耜試探著。

「不會。亂兵都是他在遼東帶出來的部下，他們敬愛他，沒有一個敢跟他對陣。」

「你！你是說他，從亂了？」徐光啓從毛茸茸的白眉下直直盯著陸若漢。

「我不知道。」聲音極低，非常疲倦，有氣無力。

「若漢，」湯神父拍著同行的肩膀，「我們來爲登州陣亡的教徒兄弟做一壇彌撒吧！……」

「不！我絕不信！」徐光啓目光灼灼，突然迸發出與他七十高齡不相稱的喊叫。但他立刻收斂了，眼睛裡混合著老人的固執、學者的嚴肅和智者的自信，一字一句地低聲說：

「我要修本上奏，願以全家百口人性命，保孫元化不反！」

二

今年立春在臘月十五，元旦日正逢雨水，比常年暖得早，才過新正便已春光明媚。御道小草青青，樹上葉苞花蕾被春風搖盪得洋洋欲放。依照禁中衣制，元旦節六宮后妃及上下女侍一概著新春葫蘆錦和彩勝八寶錦，凡衣帨裙衫膝褲必須一色，止限於紅綠兩種，自然很濃豔喜氣，但不免單調。現下過了初十，依例換上了各色燈籠錦裙衫袍服，一時姹紫嫣紅、藍翠交映、黃綠爭輝，裝點得禁苑一派春色，彷彿百花盛開。

崇禎帝朱由檢心境十分寬和愉快。政事難得有這一段平穩安定，家事也幸而輕鬆地越過一條溝坎。此刻他同他的周皇后、田貴妃、袁貴妃在才人宮女們簇擁之下來到御苑，觀賞早春開放的、一團團、一簇簇繁密無比的櫻花、山礬、迎春、望春、山茶、春蘭和幾株珍貴的綠萼梅。

藉著看花，朱由檢看了周后一眼，見她平和質樸的面容透著大家風範的凝重，毫無浮躁驕矜之態，心下感慨，暗暗慚愧，若不是她大度知體，他無論如何下不了這個臺。

事情的起因，還是田貴妃。

田貴妃生長揚州，母親原是廣陵風月名姬，所以田妃自幼受母教，善琴棋能書畫。當年入宮便以作大書高於諸女，又雅步纖腰，娉婷如仙，容貌甜美，沉默少言，更有一頭揚州女子最令人稱道的黑髮，極茂密極柔軟極長。她心思之巧，卻往往出人意料。

宮中多有夾道，夏日盛暑，皇帝行走烈日中只得張蓋。田妃命做草竹席覆蓋夾道上，從行打蓋持儀仗的太監們得以休息，下人盛讚田妃仁德，朱由檢也爲之稱道。

田妃住承乾宮，卻厭恨宮闈高崇、巨門大窗，給人以禁嚴空洞之感，近日命人改裝了廊房，低檻曲欄，隔成小間，用採自揚州的桌椅床榻精巧擺設布置一新，頗有小閣香閨味道，倍覺親切，以致朱由檢頻頻臨幸，私心裡不得不承認比高大宮室住著更加適意舒心。

善於裝飾梳攏的田妃，還不時以維揚新服飾小小改變改變宮中儀法：將居頂高髻撤下，梳向兩側，名爲蟬鳴髻，梳向一側，號爲墮馬髻；在輕紗軟縠上雜綴精緻繡品，蒙在其他顏色裙衫之外，以求色彩變幻、風韻獨具；又撇去端莊的鳳頭宮履不穿，而著行走無聲的軟平底尖頭小緞鞋……弄得宮中女子人人喜好江南裝扮，進而令京師婦人盡以南裝自好了。

周后也是江南人，但從小生長在京畿大興縣，父親是位窮醫生。她生性質樸溫厚，身爲六宮之主，對田妃的違制邀寵也曾婉言勸導，田妃總是低頭不語，神情間卻隱然有恃寵相抗的意思。

此時，某才人因嫉恨田妃、爲中宮抱不平，私下奏報周后，暗示田妃有奪嫡企圖。周后以其的小小懲戒。

言而無據、背後傷人，將她訓斥一頓，但私心不能無動於衷。她決定以禮制裁，制田妃的傲氣，裁田妃的野心。於是，便發生了冬至拜節的齟齬——可算是皇后以天下之母的身分，對田妃實行的小小懲戒。

冬至是大節，按宮禮宮規，各宮妃嬪此節應往坤寧宮朝拜中宮娘娘。

這一天很是寒冷。田貴妃乘翟車來到坤寧宮後，便停在廡下等候，無人過問。良久，方來宮人傳告皇后御殿升座，命田妃前去朝拜。田妃拜畢，周后便很快下了寶座，連一句寒暄的話也沒有，板著臉轉身回了寢殿，把田妃獨個兒晾在空殿裡，極是尷尬羞慚，只得含淚邁步出宮。卻見西宮袁貴妃也來拜節，翟車方停，中宮女官宮女們已紛紛上前迎接，導引袁娘娘入坤寧宮。田妃雖離得甚遠，也能聽到皇后與袁妃的歡聲笑語，很是親熱。一冷一熱，如此折辱！田妃羞怒交加，當下回她的承乾宮，痛哭了許久。次日朱由檢召田妃去乾清宮時，田妃雙目依然紅腫。皇上驚問緣由，田妃才哽哽咽咽哭訴自己挨凍受冷遇的委屈。

那日在交泰殿，朱由檢便以此事責備周后待遇不公。周后說起田妃違制的過失和田皇親恃寵侈奢無度、橫暴京師時，朱由檢尚能心平氣和；而當周后勸他不要寵側妃，還提起了李隆基寵楊玉環、殷紂王寵妲己的故事，他卻陡然發了火：

「竟敢將朕與亡國亂政之君並論！妳走！妳給我出去！」

他暴躁地一把推開皇后。周后嬌小玲瓏，哪裡經得住他氣頭上這一推，「撲通」倒地，摔得趴在那兒半天起不來，把侍候殿中的太監女官們都嚇呆了。周后漲紅了臉，忍住滿眼淚珠，在侍女們的扶掖下站起身，不看皇上一眼，不說一句話，自管出交泰殿回她的坤寧宮，從此日起憤而絕食。

皇后摔倒的一剎那，朱由檢已經後悔了：怎能將母儀天下的中宮娘娘推倒呢？待得知皇后絕食，他更加內愧不安。他與皇后是結髮，有幾分少年夫妻的情分，皇后又爲他生育了皇太子慈烺、皇二子慈炯，位分正而又正。以情感而論，他鍾愛田妃，但從沒有以田妃取代皇后的念頭。他是英明之君，一向重視正庶之分，寵側妃而廢皇后，這種失德的事他絕不會做的。所以，他立即遣乾清宮大太監持最珍貴的貂皮茵褥往坤寧宮賜給周后以示慰問，並按時差人送去御膳珍肴，殷勤問候起居寒溫。但周后完全復原，卻是在朱由檢處分田妃之後了。

田妃在得知皇后被皇帝推倒憤而絕食消息後的那分得意，那種笑容，使朱由檢很不愉快。他最不能容忍犯上，也爲了向皇后向朝臣表白自己絕不好色，一次宮中大變故藉著一件小事爲由頭爆發出來。

宮中習慣，四時節令，宮人以插戴絹花飾物互相饋贈。承乾宮婢戴的新樣花別宮都沒有，袁貴妃翊坤宮的宮女們向皇上叩頭求賜。朱由檢令宮使外出採買，不料跑出京師數百里外也沒有尋到。朱由檢詢問田妃，田妃一時得意，脫口笑道：「這叫象生花，獨出錢塘，由徐御史家人攜回京師，妾妃託人買來……」

一語未了，天威大怒：「大膽！後宮無與外事，乃祖宗家法，妳竟敢以買花爲名，交通外官嗎？……」

田妃嚇得連忙跪倒，待要解釋，皇上已怒氣沖沖起駕而去，不多時中官便來承乾宮宣旨：「貴妃田氏，不識大體，出言無狀，著即日起斥居啓祥宮思過！不得上表自陳，不得面君！……」

此後，兩個多月，田妃一直還在啓祥宮內閉門反省，皇上一次也不宣召她，連元旦慶典似乎也把她忘記了。宮廷上下朝廷內外都很驚訝，而皇上勵精圖治、不近聲色的賢君之名，也就傳播宣揚得更加響亮了。

若論朱由檢私心裡，其實很想念田妃。不只爲她多才多藝、心思明慧，六宮無人可及，也因爲她宜笑宜愁的姣好面貌、善解人意的秋水明眸，使他得著寬慰和溫暖。還有一層，作爲天子正妻的周皇后，即使床笫之間，也必須端莊貞靜，拿男女交會當做求嗣君的國家大事來辦，稍稍流於佚蕩就是有傷婦德；袁貴妃雖也是側室，理應不同於正宮，卻缺少田妃那種銷魂奪魄的魅力。每每憶及魚水同歡時的沉醉，他就忍不住想召田妃侍寢。終究管住了自己，因爲他是有道明君。

今天早膳後往御苑觀花，想起每年初春賞花總是四人同行，朱由檢不免心下黯然，低頭上輦。周后突然笑道：

「陪從陛下賞花，尙少一人。」

朱由檢不作聲。袁妃見周后向自己使眼色，哪有不明白的？忙道：「正是呢！去年觀梅，田貴妃吟的那首七律著實出色。」

朱由檢裝作沒聽見：「我們走吧！」

周后笑容寬和：「陛下，田貴妃啓祥宮思過已近三月，該赦啦！我已接了她好幾封請罪表了。」

朱由檢仍不應聲，自管坐進御輦。

周后會意而笑：「我做主啦！來，用我的鳳輦去啓祥宮迎田貴妃，往御苑飛霳亭賞花！」

田貴妃來了。她匍匐在帝后腳下，哽咽著低聲奏道：「妾妃罪該萬死，蒙皇爺娘娘仁愛寬宏，雨露之恩粉身難報！……」淚隨聲下，滴落階前。

朱由檢心頭一酸，眼角發燙，連忙舉目去看高高樹梢的疏梅以遮掩。無論如何，他不能給人柔弱的印象。他既不回答也無表示，心裡卻暗暗稱讚田妃的聰明：同時拜謝帝后，表面上沒有厚薄之分，實際用意是抬高了娘娘，也暗示了自己對皇上此舉的體諒；再看她一身裝束，雪青色燈籠錦裙衫外罩一層薄薄的紗縠，披了一幅鮫綃帛帶，臉上淡淡妝了脂粉掃了蛾眉，素雅如仙，既沒有故意穿著寒酸不施粉黛表示受了苦而令皇上難堪，又沒有濃妝豔抹對再次宣召顯示興高采烈而使皇后不快。

周后扶起田妃：「過去的事休要再提。難得皇爺今日高興，姐妹們歡聚，春光如許，要盡興一遊才好。」

確實，飛霳亭面臨太液池，遠望瓊島，廣寒殿、清暑殿金碧輝煌，一座座白虹般的石橋倒映金海，水色山光美不勝收。身處事外的袁妃能夠感到那三人之間還有些不能出口的彆扭，便竭力張羅，一會兒指看如籠翠煙的湖邊柳，一會兒讚美藍天上一群群飛鴿。當宮婢們絡繹進亭布果盒上香茗時，她又搶先拈了一塊果餡餅嘗著，讚著：「味兒怪好的！難得餡細皮酥，甜香適度……」

周后和田妃一齊響應，各自嘗了都說好。

「果然好嗎？是朕昨夜偶爾想起，命他們去辦的。」朱由檢看了隨身小太監一眼，「查查是誰辦的，給賞。」

不多時，司禮監一名管皇爺御膳的大太監就來叩頭了，從懷中掏出一本冊子，躬身念道：「崇禎五年正月初十日，奉皇上旨意製果餡餅。御膳房起麵者劉二可、王珍；剝果者苗千、李四保；製糖者張玉、張永泰。用麵三斤，果仁三斤，糖三斤。另有炭油等物、燒火看鍋諸人，連工費食費，共用銀五十七兩八錢三分……」

朱由檢越聽越奇，不由笑起來：「這是報帳嗎？何須御膳房費這許多氣力？只須三錢銀，便可在東華門外買一大匣了！」

管膳大太監極是尷尬，滿臉冒汗趕緊跪下叩頭不止，把周后和田妃袁妃全都逗笑了。

周后笑道：「皇爺早年在潛邸何事不知？御膳房膽敢如此蒙事！」

田妃也微笑著說：「皇上英明，明察秋毫，軍國大事無不了然在胸，遑論這點小伎倆！」

袁妃故作怒容：「還不快退下！把那些冒功希賞的奴才每人賞他十板子！」

大太監連連稱是，倒退著出亭，一腳踏空，摔了個趔趄，又趕忙跪倒謝失儀之罪，這才抹著汗匆匆地去了。

這個小小插曲，竟掃清了最後一抹陰雲，茶點之後的賞花，帝、后、妃之間才得以談笑風生，情意歡洽。

最是田妃的讚語受聽：「英明，明察秋毫。」再加上剛烈勤謹、儉樸愛民，朱由檢心裡這樣自詡，也竭力要完成這個賢明君主的形象。

今夜，他理應要去坤寧宮，可以料想周后一定勸他去承乾宮或宣召田妃來乾清宮，但他一定不准。一來，他要表明自己對嫡正的重視，絕非好女色的情種；二來，也要一申對周后全大體明事理的謝意；三來可以澈底壓住田妃的驕矜，免其日後覬覦正位的僥倖之心……在后妃之間，身爲天子也須這般思前想後，曲曲折折，勾心鬥角，他並不以爲苦，反而從中體味到特別的樂趣。

田妃明晚相聚時會不會撒嬌埋怨？……朱由檢把目光從一盆盆香風四溢的春蘭上移向那幾株雲蒸霞蔚、爛漫成陣的櫻花。剛才她就立在花下，人花相映，如同一幅仇十洲的《美人圖》……他怔了怔，站在樹下的不是田妃，卻是司禮大太監楊祿，如平日一般恭敬，低頭垂手略哈著腰，一副隨時聽從差遣的姿態。已准他十日休沐假回私第了，怎麼又出現在這裡？

「楊祿，什麼事？」似有某種預感，朱由檢語氣有些緊張。

「稟皇爺，內閣送來許多本章，奴才怕他們忙不過來，便回來侍候著。」楊祿趨前一跪而起，謙恭地低聲回答。

時近元宵佳節，臣僚通常不會在此時上奏言事，除非……朱由檢眉頭一揚：「到底什麼事？」

楊祿小心地朝正在一處說笑的皇后貴妃們遠遠望了一眼，聲音壓得更低：「稟皇爺，登州失陷了！」

「啊！」朱由檢嗓子裡迸出又高又急的一聲，見周后她們停了說笑望過來，連忙按捺心頭的驚亂，極力表現從容和威嚴：「著將有關奏本全都送來乾清宮！」霎時間，后妃的明爭暗鬥、春遊賞花的旖旎風光以及夫妻之情、床笫之愛都變得微不足道，可以扔到九霄雲外，他恨不得一步邁回乾清宮。

幾名司禮監內使抱了好些個摺匣走進乾清宮西殿，分類放在了長案上，絡繹退下。楊祿檢看一遍，稟道：「皇爺，這裡有六本因登州事彈劾閣臣的……」

朱由檢端坐龍椅，端著一盞茶，立即打斷：「揀一本讀那貼黃。」

「是。御史寧有光，爲登州陷、孫元化反事彈劾閣臣徇私弄權溺於撫議致誤軍國大事……」

「孫元化反？」朱由檢「砰」地一頓茶盞，茶水溢了出來。

「稟皇爺，這幾日朝野盛傳登州陷，孫元化反，各彈章多是據此彈劾政府、詞連周相的。只有徐大宗伯上奏願以全家百口人命，保孫元化不反。」

「哦，徐老先生……」朱由檢詞色和緩了一些，「究竟是傳聞還是確信？」

「日前有兵部題本，說登州總兵張可大殉國，其子向兵部報知城陷詳情，又有葡國炮手跳城逃來京師稟告……」

「念！」朱由檢虎著臉命令著。聽罷兵部奏本，立刻又問：「山東巡撫、巡按的奏本呢？孫元化的下落呢？」

楊祿連忙找到最底下的兩本：「皇爺，這兩本今天才到京，未經內閣票簽……」

「快念！」

「是。山東巡撫余大成，爲登州兵變事再乞速下招撫諭旨，以安軍心，以定登萊……」

「什麼？還要招撫？」朱由檢聽得糊塗了。

「是。余大成本章中附有孫元化的奏摺！……」

「啊？快！快讀！」朱由檢猛然站了起來。

孫元化奏本不長。從久候撫旨不到、孔有德變兵及登州守軍均懷疑慮、以致互鬥造成城陷兵亂的經過，說到自己不肯從亂拔劍自刎未死，又經反覆曉諭大義，孔有德、李九成及從亂耿仲明等人追悔莫及，情願就撫，就撫後或援遼東或守登萊，唯朝廷之命是從。擬將私開城門啓釁事端的小校陳光福、陸奇一斬首示眾。現下登州平靜，只待朝廷速下撫旨，速撥糧餉……

朱由檢慢慢坐回龍椅，迷惑不解。事情會這樣變化嗎？撫旨年前就已發下，登州怎麼會久候不至呢？……「念山東巡按的奏本！」

山東巡按王道純與監軍徐從治共同署名的奏本言辭慷慨激昂，充滿了對撫議的極端憤怒：「……當日賊過青州，余大成擁兵三千，剿滅甚易，而孫元化遺書謂『賊已就撫，爾兵毋東來』，余大成遂止兵不追，致賊延蔓。今賊陷登州，孫元化被執，余大成猶主撫議，是何心腸？聞得賊在登州以巡撫印檄州縣納餉，又移書求撫於余大成曰：『畀以登州一郡，則解。』何其猖狂！……」

「猖狂之至！」朱由檢一聲斷喝，拍案站起，怒道，「罪不容誅！一統天下，豈容小醜跳梁！……」略一轉念，王道純既說孫元化被執，那麼他的奏本……「拿孫元化奏本來看！」

楊祿忙將孫元化奏摺遞上。朱由檢記憶力很強，一眼就認出不是孫元化親筆，心中大疑，再問一句：「吳直沒有密奏送到？」

「只有一本，是城破前一天送出登州的，也是催請撫旨、催請增餉，還替孫元化請功。」

「爲什麼？」

「說是孫元化典賣家產和家眷首飾助餉，又繳上金國賄賂的金葉三百兩……」

「哦？……錦衣衛也無密奏？」

「沒有見到。皇爺，吳直一向敬重孫元化……」

「你是說他們做了一路？」朱由檢厲聲一問，楊祿趕忙低頭不敢出聲。朱由檢心煩意亂，在殿中走來走去。他此刻疑竇叢生：孫元化自是難逃失地陷城之罪，他那奏本未必可信；吳直如此褒他，什麼用心？若是吳直私通孫元化，孫元化私通孔有德，孔有德這個遼東人又私通金韃，則後果不堪設想！……他的注意力全集中在臣下的結黨徇私、不忠上，獨獨放過了撫旨下不到登州這個重要疑點。如果他順這條線索追查並採取些措施，後果也許就是另一種了。

他面牆而立，背手呆望。牆上懸掛著天下各省總督以下知府以上文官、都督總兵以下指揮僉事都司以上武官姓名職務的大幅圖表。聽得楊祿自言自語地低聲嘟噥：

「治亂嘛，是要用重典，總不能示弱於賊人……」

朱由檢猛地轉身：「給我擬中旨，發下內閣！革余大成山東巡撫職，授徐從治；革孫元化登萊巡撫職，授謝璉；命山東巡按王道純監軍，速調王師剿賊平亂，恢復登州！」

聖心獨斷，講剿不講撫了！楊祿心裡很高興，但絕不表現出來，只連連低頭稱是，連語調都與平常沒有區別。不料皇爺一句話，把他嚇了一跳：「楊祿，你去登州看個究竟，如何？」

登州是眼下最險惡的地方，楊祿怎敢冒這個險？但他又怎敢不應？誰知皇爺頃刻間改了主意：「不成。得遣一個既認得吳直，又認得錦衣指揮使的人。」

楊祿趕忙奏道：「奴才的徒弟侯繼祿，常來往於錦衣衛，人全認識，又是個通貞，極是可靠的。」

宮裡稱自幼淨身的中官為通貞，成年後淨身的為淨貞。通貞升官比淨貞快得多，皇上更相信通貞的忠誠。

朱由檢想了想：「也好，就命他做個視監視官，去看看監視官吳直究竟在幹什麼，相機行事！」

當晚朱由檢沒有去周后的坤寧宮，也沒有宣召田妃。面前的奏本視而不見，心念總離不開孫元化。想起自己對他的信賴和倚重：欽賜御筆親題「勞臣」匾；御駕親臨他府邸；親賜御酒金杯，如許恩寵竟全然辜負了！君臣交孚的情意終究還是沒有的！……

這一夜，乾清宮寢殿的燈亮到深夜，朱由檢被沉重的失意籠罩了。不過，他很注意控制自己的表情言語，以爲別人不會發現他是怎樣的沮喪。

三

東宮門前守衛的數十名巴牙喇[4]，都認識這位文質彬彬又高又瘦的文館昂邦[5]，知道他是汗王最寵信的范章京，未加阻攔盤問，倒有不少人對他點頭微笑。

一進門，眼前一片開闊。十座漂亮的封閉式方亭整齊地分列兩廂，中間那筆直寬闊的甬道直鋪向正北的八角重簷大殿。大殿建在須彌座臺基上，周圍繞以青石雕欄，黃琉璃瓦的殿頂上，十六道五彩琉璃脊攢向正中的寶瓶火焰珠尖頂，陽光照射，光芒耀眼。范文程心情振奮，腳下步

4 巴牙喇：滿語，汗王及貝勒、旗主的精銳衛隊。
5 昂邦：滿語，官。

子邁得更快更有勁了。他要把剛剛得到的登州城陷的消息稟告汗王，對大金國而言，是個難得的良機！

大殿正門精美的雙金蟠龍柱下，汗王的親隨侍從庫爾纏迎上來，小聲說：「范章京才到？汗剛剛還問起你哩！」

「汗王在殿上？」

「是。汗召諸貝勒會議大凌河一戰得失。我去稟報。」

「不必。我自己進去，不要擾了汗王和貝勒。」范文程說著從小側門輕輕轉進大殿，站在屬官和文書吏員背後。

在精緻的斗拱、藻井、天花之下的高大臺基上，並列著三個雲龍繡墩，正中坐著汗王皇太極，右首是大大貝勒代善，左邊是三大貝勒莽古爾泰。臺基下面分左右列坐著阿濟格、多爾袞、濟爾哈朗、阿巴泰、德格類、薩哈璘、岳托、豪格、杜度等大小貝勒及揚古利、達海、佟養性等文武大臣，濟濟一堂，十分威嚴。自從老汗王努爾哈赤歸天、四大貝勒共理朝政以來，范文程每每見到這樣兄弟同坐共受朝拜的形式，總覺得彆扭。不過，凡屬皇族內事、弟兄紛爭，他總是聰明地迴避，不置一詞，只對軍機政務向汗提供各種建議和辦法。

皇太極宏大的聲音在斗拱藻井間迴盪：「……大凌河一戰，我們受益匪淺哪！你們還記得那日祖可法的話吧？」

明軍守大凌河，糧盡馬死，城中人相食，仍然拒不投降，大金軍損失慘重。拿住明朝來使祖可法，問他們爲何死守空城？祖可法回答說：「因見你們屠戮遼東及永平降民，既然降亦死，不降亦死，又何必降！」

其時皇太極對他講：「遼東之事我等不勝追悔，永平殺降乃二大貝勒阿敏所爲，已經論罪幽禁了，爾等盡可放心。」又命諸貝勒與他折箭爲誓，遣他回城。三日後，祖可法之父、大凌河守將祖大壽果然舉城投降。

此事給慣於殺降的領兵貝勒旗主們很大震動。皇太極更抓住時機，常在不同場合向各個貝勒議論，今天又當著眾人提起，並再次重複祖可法的話。他說得很慢，很清楚，還微微地搖頭嘆息：「『降亦死，不降亦死，又何必降』！……若不善待降者，日後攻城掠地，還要碰許多硬石頭！」

皇十弟德格類長相和聲音都很粗莽：「善待有什麼難？費這牛勁攻下大凌河，毀了城池就扔掉不要，爲啥哩？又跟那年攻到北京城也似的，只圍不攻。汗的意思，敢莫真要跟南蠻子議和？」

皇太極笑笑：「取大凌河也罷，取北京城也罷，易如反掌。但南朝疆域廣大，各處兵力聚集一起也還不好對付。我等得地不難守地難，不如練軍自強以待天命，多取人口、多得財物才是富強國力的當務之急！……所以，當年遼東殺降、阿敏永平殺降極其不智。種田、養馬、織布、造甲都要人，真要想進關奪天下，兵力財力還遠遠不夠哇！……」皇太極閃眼向一個個威武健壯的貝勒旗主大臣們依次望過去，聲音更加和悅平緩：

「所以，朕再三諭告爾等，取中原爭天下的話，切不可隨意亂說，更不可傳到關內去，令天朝疑我大金有異志。南朝人最講名正言順，日後但凡攻地掠財取人口，必得有緣有故，人犯我，我才犯人……朕的話，爾等可都聽明白了？」

眾人嘴裡應著，有的振奮，有的互相會心地微笑，有的懷疑，有的則一點不領會此中奧妙，一時大殿內響起「嗡嗡」的低聲議論。

皇太極斂起笑容，聲調陡然嚴厲：「我國兵將去年棄永平四城，皆因阿敏及諸貝勒不學無術！此次大凌河之戰，城中人吃人，仍然死守，到了援盡城降之際，左近錦州、松山、杏山還是堅守不下，不就是因爲人家讀書明理、盡忠其主嗎？自今以後，定下法令：我國子弟凡十五歲以下八歲以上的，都要讀書！違令者責罰父母和旗主！」

貝勒旗主們頻頻相顧，有些不知所措。幾年前他們連議政這樣的大事都不上心，常常在會議時嬉鬧玩笑，正說著進軍攻地布置，會突然插進打獵跑馬、鷹犬優劣的話題，經汗王多次訓斥才剛剛有了些體統。所以讀書識文在他們大多數人看來並不要緊，沒必要這樣鄭重其事。不過汗王說得如此決斷，誰也不敢出頭反對。

「日前，朕閱讀達海所譯《武銓》一書，」皇太極彷彿在以身作則，「其中記述狄青將御賜美酒傾入河中，使全軍將士同飲，古良將體恤士卒如此，所以三軍樂爲效死。若藍旗莽古爾泰見士卒陣歿，竟用繩曳拖而回，這般作爲，安能得人死力！」

阿巴泰霍地立起：「我有一句話，各位兄弟姪兒議一議。太祖爺崩逝後，四大貝勒共理國事。二大貝勒阿敏已因罪幽禁，三大貝勒莽古爾泰此次大凌河之役有罪，論理也不當與汗並坐受朝賀！」

此言一出，殿中又一片嗡嗡議論。與皇太極並坐的莽古爾泰和代善，臉上顯出尷尬和難堪。

當年二大貝勒阿敏棄永平四鎮、屠城而歸，諸貝勒合議阿敏有十六項大罪，當誅。汗命免死幽禁。

這次大凌河之戰中，因爲屬下兵將徵調不平均，莽古爾泰與皇太極口角，竟拔刀相向，大違兄弟情誼。他難道不知道汗即位以來，獨領著八旗中最強大精銳的正黃、鑲黃兩黃旗兵馬嗎？況且，大大貝勒代善的正紅旗以及阿濟格、多爾袞、多鐸三個小王爺各自領的正白、鑲白、鑲紅三旗，也都全心全意輔佐汗王，從實力上他絕難與皇太極抗衡。此事只能再一次暴露他氣量狹小、性情暴躁、胸無城府。後來他也自知糊塗，口稱「空腹飲酒四大碗，醉得頭昏，對汗口出狂言，不知說了些什麼，冒犯了尊長」，向汗王叩頭請罪。汗王命下諸貝勒議處，諸貝勒合議，以御前持刀露刃、冒犯汗王罪，削奪五牛錄屬員，罰馬二十匹，銀一萬兩。

和今日汗王顯示出的雄才大略、氣度胸懷一比較，莽古爾泰實在粗莽無知不成器。莽古爾泰連忙下了臺基，對皇太極一跪，又粗聲對眾人說：「我莽古爾泰才德不如，早就不該與汗王同列，今又戴罪，再要並坐是罪上加罪了！」

那邊大大貝勒代善也走下臺，對眾人笑道：「豈獨莽古爾泰？汗王居大位，我也不該並列。從今以後，請汗王南面登寶座，我與莽古爾泰侍坐於臺基下左右兩側，諸貝勒坐在下方，才合禮儀。」

眾人鼓掌稱讚，都說理當如此。皇太極並不推辭，端坐臺基上的寶座中，微笑不語，坦然接受由大大貝勒率領諸貝勒的賀禮。范文程跟著眾人一起禮拜，心裡驚喜交集，沒想到「獨尊」的難題這麼容易就解決了，不由對皇太極更加欽佩。

阿巴泰繼續他被打斷的話題：「早先誅殺太過，以致人懷疑懼，雖是極力曉諭，人終不信。

如今上天賜我大凌河降眾，正可使天下知我善於安撫人民，歸順者必多！」

皇太極大喜：「此言正合朕心！可有良策安撫降眾？」

岳托進言：「臣以為撫養之道，當先給以家室，出公費贍養。比如，降人中原一品官，以諸貝勒之女嫁給；二品官，以我國大臣之女嫁給，並各給田莊；至於降人士兵，可配給貝勒屬下莊頭女子或殷實商賈之女。總之，不使一人失所，則人心歸附，大業可成！」

不僅皇太極，在座諸貝勒旗主大臣都面帶笑容，交口稱讚。皇太極卻又問了一句：「此事范章京知道嗎？」

岳托說：「還沒來得及跟他講。」

皇太極道：「還是先跟范章京詳細議一議再定。」

范文程高聲應道：「汗王，臣在此！……此舉大善！此舉大善！……」汗王的信賴使他深深感動，而改殺降為安撫的善政，更令他喜出望外。兩股熱流交集，不覺聲音都發抖了。

諸貝勒大臣望著他哈哈地笑，笑聲在殿頂轟響。皇太極洪亮的聲音蓋過笑語：「范章京怎麼現在才來？你在講什麼？」

范文程這才恍然悟到，方才一時興奮，脫口而出，說的盡是漢話！自己也覺得好笑，忙用女真話又說了一遍，並建議：「汗王今日原要往演武場閱漢兵觀試炮，大凌河歸降兵將也要參與，何不於閱兵時宣諭善政，使我大金國善撫歸順兵民之名廣為流播！」

「說得好！」皇太極目光閃閃，很興奮，立刻站起身，「范章京所言極是。諸位隨朕上馬，這就往演武場！」

演武場在城北，異常寬闊。東西北三面彷彿與荒原相連，南邊可以看見遠遠的城堞的青色影子。總理漢人軍民諸政、節制漢人各官的額駙佟養性所部三千烏真超哈，擐甲跨馬，列成十個方陣，軍容整齊嚴肅，玄青色的大小旗幟捲著北風嘩啦啦響，鐵盔鋼甲長箭彎刀在冬日的陽光中閃著刺目的光芒。皇太極和貝勒們策馬走過，方陣上空滾過整齊而宏大的呼喊：

「萬歲！萬歲！萬歲！」

佟養性騎馬陪從在汗王身邊，向他解釋這一漢語呼喊：「漢人稱皇帝為萬歲爺，是祝願皇帝活一萬歲。奴才看這兩個字意思好，喊起來也順口，就沒有叫他們改用國語……」

「不必改，」皇太極讚許地點著頭，「這樣很好！要漢人說國語，不是一朝一夕的事。」

太祖天命年間，陣戰俘虜的明軍，不是殺掉就是發下滿洲人家為奴。皇太極即位後，漢人丁壯披甲當兵的漸漸多起來，便別置一軍，稱為烏真超哈。去年更任命佟養性為昂邦章京，總理漢人軍民諸政，節制諸漢官。其實，是承認了漢人參與國家軍政事務的權利。由早年的屠殺漢人到如今的設置漢軍漢官，這實在是皇太極的一大德政！范文程策馬跟在皇太極身後，不無欣慰地想到了許多，心頭一個英明君主的形象漸漸地越來越明晰了……

四十門鐫有「天祐助威大將軍」字樣的紅夷大炮蹲在兩輪炮車上，整齊地排列在校場之東。佟養性手中令旗一揚，裝填手們迅速地向炮膛內裝藥、裝炮彈，裝罷退回炮後方伏地不動。佟養性手中令旗左右揮動兩次，四十名炮手在各自副手的配合下點燃了藥捻，又都迅速後退伏倒。頃刻間，火光閃閃，硝煙瀰漫，大炮怒吼，震天動地的「隆隆」巨響充滿了天宇，壓倒了一切聲息，即使在大凌河之戰有過大炮攻城親身體驗的貝勒們也為之振奮。那些從未見過數十門大炮連發的其他人等，更爲這壯觀的場面所震懾！

「好哇！好哇！」炮響停止後，皇太極兩手叉腰，滿懷豪情地連連大聲喝采，忽然掉頭對范文程說道，「我們大金國，終究也有了紅夷大炮！……」一語未了，緊緊地抿住嘴脣，彷彿要笑，眼睛竟溼潤了。

大金國沒有人會忘記，自太祖皇帝興兵以來，天命十一年的寧遠之戰是唯一的大敗，就敗在明朝的西洋大炮之下，太祖背受炮傷，半年後駕崩；皇太極即位後天聰元年的寧錦之戰，又敗在西洋大炮之下，將士死傷無數。八旗將士恨西洋大炮入骨，因其來自紅夷，稱之爲紅夷大炮。兩次大敗，皇太極決心自己造炮。然而談何容易！鑄鐵造炮所需材料工匠，本國奇缺，炮匠炮手更是無處尋覓。直到那一年君臣微服造訪登州……

「范章京，還記得那年登州之行吧？」

范文程也在回憶同一件事情，不由笑道：「汗王爲這紅夷大炮煞費苦心，親歷風波之險，當得有今日上等好報應！韓六兒和穆二郎，如今都是小頭領了！……」

當年他隨皇太極潛入登州，仔細察訪了登州守備。皇太極對登萊巡撫孫元化極其讚嘆，立意要網羅來爲大金國所用。范文程知道此事不易，只能慢慢相機行事。皇太極只完成了他的另一個計畫：設伏暗暗劫走登州營的製炮工匠韓六兒和炮手穆二郎，還製造了二人出海船翻身亡的假象。這兩個要緊人物分撥在監造大炮的佟養性麾下，終於造出第一批四十門紅夷大炮，就是這些「天祐助威大將軍」，在大凌河之戰大顯神威。

皇太極心猶未足地嘆口氣：「可惜孫元化的銃規，至今也未能弄到手！」

「孫元化……」范文程又想稟告登州之變的消息。這是軍機要事，必然牽涉皇太極下一步進軍方向。諸貝勒中雖不乏目光明睿如多爾袞、阿巴泰、岳托、薩哈璘這些英傑之士，卻也有莽古爾泰、德格類、豪格一班勇魯之夫，機要內情知道的人越少越好。范文程趕緊收住話頭。皇太極回頭看他一眼，似要問什麼，銅盔鐵甲威風凜凜的佟養性已走上閱武臺，行禮道：

「請汗王、諸貝勒教訓！」

皇太極很高興：「好！很好！佟額駙治軍有術，此次大凌河之役，烏真超哈戰功卓著。朕賜你雕鞍良馬一匹、銀百兩。自副章京以下各官至披甲兵，分別獎賜銀兩、設宴慰勞！」

佟養性再拜道：「謝汗恩賜！眼下加上大凌河歸順新編漢兵，馬步合共三千六百餘人。奴才想照八旗舊例，有事持兵器上陣，無事則回莊務農；另外，火器攻城非紅夷大炮不可，應增鑄大炮；再有，兵糧困乏，還應多墾荒地，但民力不足，奴才請官中借給牛、種，收穫時以十分之一分償值。乞汗王恩准！」

皇太極笑逐顏開：「治軍有方，治民爲政也有方！好，朕都准了！范章京，你與佟額駙一同去向烏真超哈宣諭朕的獎賜、宣諭朕對降人給配撫養諸事！」

范文程和佟養性並轡策馬，重新下場，對集結成大方陣的三千六百烏真超哈大聲宣諭。閱武臺上聽不清宣諭的言詞，只聽得每宣諭一句，人群便迸出一聲歡呼。後來，人群突然一靜，靜得出奇，跟著爆發了更熱烈更長久的歡呼，「萬歲萬歲萬萬歲」的喊聲直衝雲霄，眼見許多官兵滾下馬鞍，伏倒在地，向著閱武臺連連叩頭大叫，漢語女真語混雜一起，震耳欲聾：

「謝皇上聖恩！謝萬歲爺聖恩！」

「謝汗王天恩！」

……

皇太極輕拈頷下黑鬚，點頭微笑，側臉看到諸貝勒一副副驚愕、興奮和喜悅的表情，他很滿意，再掃一眼恭敬地坐在自己左右下側的代善和莽古爾泰，說：

「欲得天下，非得人心不可。二位王兄以爲如何？」

代善笑道：「汗王說得極是。」

莽古爾泰嘆口氣：「莽古爾泰見識淺，只曉得騎射戰陣，爲政著實少遠見。」

皇太極心緒愉快，格外大度：「難得五哥開竅明理。朕以爲……」他轉向代善：「大貝勒，將罰去的五牛錄人口還給五哥吧！」

代善笑道：「就依汗王所言。」

莽古爾泰連忙行禮致謝：「多謝汗王恩典。」

校閱結束後的閱武廳飲宴很是歡暢。皇太極因爲心裡高興喝得過多，有些不勝酒力，先退席到廳側小間飲茶休息，躺坐在扶手椅上閉目微笑，沉醉在今日的一系列成功之中。他原本是個紅臉漢子，即位後被譽爲「顏如渥丹」，酒後面色更紅，幾乎近似女真人最讚美的關瑪法關羽了。

范文程終於等到了機會，跟腳進來，迫不及待地稟告：

「汗王，登州城陷了！」

皇太極陡然一驚，睜眼急問：「哪個登州？誰陷的？」

「孫元化的登州府！缺糧餉鬧兵變，亂軍攻占了府城！」

皇太極猛然挺身坐直：「孫元化呢？他的大炮呢？」

范文程穩住心緒，詳細稟告了登州之變的經過：從孔有德馳援大凌河到登州城破、張可大殉職、孫元化自刎……

皇太極驚道：「孫巡撫死了？」

「有消息說他沒死，但傷勢不輕。」

「誰說的？可靠嗎？」

「在登州永泰貨棧坐店的巴克什，特地差人連夜送回來的軍情……」

這也是范文程不願當眾稟告此事的原因之一。他以巨商程秀才之名，在旅順、錦州、登州等地設了貨棧客店商行，既做合法的表面買賣，又做禁運的銅鐵火藥等祕密生意，更重要的是收集情報。這是中國可以上溯到春秋戰國、風行了數千年的間諜之計，實在不足爲質樸無文、崇尚武功的貝勒旗主們論道。當然，皇太極很知道此舉的重要和機密。

汗王半晌不語，凝視屋頂的眼睛閃閃發光，心念在飛快地轉動。突然用不大肯定的語氣說：

「若是出奇兵突襲登州呢？」

范文程沉吟道：「春季風向轉南，不利舟行。況且陷登州者遼丁，孔有德、李九成、耿仲明輩都是當年逃出遼東的……」他沒說下去，皇太極已明白那言外之意了。遼丁多是從太祖的屠刀下逃出一命的，大金國如若興兵登州，他們必定拚死抵抗。當年棋錯一著，苦果吃到如今！……

皇太極暗自嗟嘆，聽得范文程在說：

「不如趁機勸降孫元化。」

皇太極精神一振，拍案道：「若得孫元化，勝似拿下登州！」

「正是。但此人是目下大明朝中少有的實心謀國之臣，如今他身臨絕境，召他來降或有一線希望。」

「絕境？」

「正是。如今他只有兩途，或被迫隨從部下叛亂，則大兵圍剿，自是死路；或部下念舊情放他回朝，則棄地失城論律當斬，也不得活。趁此時勸降我國，不是一條生路嗎？但，即便如此，也非高位厚祿不可。」

「高位？我與他一等精奇尼哈番世職，如何？」

「一等精奇尼哈番，不過同於明朝一等總兵官世職。他原是一方巡撫，封疆大吏。」

「你范先生也不過才二等甲喇章京世職。」

范文程笑笑：「孫巡撫文武全才，天文、數術、火器、炮臺乃至水利農事無不精通，是當世奇才，文程安能望其項背！文程不過螢火之光，孫巡撫卻如一輪明月……」

「先生也太謙了！」皇太極心裡不高興范文程自貶如此，勉強插了一句。

「不是的。汗王若真有取天下的宏願，就該具劉玄德三顧茅廬之忱！」

皇太極悚然一驚，頓時醒悟：「那麼，朕當以封異姓王召請孫巡撫！」

范文程連連點頭：「正是。不過，諸貝勒大臣於封王事能無異議嗎？」

皇太極一時沉默下來，端碗喝了一口奶茶，嫌不熱，推到一邊，忽對范文程眨眨眼，笑道：「試試看。」他對侍衛囑咐了幾句，少頃，代善、莽古爾泰、德格類、阿濟格、多爾袞、多鐸、濟爾哈朗、阿巴泰、豪格等陸續來到。

皇太極劈頭就拋出了問題：「朕想以異姓王招降孫元化，諸位看看怎樣？」

眾人果然十分驚訝。

莽古爾泰首先反對：「給漢人封王？自來沒有過！前些年殺還殺不過來呢！這不叫人笑話？」

代善也皺眉道：「既無軍功，又無政績，封王，難服人心吧？」

阿濟格小聲問身邊的弟弟多爾袞：「孫元化是誰？」

多爾袞瞥了哥哥一眼，對他低聲講起孫元化和紅夷大炮。皇太極的幼弟十五阿哥、貝勒多鐸伸頭湊過來聽了幾句，拍手笑道：「那還不如把王位封給紅夷大炮哩！」

貝勒豪格是皇太極的長子，二十多歲，極是魁梧健壯，在這些叔輩面前，不敢過於放肆，但又忍不住自己的不滿，便嘟囔著說：「一個南蠻子，又是文官，殺不得人，上不得陣，憑什麼封王！」

皇太極等諸人說罷，微笑著問了一句：「爾等心裡，究竟想不想取大明天下？」

眾人一怔，一時反應不過來。

皇太極接著說：「南朝疆土東西南北幾萬里，騎快馬半年都跑不到邊；南朝人口千千萬萬，比天下的螞蟻蜜蜂還要多！打仗行軍，沒個嚮導還不行哩，咱們日後難道不要個引路的？再說，這位孫元化可是塊無價珍寶，讓范章京給你們說一說其中緣故。」

范文程清清喉嚨，一一分剖：孫元化的價值，西洋大炮的威力，招來孫元化於治國、於強兵、於日後成就帝業何等必要……

那邊德格類、阿濟格、豪格聽得沒有興致，湊在一塊兒交頭接耳，小聲說笑：

「嗨，告訴你們，」德格類虛掩著嘴，眉飛色舞地說，「我新得的一對海東青，俊死人！臘月圍獵，半日裡就給我叼回來十六隻兔子！還抓了兩隻黃羊三匹小鹿哩！」

「當真？這可是少見！」豪格咂嘴羨慕。

「十哥，吹牛哩！」阿濟格不信，斜眼看著他笑。

「吹牛？告訴你們，我那海東青還識貨呢，抓來的活物滋味頭一等！生切活兔肝、生切活鹿舌，拿醬一拌趁熱吃，嘖嘖！天下再沒那麼鮮那麼美的了！我差點把自己的舌頭都吞下肚裡去！」

「十哥，孵出小的別忘了給我！」

「十叔，還有我！」

「忘不了，忘不了，一人給一對！……」

「豪格！」皇太極喝叱一聲，三個說笑的連忙住嘴，見汗王沉臉瞪著他們，雖心中不以爲然，也還是低下了頭。「朕說過多少次，商討國事，不許交頭接耳、嬉笑說閒話，你怎麼老毛病不改？出去！」

豪格並不是「主犯」，只因他是兒子，拿他作法最少顧慮。豪格垂頭對父親一跪，退了出去。德格類和阿濟格面有愧色，互相看一眼，不敢做聲了。

范文程詳細說明了利害，諸貝勒沉默片時，又是三大貝勒莽古爾泰先開口：「既是這樣，招他來降，多賜金帛參貂，配以皇女，格外善待也就可以了，何必定要封王？」

代善也說：「不是太祖皇帝子孫，竟也封王，只怕皇族人心不服。」

「濟爾哈朗，你說呢？」皇太極點著名問。

「若爲紅夷大炮，理應重賞。只是封王太顯赫，我怕不止皇族，滿洲、蒙古多半也難服氣……」

「七哥，多爾袞，怎麼不作聲？」皇太極再問。

十八歲的多爾袞渾身一團英睿之氣，又不乏深思熟慮：「只要汗王決心取南朝天下，則此舉能服漢人之心！何妨試一試？」

阿巴泰微微一笑：「我無定見。凡事相機而動，還須汗王獨斷專行。」

皇太極看著阿巴泰，也是微微一笑，彼此心照。

不料諸貝勒退出之際，年最幼小的十五歲的多鐸，指著范文程不高興地說：「就是你興的，要給漢人封王，還不是因爲你自己是個南蠻子！」

范文程臉色刷地變白了，咬緊牙關，什麼話也不說。

皇太極生氣地一揚眉，斥道：「多鐸！你也喝醉了嗎？」

多鐸瞪了范文程一眼，撅著嘴、拉著臉，悶悶不樂地隨眾退下。

皇太極安撫自己的文館學士：「范章京，多鐸是朕幼弟，從小任性慣了，莫見怪，朕替他賠不是。」

范文程苦笑道：「多鐸貝勒並沒有說錯，在下確是漢人，是南蠻子！……」

范文程確是北宋名臣范仲淹的後代，明初自江西遷居瀋陽。他的曾祖父范鏓，是正德年間進士，曾任嘉靖朝兵部尙書，宦海沉浮幾十年，頗有政聲，天下推爲長者，卻因奸相嚴嵩的排擠陷害，革職削籍，鬱鬱而終。范文程自幼好讀書，穎敏沉毅，家庭的遭遇，使他比同時代的許多人更早地預見到大明氣數已盡。所以，當努爾哈赤攻占瀋陽，俘獲范文程爲奴，因他是名臣之後而免死、要求他參與政事之時，他半推半就，成爲大金國最早的漢人文臣。只有在皇太極即位之後，他才真正施展才幹，真心真意竭盡全力輔佐汗王。因爲他認定這位四大貝勒有成龍之才，具滄海之量。做開國元勳、從龍文臣，難道不是一介寒儒的最高嚮往？

他對皇太極，大有「士爲知己者死」的感激。然而，大金國的貝勒王爺，並不都有汗王的胸襟目光。今天這樣的羞辱他不是第一次遇到，但由此而產生的對重要政務決策的干擾和誤解，卻令他很傷感，甚至有點灰心。

皇太極見范文程神色黯然，便更加和藹地勸慰說：「范先生，閒言碎語何足論！朕從來都拿你當我國人一樣看待，你就是我們金人嘛！」

范文程抬眼對汗王注視了許久，終於慢慢地搖頭，鼓足勇氣，說：「不，爲人不能忘本。汗王盡可責罵我，我卻不能說假話奉承討好汗王。掏出我心窩裡的一句話，說給汗王你聽：我范文程是大明骨、大金肉！」

皇太極眉毛一聳，眼睛閃過一道亮光：「什麼？」

范文程目光移向別處，輕聲地說：「日後若得了南朝江山，天下一統，難道不也是大明骨、大金肉？」

長久的沉默之後，「嘭」的一聲，皇太極拍案而起：「好！說得好！」他的神情由深思漸漸轉為激動：「不錯，不錯！大明的骨架來自朱元璋，來自趙匡胤，來自李世民，來自漢高祖、秦始皇！千百年下來始終不倒，如鋼似鐵啊！如今骨架尚在，而長在上面的大明血肉皮筋卻已腐壞發臭，終將成癰出膿，化作血水爛掉流光！到那時，朕的大金國定能重新生出豐碩強健的筋肉，滾熱跳盪的血脈，或許是個比歷朝歷代都要魁碩奇偉的巨人哩！」

「汗王！……」范文程聲音發抖，激動得幾乎不能成聲。他雖然認定皇太極是個器宇恢宏的英傑，卻也沒有料到他能如此強烈而近切地與自己共鳴。

「范先生，多謝你的直言，多謝你誠信待我！令我……耳目一新？還是茅塞頓開？或者叫柳暗花明又一村？」皇太極一口氣說出好幾個漢文成語向范文程請教，二人一起放聲大笑。

范文程心下感慨不已，非常欣慰地對自己說：這不就是君臣相孚的情意嗎？

四

獨尊地位的最終確立，是一個令人興奮的大成功，終於水到渠成！與范文程一席推心置腹的長談，也是一個令人興奮的大成功，拓寬了他的眼界胸懷，燃起更強烈的希望和自信，醞釀出更堅實的計畫！但皇太極就是皇太極，並不因而沉醉，因而忘乎所以，反倒更覺得緊迫：他要搶在大明枯朽垮倒之前，抓住飛逝的流光，讓大金國強大得足以取天下！這需要籌辦許多要事，還要走很長的路……擺在眼前，就有兩件大事要他決斷：

如何招降孫元化？

大凌河之戰後，大金國向何方進取擴展？

以異姓王招降孫元化，貝勒大臣們幾乎一致反對，原在意料之中，他自己不是也覺得過分嗎？

大金國夾在明朝、蒙古和朝鮮之間，是南下掠明邊、由海路攻登州，還是東出擊朝鮮，或者向西北打一打近日氣焰特別囂張、一向以成吉思汗後裔自居的察哈爾蒙古林丹汗？

……

他從來處事果斷，這兩件大政卻讓他委決不下，回宮途中仍在專心思索。遠遠望見高臺五宮的鮮明輪廓，他嘴角驀地綻出笑意：還有他那聰慧的後宮謀士呢！她的啓迪，常能使他定下最後的決心。

他在翔鳳樓前下馬。侍衛稟告說，科爾沁大妃來朝，在清寧宮大福晉那裡候他。他怦然心動，滿腦子政事倏然閃開一條通道，走進一個女人。

一個豔麗、嬌媚、女人味十足的少婦，眼波春水般溫柔，嘴脣海棠樣豐滿鮮紅，高聳的乳胸和圓臀之間連接了一副細柔的柳腰，寬大的緞袍也掩不住體態風流。女人的氣息，從她粉頸酥胸、從她嬌嫩的耳朵，甚至從她形似藕芽卻又紅潤肥滿的手指尖向外冒，足以令每個見到她的男人想入非非。皇太極也未能例外，就像驟然間觸到寒冰和烈火，心裡不知何處嘶叫一聲，怦怦地跳個不住，幾乎難以維持他那汗王的尊嚴。

她叫海蘭珠，大福晉哲哲的姪女、小福晉布木布泰的同胞姐姐。

天聰年皇太極即位之後，大福晉之母、小福晉之祖母科爾沁大妃屢來瀋陽朝賀，看望女兒和孫女。後來小福晉的母親科爾沁小妃也隨同來朝。去年大妃小妃婆媳倆同來時，又隨帶來一位身穿素色團衫的少婦，就是海蘭珠。

海蘭珠比小福晉年長四歲，早年嫁給察哈爾部林丹汗之弟。林丹汗因爲是成吉思汗的直系後裔，自稱蒙古大汗，在漠南諸蒙古中最爲強大，經常對諸部侵擾欺凌。科爾沁蒙古爲了自保，不得不採取嫁女和親的辦法。兩年前海蘭珠死了丈夫，照例她應該由林丹汗收納。但林丹汗的大小福晉、那些原是她嫂子的女人們，生怕海蘭珠入宮奪寵，便藉口科爾沁與金國交好，心懷叵測，免留後患，將海蘭珠攆回了娘家。

海蘭珠溫柔如水，脾性極好，話不多，總是未語先笑。和她妹妹布木布泰恰是強烈對比，對政事、對經史文章毫無興趣，除了蒙語，只會說極簡單的女真話，喜愛的都是女人那一套：調脂弄粉，集攢豔麗的綢緞、皮毛和絹花，最愛擺弄珍珠，把大顆小顆分類，用金絲銀絲穿成各種各樣精緻的頭飾、耳飾、項圈……來到清寧宮，也總是伴在祖母和母親身邊，對身材魁偉、神態威嚴的皇太極十分敬畏，幾乎不敢正眼瞧他。有時她在東宮裡跟妹妹說話，一聽到皇太極的聲音就急急忙忙躬身行個禮，頭也不敢抬地離去了。她大約一直沒有覺察皇太極的爆著火星的目光……

海蘭珠這一次隨大妃來了嗎？皇太極加快步子，走進清寧宮。

大妃和大福晉趕忙起身，下拜，迎接汗王。

請安、問安、問政事勞累、起居安好；問家中老小平安、行程旅途疲乏，等等，常禮過去，皇太極在正中寶座落座，大妃在右，大福晉在左，各自坐下敘話。

「小妃和海蘭珠沒有同來？」皇太極問。

「小妃家中有事，臨行又留下了。」

皇太極點點頭：「布木布泰怎麼不來相陪？」

「剛才還在這裡。」大福晉四面瞧瞧。

「姐兒們去說體己話了。」大妃瞇著眼笑。

「這姐兒倆！」皇太極也笑了。

大福晉瞅他一眼：「我們娘兒倆正說這姐兒倆呢！」

大妃笑道：「也真是怪，同父同母，都長得花朵似的，脾性怎麼就差得這麼老遠？」

「你呀，真把你的塔拉溫珠子慣壞了！各宮的側福晉私下裡都有點埋怨哩！」大福晉的口氣既是姑媽又是中宮之主。

「不就是妒忌吃醋？什麼要緊！」皇太極不在意，對大妃笑道，「妳的孫女兒實在聰明絕頂，朕真離她不得哩。」

「聰明太過也不祥，」大福晉的語調已透出不滿，「參議軍國大事，合適嗎？你不是令文館撰寫內則，說內廷之要在不預外事嗎？」

皇太極無言對答，隨口一問：「布木布泰她們去哪裡了？」

「站的時間久了，我怕她不好過，命她回宮歇著，海蘭珠陪著去的。」

大妃咧嘴笑道：「但願這回得一個皇子。」

小福晉懷著第二胎，已經六個多月，皇太極也擔著一分心，起身道：「我去瞧瞧。晚上在清寧宮爲大妃洗塵。」

皇太極料定小福晉躺在寢房歇息，進了東二宮，急匆匆穿過中堂，一邊伸手去掀南裡間的門簾，一邊問：「塔拉溫，妳不舒服了？還有事要聽妳的高見呢，妳……」

他陡然住了嘴，從錦榻貂褥上坐起的，是粉紅的海蘭珠！她大約喝了酒，眉梢嘴角似含春色，眼睛裡的春水看看就要漫出，嘴唇紅得像要裂開。也許借了酒勁壯膽，她不似平日見了皇太極時那樣畏懼，緩緩站起身，扯平身上閃亮的粉紅色緞袍，扶正頭上粉紅色絹花，整一整鬢角的亂髮，低低地啞聲說：「汗王，是我……」

眼前撲來的這團粉紅色的雲，突然點燃了他體內的烈火，熊熊火焰「呼」地躥上來，燒得他口乾舌燥、眼睛血紅。他想也不想，張開粗壯的臂膀，一個猛烈動作，把這團粉紅色緊緊摟在懷中，不知是誰的骨骼「喀吧」一響。

粉紅色一驚，出於本能，突然爆發了反抗，掙扎、推搡、踢動，像一頭絕望的小獸。這反而激起皇太極征服的狂熱，是原始的雄性征服異性的狂熱，又是想要征服天下、稱王稱霸的狂熱，兩者結合，使他的行動極其有力又極其狂暴。他「嗤啦」一聲撕開粉紅緞袍，專橫地把闊嘴壓上那兩片鮮豔豐厚的紅唇，懷中粉紅色的抗拒和騷亂突然停止，漸漸化爲一團氤氳香霧，化爲一片柔美起伏的波濤，把他引入極其和諧、融洽、歡快的極樂世界。他靈魂出竅，他被征服，忘卻了自己的存在……

隔著中堂，北間布置成書房，被皇太極親暱地簡稱爲塔拉溫的小福晉布木布泰，呆呆坐在炕桌邊，盯著面前打開的《元史》，一個字也沒看見。

南裡間的事，完全按照她的算計發生了。她需要姐姐進入翔鳳樓內的後宮。迎合丈夫心意，能加固汗王對自己的寵愛；海蘭珠與她手足情深，能多一個幫手去分擔姑媽大福晉對自己的壓力；後宮增加一名博爾濟吉特格格，就能抵消幾分其他家族側福晉們聯手的勢力；大金國後宮形成博爾濟吉特氏天下，又能保證科爾沁蒙古稱雄於漠南諸部；而大金與蒙古聯姻越緊密，大金國力就越強盛……布木布泰這從小到大、從私到公的一舉數得，實在精細之極。可是，她的預想終於順利實現的這一刻，心裡卻又一片繚亂，說不出酸甜苦辣。小小的東二宮不過三間大屋，透過兩道門簾，南間的動靜聲息清清楚楚傳來耳邊。想起平日的夫妻歡愛，想到腹中他的後代，羞憤和委屈猛烈撞擊著心窩，迫得她喘不過氣。她極力抑制自己，用緊閉的眼瞼極力鎖住淚水，逼得它只在眼眶和鼻腔咽喉間流轉……

「不必這樣，不必！」她安慰著自己，「不是海蘭珠，同樣會有別人。日後果真得了中原，做了天子，三宮六院七十二妃，委屈還有完嗎？……」

她在適當的時候，出現在寢房門前。她早把宮女們遣開了，笑咪咪地說：「今兒我來服侍你們！」一說著把捧來的熱手巾遞給皇太極，再奉上一碗人參湯。

皇太極略露窘態，但極力表現得若無其事，一聲不吭地拿手巾擦臉擦脖頸。海蘭珠卻別轉臉，耳朵都羞紅了。小福晉故意拿眼睛瞅著皇太極，笑著低聲對姐姐說：

「海蘭珠，恭喜，恭喜！」

海蘭珠猛撲在小福晉懷裡，把臉埋在她胸前，說不清是在哭還是在笑。

「哎喲，海蘭珠，輕一點！小心我的孩子！」布木布泰誇張地大聲說笑，一面爲海蘭珠擦汗，整理頭髮，勻面點脣，看著她換上另一件鮮藍色緞袍，然後伏在她肩頭耳語，「妳去吧，我替妳說。」

海蘭珠水汪汪的眼睛與皇太極照了照，臉又紅了，使勁捏了捏小福晉的手，轉身跑出去了。

皇太極看著那腰肢擺動的柔曼背影，心頭又湧上一陣沉醉：真是個柔美到極處，叫人愛憐不夠的女人！……他慢慢啜著人參湯，平息心緒，懶懶地笑道：

「塔拉溫，是妳安排的？」

「不好嗎？你是大舜，我們做娥皇女英。」

「多謝了！難得妳一片熱心腸……妳怎麼知道朕願意納她？」

「你當別人是瞎子嗎？頭回看見她，你盯著人家，眼睛就跟狼似的，哼，恨不能把人家吞下肚裡去！……就把她留下吧？」

皇太極沉吟片刻：「這次還是隨大妃回去，免得察哈爾借詞尋釁。等我攻破了林丹汗……」

「怎麼，汗已決定先攻察哈爾部了？」小福晉反應極靈敏。

「妳以爲如何？」皇太極看定小福晉，「我來，原爲聽妳的高見。」

「先攻察哈爾部爲上策。」

「登州兵亂城陷，可正是南攻的好機會！」皇太極把登州兵變詳情說了一遍。小福晉一手托腮，聽得眼睛都不眨，極其專心，聽罷思謀片刻，反問道：

「汗以爲明朝、蒙古、朝鮮三者誰弱誰強？」

「自然明朝最強，蒙古次之，朝鮮最弱。」

「汗即位以來，一直與明議和，連前年兵臨北京城下，還遣人送去議和書，不就是避免真的大打嗎？漠南蒙古各部多已歸附我大金，只有察哈爾部與明結盟。朝鮮原是大明屬國，雖經我大兵征討，訂下江都和約，使之脫開南朝制約，卻仍是口服心不服。眼下若南取登州，好處不過多得大宗人口財物，並不能占城擴地，卻毀棄與明和議，若明朝聯察哈爾部與朝鮮夾攻，以一敵三，於我大金則極不利……」

皇太極笑道：「攻察哈爾就不怕以一敵三了？」

「林丹汗橫暴，蒙古各部相助者必少；明朝、朝鮮均欲與我講和，明朝不會爲保護林丹汗與我開戰，朝鮮更無力獨自發動背後攻勢……」

皇太極哈哈大笑，道：「布木布泰果然絕頂聰明！思慮之精無人能及！……」他漸漸收起笑容，若有所思：「莫說以一敵三，只對付明朝，怕也力不從心哩！……那畢竟是天朝大國、禮義之邦啊。以我大金國這點兵馬，想要征服天下，談何容易；相反，若是大明傾一國之兵來攻戰，我大金國稍有不慎，難免覆國之災！與大明相比，我們畢竟是東北一隅蕞爾小邦，中原歷來視我爲夷狄……」在小福晉這個知心知己的智囊面前，皇太極不由自主地吐露了他不肯在任何人面前吐露的擔心。

小福晉驟然變色：「怎麼？汗王成就帝業、入主天下的雄心，竟冰消雪化了？」

皇太極神色凜然一怔，心下有點迷惑：「我說什麼了？」

小福晉進逼一步：「汗王害怕天朝，害怕明軍不成？」

「笑話！」皇太極省悟，頓時恢復平素的自信，「朕有何懼！明朝氣數已盡，遲早而已。如今他血脈皮肉病症已深，朕不過以爲，與其強攻，莫如靜待其變，等他成癰化膿，無法收拾，更能事半功倍！我大金國要乘此時機，力圖自強，日後才好相機而動。」

小福晉嫣然一笑：「我說嘛，你怎麼會長他人志氣，滅自己威風！不過，真要靜待其變，必須釋去大明疑我之心。汗王雖是一再與他們議和交好，恐怕仍不足以取信……」她咬著嘴脣思索著不說話了。

「怎麼？」皇太極正聽得專心，見沒了下文，忙催問一句。

「布木布泰有話，若冒犯汗王，請恕罪。」小福晉貼近皇太極膝前，忽然跪下。

「妳看妳，又來了！有話儘管講。」

「求汗去王號、稱屬國，尊大明爲宗主國！」

「妳！」皇太極只覺胸口「撲通」凶猛一跳，雙眉倒豎、兩眼瞪圓，一時間心慌氣促，是驚是怒？還是又驚又怒？連他自己也難以分辨了。

「今日退一步，正爲日後進十步、進百步！」小福晉目光炯炯，精神十足，如往常一樣，並不把汗王變臉變色放在心上。

愣了許久，皇太極平靜下來，把小福晉扶起，嗔怪道：「妳身上有孕，跪什麼！傷了我的兒子可饒不了妳！」

布木布泰站起身，抿嘴一笑，知道自己的話汗王已聽進去了。

「妳真是個鬼精靈！」皇太極嘆道，「南蠻子的話是怎麼說的？是我肚裡的應聲蟲！莫非我想什麼，妳都知道？要不然，我說夢話給妳聽去了？我正在籌劃算計此事哩，還沒有找人商議，妳倒跟我不謀而合了！……好，這幾日就施行，向明朝上個賀表，把這個意思講明！……」

他嘴裡說著，很是豁達開朗，心裡卻在奇怪自己的一肚子不痛快、奇怪自己除了「驚」之外還有「怒」。怒的什麼？小福晉如此聰慧明睿難道不好？……汗王的福晉，才智原應相配相當，只是不該高出去……這叫什麼話！太小器了，不成體統！皇太極連忙收攝分散的神思，笑道：「還有一事，替朕決斷。」他說起招降孫元化。

這回輪到小福晉沉吟了，好半天沒有回答。

「怎麼？」皇太極催問。

「此事兩難。太低，難以招致，更被旁人笑我大金國小家子氣；太高，日後降者眾，便難以位置……」

「給個一等精奇尼哈番世職？」皇太極試探一句。

「太低了吧？還不如他現今的品位。」

「那麼，封王？」

「這……汗王，招別人不可以王位，招孫元化，奴才以爲非王位不可！」

「哦？」皇太極說不出是驚是喜，只覺心裡踏實下來。

「奴才還想，他既身臨絕境，何不遣大將劫救他歸來我國？」

「好！好！妳這一說，朕可以定心了！真是我的宮中謀士！」皇太極大喜，不由伸手拍著小福晉的肩背，忽又故意眨眨眼，半真半假地說：「妳可得當心，不要聰明過頭喲？」

小福晉心裡一驚，敏銳地直視皇太極喜悅的眼睛。這目光、這拍肩的動作，都不是丈夫對妻子、男人對女人，倒像將軍對屬官、兄長對弟妹。而且，最後那句話是什麼意思？她心頭掠過某種不祥的預感，不由縮了縮肩膀。

「哦，妳冷了吧？快快披上貂袍！」皇太極也沒料想自己竟脫口說出那麼一句不尷不尬的話，連忙補救，但已清楚地覺察到自己心緒的變化：和海蘭珠一比，小福晉算不得女人，倒像個靈秀機敏的孩子，而她的智慧謀略，竟與范文程不相上下；她的勃勃雄心也不輸於自己。那麼他的不痛快就是因此？說是有點妒忌？這不成了笑話！……他回過神來，格外關切地張羅著，高聲喚宮女來添火，送茶點侍候，恢復了多情丈夫疼愛小妻子的常態，小福晉輕輕地嘆了口氣。

布木布泰的預感不幸成真。兩年後海蘭珠正式進宮；又過三年，崇德元年，皇太極上尊號寬溫仁聖皇帝，改國號爲大清，立清寧宮大福晉爲皇后，封小福晉爲永福宮莊妃、海蘭珠爲關雎宮宸妃，又從奪取來的察哈爾蒙古林丹汗的幾位福晉中，選了兩位博爾濟吉特家族的格格充實後宮，即麟趾宮貴妃及衍慶宮淑妃，後宮於是成了博爾濟吉特家格格的天下。不過，宸妃海蘭珠寵冠後宮，奪去了皇太極的全部情愛。布木布泰在生了三位公主以後，第四胎終於生育了兒子——皇九子福臨，但也未能改變被冷落的處境。

五

「咚！」

「咚！」

「咚！」

三聲號炮從轅門外傳來，宣告私開東門，因而引發這場登州大亂的兩名罪犯陳光福、陸奇一人頭落地！

大堂上一片沉寂。

正中上坐著孫元化，兩側大案，左邊是朝廷欽差監視官吳直，右邊是監軍道王徵。再往下，有登州府、蓬萊縣各官的座位。陸師水師各營官則分列肅立兩廂。登萊巡撫到任以來，從未因審訊罪犯而如此濟濟一堂！

孫元化頸上傷痛鑽心，又頭痛欲裂，已經許多日子沒有睡好覺了，消瘦、黧黑，幾乎脫了形。他滿心激憤，目光一一掃過堂上堂下的人們：這回，你們總該稱心如意了！……遼東營官兵卸去了罪責，寬心了吧？登州各官親眼看著處決肇事者洩憤了吧？斬刑之後將在四門懸首示眾三天，受了這次兵火之災的登州百姓也該出氣了吧？……

大堂上爲什麼靜得這樣可怕？眾人爲什麼都長出一副彼此沒有區別的、奇怪的、沒表情的面孔？

整個審訊過程由監軍道王徵主持，孫元化一言未發。但最後要命的朱筆那一點，卻必須由巡撫大人下手。孫元化從不知道，不逾四兩的筆，有時會這樣沉重，重得他拿不動、舉不起；那紅彤彤的筆尖，細小如米粒、如針尖，卻能懸掛住滿堂文武的各種各樣的目光，堆積起那麼多的複雜情懷：企求、解脫、幸災樂禍、憂慮、不平、悲憫……只有王徵送來一片鼓勵和督促，警告他不可猶豫……

這會兒怎麼都成了泥偶？一個個戴上了嚴峻到木然的面具，呆望著大堂階下！……大堂階下……是的，那裡似乎還留著陸奇一那尚未成長足的瘦小身影；死一樣沉寂的大堂穹頂，似乎仍然迴盪著那尖亮的孩子聲音大人話：

「俺們開城門爲的救人！說咱犯事那就是犯事，好漢做事好漢當，甘受軍法！」

「砍頭又咋的啦？不就碗大個疤！過二十年又是好漢一條！」

「過二十年再回來，咱還是這句話：俺們草頭百姓小卒小兵，認不得啥君啊臣的。誰對咱好，咱對誰也好；誰對咱孬，咱也不尿他！就是這麼個話！……」

倔強的陸奇一，跟陳光福這個遼東漢子一樣，到死也不肯說出誰指使他們去開東門，一口咬定是見城裡圍巡撫府、圍三寺殺遼東人，以爲城中大亂，一時急了，才開門求救於孔有德。「他是遼東人，自然要來救鄉親！」

孔有德匆匆回到大堂，對孫元化躬身拱手，似要說什麼，卻又說不出來。

剛才孫元化用朱筆在陸奇一與陳光福的名字上一點，擲下斬首令牌，兩人立即被押往轅門外行刑。一片寂靜中，孔有德一步跨出列，粗聲粗氣地說：「帥爺，容我老孔……送送他！」孫元化沉著臉，沒說同意也沒說不准，孔有德已噔噔幾個大步趕下堂去了。送死刑犯升天，要備酒、菜和水酒泡飯餵食，使之於醉中不知不覺挨那斷頭一刀，少受苦楚。有人送行，是犯人的榮耀。

見孔有德欲言又止，孫元化眉頭緊皺：「他講什麼了？」

孔有德憋了半天，突然直瀉而下：「他說，韃子王八蛋，大明朝也王八蛋！他說對不住帥爺的恩情，容來生補報！他說埋他時候別忘了拿帥爺賜給的佩刀擱胸口上！他說帥爺何必兩頭受氣左右為難，好心沒好報，還不如……」

「不要說了！」孫元化生氣地攔住話頭。

「他的意思是……」

「住口！」孫元化怒喝，猛地一拍大案站起來，突然身子一晃，左手摀住右頸纏著白絹的傷口，朝後一仰，昏厥過去。眾人驚叫著圍上來，眼看白絹慢慢沁出鮮血。

代替受傷的耿仲明暫任中軍官的呂烈趕忙宣布退堂，指揮侍衛們七手八腳地把帥爺抬回中堂。

二十多天以前，他們也是這樣七手八腳地抬起受傷的孫元化送回巡撫署。是離孫元化最近的呂烈眼疾手快，奪劍不成便一拳打脫巡撫大人自刎的長劍，減輕了橫劍割頸的力勢。孫元化於是沒有傷到要害，卻也血流如注，昏死過去。

孔有德、耿仲明等人又驚又悔，遼東營從官到兵無不是孫元化費了無數心血培養訓練出來的，此情此景，哪一個不是良心發現、痛悔不已？所以當孫元化傍晚甦醒，提出幾宗要求時，竟無一人反對，全都老老實實地應承了。

這些要求是：一、立即停止搶劫燒殺，各兵卒立即歸營，哨長哨官營官以軍律軍法制止一切混亂；二、釋放府、縣及所有在押官吏，恢復府縣各衙門日常政務，不得無理擾亂。只要變兵回到服從巡撫將令的原狀，孫元化將奏請朝廷維持撫議，所欠糧餉將用登萊巡撫印信檄令所屬州府縣籌納。

登州又平靜下來。亂兵各歸營房校場，或修整變亂中毀壞的城牆房屋，或操練兵馬戰陣；各衙門迎回舊主人，繼續日常事務，催餉納糧打官司；商號店鋪大小食館客棧也漸漸開張；膽子大的商人又打點貨物準備揚帆北上天津、旅順了。

但孫元化知道，這平靜是極其脆弱的。因爲張可大已死，登州鎮諸營或散或降，已經垮了。孔有德的遼東營實際上控制著登州，他們就像暫時盹睡的熊羆，縮在燈芯草編的籠子裡。孫元化對遼東營的多年栽培之恩就是這燈芯草籠，只要願意，熊羆不費吹灰之力便能把草籠踏個粉碎，衝出來大鬧乾坤！

怎麼辦？孫元化與王徵、張燾反覆計議，幾乎一籌莫展。尤其是還須向朝廷解釋交代。

兵亂那天晚上，王徵離開巡撫府門不久，就被圍三寺的登州百姓攔住，不得脫身。孔有德亂兵一進城，就飛馬趕到三寺驅殺圍寺百姓，人們一哄而散，紛紛逃命，手無縛雞之力的王徵就落在了亂兵手中。所幸遼丁都認識他是編唱小曲的王監軍，未加傷害，頗爲客氣地軟禁他兩天，直到他們接受孫元化的要求，才恢復了他的自由。

王徵苦苦思索，終於說服孫元化相信，爲讓這可怕的熊羆睡得更死而再行催眠，是唯一可行的辦法。於是，孫元化就不得不同意：孔有德所部是因爲聽信了遼人被驅趕殺害和城內變兵攻打巡撫府的謠傳而急於進城救援的；登州鎮各營是以爲孔有德部發起叛變攻城，所以竭力抵抗的。雙方都因誤聽謠傳、情況不明而相互廝殺，造成一場可悲的誤會。這樣一來，擅開東門的陸奇一、陳光福就成了肇事者，登州事變的首惡。

今天的審訊行刑，是向各方作出的姿態，也是向朝廷作的一個交代。監視官吳直接受了這個交代。

看樣子，各方面也滿意這個交代。

只有一個人在心裡冷笑，輕蔑地注視著一切。他是呂烈。

他認真地盡著中軍的職責，將帥爺送回中堂，命人去稟告夫人，隨後便靜靜守在一旁。

沈氏從後堂衝出來，背後跟著腳步匆忙的蒼白的幼蘩，母女倆驚慌地叫喊著「老爺」「爹爹」撲向孫元化，忘記了周圍的一切。

幼蘩比母親要鎮靜一些，因爲已多次充當父母的家庭醫士了。她跪在榻前，打開隨身帶來的布包，取出銀針在父親的上頷和肩頸部取穴針刺止血，又熟練地解去白絹，往傷口敷上藥粉和草汁膏，拿新白絹重新裹好傷口。

她站起身，拭去臉上的汗，寬慰地喘了口氣。一抬眼，陡然發現近在咫尺的呂烈，素來蒼白的面容飛上一團紅霞，驚喜中交織著窘迫和女孩的嬌羞，猶如帶露而開的紅杜鵑。

呂烈心頭的冷笑已升到嘴角，對孫元化的憤懣早已擴展到他的女兒身上——想想元旦日巡撫府門前的那場戲，那場苦肉計！欺世盜名無過於此！她自然是同謀！——呂烈給那含羞而多情的目光一個寒冷如冰的回報，輕蔑地哼一聲，扭開臉背過身去仰望窗外。

這是古往今來、天上人間最冷酷無情的一瞥！幼蘩彷彿挨了一記耳光，蒙了，臉上紅暈霎時褪盡，面容比平日更加慘白得可怕，烏黑的睫毛簌簌發抖，她用力低下頭，羞辱、委屈、辛酸催得她淚珠成串地滾落……

* * *

陸奇一和陳光福的首級在四門懸掛示眾了三天之後，被取下來，找皮匠把頭和身子縫在一起，裝進棺材，葬在田橫山坳的一片墳場。因爲陸奇一臨死囑咐孔有德，說他喜歡海，死後的墳墓要能看見海潮漲落，日出月出。

因是刑死，沒有祭禮。但下葬時，卻有不少生前好友來送行。呂烈不是遼人，原先與陸奇一、陳光福並無交情。他的出現引起不少送葬者的疑惑，他也不解釋。待眾人散去各自歸營，他卻一步步走上濃密的松林。記得林中高處有萬松亭面海而立，是觀潮遠望的好處所。

松林中流溢著松針松花松脂的清香，海風送來潮聲，松風捲起松濤，一陣陣撞擊著呂烈的耳鼓，他心事浩茫，與海天青松的聲浪共振共鳴。

當元旦日親見孫元化賣女籌餉時；當跟隨孫元化身邊在激烈的巷戰中拚殺時；當眼看著孫元化拔劍自刎時，呂烈的崇敬之情在胸中沸騰了！世上確實有這樣忠烈無私的人！確實有這樣正氣凜然、大節小節盡皆無虧的君子！他慚愧自己以往的小人之心，剎那間洗淨了對孫巡撫的一切疑惑和猜忌。他不顧一切打脫孫元化自刎的長劍，使他免於一死；他心甘情願地聽從巡撫調遣，離開他的游擊營來當撫標中軍官；他甚至要遣媒去提親，求幼蘩爲妻室——哪怕此舉會使他喪失前程甚至流亡逃命，他也在所不惜！

誰想到，孫巡撫竟拿陸奇一、陳光福開刀！

無爹無娘、十四歲的小侍衛陸奇一，竟做了登州事變的替罪羊！替誰的罪？替孔有德、耿仲明，替遼東營，歸根到底，還是替他孫元化抵罪！這夠多麼卑鄙、奸詐！當年曹操命倉官剋扣軍糧，引起軍心憤恨，卻又借倉官首級來解眾怨，孫元化不是如出一轍？

由此推想，賣女籌餉未必不是演戲！……調自己任撫標中軍，無非爲了維繫現存的原登州營官兵。想到自己也不免爲孫元化所利用，呂烈格外憤怒，他又被人欺弄、被人當傀儡耍了！……

萬松亭裡有人聲。呂烈一閃身，隱在一株兩人合抱不來的古松後，因爲他看得清楚聽得明白，亭中兩個人，坐著的是孫元化，立在一側的，卻是那晚在路邊救助，後來他百般地尋不著的啞巴孩子！不，他不啞，正在說話，聲音細嫩柔和……他忽然明白了，不是什麼小秀才，正是孫巡撫的愛女幼蘩！

又一個騙局！呂烈只覺得眼前一片昏黑，忍不住想詛咒，想要大喊大叫，想要衝上去責問：爲什麼對他僅存的最後一點真誠也要給以無情的嘲弄？難道就沒有一點心肝？——然而他冷冷一笑，全忍住了：人生原本如此，是你自己做白日夢，不肯接受教訓，那就活該！……

萬松亭內，確是孫元化父女。

今天一早，孫元化不顧妻女阻止，下了床。他很沉默，默默梳洗、默默立在庭院，又默默走進小懺悔室，許久不出來。沈氏怕他因傷而昏厥，打破家中不准干擾祈禱的禁規，大著膽子悄悄走進幕簾四垂、一燈熒然的斗室，只見丈夫跪在救世主神像面前，低頭閉目，滿臉淚光。她從未見過丈夫落淚，不由得驚叫一聲：「老爺！……」

孫元化沒有動彈，只甩出兩個字：「出去！」如同訓斥下屬一般嚴厲。他從未對妻子使用過這種語氣，沈氏卻顧不得委屈，低頭退出，滿心惴惴不安和恐懼，連忙找女兒商議。

幼蘩、幼蘅趕到上房，孫元化已步出祈禱室，命人爲他更衣，要素色衣袍和風帽。

「老爺，你這是……」沈氏喃喃地問，沒了平日的爽快機智。

「出去走走。」孫元化臉上毫無表情。

「那麼，傳侍衛跟隨……」沈氏掉頭要喚人。

「不！」

「叫僮兒們侍候著……」

「不用！」

「女兒跟隨爹爹出行。」幼蘩、幼蘅雙雙跪請。

「不。我想一個人散散心。」

「爹爹傷口未癒，萬一再出差錯，無人在側，母親和孩兒們如何放心得下？還是幼蘩帶了藥包跟隨爹爹最爲穩妥。」

「妳……」沈氏指指幼蘩的頭髮和衣裙，才要反對，幼蘅一口接過去：「還扮個小秀才吧，行動方便些。」

沈氏和幼蘩趕忙向幼蘅使眼色，幼蘅省悟，立即縮口。幸而孫元化心不在焉，沒有聽出這個「還」字裡隱藏的文章。

父女倆就這樣出後門騎馬走了。父親是一身素藍夾袍，黑色風帽遮住了大半個臉，只露眼睛眉毛。女兒是海藍綢袍，淺藍色包髮巾，還是那次上市賣繡品的行頭，只是背上的藥包代替了繡品包。一路無語，來到萬松亭。

進亭後，孫元化面海坐定，望著前方，又沉浸於冥思默想。幼蘩害怕父親落入這種於養傷不利的心境，便有意選擇輕鬆話題，故意說錯，以分散他的陰鬱：

「爹爹，這老北山人稱田橫寨。當年田橫麾下的八百壯士，果真是從此處投海的嗎？」

孫元化果然來糾正了：「不是八百，是五百。此處是田橫結寨預備入海之地。五百壯士也不是蹈海而死，這些忠烈千秋之士，是聽到田橫死訊而全體自刎於海島的……」他說不下去了，眼睛呆呆地望著山下。

幼蘩起初後悔自己選錯了話題，不該觸動父親自刎的傷痛，後來順著父親的目光看下去，發現了那裡的新墳和漸漸散去的送葬人，頓時明白了緣故，一時竟說不出什麼話了。

良久，孫元化輕輕地緩慢吟誦著。幼蘩從小就習慣於他的吟詩，因而聽得很明白：

「吾聞兩頭蛇，其怪不可弭。昔賢對之泣，而吾反獨喜……」

吟到這裡，孫元化嘆了口氣，爲這個「喜」字下得無可奈何而搖搖頭，隨後仰臉望定亭頂那墨綠的松團，繼續低吟：

「喜者意云何？以我行藏似。蜿蜒不停留，奔赴孰驅使？當南更之北，欲進掣而止。首鼠兩端乎？猶豫一身爾！……」

幼蘩呆呆地看著父親。她自幼把父親當成天底下最有才學、無所不能的人，像一座大山那樣堅實可靠。看到大山軟弱憂鬱，她的心在戰慄。

孫元化俯臉看地，繼續他的思索和吟誦：「蛇也兩而一，相率無窮已。混心腹腎腸，各口頰脣齒。畢生難共趨，終朝不離咫。屈伸非自甘，左右何能以。豈不各努力？努力徒縈累！……」

他是在吟誦兩頭蛇？是在抒寫登州城兩股勢力的爭鬥？是在影射朝廷中可怕的黨爭？是在表達自己內心在進退、上下、和戰、剿撫等種種矛盾中的猶豫和痛苦？連他自己也難說清了……

他對隱隱霧靄中迷濛不清的海天線凝視了許久，終於吟出了最後四句：「殺一誠便一，一殺一亦死。並存終奈何？聽之造物理……」

這無可奈何的故作曠達，叫幼蘩心酸。她偷偷抹去眼角的淚珠，強笑道：「爹，你真的見到兩頭蛇了？」

「嗯。」

「什麼時候？」

「三天之前。」

「三天之前？……」幼蘩欲言又止。

「對，就是陸奇一赴死的那一天！」孫元化自己說出來了，「我知道，你們都不高興。」

「他……還是個孩子，又沒爹沒娘的，難道非殺不可？……我還怕爹的靈魂負罪，受主的責怪……」

孫元化慘然一笑：「蘩兒，元旦日在府門賣女籌餉，妳心裡可覺著委屈？」

「不不！」幼蘩連忙搖頭，「那是女兒自願的！蘅姐姐是螟蛉，尚知大義，我是親生女兒，焉能退縮反不如她？若是只有她沒有我，人家豈不要說爹爹偏心，有意欺哄，反而要把事情弄壞……」

「難得妳們姐妹倆深明大義。那日事到臨頭，捨此無他，我也是不得已……陸奇一，唉，並無兩樣，仍是不得已……」

「就不能不殺？」

「他是我收養的，乃我的私人，違了軍法軍律，犯了死罪，不從重懲處，何以服眾？何以立威？」

「和京哭了整三天……」幼蘗聲調嗚咽了。

和京與陸奇一同歲，自來玩得極好。這次陸奇一刑死，他自然比任何人都悲痛。孫元化哼了一聲，誰又能知道他的傷感？他極力平淡地說：「妳到別處去走走，讓我清靜一會兒！」

幼蘗只當自己的話冒犯了父親，當下不敢違拗，低頭應了聲「是」，便悄悄繞到父親背後，走出亭去。

轉下山梁，走向松林，能從側面觀看丹崖山上蓬萊閣，不料背後匆匆腳步響送上一陣冷笑和稔熟的聲音：

「嘿，你好哇，小兄弟！」

幼蘗腳下一絆，驟然轉身，竟是她日夜又是記掛又是鍾情又是怨恨的人！她一時忘了自己是男子裝扮，倒退一步，氣沖沖地說：「又叫我做什麼？不是不理人家的嗎？……」說話間一陣心酸委屈，眼圈紅了，聲音哽咽了，趕緊背過身去抹淚。

這天真的女孩使小性的嬌憨態，叫呂烈的心驟然軟了一下。他竭力抵抗，把目光浸了冰，在脣邊做出嘲諷，讓聲調生硬又刺耳：「好說！做夢也難猜！堂堂巡撫千金小姐，半夜三更在大路邊扮啞巴小廝，騙人家銀子！拿我當猴兒耍嗎？」

「誰騙你的銀子啦？」幼蘗急得赤眉白眼，「四十五兩買繡品，那五十五兩是你硬塞給的，我原不肯要！你，講理不講理？」

「咦，妳騙了我的銀子，我倒不講理啦？」

「你還說騙！你還說騙！」幼蘩頓著腳嚷起來，忽又咬住嘴唇尋思片刻，正正經經、有板有眼地講理了，「好吧，讓你先說：我那三副繡品可值四十五兩？」

「嗯，還值。」

「後來你硬要給足一百兩，算捐給我爹救急，可是？」

「有這話。怎麼，難道……」呂烈暗地一驚，似有所悟。

「登州缺餉，你不知道？我們母女姐妹加上丫頭僕婦，都幫著出繡品賣錢，想湊個整數，新年送給爹爹充餉，權做年節賀禮。因怕家下婢僕出賣吃虧，我才自己上集市，又怕爹爹知道了不依，才扮成小廝……你！你也在登州吃糧當差，我們捐助的餉銀，你未必沒有享用，竟說出這等話來！……」幼蘩一口氣說個痛快，理直氣壯，不由得用眼睛去瞪呂烈。

「哎呀，小兄弟！是你……」呂烈猛地拍了拍自己的腦袋，「我……」

「誰是你的小兄弟！」幼蘩餘怒未息，轉身就走，又把一句舊話遠遠地甩給愣在那裡的呂烈，「哼，總把別人想得那麼壞！……」

可是，當呂烈慢慢走回原處，從古松背後看到孫元化獨自一人在萬松亭對著山坳裡陸奇一的墳塋遙遙下拜時，當他清楚地聽到孫元化喃喃地祝禱陸奇一、陳光福、張可大、管惟誠、陳良謨、姚士良、可萊亞和所有死於這次事變的弟兄父老們靈魂早入天堂時，閃上心頭的，又是那惡狠狠的兩個字：偽善！

「大人！」他冷不防衝口而出，能嚇這位巡撫大人一跳，也能得著一番小小快意。

孫元化微微一怔：「哦，呂中軍。署內有事？」

鎮靜如常的神態，令呂烈失望甚至憤怒，他克制不住地想要刺痛對方：「署內無事。大家都來送小兄弟陸奇一下葬了。」後一句挑釁味十足，他目不轉睛地盯著孫元化。

孫元化微微點頭，平靜地說：「哦。」

「帥爺不去看看他的墳塋？」

「不了。不便去。」

「不便去？他可是大人你親自收養、兩年來一刻不離的小親兵哪！」

面對咄咄逼人的目光和語氣，孫元化疲倦地搖搖頭，苦笑一下：「呂中軍，要說什麼照直說好了，不必繞彎子。」

「說就說！」呂烈拉出不顧一切的架勢，把一束束刀箭正面投向孫元化，「你明明知道登州之變的遠近因由，且不說吳橋知縣省城官員，也不說張總鎮與孔有德的積怨，就只這回城破，也至少是耿仲明暗中策劃、與孔有德李九成勾結！你卻放過首惡大奸不問，拿這小孩子開刀，爲他們替罪！無非是討好那幫潑賴，換得個平安局面，才好穩坐你的巡撫大位！……」

孫元化望著呂烈，面無表情，或許嘴脣抿得更緊、眼睛微微瞇起而已。這更激怒了呂烈：「陸奇一千不該萬不該，不該過堂那天說什麼占據登州、擁戴你當皇帝！縱然論軍法，他也在可斬可不斬之列，就是這句話把他送上死路！」

孫元化臉色有些變了：「你是說我殺人滅口？」

那日審訊，問到爲什麼私開城門，陸奇一說：「放進咱們遼東兵，解了城裡的難，這登州就歸給帥爺！咱也能打韃子，咱也能保土衛民，幹什麼定要聽北京城裡那個昏君捉弄？咱帥爺就當皇帝，準比他強！」

當時孫元化大怒，厲聲斥責。

此刻呂烈心頭一團惡意，化作一句尖刻的嘲諷：「心裡無鬼，何懼鍾馗！」

孫元化瞪著呂烈，一動不動。突然喉頭鼻腔冒出「嘿嘿」幾聲短促的冷笑，不料一發不可收拾，化爲一場仰天大笑，傾瀉而出，彷彿無窮無盡、無休無止：

「哈哈哈哈！……哈哈哈哈！……」

有誰見過孫元化如此失態，發瘋了？還是又在演戲？呂烈用冷眼旁觀的姿態，掩飾心中的不安。

笑聲突然停止，孫元化眼睛血紅，上下打量著呂烈，輕聲地自言自語：「說吧，說吧，無非罵我奸詐、僞善，是小人！……又如何？」他伸手用力一點呂烈：「你，盡可以詆毀我、汙蔑我！可是你能不能告訴我，我該怎麼辦？」他突然爆發，悲憤地仰天大叫：

「怎麼辦？我到底該怎麼辦才對？」

剎那間他的表情極其強烈，迫得五官都變了形：濃眉飛揚，眼睛忽大忽小，鼻翼劇烈張合，面頰筋肉抽搐。他攥著雙拳，揮動臂膀，渾身散射出炙人的熱流，隨著火一樣暴烈的語言，一團團撲向呂烈：

「這上萬官兵和幾十萬黎民百姓，身家性命都壓在我的肩頭，有多重？遼東人受了委屈，登州人受了傷害，難道就罷了不成？孔有德的人馬控制了全城，你難道看不見？如今登州局勢一髮繫千鈞，極其危險，絲絲火星就能引爆，你難道不清楚？穩住局勢、平定人心難道不是當務之急？用一兩個罪人的命，換取幾十萬百姓的平安，不如此又當如何？啊？」

面對孫元化燃燒著悲憤的赤炭般的眼睛，面對這連珠炮一樣的凶猛反詰，呂烈一時竟無言以對。

「難道我不知道陸奇一罪不至死？我收養了他，拿他當兒子一般，難道我不心疼他？他，他才十四歲啊！……」孫元化泣不成聲，垂下兩鬢斑白的頭，胸口和肩頭都因竭力抑止悲泣而在劇烈地顫抖。

呂烈驚愕異常，呆呆地看著眼前這位從未見過的痛苦而又軟弱的孫元化。

「我向天主祈禱，告罪，我求天主指導我選擇，誰不願有個清白的靈魂，誰願意背負罪惡的重擔呢？……可是爲了登州幾十萬人平安過這一關，我能有別的選擇嗎？……此次變亂若能平安消弭，陸奇一、陳光福便是首功！……如果能由我一死而完此願，我絕不猶豫！」

這，呂烈相信。當初孫元化若自刎而死，如今的登州早被亂兵燒殺搶掠，糟踏成一片廢墟了！

孫元化朝呂烈點點頭，彷彿此刻才認出他：「你很乾淨。你手上沒有無辜者的血，你靈魂上沒有罪惡的汙穢和負擔，所以你可以任意責罵他人！我呢？誰來超渡我，誰來拯救我的靈魂呢？當初我雄心勃勃，一心要收復四州，恢復遼東，建功立業，不負皇上恩寵，不負此生。豈料步步艱難，每況愈下，落得個典產紓難、賣女籌餉，還不夠，還要逼我殺子解危！……我究竟做錯了什麼，上天要這樣懲罰我？我究竟在哪裡冒犯了天主，定要讓我來背負這般沉重的、沉重的罪孽啊！……」

他仰天長嘆，老淚縱橫，灰白的鬢髮被風掀散，在臉面上亂飛。孫元化一下子變得蒼老、孱弱，只須輕輕一擊便會摔倒，甚至再也爬不起來。

呂烈如遭電殛、如被雷轟，受到極大的震動，心潮激盪不已。他看到了從未看到的東西：埋藏在每一個人內心深處的巨大痛苦；他明白了從未注意的事情：每個人的行爲都有他自認合理的原因，所謂有情可原……他想到孔有德、吳直、張可大、張鹿征，乃至他自己、他的父母、他的姑父姑母，他一生遇到的形形色色、男男女女，誰不在命運的重壓下掙扎、顫抖、呻吟？哪一個不曾忍受從身體肌膚到心神靈魂的種種煎熬？受苦受難的人們啊！……他彷彿從山谷登上了山巔，世界變得寬廣了，他的心懷也隨之深沉博大了。他毅然撩袍跪倒在孫元化面前：「帥爺恕罪！」

孫元化多少有些意外，倒也阻住他無盡的悲憤傷感。他用一雙大手在臉上一搓一抹，拭去淚痕，理順亂髮，只當呂烈爲出言不遜而賠禮道歉。他做了個「請起」的手勢，淡淡地說：「不必如此。」

呂烈一口氣說下去：「求帥爺恕我不恭之罪，呂烈當面求親，求幼蘩小姐爲妻。」

既是意外，又在意中；既是夙願，又感念危難中的真誠，孫元化慶幸自己的眼力不差，但又不得不說道：「眼下登州危機四伏，似不宜論婚。況且求親事還當稟告雙親，以得父母之命的媒妁之言。賢姪於危難中救援相助，這分情義我心領了。待朝廷下來撫旨，登州事畢，再作商量，可好？」

話雖如此，但一個從未用在呂烈身上的「賢姪」稱呼，把兩人的關係大大推近，等於默許。呂烈感愧不已。有件事他難以啓齒，但又必須說明，否則既對不起孫元化，更對不起幼蘩。他硬著頭皮，漲紅了臉：

「帥爺，我……」

「帥爺！帥爺！大好事！」孔有德的大嗓門從松林那一頭「轟隆隆」響過來，轉眼間已馳馬奔到亭前，跳下馬鞍，大步「噔噔噔」衝上亭來，一團喜氣襲人：

「帥爺！哦，呂老弟也在！欽差到啦！」

「什麼？」孫元化與呂烈異口同聲，又驚又喜！

「真的！真的！好傢伙，總算把他給盼來啦！」

「現在哪裡？」孫元化急問。

「說是皇上親口封的，叫什麼視監視的官。一傳校尉已到巡撫府門首，說是二傳三傳之後，欽差便要駕到，急得我趕緊來尋帥爺！」

「好！趕快回城！」孫元化很是振奮，喜色充沛，匆匆下亭。突然想起女兒，叫道：「蘩兒！蘩兒！回去了！」

幼蘩低著頭從亭側大松樹後面轉出來，一言不發地從拴馬樁上解下韁繩。看她一臉羞怯，想必呂烈求親的話被她聽了去，正磨不開呢。

四個人三匹馬，孔有德只當這小廝是帥爺的姪兒，熱心地建議：「呂老弟，你與小兄弟同乘一馬正好！」

此語一出，另外三個人一起紅了臉。幼蘩的頭更抬不起，呂烈捶了孔有德一拳，孫元化則連忙轉了話題：

「欽差是幾時到的？」

「聽說昨天夜裡就來啦，先到的府署……」孫元化心裡一驚，呂烈看他一眼，神色也有些不對。孔有德卻毫不知覺，自管開心地大說大笑：「這下好啦！欽差帶來撫旨，咱老孔也鬆口氣，還是出關去打韃子，不在這兒受窩囊氣！……帥爺安撫登州，大功一件！欽差準定帶著朝廷封賞，要是升官去九邊，還帶上咱老孔去吧！……說不定欽差還解來欠餉銀子哩！我得告訴弟兄們，讓大伙都高興高興！……」

孫元化跨上馬鞍，勉強笑了笑：「走吧！呂中軍你隨後快來，回署預備接旨。」

呂烈在山腳下騎了自己的馬，追上孫元化他們三個。途中，他還是找到了機會，向幼蘩說出了那句最要緊的話：

「妳可願隨我浪跡江湖，受苦受難？」

幼蘩一直沒抬臉，看不清她是什麼表情，但她清清楚楚地、用力地點了一下頭。

六

「聖旨到——」

「聖旨到——」

拖得長長的呼喝，從巡撫府門一聲接一聲地直傳進二門、大堂，隨之一對對騎尉和穿著公服的小中官跨門檻而入，後面百十名帶刀護衛，簇擁著欽差視監視侯繼祿、原監視吳直兩名要員走進巡撫府。

巡撫府門前萬頭攢動，人們大聲議論，興高采烈：

「這下好啦！朝廷到底下了招撫聖旨啦！」

「難爲孫大人拚力支撐，可該給升賞升賞！」

「用你說！不光孫大人，咱們就撫官兵，不只免罪，多少也得給賞啊！」

「賞不賞的先別說，欽差八成押了餉銀來的，瞧瞧這些隨從人高馬大的，身上都有功夫哩！」

……

兩名官員進府以後，跟隨的護衛與登州府衙役、吏卒就將前後左右各門守住，並立即驅趕圍觀的軍民人等。誰知越驅趕，聚的人越多，巡撫府四門亂哄哄一片喧嚷，竟如鬧市。

孫元化跪在香案前，吳直及署內官員、文書、侍衛等人在他身後跪了黑壓壓一片。侯繼祿則站在案邊大聲宣讀聖旨。大堂上一派驚愕的肅靜，人們幾乎不相信自己的耳朵，但這位宦官變了調的女裡女氣的聲音，毫不含糊地灌進每個人的耳內：

「……孫元化姑息養奸，舉措失當，致使登州內亂頻仍，軍事糜爛，民情洶洶，總兵張可大殉國，游擊陳良謨以下死十數人，罪不可綰！著革去登萊巡撫職，即日逮送進京候審。特簡侯繼祿爲登州視監視，暫理登萊巡撫職事，候新任巡撫到職後回京。欽此！時崇禎五年正月初十日。」

侯繼祿讀罷，四周竟如死絕了一般，沒有一絲聲息。侯繼祿得意於欽差的赫赫威勢，向下看看伏地跪著的孫元化，高聲喝道：「宣詔已畢，望詔謝恩哪！」

「謝主隆恩，萬歲、萬萬歲！」孫元化木然地抬頭，看一眼蓋有鮮紅的「敕正萬民之寶」皇帝印璽的聖旨，叩頭謝恩，臉上沒有血色，眼睛沒有光澤。這一刻，他覺得自己的心血耗盡了，渾身的精力流乾了，耳邊嗡嗡亂響，彷彿頭頂剛剛挨了一悶棍，一時間失卻了思索能力。

隨來的錦衣校尉擁上前，摘去孫元化的烏紗帽，脫去他身上的補服，持著鐵鏈要向他頸上套，侯繼祿一抬手：「慢著！」他把聖旨恭敬地供在香案之上，走近孫元化：「孫大人，咱還奉旨驗看你的自刎劍傷。」

孫元化挺身跪在那裡一動不動，任憑侯繼祿翻開衣領，扯開帛帶，好奇地左右端詳，伸手摸按，好像不是一道鮮紅的傷口，而是什麼假造的新奇玩意兒。侍從們都深感受辱，扭開臉不忍看。孫元化卻毫無表情，泥人石人般承受加在傷口上的冰冷沉重的鐵鏈。

「爹呀！」

「老爺！」

沈氏、幼蘅、幼蘩、幼蘩、和京及家中的僕婦丫鬟被錦衣校尉們押出後堂，一見孫元化的模樣，一齊驚叫哭喊，不顧阻攔，撲過去圍跪在他身邊。

「老爺，這，這是怎麼回事呀？」沈氏驚怒悲憤交加，捶打著自己胸口，「天下還有這樣不講道理的嗎？……」

「爹呀！這是為什麼？……」幼蘩、幼蘅姐妹們哭得上氣不接下氣。

「妳們不要如此，」孫元化疲倦已極，只能微微搖頭，聲音低弱得聽不清，「不要如此……」

侯繼祿目不轉睛地打量著孫元化的家眷，回頭向吳直輕聲詢問：「就是那兩個女孩？」吳直低聲答是。侯繼祿點點頭，拿定了主意，走近孫元化，十分客氣地說：

「孫大人，久聞你才幹超群，爲官清正勤謹。今日栽在亂兵手中，咱也深爲你可惜。此番進京或能辨明是非，也未可知。但我奉聖旨來，萬事不由己，孫大人必能見諒。」

孫元化仍是木然，但點了點頭。

「按理，孫大人今日就該起解赴京，家眷也應當立即遞解回籍。我想事出倉促，大人家下必有未了之事須得料理，遲至明日諒無大礙。只是本視監視奉旨權理巡撫事，行轅只得借用巡撫府，孫大人一家就暫於書房小院委屈一日，如何？」

孫元化又點點頭。

「孫大人，聞得你典產紓難、賣女籌餉，又自刎不從亂，在下好生敬佩。但不瞞大人你說，此去京師凶多吉少。咱有一策，或可保大人性命無虞……吳監視，勞你送孫大人一家去書房。」

吳直應了一聲，隨領錦衣校尉們站在孫元化一家身前身後作押送狀。孫元化隨眾走了幾步，忽又轉身，問道：

「欽差大人，可帶來朝廷的招撫詔書？」

侯繼祿暗想此人太不識時務，不由得譏諷道：「孫大人不在其位，可以免謀其政了！」

孫元化怔了怔，記起自己對張可大說過同樣的話，傷感地搖搖頭，又說：「目下登州情勢尙危，一著不慎，滿盤皆輸，欽差大人千萬仔細！」說罷，轉身而去。

侯繼祿沒有在意，只覺得可笑。隨令撫標中軍、隊長及標兵來堂下聽命。堂下頃刻間站了三百多人，靜聽訓話。

「孫巡撫被逮問，不干撫標事。各位可願照舊供職，聽命於本欽差？」

「願聽大人差遣！」有幾處聲音應道。

「好！中軍何在？」

「回大人，中軍大人不住府中。」

「中軍是誰？」侯繼祿一用力，聲音尖上去。

「回大人，眼下中軍是游擊呂烈。」

「呂烈？哈哈哈哈！好！」侯繼祿咧嘴大笑，「他乃是我的故交，這話就更好說啦！」他立即差標兵去各處傳令：明日卯時轅參，登州各營、各衙署必須按時轅門聽點，誤卯者軍法論處！

侯繼祿準備按自己的口味重新布置巡撫府，好好過一過欽差大臣、封疆大吏的官癮。他不料外出做欽差這般愜意，更不料事情辦來如此順利。一面吃著精緻茶點，一面向門外張望，惦記著吳直說項能否成功。

他幼年入宮，淨身時還不到十二歲。因爲年幼不省事，淨下來的「寶」被動刀的老傢伙吞沒。他不知道以後每次升遷必得驗「寶」，就是老死入葬，也得請人把「寶」縫回身上，方有臉見祖宗，不致叫閻王爺當成廢人，轉生投胎做母驢。爲這事，他急得差點上吊，再買回「寶」來需五十兩銀子，他如何籌得來？是楊祿救了他，幫他把「寶」贖回，他感激萬分，認楊祿作乾爹，名字也由侯成器改爲侯繼祿。從此楊祿得寵升遷，他也步步高。因此他對楊祿不止百依百順、畢恭畢敬，還總想著要像兒子孝敬老子，辦點叫老頭子開心順氣的事。

前不久，楊祿得到皇上親賜的一座休沐別館，就在紫禁城邊金水河岸，原是魏忠賢一個住處，十分精緻幽閟。楊祿感激歡喜之餘，卻忽忽若有所失。他向乾兒子吐露真情：老頭子雖有「對食」，但是宮女不准出紫禁城居住，每逢休沐期獨在別館，太冷清了。從那時起，侯繼祿就留心爲乾爹物色夫人、如夫人。以楊祿的身分、品位、權勢，女方不可出身貧賤、歲數不可大、相貌不可醜。但年輕美貌的好人家女子，誰又肯嫁太監？——便說出去也不好聽！

昨夜吳直提及孫元化賣女籌餉，他就留了心，——女兒既肯賣，買主還有什麼好挑揀的！方才見到姐妹倆，正是在京裡百挑不就的好女子！他倒不是乘人之危，他真心對孫元化有幾分敬重，想以此救他一命。

他心裡很明白，孫元化此番回京，十有八九是不得命的。溫體仁饒不過周延儒，自然不放過孫元化，那麼老頭子也就絕不肯相幫孫巡撫。孫元化罪刑而死，家屬入官爲奴，這兩個女孩也就糟蹋了。如若孫元化獻女兒給楊祿爲妻妾，楊祿必定能救下他一命，還免使他女兒淪爲奴婢，侯繼祿也盡了做兒子的孝道，這還不是積陰德的善事？當宦官，多是上輩子作惡落得報應，此生還不趕快行善修贖？……

好不容易，吳直從書房小院回來了，侯繼祿忙問：「如何？」

吳直不願說出孫元化大怒、一家人罵不絕口的經過，免得激怒侯繼祿。但又不能不告之實情，只得哭喪著臉，搖搖頭。

「啊？不知好歹！……」侯繼祿正要大發脾氣，門外暴喊一片，有人吼罵，有人慘叫，腳步聲「轟隆」滾動，似有馬隊獸群闖進來。他連忙探頭去看，臉上倏地變了色：十幾名身著營官戎服的大漢，後面擁擠跟隨著數不清的營兵，早把攔阻的前門衛兵打得抱頭鼠竄，潮水般湧上大堂。

「大膽！你們……你們是什麼人？」侯繼祿要維持欽差的威風，又怕吃眼前虧，伸出手指喝斥，聲音卻不作臉地直打顫。

爲首的軍官像鐵塔，一把揪住侯繼祿的脖領子，怒喝聲如同雷震：「快把帥爺還出來！」

侯繼祿直翻白眼，哪裡出得聲來！吳直連連拱手道：「孔參將，不可魯莽，他是欽差！……」

「哦？欽差大人？」孔有德眼珠一轉，放開了手，「也是，還有話要問問呢！……咱老孔魯莽了，欽差莫怪！」他雙手略略一拱，朝後退了一步，身後的人潮也向後擁了一下，略有些小騷動，很快靜下來。

侯繼祿一輩子沒受過這樣的驚嚇，孔有德那聲虎吼，就如耳邊炸了個霹靂，震得他頭昏腦脹，幾乎暈過去，一時間四肢都軟了，哆嗦得幾乎不能成聲：「你……你就是孔、孔有德嗎？……忒、忒莽撞了！……」

「也是。」孔有德想了想，對眾人做個手勢，人群轟然退到堂下。他再回過身來，表情謙恭了許多：「咱老孔是個從軍漢，不會客套，直話直說。欽差大人來登州，可是頒發朝廷的撫詔？」

「這……」侯繼祿沉吟著。他頭一次當外差，沒有經驗。剛才他嚇得一身冷汗，以爲自己難得活命了。吳直一句「欽差」，使孔有德這個凶神竟自手軟，侯繼祿不由又膽壯了，必得拿出朝廷的威儀、天使的氣概！態度漸漸又傲慢起來：「本視監視奉皇爺欽命來至登州，原爲查明真情，並與變亂各營商定就撫條款，方好稟告朝廷，求下撫旨。現下尚未查明商定，怎能講撫？你們速速退下！……」

「那，你可帶來朝廷撥發的糧餉？」

「什麼糧餉？」侯繼祿一愣。

「登州各營自去年九月欠餉到如今，朝廷竟不知道？」

「這……這……」侯繼祿骨碌碌地轉著眼珠，「本欽差為視監視官，權代巡撫職守，有監視原監視登萊兵馬糧餉中官之責……」

「什麼監視，視監視，繞口令嗎？你乾脆說吧，有沒有糧餉？」孔有德聽得不耐煩，火氣又壓不住了。

「只要亂軍就撫，與本欽差談妥條款，登州安定下來，朝廷自會將欠餉送到。」

孔有德忽然和顏悅色，甚至還微微地笑了笑，湊近去小聲道：「不知咱老孔猜得對不對，與欽差大人商定就撫條款，我們得備禮吧？」

「此乃常例，又不是我興出來的！」

「你要多少？」孔有德笑得狡黠，聲音更低。

「仍是常例。登州陸師七營，水師五營，每營也不過這個數。」侯繼祿伸出巴掌翻了一翻。

孔有德濃眉一挑，勉強忍住，笑著擠擠眼：「登州各營若能拿出這個數，還會鬧欠餉？」

侯繼祿此時一點不怕了，因為說著他此行最關心，也是孔有德最關心的關節處。他冷冷一笑：「你們打吳橋南下，一路回登州，所獲頗豐，這不用我提醒吧？銀子不夠，珠寶古玩也可以替價嘛！……再說，花一萬二，換得十二萬餉銀，還不夠便宜？……」

孔有德眼睛倏地冒火，幾乎發作，卻硬生生地壓住，噴出一串大笑，震得巡撫大堂起了回聲。他轉臉笑著對堂下的官兵們大聲說：「弟兄們吃糧當兵，拿的餉銀可是賣命錢，欽差大人要咱們每營拿孝敬例銀一千兩去換，便宜啊！啊？哈哈哈哈！」

這人怎麼不懂規矩？侯繼祿急眼了：「咱們私下商議，你怎麼……」他的話已被堂下官兵憤怒不平的喧嚷淹沒了。

孔有德一揮大手，喧鬧戛然而止，他再回過臉對著侯繼祿時，已無一絲笑容了：「朝廷知道不知道，登州兵馬早已各歸營伍，聽從法紀軍規，聽從孫巡撫將令，按兵等候撫詔？」

「是有這麼一說，但不知虛實，所以遣本欽差來查看。可是你今日如此……」

「孫巡撫安定登州，對大明朝廷有大功，你看清楚沒有？」孔有德不容對方轉移話題，強制著追問。

「這……」

「有功不賞，反倒加罪逮問，什麼道理？」最後四個字，孔有德忍不住地吼出來，震得侯繼祿一哆嗦，卻竭力挺胸作義正辭嚴狀：

「逮問孫元化是朝廷旨意，皇爺親口傳諭，聖旨在此，誰敢大膽犯上？」

孔有德被噎得一時說不出話，臉膛憋成絳紫色。堂下李九成一個箭步躥上來，從供桌上扯過聖旨，揚在手中，向官兵們大喊：

「朝廷無道已極，皇帝是昏君！這聖旨聽它不聽它？」

群情激昂，同聲大呼：「不聽！」

隨後是無數雜亂的吼叫：「撕了它！」「扯了它！」「扔茅廁！」「燒掉！」……

吳直急得拽住李九成的胳膊連連哀告：「千萬不可，千萬不可！……」

侯繼祿卻發怒了：「反啦！反啦！」他一手扯住孔有德，一手指定李九成，尖叫聲刺得人耳膜幾乎撕裂：「錦衣校尉！趕快把這兩個叛賊拿下！連同孫元化一起押送進京！……啊呀！……」

最後這聲驚叫，是從空中傳下來的，孔有德像拎小雞一樣拿他當胸一抓一拎，高高舉過頭頂，那邊李九成早已經「嗤啦嗤啦」把聖旨撕成碎條子，官兵們歡呼著擁上大堂，迅速把伺候兩廂的錦衣衛校尉們制住了。

好似轟隆隆的雷鳴，孔有德大聲說道：「要不是看著孫帥爺，我老孔早反十回啦！你們竟拿孫帥爺開刀，真他娘的瞎了狗眼！今天你這欽差下令放出孫帥爺，咱們各走各的道。不然，我拿你摔成肉醬！」

四面，李九成、耿仲明和官兵們吼聲如雷：

「摔呀！」

「摔扁了他！」

吳直連連向各方作揖：「千萬不可！千萬不可！哎呀孔參將，不要加重孫大人的罪名，有話好好說……」

侯繼祿驚得心膽俱裂，只會高叫「饒命！」威風和森嚴早扔到九霄雲外了。他忽然看見匆匆踏上大堂石階的呂烈和呂烈身後隨從的武士，可盼到了救星，鼓勁大喊：

「呂指揮使！呂指揮使！快救小弟！這些叛賊又反啦！……」

他的嘶叫比眾人高好幾個音，在亂哄哄的大堂嘈雜聲中格外清晰，眾人不由得愣神了，頃刻間一靜，幾百道目光一齊射向剛剛走進來的呂烈。

呂烈也很吃驚，說話都結巴了：「侯……你，你是欽差？」

「呂指揮使？」李九成、耿仲明等好幾個人異口同聲地重複一句。因爲這絕不是本地方駐軍的官銜職名。

吳直嚇住了，臉蒼白，嘴唇哆嗦。

孔有德滿心狐疑，目不轉睛地打量呂烈。

呂烈大怒，直跳起來，指著侯繼祿：「你混蛋！胡說！」

不知是要拉個墊背的，還是要借勢唬人，侯繼祿不管不顧地大喊大叫：「呂烈！你這錦衣衛指揮使可是皇爺親賜的！著你暗中監視，此次又特命我尋你查明真情，你怎麼不認帳，見死不救哇？……」

「錦衣衛！」孔有德吼了一聲，憤怒地甩手一扔，將侯繼祿「嗵」地摔在大堂石階之下，又指著呂烈大喝，「拿下！」

遼丁蜂擁而上，把呂烈撇倒綁了。

吳直渾身打戰：「孔參將，三思而行啊！……」

「吳直，你給老子說清楚，呂烈究竟是什麼人？」孔有德又一把揪住吳直的脖領子。

「他，他確是錦衣衛指揮使，受命來登州的……」

李九成笑得又陰又冷：「好一個朝廷的坐探！」

肩頭還纏著帛絹的耿仲明紅頭脹腦，怒目而視：「怪不得撫詔總不下，欠餉總不發，有這個奸細暗通消息，把帥爺和咱們弟兄都賣了！」爲肩窩挨的一槍，也爲說不出口的爭當孫家門婿的暗鬥，耿仲明極恨呂烈，把罪過全都扣到他頭上。

「奸細！」

「宰了他！」

堂上堂下騰起一片憤怒，耿仲明一把抽出了腰刀！

呂烈只靜靜地、冷冷地看著孔有德的眼睛，對別人全不理會。孔有德被他看得不自在了，喝道：「死到臨頭，你還有什麼可說！」

呂烈坦然道：「我確屬錦衣衛，來登州確有監視之職。但呂烈從未送過一件不利於帥爺和諸位弟兄的稟帖，這，我呂烈問心無愧！要殺要剮我也認了，只是要提個醒：帥爺原來被逮進京，尚有一線生機，如今業已被你們剪斷……我呂烈一死何足惜，天下再難有第二個博學多才、勤政愛民、能造火炮抗擊韃虜的孫元化了！」他悲憤地昂著頭，不再說什麼。

「孔參將，他，他死了……」吳直指指階下，掩住了臉。欽差大臣的腦袋撞在石階上，七竅出血，已經不動了，身邊是扯成碎條的繡著龍紋的聖旨。

一時，大堂上靜下來，漸漸，連小聲議論的嗡嗡響也消失了。

「大哥，他？」耿仲明指著呂烈小聲問。

「關起來！嚴加看守！」孔有德皺著濃眉一揮手。

「孔兄弟，這，咋辦？」李九成用眼一瞟欽差大臣的屍體和聖旨。

孔有德用力吐了一口胸中的悶氣：「呸！現在，沒別的路了！……」一抬頭，大聲下令：「把隨這死鬼來的人通通給老子關起來！呂烈單獨關。」

耿仲明提醒一句：「大哥，帥爺還在……」

孔有德一拍腦袋瓜，大喊：「快！快去收拾掉那些看管校尉，請帥爺出來！」

頃刻間，耿仲明率著撫標侍衛們簇擁著孫元化來到大堂，一路高喊：「帥爺救出來啦！」

大堂上歡聲雷動，陣陣響應：「帥爺救出來啦！——」

歡呼的聲浪從大堂滾向二門、滾向大門，一浪高過一浪，直傳到巡撫府外，數萬圍在四周的官兵百姓歡呼聲驟起，驚天動地，爲孫元化，更爲伸張了正氣：「帥爺救出來啦！……」

孔有德連忙迎上去：「帥爺！可把弟兄們急壞了。一聽到消息，登州十二營兵馬全都開來啦，非得救出帥爺不可！帥爺你聽，你聽聽！」

歡呼吼叫拍岸大潮般衝盪著天地，飛進大堂。

「帥爺，弟兄們爲救你，敢上刀山敢下火海！」孔有德呵呵地笑著，「這回可是逼上梁山啦！」

孫元化依然一領藍衫，頭上淺灰色包巾裹著髮髻，目光恍惚，帶著些夢遊的神態，似還沒有從革職逮問的打擊中完全恢復過來。他茫然地看看四周，輕輕一嘆：「唉，我已革職候審，不要再稱帥爺……」

「帥爺，你還在夢裡哪！你看！」孔有德興沖沖地一指階下。

孫元化目光一觸到屍體，頓時一驚，立刻清醒了：「怎麼，欽差死了？」

孔有德得意地：「他不經摔，略略使了點子勁道，他就成爛茄子啦！」

「殺欽差，扯聖旨，滔天大罪！造反嗎？」

「可不是反了！登州全反啦！」孔有德一臉興奮，眸子閃閃放光，「不反救不了帥爺你呀！」

孫元化一陣暈眩，搖搖欲倒。侍衛忙扶他坐到堂案後的椅子上。孔有德下令各路兵馬退回本營待命。巡撫府外頓時沸騰了一般，馬蹄聲腳步聲和著歡歌笑語，彷彿一支支凱旋的大軍。

孫元化回過神來，侍衛送上熱茶，他努力鎮定，但面色死白，端茶盞的手微微顫抖，盪出的水溼了衣袖，眼睛不看任何人：「弟兄們意欲何為？」

「帥爺！事到這分上，再沒路啦！索性自立，就叫登州國！不，叫蓬萊國！」孔有德眉飛色舞，「我早說過，當日太平寨帥爺救我那工夫，我頭一眼就見帥爺紅光護體，紫雲繞膝，天神下凡一般！那就是帝王相嘛！諸家弟兄這回就輔佐帥爺當皇帝！……」一看孫元化要變臉，連忙改口：「好，好！不當皇帝，當國主，當大元帥大將軍還不成嗎？再不受朱家皇帝的腌臢氣！」

「帥爺！」李九成雖不似孔有德手舞足蹈，也非常興奮煥發，黑黑的八字眉在額頭跳上跳下，「咱們文臣武將，人才濟濟，火銃大炮無人能及，登萊富庶，海上更有貿易之利，自成一國，何必仰仗他人！」

「帥爺！」耿仲明的建議更加具體，「就依巡撫府地基起造宮殿，我們奉帥爺爲國主，奉夫人爲娘娘……」或許他還想到公主，想到自己駙馬爺的前景，但孫元化默默搖頭，表情極其沮喪抑鬱，使他竟說不出後面的話了。

「弟兄們此議大謬！」孫元化沉重地嘆息著說，「元化撫登，失職無能，聖上問罪，罪有應得。朝廷法度紀綱，元化焉能不遵？弟兄們此舉，是加重元化的罪孽了！」他緩緩站起身：「事已至此，勸你們怕是勸不轉了。若肯念同事一場，就請明日撥海船一艘，送元化北上還朝領罪。」

「帥爺！」孔有德、耿仲明、李九成等異口同聲地驚叫。

「若肯聽我一句，則千萬不可自立，不可叛逆朝廷！如今外有強敵、內有寇亂，正值國家多難之秋，若因登州亂而致天下亂、致國亡山河破，則千古之下，我等均是十惡不赦的罪人！萬劫不得翻身！……」孫元化聲淚俱下。

「帥爺！」耿仲明不平地嚷起來，「朝廷從來對你不安好心，你還這麼忠心耿耿！那呂烈是錦衣衛派來登州，專爲暗中監視你……」

「呂烈？」孫元化疲倦地笑笑，「果然如此。這也無足輕重了。」他邁步走向後堂。

「帥爺！你要是回朝，可就沒命啦！」孔有德搶上一步，拽住孫元化的袍袖，急得大叫。

孫元化掙脫孔有德的手，漸漸恢復了臉上的沉靜和從容：「孔參將，還記得去春爲劉興基掃墓日的那番話嗎？」孔有德一愣，一時回不過神來。孫元化一字一句重複著他的舊話：「只要一死是我職分所在，元化不辭。」說罷，逕自往後堂去了。

堂上的幾個人面面相覷，好半天不知所措。

「大哥，明日真的遣船送帥爺還朝？」耿仲明不安地問。

「這……」孔有德搓著粗脖梗直犯愁，「發船有什麼難！可帥爺回京明明是送死！咱這是把恩公往虎口裡塞，良心叫狗吃了？」

李九成摸著面頰，眨眨眼睛：「還有個安置帥爺的地界！」他附在孔有德耳邊輕聲說了兩句，孔有德勃然大怒：

「胡說八道！誰叫你去跟他們打交道！告訴你，再敢跟韃子勾搭，別怪我老孔翻臉不認人！大仇還沒報呢！……」

李九成等孔有德的炮仗脾氣過去後，再輕聲分剖：帥爺已臨絕境，螻蟻尚且貪生，爲人豈不惜命？當著眾人只得堂而皇之，私心難道不想尋條出路？就是登州情勢，日後還不知有多少艱難險阻。狡兔還營三窟，咱們就不多留條後路？說起來，恩仇恩仇，或者人家真是王氣所鍾也不一定哩……

李九成儘管有一張能把死人說活的嘴，費了好半天勁才使孔有德熄火，但他依然虎著臉，不肯認可。倒是耿仲明在一邊若有所思地盯著李九成，微微點了點頭。

七

暗夜淹沒了這間小屋，只能隱約辨出房梁和牆壁。呂烈望著漆黑的頂棚，苦苦思索著前景。孔有德也許會念昔日情分，李九成陰鷙難測，耿仲明對自己則懷恨在心。錦衣衛、東西廠人人恨之入骨，如果變兵這一次決心造反自立的話，自己必死無疑了。

「或許拿我剖心挖膽祭旗起事哩！……」呂烈忍不住心頭驚懼的悸動，渾身的筋肉都縮緊了。隨後又一橫心：隨他去！生死有命！……但是，登州怎麼辦？孫巡撫會怎麼樣？她，幼蘩姑娘，會落個什麼下場？他們一家是否領會自己這一片衷腸？對已經暴露身分的呂指揮使持什麼態度？痛恨、鄙視，還是原諒？……

自己竟走上這麼一條古怪的路！應該恨誰？恨自己？恨這充滿奸詐欺騙的人世？還是恨那個最初把他引入歧途的女人？……他懷著莫可名狀的傷感和自嘲，漸漸墜入無盡的回憶……

隔壁的門「咔啦啦」一響，夾雜著一片吆喝，呂烈驚覺，直起身子，仔細傾聽。

「快走！快走！過堂！」

有個嘟嘟囔囔的聲音隨著一片腳步走遠了。

「咦，這傢伙有點面熟！」

「嗨，元旦那天，他不是替韃子給帥爺送過金葉子的嗎？那個姓吳的臭老公不知得了他什麼好處，把他給放了。這回他又來給韃子送信！」

「喝！這傢伙吃了豹子膽啦？這麼鐵了心給韃子辦事。一刀兩斷，宰了拉倒！」

「誰說不是！孔爺惱得了不得，立時要斬，叫李爺給勸住了，說留著有用，多半日後祭旗使吧！可這半夜三更的，怎麼又要提去過堂呢？……」

兩名看守的閒聊，叫呂烈暗暗吃驚：難道是呂夢龍？他怎麼又來了登州？又替韃子送信？看樣子是落在孔有德、李九成他們手中。他們要拿他幹什麼用？……

淡淡紅光透過窗紙，使他眼前一亮。當他意識到那是兩盞紅燈時，已聽到近在窗下的問答了。

「誰？」侍衛喝一聲。

「廚下小廝登兒、亮兒。」小廝答話很清脆，「耿中軍吩咐說今夜天寒，著廚下給各守衛值夜的送酒菜暖身子。」

「多謝多謝！拿過來吧。」

「耿爺待下人真沒說的，總這麼體恤！」

「好酒！牛肉又香又爛！小鬼頭，來一塊喝，熱鬧！」

「不敢呀，偷喝酒偷嘴吃，師傅知道了要打！」

「你們西（師）父是掌曉（勺）的，還是管紅案白案？」因爲大口吃喝，說話不清不楚，「你們兩個……倒面熟……」

「嘻嘻，那還不面熟！廚下茶上十來個小廝，天天遞茶送飯，你們守在帥爺身邊，敢情認識。」

「快著些！俺們還等著收碟子收酒壺哩！……」

吃喝說笑打趣，陣陣濃烈酒香打門窗縫漫進囚室，勾起呂烈的飢餓和酒癮。他趕忙伏身倒地，生怕肚子的咕嚕響、心口的怦怦跳驚動了外面的人。這間囚室原是巡撫府後花園花匠用來放置花盆家什雜物的，十分隱祕，又派有專門侍衛日夜看守，足見拿他當重犯。這個時候出現了兩個送酒菜的廚下小廝，呂烈敏銳地感到非同小可！但他們是什麼路數，什麼來意，一時還摸不清。孔有德想來是要以他爲人質與朝廷講價錢，那麼這是耿仲明瞞過孔有德派人來暗殺他洩憤，還是他游擊營的老部下冒險來救他？他心裡非常緊張，渾身每一根經絡都繃得很緊，屏息靜聽。

說笑停了，竟響起陣陣鼾聲。

兩團紅光倏地熄滅。

門上的鎖「咔嗒」一下輕響，呂烈迅速地一個滾地翻身，縮在門後牆邊。門輕輕開了，黑黝黝地閃進一個瘦小的人影，手中卻有件在暗夜閃著寒光的器物。

「誰！」呂烈輕聲喝問，他手腳都被捆住，唯一可以抵抗一下的只有頭，他已側過腦袋蓄勢，準備拚命一搏了。

「噓！」來人示意他不要做聲，隨後他便感到冰涼的手指在他手腕腳脖子處摸索，小心地用尖刀割斷了繩索，拉住他的手，急促地耳語道：「隨我來！」

刹那間，呂烈鼻中撲進淡淡的脂粉香，來人竟是女子！他心中一陣混亂、迷惘，身不由己地隨她出了囚室。這位看不清面貌裝束的救命者非常細心、非常迅速地消滅了一切痕跡，重新關門上鎖，把鑰匙掖回守門侍衛的腰間，招呼一聲「快走！」呂烈就被兩隻孩子一樣的小手一拉一推，快步閃進了樹叢濃密、曲徑通幽的後花園。不知過了幾道廊子、幾個月洞門，面前陡然出現了一座掩映在青竹叢中的精緻小樓，黑黝黝靜悄悄，彷彿在沉睡……

繡樓！呂烈驀地認出這對侍衛和男僕而言是府中禁地的建築，不由驚喜交集，一顆心幾乎從腔子裡蹦出來！救他的莫非是他的意中人幼蘩小姐？真不料這麼文靜單純的少女還有這分膽量！

有人開門，把呂烈一行人讓進去。燈光一閃，呂烈發現自己身處一間小小花廳，四窗帷簾低垂，一點光也透不出去，身後那兩個小廝僮──不，就是名叫黃苓、紫菀的使女，正在脫去肥大的皂衫、解掉髮髻上的包巾，跟開門的丫鬟小聲講著什麼，神色依然緊張。那麼，進囚室救自己的是誰呢？是她，穿了一身黑色短襖長褲的女子，正背對自己指著樓上，向另一個小丫頭輕聲吩咐著。

她不是幼蘩。是誰？背影也有些眼熟。

她！……難道是她！

她轉過身，跟他面對面了！呂烈無法避開、無法後退、無法掉頭不顧而去，只得眼睜睜地看她慢慢地一步步走到自己面前。這是她，她的面貌，她的身姿，她的那埋葬了無數男人的情義和財物的櫻脣；但這又不是她，從來沒有過的端莊、嫻靜、虔誠，眉目間竟有幾分仁慈！

「是妳，灼灼！」呂烈聲音嘶啞，心裡亂哄哄的，窩著無法理出頭緒的團團亂絲。

「是我，徐爺。哦，不，呂游擊。我終於贖了罪！」幼蘅說著，對呂烈跪了下去。

贖罪？

呂烈能夠原諒在這個世上他最恨的女人嗎？

當年，十七歲的他，爲了踐齒之約，爲了得到他銘刻於心的這朵灼灼芙蕖，下了多大力、吃了多少苦啊！一切都歸到一個錢字，而要得錢則非做官不可。向舅父伸手，不是呂烈的秉性！但舅舅的聲望和關係，尤其是舅舅「一黨」的朝官子弟們，本來就是茶來酒往的好友，這時更成了他鑽營的本錢。

一個人竭盡全力的時候，能耐大得驚人，何況呂烈是有靠山有才幹有運氣的官宦子弟，更有許多人奉承。在六部、司、寺、院、監龐大複雜的各色衙門中來往自如、如魚得水，不上三年，他耗費了無數心血，贏得了武進士出身、萬貫錢財及錦繡前程。這一切他都不放在眼裡，他的目的只有一個：迎娶灼灼！只有一件他內愧，不敢告訴舅父母和親友，因爲他辦的是爲士林所不齒的事：他暗中接受了錦衣衛緝防偵察京官的任命，升到錦衣衛總旗，從中獲取了一大筆錢。

他就是帶著這種喜愧交集的心情南下金陵贖娶灼灼的。不僅預備了三千兩贖身銀，還帶去了婚禮所需的一切。他要在金陵大辦婚事，來他個驚世駭俗，讓他和灼灼這一段始終不渝的情事成爲佳話，在六朝金粉之地永世流傳。

一位朋友，不知出於好心還是有意揶揄，說：「你何不裝作貧賤，來一個秋胡戲妻，以博諸友一笑？」

呂烈知道這朋友是不相信送舊迎新的青樓女子有真情，他偏要親身一試，向眾人證明他的灼灼出汙泥而不染，以塞眾人之口，掙足自己的面子。

他果真扮作乞丐，破衣爛衫蓬頭垢面，趿著兩片鞋，拖著打狗棍，挎起裝著飯碗的破筐，蹣跚著腳步，從貢院街，過桃葉渡，走烏衣巷，來到鈔庫街這一帶芬芳羅綺、嘹亮笙歌、足使裙屐少年迷魂蕩志的香窠。那時他還十分得意自己演戲的本事，滿心裡想著過一會兒對灼灼說破真情後如何向她賠罪，她將如何嬌嗔、嬌怒乃至嬌淚紛紛……

悄悄走進久違的曲廊房舍，走到那間用木架支在秦淮河上的小小河廳，他驚住了：他的灼灼，他的發誓不重操舊業、發誓等他歸來的意中人，正坐在一個胖大富商懷中，嬌笑著持杯勸酒！他喉嚨裡火辣辣的，竟不得出聲。倒是灼灼一眼看見，全不相識，大叫鴇母，肆口罵道：

「媽媽，幹什麼去了？眼瞎啦？怎麼放這腌臢花子進來敗興？快打出去！不然放狗咬斷他的腿！」

鴇母顛顛地跑來，賠著笑聽罵，轉過臉來便是一副凶相，順手綽起木杖，邊攆邊罵：「滾出去！臭叫化子、賴乞兒！……」

呂烈突然從驚愕中省悟，立刻哀告：「姐姐莫罵，媽媽莫打，我是徐大少，姐姐不認識了？」

桃葉院母女倆對視一眼，又一起細細審看這個叫花子。女兒放下臉，返身向胖商人耳語，胖商人知趣地起身，故作風雅，背手去看屋外的秦淮水。鴇母驚問：「怎麼落到這地步？」

「備了贖金聘禮來迎姐姐的，不想中途遇盜……」

灼灼驟然面對舊情人：「今日來此，尚欲何爲？」

「來踐三年之約啊！姐姐不記得……」

灼灼一聲冷笑：「我身在金玉錦繡中，尚且三天兩頭地病，還能做乞兒妻？一刻都不得活！去吧，不要妄想了。」

淪爲乞丐的舊情人哀哀哭泣：「我也知道婚姻無望，只是小生貧病交加，不久將填溝壑，求姐姐憐念昔日情分，賜一點棺材錢吧！」

灼灼雙眉一揚：「誰見過青樓勾欄化作施材局？笑話！」

「那……」舊情人羞慚萬分，「小生已兩天沒吃飯了，腹鳴如鼓，求姐姐……賞給一餐，能當飽鬼，死也瞑目。」

灼灼背臉不理。鴇母反有些可憐他，往他破碗裡倒了些殘羹剩飯，折了兩根笤帚稈給他當筷子。呂烈此時心冷如冰，作戲更加逼真，邊吃剩飯邊哭泣邊哀告：「婚約既已毀卻，求姐姐把小生那枚牙齒交還……」

灼灼突然嫣然一笑：「好吧，拿我那皮篋來，讓他開開眼！」

鴇母從內室捧出一個二尺見方的大皮篋子，對著呂烈的臉驀然打開：篋中漳絨鋪墊的軟板上，一排排，一行行，白若列貝，燦若群星，竟都是人的牙齒！彷彿賣假藥的招牌。一顆牙，一顆無知男兒的心！這一百多顆燦燦貝齒，是多少痴情少年沉淪的標誌！

呂烈大怒，「啪」地狠狠摔掉飯碗，碎片和著殘飯湯汁飛濺，轉身大步飛走。出門之際，聽得灼灼在河廳內哈哈大笑，高聲唱道：「花郎好氣性啊！——」

門邊站著幾位看熱鬧的姑娘，他一眼認出了翠翠，他少年金陵行的第一個夢，如今已是千嬌百媚的名花了。他不由自主地湊上去，剎那間忘記了自己的花郎裝扮，滿心悔恨地叫了一聲「翠翠！」跟著，深深地一揖到地。他心中閃過的強烈念頭是，要把自己準備的一切奉獻給翠翠，大吹大擂，讓灼灼悔死羞死！

「你要幹什麼？」翠翠驚叫著倒退了好幾步，擺出一副上等姑娘盛氣凌人的驕橫姿態，尖聲罵道，「真是一團臭油，碰上誰沾誰，甩都甩不脫！」

呂烈胸膛裡「騰」地烈焰熊熊，面孔、眼珠、脖頸乃至全身都燃著了一般熾熱滾燙。他大踏步地跑出這該死的桃葉院，翠翠的嬌聲笑語還是追出來，在他耳邊繚繞：

「虧得當年沒讓他沾，真是白眉神爺爺保佑喲！……」

第二天，他穿了最鮮華的服裝，雇了許多隨從，把攜來金陵的一切婚禮洞房用品，全都扛抬到桃葉院門首，一件件擺出來，行列好長，其中只那張紫檀木床、沉檀木妝臺，窮極雕鏤，價值何止千金！更有有品位的新娘才得以穿戴的抹金銀鳳冠、纏枝花霞帔、雲霞練鵲花紋褙子、鍍金鈒花銀墜子等令人眼花繚亂的服飾，以及羅帳錦被貂褥箱籠等精緻用品，至於繡裳珠履，更不計其數。他高聲說著、笑著，對層層圍觀的人們數落著灼灼的無情無義，隨後將所有物品堆放一處，縱火焚燒，登時烈焰沖天而起，「畢畢剝剝」珍珠迸響，「嘶嘶沙沙」錦繡成灰，檀木燃出的香氣，濃烈郁馥，籠罩了整個鈔庫街、烏衣巷，直飄到貢院、桃葉渡、文德橋。

看著大火，他感到有生以來從未體驗的痛快！像蛻了一層皮的蛇、掙出外殼的蟬，撇掉了少年的夢。他的真情和愛心都被這場大火燒成灰燼。從此，他不再相信女人，不相信任何人；從此，他玩世不恭、遊戲人生，對一切都冷漠都嘲笑，直到去年天妃宮廟會，他見到一雙純淨無瑕的眼睛為止……

惡婦竟與仙女同在，過去總是跟現在糾纏，攪得他不得安寧。今天，摧毀他人生信念的第一個凶手，又成了他的救命恩人，還口口聲聲自稱贖罪！這筆帳怎麼算？

呂烈一言不發地看著灼灼跪下又站起，不作任何表示，只把牙齒咬得「格格」響。灼灼——幼蘅卻已淚流滿面了，嗚咽著，虔誠地合掌向天：「感謝主、讚美主，終於給我這個贖罪的機會，我縱然死在今日，靈魂總可以得救了！……」她正眼望著呂烈，欣慰地含淚而笑，喃喃地說：「你恨我，理該的！死過一回的人，好歹總算大夢方醒。」

「死過一回？」呂烈仍是他慣常的嘲弄神情，語氣之中卻真有幾分驚異。

「是。你火燒檀床那日，我曾自縊尋死。下地獄的半路上被招回，沒有死得成，爲的就是贖罪呀！……」

是的，她現在認定那次自殺未死是上帝的意思。那場大火是現世報，是一個徐大少的報復，還有那百數顆牙齒的主人呢？還有來生來世呢？這恐懼這羞辱震撼了她、摧毀了她，逼她選擇了自我懲罰的贖罪的路，逼她終於找到天主、找到聖女瑪德萊娜，她的罪惡靈魂得救了！今天天主終於賜給她贖罪的快樂，她怎能不熱淚盈眶啊！她真想把一切原原本本說給呂烈聽，但眼前事態緊迫，哪裡容她細說。樓梯在響，妹子幼蘩下來了，她連忙笑道：

「過去的事，也難事事說明，你早晚會知道。若肯念我今日的贖罪真心，寬恕我原諒我，我到死不忘你的大德大恩；若是不肯，也不怪你，是我罪有應得！……眼下我們姐妹有更要緊的事求你……」

「妳們姐妹？……」

「是。去年秋天，老爺收我爲螟蛉，幼蘩小姐便是我義妹。若不是這場變亂，或許你已是我妹夫了……蘩妹，呂中軍請到了，有什麼話，妳就快說吧！」她上前拉著呆立在樓梯欄杆邊的幼蘩。

「你們……從前認識？」幼蘩遲疑地問。

「回頭我全告訴妳，毫不相干的，妳快去說吧！」幼蘅推了妹子一下，扭過身去，抹了一把突然迸出的淚。

幼蘩低著頭，似乎在發抖，整個人向內收縮，使她更像一個瘦弱的、孤立無援的小女孩。恐懼、羞怯還是恥辱？她眼眶裡噙滿了淚水，終於掠了掠鬢髮，緊緊抿住嘴脣，抬起頭臉，帶著一種少見的莊嚴和神聖，彷彿去殉難，一步步走到呂烈面前，直挺挺的，「撲通」一聲跪倒了！

呂烈大驚，一時手足無措：「小姐，這……實在不敢當！快、快請起！……」他的心緒還在方才的震動餘波中搖撼縈迴，不料又來了這更強的衝盪，他幾乎不辨身在何處，眼前一片昏眩。幼蘩溫婉而冷靜的聲音，有如一塊千鈞重石，把他心頭翻滾的狂潮熱浪有力地鎮壓下去：

「呂將軍，我爹爹執意回京，定是凶多吉少。呂將軍始終未離他身邊，應是知道他冤枉！……聞得將軍是錦衣衛指揮使，縱然廠、衛盡是惡人，但將軍必能伸張正義，為我爹爹洗清恥辱，向朝廷奏明真相！所以我們姐妹不避嫌疑，冒死救出將軍……」

幼蘩蒼白的面容泛出衰弱和病態，眼圈烏青的大眼睛卻閃爍著勇敢和神聖的火熱光芒。這強烈的對比造成一種驚心動魄的美，憐愛之情潮水般淹沒了呂烈。他想用自己的寬闊胸懷保護這纖弱的軀體，他想拿她當作仙女供養在自己心窩，哪怕輕輕握住她那垂在鑲邊襖袖外的冰涼的小手，用自己男子漢的火熱去溫暖它……然而他什麼都不能做，為了克制強烈的願望，他竟從頭到腳不由自主地起了一陣戰慄。

「小姐！……」他囁嚅著，斷斷續續，有時竟只是張著嘴發不出聲音，「請小姐……放心，令尊確屬冤枉。在下職分所在，理當回朝為他申辯！……在下今日便動身！」

幼蘩再拜：「多謝將軍拔救，我全家感激不盡！……只是登州已屬遼丁，將軍難以脫身，必須改裝。管家說明晨有商船往天津，將軍便隨此船，可好？」

當呂烈改扮成廚下燒火小廝，穿一身胖襖，腳下牛鼻鞋，頭上大氈帽，臉上抹許多煤灰，面目全非地來向幼蘗、幼蘅道別時，緊急中，沒人顧得笑他這身行頭。幼蘅對他拜了三拜，說：「盼你早日趕到京師。」

呂烈一時心軟，嘆口氣道：「往事如煙，消散了罷！……帥爺闔府，還需盡心照顧！」

幼蘅點頭，靜靜走開，留下呂烈與幼蘗單獨相對。二人半晌默默無言，只是相互凝視著，彷彿第一次見面在互相審視，又似多年相知在互用目光惜別。

後來，呂烈道：「昨日田橫山下妳應了我那句話，還作數嗎？」

幼蘗臉上微微一紅，反問：「你的話作數嗎？」

呂烈莊容道：「有如天日！」

幼蘗又一次用力點一下頭，望望呂烈，又看看天，異常莊嚴地說：「天主作證！」

呂烈心頭一熱，終於大膽地猛然捏住了幼蘗的小手：「幼蘗，我……」

幼蘗臉漲得通紅，急急抽出手，口吃吃地：「不，不行，不可以！天主會怪罪的！……你快走吧！」她像受驚的小鹿，趕緊跑開了。

呂烈又感動又覺得好笑，心裡一片柔情，目送幼蘗的身影消失在帷簾後面，他才定了定神，把氈帽拉得低低的，蓋住眉際，轉身離開。剎那間，機敏、冷峻又回到他身上，眉間嘴角出現了深刻的皺紋。

*　*　*

呂烈心急如焚，恨不能生出雙翅，立刻飛到京師，事實上卻不得不忍受十數日海船顛簸、數日陸路奔馳。他無心拜神，無心賞景看花，卻又不得不來到沙門島的海神廟，捺下性子，裝出拜神賞景的模樣。

但凡登州的船出海，必須一登丹崖山拜海神，二上砣磯島拜風神，才能放心打魚和遠航。呂烈乘的這艘貨船，因爲出海匆忙，沒來得及上丹崖山燒這炷香，做爲補贖，非得到沙門島也即廟島停靠，拜海神求平安不可。

呂烈是被當作燒火夫送上船的，在離開登州轄屬地界之前，他還得維持這個身分，免被孔有德的守島官兵發現。此刻，他緊了緊舊胖襖的束腰布帶，把氈帽拉下來，埋頭走上高高的琉璃磚砌就的三門洞海神廟山門。

海神廟落基在鳳凰山東坡，坐北向南，莊嚴肅穆，前後傍山，左右鄰海，果然氣勢不凡。時值初春，各島來燒香的香客船上人並未受登州兵變的影響，仍是絡繹不絕。置身人群中，呂烈更覺得安全。

進山門，過鐘鼓樓，穿前殿，來到寬闊的前院。風過處，清香撲面而來，濃時沁人心脾，淡時似有若無，引得呂烈駐足觀看：

院內綠影森森，碑碣銅鼎都掩映在青松翠柏古檜之間；幾處石砌花壇，一叢叢芍藥花芽爭先恐後躥出土來，像一簇簇鮮紅的箭；矮矮的丁香尚未綻葉，枝頭懸掛著一串串去年的籽粒。香自何來？原來那邊有一株玉蘭。

樹身不過一人高，細細的樹幹不過如二歲孩子的胳膊，從上到下竟開了二十餘朵潔白如玉的花，朵朵都有茶盞大。開得那麼盛，那麼重，細小的樹竟能承載得起！風吹樹動花搖，像要折斷似的令人擔心……然而這小小的一株樹、滿身花，卻把芬香送到了整個大院子的每個小角落。

呂烈面對玉蘭，如對幼蘩。這就是她！純潔、秀美、白玉無瑕，以柔弱的女孩之身，承擔著城破家毀父獄的一連串災難的重負，還要承擔人間一切不幸和傷痛疾病的重負……誰求妳了？又有誰在乎妳呢，小傻瓜？你自己的苦還不夠受嗎？……妳總是那麼認真地擰著眉頭，固執地幹著那些與妳並不相干的善事，像這玉蘭花一樣奉獻著芬芳。妳當人世間就缺少妳這個救苦救難的仙女嗎？……

一聲笑語吹進他耳朵：「恁個粗漢，竟也看花！」

呂烈一機伶，驟然省悟：自己這一身粗蠢打扮，呆呆看花，太不合常情，也真褻瀆了這嬌小美麗、亭亭玉立的白玉蘭！

忽然一個念頭鑽出來：他呂烈有沒有褻瀆幼蘩小姐？他能不能配上她？

呂烈一時心跳如鼓。想想自己踏上仕途以來，多少惡行，多少劣跡！入錦衣衛之後，為了弄到更多的錢，又幹過多少違心的事、昧心的事！……試看撫標的侍衛們，昨天還是自己的部下，畢恭畢敬，很是愛戴；一旦知道這個代理中軍是錦衣衛派遣來的指揮使，立刻變了面孔，一個個惡言相向，捆綁毫不留情，推搡撞擊，手腳很重，大有洩憤的意思。實在是錦衣衛、東西廠作惡多端，太招人恨了！

以她純良的心地，怎能不厭惡他的過去？她應許他，或是為了救父，或是對他所知不深。但她早晚會知道他過去的一切，會認為他古怪醜陋、心地惡毒而最終不肯要他，那他怎麼辦？那他還有什麼希望？……瞻前顧後，呂烈不寒而慄，只覺得自己是個陷入泥潭的可憐人，她是唯一能夠拉他出來的救星。如果她鬆開手，棄他而去，他只好沉入那無邊的黑暗，在惡臭中窒息了！

他絕不能失去她！從不信神的呂烈，猛一轉身，匆匆進入大殿，「撲通」一聲跪倒在祈禱的人群中。抬頭望一眼，香煙繚繞著的海神娘娘，面如滿月，脣若珊瑚，慈祥的微笑，修長的雙眉，跟她真有幾分相像啊！……呂烈雙手合十，閉目內視，低低垂頭胸前，默默地懺悔：為此生的一切惡言惡行懺悔，願受命運的懲罰以贖罪，只要不失去她，他甘願承受一切！他默默祈禱：求神保佑他和幼蘩婚事如意、白頭偕老；求神保佑帥爺冤情上達天聽，不求復職升官，但願終老林泉；求神保佑他的親生父母老健安康，不要虛假的過繼，他要真正歸宗……

「求海神娘娘保佑，保佑我妻兒安然無恙，一家團聚，共享天倫……」

呂烈靈敏的耳朵驟然把這極稔熟的聲音，從亂哄哄的香客們的禱告中分離出來，不覺吃了一驚。睜眼從氈帽下向那邊打量，沒錯，就是他，姑父呂夢龍！一身華貴的富商裝束，雙手高舉點燃的香束，在虔誠地拜禱。

呂烈立刻想起那天夜裡看守的對話。他果真是金國的奸細？怎麼會出現在這裡？呂烈不能暴露自己，又不肯放過呂夢龍，便慢慢移動位置，向他靠近。

一個衛兵匆匆進殿，在呂夢龍肩頭拍了一下。呂烈嚇了一跳，趕忙把頭埋得更低。因為他認出那是李九成的貼身親兵！

眼見呂夢龍隨那親兵出殿去了，呂烈也起身，隱身在來往香客遊人中遠遠跟著，直跟到海神廟外院的大戲樓下。那裡站著一簇人馬，為首的果然是李九成那寶貝兒子李應元！呂烈一縮身子，躲在牆角裝作晒太陽，豎著耳朵聽那邊的動靜。好一陣客套廢話，要緊的關節在最後幾句，李應元說道：

「我們的船就在下面，這就扯帆回登州。一應大事拜託彭先生，東西也已放在先生船艙，先生一路平安，千萬仔細！」

說話間，李應元遞給呂夢龍一個小皮篋子。呂夢龍連連回道：「放心、放心！」可接那篋子時手直哆嗦，差點摔在地上。看這樣子，李九成父子也在避人耳目，所以約到遠離登州的沙門島上交接。他們要避誰？只能是帥爺和孔有德了。呂烈心裡明白了八九。

李應元一行人走了。呂夢龍呆呆地站了片刻，搖頭嘆氣，把皮篋揣進懷裡，慢慢走出後院，無心再去燒香，下山往泊船碼頭走去。

山路平緩，時有遊人悠閒來往。呂夢龍嘴裡小聲自語：「廟島，沙門島，歷代流放罪人之所，可不是什麼好地方！……」走到拐彎處，忽覺背後有人貼過來，一把明晃晃的尖刀在他眼前一亮，耳邊響起威嚴的低喝：

「別出聲！不然一刀結果了你！跟我走！」

呂夢龍嚇破了膽，腿肚子直哆嗦，哪敢反抗，乖乖地隨那人離開山路，走進山坡人蹤稀少的雜樹林中。

呂烈不由分說，探手撩開呂夢龍襟懷，一把將皮篋子掏了出來。呂夢龍大驚，連忙跪地哀求，不住叩頭：「爺爺饒命！大老爺饒命！」

呂烈惡狠狠地說：「看看我是誰！」

呂夢龍抬頭，「咦」了一聲，哭喪臉剎那間有了轉機，就要站起來，呂烈一腳踏上去，把他扶地的手牢牢踩在腳下，冷笑道：「上一次你說不知情，饒你不死。這回又替金韃送信，還替李九成牽線勾搭，你這韃子奸細，還想跑？」

呂夢龍原本還在掙扎，聽呂烈這麼一說，頓時癱倒，伏地大哭。

「不許哭！」呂烈暴喝，呂夢龍嚇得一哆嗦，不敢出聲，只拿袖子摀著嘴臉抽泣。

呂烈打開皮篋，果然如他所料，裡面是李九成寫給金國汗的信和禮單。看信中口氣，倒像是頭一封。除了說明孫元化無降意之外，在道了許多傾慕的客套後，竟有「借兵貴國，聯手共伐無道明朝」的話！呂烈大怒，黑眉倒豎，反手一抖，亮出藏在袖中的匕首，頓時殺氣騰騰：

「呂夢龍！你通敵賣國，十惡不赦，死有餘辜！」

呂夢龍忽然不哭不抖，似乎橫了心，猛一掙扎，跪直了身子，滿臉灰敗，全無人色，雙肩雙手下垂，仰臉伸脖，閉眼等候迎受呂烈這一刀。

呂烈一怔，反倒下不了手。老實說，他這一輩子還沒殺過手無寸鐵的人。即使在錦衣衛，他也不肯參與拷打犯人，雖被同僚譏爲古怪而絕不改，因爲他覺得那有失身分，是下三濫行爲。猶豫間，呂夢龍說話了：

「我讀書明理之人，豈不知通敵內奸罪不容誅？只管動手，我無怨恨，你也公私兩便……」

「怎麼？你說我公報私仇？」呂烈眼睛裡冒火，手上的匕首更扎不下去，「饒過你一次沒有？」

「我該死！……我實在沒有別的路哇！……」呂夢龍仍然仰臉伸脖，兩行淚水汩汩而下。

呂烈持刀的手垂下來：「你說！」

「我，我是上了賊船下不來呀！……千不該萬不該，我不該去年出海販貨帶著兒子！……」

呂夢龍這才嗚嗚咽咽地說起他的遭遇：

去年夏天出海之際，他實在捨不得，便將心愛的七歲兒子帶在身邊。在旅順認識了大參客程秀才，一見如故，過從甚密，幫他做成了好幾筆大買賣，誰知道他是金韃的官員哩？替程秀才捎信到登州時，呂夢龍確實不知內情。最爲不幸的是，離旅順來登州時正值寒冬，程秀才勸他把孩子留下，孩子也懼怕風浪，不肯長途乘船。呂夢龍只當程秀才一片好意就聽從了。元旦日登州城破，他趁亂上了那艘張鹿征護送祖母的船，中途轉道回到旅順，程秀才和孩子都沒了蹤影，但有人命他立即再往登州送信，此番若無回執，就殺他的兒子！

「我，我難道眼睜睜看著親生骨肉去死？……」呂夢龍說罷，放聲痛哭。

呂烈望著此人，心緒繚亂、複雜，痛恨、厭惡、憐憫、鄙視，一股腦兒湧上來，好一陣翻騰。良久，他冷笑一聲，說：「你錢塘家中還有一子一女吧？就不怕他們受你株連？」

呂夢龍臉色「刷」地慘白，眼皮面頰全耷拉下來，頓時顯得十分蒼老、軟弱，可憐巴巴地喘著氣：「我，唉，我也是火燒眉毛，只顧眼前，先救下兒子性命要緊……」

沉默了好一陣，呂烈終於嘆了口氣：「既如此，我就再饒你一回！」

呂夢龍眨著眼睛，幾乎不相信自己的耳朵，跟著就叩下頭去。

「慢著！你得起誓，從此回歸錢塘，隱姓埋名，另謀生路，永不出海！」

「是，是是！」呂夢龍連連應聲，復又遲疑道，「那，那我的孩兒豈不……」

呂烈掏出皮篋中的信揣進懷中，把皮篋和禮單交還呂夢龍：「你另造一封信作回執，依著來信原話和李九成的口氣，就說孫帥爺不肯降，如今遼東軍主登州事，因昔日家破人亡之慘，無不恨金國入骨，唯有陣上交手一決雌雄，更無他途！……禮單所列珠寶玉器，正可用來贖你的兒子！金韃夷狄小邦，無不見錢眼開，這一大筆禮品，足可買動他們的王爺！弄得好，你再落下三五件，也夠吃一輩子了！」

呂夢龍如聽聖旨，不住叩頭稱是。看著自己從小的「仇人」這般低首下心，一片恭敬，呂烈心中非常快意，覺得仇也報了，往事也勾銷了。但臨了他還是加了一句，不無威脅：

「你要快去快辦，盡早領兒子回錢塘！如若另起歹意，中途變卦，哼，別忘了你家中還有一兒一女！」

呂烈立在高坡，一直望著呂夢龍匆匆上船，望著那船扯帆離岸起航，慢慢消逝在海天之間。他忽然想到，今日這一番作爲，大異往昔自己的性情。若在以前，縱然不殺呂夢龍，也要把他送進大牢，豈肯輕輕放過？是懺悔之功，還是心腸變軟了？……若幼蘩得知，想必會給自己一個讚許的溫存笑容吧！

忽見自己搭乘的船上慢慢升起風帆，他摸了摸懷中的信件和匕首，大步下山，奔向碼頭。

八

十天後，拒絕一切勸解挽留、執意就逮還朝的孫元化，就要上路了。

青衣小帽，外罩一件帶風帽的寬大深藍色風衣，身後跟著他十四歲的小兒子和京，還有年近六十鬢髮已白的世僕郝大，既無巡撫的官派，也沒有下獄赴死的淒楚，倒像一位出門遠遊的文士。他臉上一片寧靜從容，這些天心靈的折磨和煎熬，已重重刻寫和隱埋在他眼角額頭的深深皺紋裡了。

對大門外矗立的、體現登州第一官威儀的巨大影壁看了一眼，輕聲嘆口氣，邁步下石階，他要到小海去乘坐為他備好的海船。這一路三里多，必須步行，因為從十天前起，他已把自己當作革職就逮的犯官了。

一出西轅門，他猛吃一驚，停住腳，幾乎不相信自己的眼睛！和京「哎喲」驚叫出聲，郝大用力擦拭自己的老眼。自西轅門外開始，兩排筵席，一桌連著一桌，無窮無盡，直擺向最北的鎮海門！席上香爐焚香，裊裊香煙隨著微微南風向北飄散。成千上萬的官兵百姓擁在筵桌邊，見孫元化步出轅門，「轟」地跪倒，羅拜痛哭。煙味、酒味、菜果味、哭聲、喊聲、叩頭聲，糾結一起，縈迴纏繞，催人淚下……

孔有德、耿仲明、李九成等人跪在西轅門外第一壇祭桌邊，向孫元化頻頻叩首，一邊拜一邊哭一邊獻酒。孔有德嗚咽著：「帥爺一定不肯留，一定要回京送死，弟兄們不敢違命。今日送行，只當作生祭，日後想要往帥爺墳上祭酒，怕是不能夠了……」他說不下去，連忙低頭彎腰，把酒爵高高舉起，奉給孫元化，聲音越加梗塞不暢：「請長輩……領受我孔有德……子婿孝敬情分……」

孫元化合眼，忍住突然湧上的心酸，再睜眼時，依然平靜從容。看到孔有德為他設的生祭竟是太牢——一牛一羊一豬，是京師以外地方祭祀的最高規格，——不禁苦笑了：「以太牢祭我，實不敢當，是僭越了。」

「帥爺！唯有你配！」耿仲明眼睛紅紅的，激憤地嚷著，高舉酒爵，「是弟兄們一片心意！」

孫元化接過孔有德獻上的酒爵，一飲而盡，隨後孔有德、耿仲明、李九成諸人便陪著他繼續北行。一張張祭桌，是登州諸營設的，筵席之盛，見所未見。官兵們痛哭羅拜道旁，不住地嚷著、叫喊著：

「帥爺，不要走！」

「帥爺，留下吧！」

孫元化對官兵們微微笑著，微微點頭，間或停步，接過攔道哭拜的士兵獻酒，略抿一口，向天地灑去。他心裡愈感動，就愈加堅定，甚至有一點自豪：正是他堅持回朝領罪，才使他在官兵心目中格外忠義英雄！原有的那點辛酸的淚，此刻都隨晶亮亮的清酒灑出去消散一空，他心裡一片寧謐的悲壯……

登州營官兵之後，竟是數不清的百姓們的祭桌！這使他詫異。人心多數同情弱者、替受冤者不平，或許，百姓們是在可憐他的處境？

百姓們的祭桌自然沒有官兵奢侈，但無論酒桌、菜桌、果桌、茶桌、麵點桌，都擺設得顏色鮮豔，十分好看，還套上許多剪得非常精美的紙花。居民們捧著點燃的香束在路側跪送，鄉紳耆老更是攔路痛哭獻酒。

孫元化緩緩搖著雙手，說道：「我孫元化到任不過一年半，有何恩德於諸位父老兄弟？怎敢當此禮遇？」

「老大人公而忘私，磊落光明！……」

「老大人廉潔公正，百姓受惠多矣！……」

「老大人寧可賣女籌餉，也不加賦百姓，是天下第一等善人，登州百姓誰不欽敬！……」

「老大人是治世能臣，卓異超群，可嘆生不逢時……」說話的老頭語聲嗚咽，再次敬上酒卮。

孫元化感慨道：「哪怕有一點好處，百姓們也記在心裡，爲官者豈不慚愧！」他接過酒卮，對四周百姓拱手示意，一飲而盡。周圍哭聲大作。

「巡撫大人！……」隨著這又尖銳又顫抖的叫喊，一對白髮老夫婦互相攙扶著擠出人群，向孫元化敬酒。驀然見到缺了半耳的胡老頭，孫元化頓時百感交纏，愣在那裡。

「巡撫大人，我們這一對無兒無女的老蠢物，永世不忘你的恩德！你若去了，一定在家供你的長生牌，年年歲時祭祀不斷！……」白髮夫婦倆高舉酒杯，說著就要跪下，孫元化趕忙止住。

原來，正月初二城破時，遼東兵搶劫了所有平日與遼丁遼屬作對的商號、貨棧和住家。胡老頭本有巨富之名，平日又極刻薄，與遼丁多次結怨。元旦巡撫親自出面籌餉，他又出言不遜，這就足以使他成爲首先打搶的目標。當日衝進胡家的是李應元部，沒料到眼前竟那般寒酸：一切用具器物都破舊古老，家中婢僕與主人相似，衣衫破爛，面有菜色，弄得李應元以爲找錯了人家。是一個蓬頭垢面、脖子上生瘰的小丫頭向他們悄悄地朝臥室努嘴，他們才再次衝進那間破寒窯般的陋室。粗布被褥葛布帳，老兩口躺在床上，不管遼丁們如何嘲笑、喝叱，竟不肯起身，一拉扯那老太婆就尖聲喊叫。李應元看出破綻，命人強行抬開老兩口，掀開被褥，下面竟不是床，是大半截埋在土裡的大長木箱，木箱砸開，眾人眼都直了，全是白花花的百兩大銀元寶，竟有三百多個!李應元一聲令下:「搬!」頃刻間搬個精光,把常年日夜睡在箱上守護這筆財富的胡老夫婦氣得哭叫吼罵,要與李應元拚命,李應元真的拔刀要砍,他們又嚇軟了,躲到外間號啕大哭。

孫元化第一次平定兵亂以後,胡老頭到巡撫府求告哭訴,說知道軍餉為難,情願捐出一半,另一半乞求還給他養老送終。孫元化查清內情,要求屬下全部歸還搶劫來的財物。遼東各營縱然萬分不情願,終究還是歸還了一部分,胡老頭居然收回了二百多個大元寶!他,他的老伴,還有這許多排列香案祭桌的登州百姓,這樣誠心誠意地生祭孫元化,或許主要因為他替他們爭回來被掠搶財物的一部分?僅僅這一點,就能博得父老兄弟的愛戴,百姓們所求實在太低微,他們的心腸實在太好、太善良了!……

孫元化氣息不暢,為眼前,也為三十年前的那段罪孽,他接過胡老頭的酒,右手沾了酒水向天空及四方彈灑數次,又將餘酒緩緩傾灑地上,隨後,出乎眾人意料之外,也出他自己意料之外,孫元化一撩袍襟,單腿跪倒,朝著胡老夫婦,朝著鄉紳耄耋,朝著四周敬酒擎香的百姓,深深地一拜再拜,道:

「元化有罪,對不起登州父老,對不起遼東營弟兄……」

他的聲音撕裂了,無法再發出聲,低頭靜默片刻,再拜而起,毅然北行,不再回顧,很快就隱沒在濃重的,由無數香煙團聚而成的霧障之中。

踩著踏板,登上水師為他準備的一艘海滄船,孫元化心頭仍然縈迴著一路的思緒,視聽有些麻木。身邊和京突然大叫:「張叔父!王叔父!吳公公!」

孫元化凝神看去,船舷站著一排迎接他的人,除了船工舵手及四名甲長、四十名甲兵之外,站在最前列的，竟是張燾、王徵和吳直！

侯繼祿宣諭的聖旨中，還指斥登州參將張燾、監軍道僉事王徵等人縱部下通敵，詔命革職逮送京師問罪。孫元化多次表明自己承擔全部責任，暗示他們逃遁，他們竟都同自己上了一條船！

孫元化心情激盪，緊緊握住張燾和王徵的手，半晌，才說出一句話：

「決意同行了？」

張燾緊閉雙脣，沉穩地點點頭。

王徵輕聲地堅定地說：「天主與我們同在！」

他們三人都是最早的天主教徒，都是徐光啓的學生，都爲引入西洋大炮加強大明國力軍力費盡心血，都有把登州建成天下第一要塞的宏偉設想，以收復四州恢復遼東、抗擊日漸崛起的女真人。——他們的壯志化成泡影，他們一同成了罪人，這使他們彼此心意更加貼近，得到一種互相支持的安慰。

孫元化轉向吳直：「吳公公，你何必與我們同行？」

吳直苦笑了：「我到底還是欽差的監視官啊！再說，不回京師，我有什麼去處？……」

大家都感到了他話底的辛酸，覺得他比自己這些犯官更可憐。他實在是無處可去。

* * *

初春的東南小風鼓著篷帆，船離陸地越來越遠，送行的人群已看不見。水城的城樓、箭垛、雉堞漸漸變成一片青灰色，浴在初陽中的蓬萊閣隱入輕紗薄霧中，有如仙宮。到後來，蓬萊閣與田橫山連成一片，遠遠望去，竟似一隻巨大的、匍匐不動地浮在海波之上的垂頭喪氣的海龜，丹崖山便是它紅色的腦袋。

一年多前意氣風發統率雄兵來此鎮守，不過五百餘日，竟成罪囚由此獨回京師受審，此中滋味、此時心緒，豈是愁苦繚亂數字所能包容表達？孫元化一直立在船舷。張燾和王徵雖然同在革職待罪中，仍然保持著對上司的敬重，向他稟告後各自回艙，容止平靜，倒像是在執行例行公務途中。和京與郝大也被他揮手示意退回艙房，他要自己靜心待一會兒。

海上風和日麗，海水極清極藍極光潤，如天青色的綢緞在抖動，船邊騰起的細浪，像跌碎的綠琉璃。凝視間，登州陸岸終於消失在海天之際的霧靄中，他的心微微一抖。忽然覺得迷霧中隱著一雙烏黑深邃的眼睛，飽含淚水，滿是怨恨，似冷似熱，欲直視又閃避……是她，螟蛉義女幼蘅！

他決意回京之時，同時決意先公後私，囑咐夫人必須待他離開登州之後，再率家眷回嘉定原籍，不得給人以孫元化營私的口實。他將此意向每日晨昏來書房問安的孔有德說明，卻得著一個未曾預料的回答。那位鐵塔似的遼東大漢，面孔紅一陣青一陣，嘴裡像含了水，半晌說不成句，突然又衝口而出：

「大人但放寬心，子婿輩理當效力……」

大人？子婿輩？孫元化一驚，孔有德從未用過這種稱呼和這樣文縐縐的口氣，是什麼意思？

孔有德局促地挪換著坐姿，斷然道：「去秋末將離登州，大人親口許過婚的……是大人膝下螟蛉女兒……」

此時求婚太不合時宜了！他莫非以此挽留自己？或有意相要挾？一瞬間孫元化心頭閃過許多

推測，疑惑地望著那張粗獷的臉膛。

孔有德的容色終於復原，口氣也回復他的原樣：「我孔有德好歹是條漢子，不能叫人笑話咱不仗義！大人得罪，咱偏要攀這門親！」

孫元化一時心潮翻滾。他記得天啓年間閹黨大殺東林黨，前七子之一的賢臣魏大中被逮路過吳縣，吳縣周順昌送別之際，當面提親，將女兒許給魏大中之孫。這等正直忠義原是士林的驕傲，不料孔有德一介莽夫，竟也有此風骨！他立刻想到，知書明理的幼蘅，也許能夠羈絆住這個「遼呆子」，在他離開後，維持住登州的不叛局面。於是笑道：「記得當日許親，是說解大凌河之圍以後。」

孔有德不大自然地笑說：「如今大凌河早毀掉了……如果還差咱去打韃子，咱靜候大人之命——只要朝廷不難爲大人！」

孫元化夫婦將原委告知幼蘅，以大義相激勸。她很溫順，頻頻點頭稱是，像個聽話懂事的大孩子，雖然自始至終不曾抬眼，那也是女孩兒家提及自己婚事時常有的羞怯。只在離去出門之際，她迅速回頭看了孫元化一眼，那飽含淚水、滿是怨恨、如冰如炭的眼睛！……

將幼蘅許嫁孔有德，孫元化心裡有兩層輕鬆：可以報答她對自己那片不能實現的痴情，爲她選了一員前程無量的虎將，嫁過去就是有品位的貴婦；又可以從身邊除去誘他犯戒的危險。然而幼蘅臨去這一回眸，卻使他的心窩驟然一縮，有些發酸、有些悵然，他知道自己終歸還有捨她不得的隱衷。

孔有德迎娶的頭天夜裡，幼蘩抹著淚給爹娘送上一函柬帖，是幼蘅留下的：

不孝女幼蘅叩拜父母老大人膝下，求老大人恕兒不告而去之罪。兒尚有要事在身，不能完成花燭。乞老大人認紫菀為義女，代兒出閣……

她到哪裡去了？投海？上吊？遠遁？誰也不知道。紫菀這個忠厚的胖姑娘，雖然羞得抬不起頭，竟然應允了。於是認義父義母，開臉上頭做新娘，大紅花轎抬走了；三日後，隨新姑爺回門，儼然富態滿足的少婦，與幼蘩、黃芩聚在一處，哭一陣笑一陣，說不完的悄悄話，那避人視聽的神情，使孫元化隱約覺得，她們與幼蘅是串通一氣的……

不告而去，是因「要事在身」，是什麼要事？莫非另有誓約？……彷彿又看到七夕之夜的她，銀翹，眉若春山，眼若春水，玉體橫陳，熱血如潮……孫元化的眼睛和心底泛著苦澀，那總是海風吹的。他緩緩移步回艙。舵工看見他，恭敬地跪下行禮，他連忙扶住這位中年漢子：

「我乃犯官，再不可行此大禮！……此船須幾日到塘沽？」

「回大人，只要風順，四日內可到天津。需求海神風神老爺保佑。」

「海神風神？」

「是，大人。離岸前去天妃宮求告過了，還須往砣磯島風神廟拜祭。走這條海路都要燒這兩炷香，不然……」他爲難地笑笑，不敢在船上說犯忌的話。

孫元化點點頭。他知道使船的無論漁家還是水師，這方面講究都很嚴很虔誠。「砣磯島不遠了吧？」

「是，大人，現下還在廟島塘，一會兒見到寶塔礁，就要出珍珠門了，再有四個時辰，待得姊妹峰現身，便能見到砣磯，今晚還要在島上過夜……大人勞碌這半天，好回艙歇息了。塘內波平不顛，還能讀書消遣哩！……」舵工見多識廣，一片熱忱。孫元化謝過，慢慢離開。

船行極平穩，彷彿在海面滑行，幾乎感覺不到它在移動。幾隻白色海鷗倏上倏下，繞船翻飛，也像孔有德遼東兵、登州百姓一樣來送行嗎？……

細想起來也很怪，自己竟會那般極力主撫，無論如何不肯改弦易轍。要是當初聽了張可大的勸告，早下手剿，此亂或許已消弭在吳橋、在北溝了，自己也不至於落到這個下場。……爲什麼？當然出於仁心，出於情分。「遼人可用」是他的主張，他也因用了遼人而得到從政生涯中的超擢。如今登州兵亂擊碎了「遼人可用」，他也就栽下來，走向敗亡……

一隻雪白的海鷗幾乎貼著他面頰掠過，似一道白色閃電，他渾身一顫，忽然意識到，自己極力主撫，除了情理之外，還有私心。不管他承認不承認，實際上多年來遼丁是他所恃，是蛟龍得勢之水！只有撫，水才能繼續存在，蛟龍才不會失勢！……原來，他也在營私！他並不是一心爲國爲民，他並不完美無瑕！幾十年修身養性，自信人生，也都是水中月鏡中花，又虛又假的了！……

他驟然對波平如鏡的廟島塘一陣厭倦，走進中艙。和京已面向板壁熟睡在床，郝大坐在床頭的凳子上打盹，四周寂靜無聲，好像已不是人生的境界。孩子和老僕或許都是假的？都是死的？他頓時感到極度的疲倦，身體內和精神上那根一直繃得很緊很緊的弦，此刻一下子斷了，頹然坐下，無力地倚住床頭，再不想動了。郝大驚醒，連忙站起身想說什麼，他厭煩地皺皺眉頭，閉上了眼睛。

用不著向任何人表示自己的從容風度，用不著硬挺著視死如歸、忠烈正直的氣概，沒有了受冤屈的憤懣和對登州一干人的惋嘆，也沒有了對妻子兒女的掛牽，什麼都沒有了！只有澈底的心灰意冷——心如死灰，意似寒冰，即使回京挨那西市一刀，也無所謂，孫元化此刻已經死了！……

昏沉迷茫，不知過了多久，耳邊悄然出聲，那般溫和、親切，叫他不知怎的想起幼年時母親的語調和氣息：

「……用茶吧，趁熱……」

是夢是醒？是幻是真？他一用力，睜開眼睛，床邊小桌上真的放了一盞熱氣騰騰的蓋碗茶，流溢著清香。艙門的厚棉門簾晃動，分明剛剛有人出去。轉眼見郝大在向和京使眼色，和京卻是一臉興奮，幾欲跳起。

「是誰？」他淡淡地問，坐直了身體。

「是……」郝大終究沒有說明，「奴才好幾次要回老爺，見老爺沒有心思，就……」

「哦，」他想起上船後，老僕確實幾次欲言又止。追問一句：「誰呀？」

和京跳起來喊道：「爹爹，是……」郝大拉了孩子一把，搶著說：「是老奴的遠房姪兒。老婆子上了歲數，這回路途長，她怕誤了老爺的茶飯，特地找這孩子來做幫手……」

郝大夫婦侍候孫元化父子上京，郝大管雜事，郝媽當廚娘，是夫人特意安排的。孫元化點點頭：「也好，快傳他來見見……」

和京終究未被按住，叫出聲：「是幼蘅姐姐！」

孫元化一震，刹那間猶如夏日雷雨降臨，既有狂怒的震雷，憤恨的豪雨，又有雲間斜陽透出的柔情、雨後彩虹騰起的歡快和開朗，這紛亂矛盾的情緒把他噎住了，努力嚥了一口氣，才把憤怒和微笑一齊堵藏在胸膛裡，好不容易聲調平穩地說：「叫她來！」

她來了。帽子低低地幾乎蓋住眼睛，肥大的深皂色交領大衫幾乎掩過耳朵，一身家僕打扮，儼然茶童模樣，低頭跪在孫元化膝前。

「妳！妳竟敢……唉！」孫元化極力表現怒容。

「爹盡忠，兒盡孝，」幼蘅不抬頭地低聲說，「大人赴死，女兒豈能談婚論嫁！」

「夫人知情嗎？」孫元化緊皺眉頭。

「誰都不知，是幼蘅自己所爲。」

「郝大，你說！」孫元化此時已洞察內情，夫人或許不知，幼蘩一定參與了。郝大夫婦從小帶大幼蘩，也是「幫凶」。

「回老爺，大小姐一片孝心，奴才們怎好違拗……」

「爹爹，不與他人相干，女兒願與爹爹一同去死！」幼蘅抬頭直視孫元化，眉目間說不盡的愛與恨，還有執拗、莊嚴和不顧一切的痛快。

「誰說我一定是去死？」孫元化也不料自己會說出這話，彷彿驚了一下，又十分急躁地接著往下說，「此番回朝，我將要申辯、要爭個是非曲直！要將前因後果細細奏知聖上，爲登州各營求一道赦罪詔書、安撫詔書，那樣，我們還能重返登州，全家重新團聚，天主會保佑我們的！……」他說得興奮了，灰白的面頰泛上一絲紅潤，像往日那樣習慣地捋著疏朗的鬍鬚。屋裡的三個人：幼蘅、和京、郝大一齊望著，眼角脣邊都露出幾分寬慰。

「稟大人，看見姊妹峰了！」舵工在艙外大聲招呼，「砣磯島就要到啦！」

「我就來！」孫元化立刻起身出艙。他奇怪自己體內突然激發出的這股活氣。他確實想回朝辯駁一番，確實想像著赦罪甚至無罪的前景。當他約同張燾、王徵等一同下船上島，見幼蘅和郝大遠遠跟隨在後時，隱約感到，這股活氣也許來自她……

舵工和水師弟兄都去風神廟拜禱，孫元化他們是天主教徒，不能拜邪神，便在廟宇左近泊船港口邊的小街遊逛。因為南來北往的商旅都來這裡下船祈禱，麻雀雖小五臟俱全，小街上居然無所不有。他們三個領著和京在小街上漫步，隨意地說著閒話。

「良甫，我還是不大明白，一直也沒空問你，」孫元化笑道，「你籌那三萬兩，怎麼恰恰能趕到節骨眼上呢？」

王徵也笑了：「你不是遣郝大回嘉定典賣田產籌餉嗎？他走之前悄悄對我說了。我想遠水難救近渴，畢竟這裡距京師路程短得多，馮銓那傢伙眼紅《快雪時晴帖》也不是一天半天的了，容易成交不是？」

孫元化嘆道：「可恨捨了孩子也沒打跑狼，反倒害得你失卻了傳家至寶……」

王徵皺眉笑道：「你看你，這是什麼時候了，還說這種話！」

和京忽然嚷道：「爹爹快看！前面還有個文房小鋪呢！」

他們趕緊快走幾步，進了那小鋪，而鋪主人拿出的十幾方砣磯硯，立刻使他們愛不釋手了。

「此硯油潤細膩，平滑如玉，頗似歙硯。」王徵撫摸端詳著。

張焘指點著硯身上的幾處黃斑白線，簡單地說：「金星羅紋。這實在是硯中少見的珍品，竟在小島上遇著！」

孫元化點頭笑道：「不錯，金星閃爍，雪浪騰湧，所以名爲金星雪浪硯，是魯硯中珍品。宋代李元彥、本朝徐渭稱賞不已，道其細中有峰，柔中有剛，研不起沫，澀不滯筆，質理鋒穎，佳處不減龍尾……」

鋪主人聽得呆了，張著嘴只是點頭：「是，是！客官真乃此中巨眼！」

孫元化笑道：「我若再讚，貴主人必要加價了！……我欲買這五端硯，貴主人索價多少？」

主人一看，客人選出的端方正直、鳳舞蛟騰、五嶽朝天、花中君子、松壽萬年等五端硯，無論質地、形狀、刻工，確是他鋪中頂尖的好硯，笑道：「客官好眼力！此硯每端非十兩不售。但賣與客官這等識貨人，小的情願減半！」

孫元化於是在其中兩端硯上親手寫下「杕左堂珍藏」的字樣。杕左，是他嘉定故居懸掛皇上欽賜「勞臣」匾的堂名。立即有石工當場鐫刻，圍看的人更多了。

「什麼爛石頭塊子，也値這許多銀子！」一名粗腰圓膀的大漢大聲笑著嘲弄。

鋪主人瞪眼道：「爛石頭塊子？你知道什麼！你若想買，五十兩銀子一端，我也不賣！」

大漢哈哈一笑，叫從人背過褡褳，「咚咚咚咚咚！」連著取出五個五十兩大銀錠，砸在櫃檯上，說：「二百五十兩，買那客人指的五端硯，你賣不賣？」

眾人「啊」地同聲驚呼，鋪主人眼珠子幾乎瞪出來：「你，你！……」

孫元化對大漢一拱手：「尊兄何必如此，我不買就是……」

大漢連忙回禮：「不是對尊兄，莫怪莫怪！主人家，你既敬他識貨，就該把硯送他，何苦還要討錢？我出十倍價買來送他，你還有何說？」

孫元化連連搖手：「不必不必！學生絕不敢納！」他連忙抬腿出鋪，張燾、王徵緊隨其後，鋪主人和大漢一起喊道：「哎，哎，先生！……」

偏此時郝大匆匆趕來道：「老爺，甲長領著弟兄們和舵工去西頭吃飯了……」

「老爺？」人們驚疑地看著孫元化，「他是……是個老爺？……」

孫元化苦笑道：「列位不必驚恐，學生不是微服私訪的官員，乃是罪官孫元化，就逮回京路過此處……」

「孫巡撫！」好幾個聲音驚呼，跟著便有許多圍觀的人向孫元化跪拜。這都是他在任上時的子民，他趕忙躬腰攙扶，連說不敢當。

鋪主人埋頭把五端砣磯硯包裹好，雙手捧著走出櫃檯，向孫元化一跪：「孫大人，小民以此相贈，略表敬重之意！」

孫元化連連推辭，鋪主人長跪不起。大漢接過硯石，笑道：「孫大人，人人皆知你是朝廷難得的忠臣，怎好辜負百姓們敬忠的心意。我代你收下！……在下想請孫大人痛飲幾杯，肯賞臉嗎？」

孫元化喜歡此人的豪爽，何況此時一無牽掛，便也爽然一笑：「那就叨擾尊兄了！」

大漢陪孫元化出門之際，鋪主人喊道：「喂，那漢子！快把你的銀錠收了去！」

大漢回頭哈哈大笑：「你既敬重忠臣，我也敬你好義氣，銀子，都送你吧！哈哈哈哈！」

人們都驚得不知所措，鋪主人張著的嘴再合不攏，紛紛猜測大漢是什麼人，綠林豪客？海上巨商？……

穿過小街，幾處飯館麵鋪酒樓都沒有停步，竟一直走到泊船港灣，一艘十分氣派的大海船邊，大漢滿面笑容地抱拳殷勤相邀：「請上敝船小酌，容在下申表敬意。」

卻不過這番盛情，孫元化帶著和京，與張燾、王徵以及跟從的郝大魚貫上船。郝大習慣地東張西望，船上的豪華擺設和一個個虎背熊腰的水手僕傭令他不安，有心上前對主人提醒兩句，卻擠不上去。

孫元化一行被讓進寬闊華美的中艙，茶桌酒席已經擺好，彷佛早就等著客人的到來。孫元化起疑，向大漢拱手，正要問點什麼，郝大在艙門邊大叫一聲：

「不好！船開了！」

孫元化三人擲杯而起，衝出艙門，果然船已離岸十數丈，船舷邊站滿五大三粗的水手，竟都手持腰刀長劍，有的還背著彎弓和箭壺。

孫元化回身，對大漢怒目而視：「這是什麼意思？」

突見岸邊一藍色人影追著船奔跑，尖聲叫喊著：

「老爺！——老爺！——」

那是幼蘅，被什麼絆著，一跤跌出去好遠。郝大不顧一切地大吼：「幼蘅！快著人來追呀！——」他被人摀住嘴，按倒在船板上。幼蘅卻已聽明白，爬起來一瘸一拐地跑走了。

大漢仰天大笑，笑聲隆隆。孫元化皺著眉頭望定他，心裡迅速地判斷著。萬沒料到大漢突然止笑，喝道：

「都來！都來！大禮參拜王爺！」

船上所有人眾，除大漢之外，全都向孫元化跪倒，整整齊齊同聲呼道：

「奴才給智武王爺請安，王爺吉祥如意！」

這一來，孫元化明白了，反倒鎮靜下來：「那麼，尊駕是……」

「哈，老對手了！前年在太平寨，去年在海上，都曾有幸與王爺你交手，不勝佩服之至！……我是七貝勒阿巴泰！」

孫元化暗自沉吟。他知道七貝勒阿巴泰驍勇善戰，卻不料他能說漢話，豪爽直率，又有謀略，竟使自己受賺中計。登州變兵殺欽差的次日，孔有德李九成曾領著上次送金葉的商人來見他，呈上大金國汗的親筆勸降書，說是只要歸順大金，將封他爲智武王，與諸貝勒同等，絕不食言，誓以天日。孔、李認定孫元化回朝必死，所以希望他避往瀋陽逃命。他當然嚴詞峻拒。誰想皇太極招降之意堅不動搖，阿巴泰竟不顧危險，深入砣磯島來劫持逼降！孫元化憤慨之餘，也不得不暗暗讚嘆金國這一撥新決策者的胸懷之寬闊、意志之堅強。

他鎮靜地問：「七貝勒此舉意欲何爲？」

「救智武王出險。」阿巴泰的回答胸有成竹。

「你我各處敵國。我若隨你北去，則賣國求榮，將爲天下人所不齒，遺臭萬年！」孫元化表情安詳，卻義正辭嚴。

「你回北京，是白送命！再者，眼下大金與大明正相結好，暫往友鄰之邦避難，也算不得叛國。」

「你們金國國主講和求款，不過是藉小心以圖大事，假退步以求前進，積蓄勢力待機而動，終要進取中原，這瞞不過人！至於我，情願回京領罪，縱然一死，也不能愧對君上國家百姓，不能玷汙祖宗父母親友，不能貽羞後人！」說著，他指指船尾的海面，「七貝勒，他們趕來了，那是載我赴京的船，請放我們回去。」

果然，那艘海滄船鼓著風帆，緊緊追趕——是幼蘅搬來的救兵。阿巴泰的船要龐大得多，遠不如那船靈快。海滄船越來越近，已能看見船頭兵甲帽盔的閃光和那件深藍色的飄動的大衫了！

阿巴泰突然跳起，猛地攬過和京，像拎小雞似的橫空一甩，挾在腰間，抽出寶劍對準男孩纖細的頸子，笑道：「我們在山裡獵虎逮熊，最好的辦法是捉幼崽！虎熊再凶猛，卻無不顧念後代。王爺可不要白送了小世子的性命！」

和京又驚怕又憤恨，尖叫著不住掙扎。張燾、王徵一起驚住，又被四周漢子按住了不能行動。孫元化雙眉一豎，怒喝道：「和京住嘴！不許喊叫！男子漢大丈夫，寧死不屈！」

阿巴泰驟然翻臉，用滿語大喝一聲：「綁了他！」方才還在向「智武王爺」跪拜請安的武士們，同聲大吼：「殺！」「嘩啦」、「吭啷」一片金屬摩擦撞擊聲，刀劍紛紛出鞘，長箭搭上弓弦，數名勇武侍從衝過來了！……

越是這種時刻，孫元化反倒越冷靜，他略略側身閃開來人的擒拿，順手向離他最近的持刀武士當胸猛擊一掌，飛快地奪刀在手，一反腕，刀刃橫向自己頸項，寒光閃閃！

「奪刀！奪刀！」阿巴泰大叫。

「誰敢走近三步之內，便以頸血濺之！」孫元化決眥欲裂，威嚴地大喝，人們都怔住了。隨後而來的是長久的沉默，沉默中可以聽得海浪擊打船幫，聽得後面海滄船上的一陣陣呼喊：

「停船！送還孫大人！——」

「放回孫大人！——」

其中那尖聲嘶叫，若不是吳直，就一定是幼蘅。

後來，孫元化從容又靜穆地說：「七貝勒，如果我孫元化左右是死，就讓我死個光明磊落，何必多此一舉。」

阿巴泰只覺自己的心突然膨脹發熱，幾乎要把胸腔脹裂開，眼角也熱辣辣的又酸又燙。若不能生致孫元化回瀋陽，那麼逼死一位自己真心佩服的對手，是他所不齒的卑劣行徑。他一鬆胳膊，放開了和京。和京撲向孫元化，又被孫元化喝住在三步以外。阿巴泰見孫元化縝密如此，知道將虛此一行，索性換了笑臉，改了稱呼：

「孫大人真乃當世英雄，小王敬服！既如此，不敢強留。只有一件，求孫大人賜小王硊磯硯，有你親筆題刻的那一方，行不行？」

「硯，盡在你手，便都取去就是。」

「不敢，只留一方作個紀念。來人，放小舟，送孫大人回船！」

當孫元化一手捧著所餘的四方硯，一手撫著和京柔軟的頭髮，由張燾、王徵、郝大、幼蘅相伴立在海滄船頭時，要不是眼看著那艘豪華的大船慢慢駛遠，要不是眼看著呆立船尾的七貝勒阿巴泰的高大魁偉身影漸隱在霧靄中，這一切真像一場夢。

九

入大沽口西行一百二十餘里，海滄船終於來到天津城北的三汊河口，即古津門。南則衛河受南路諸水，北則白河受北路諸水，至此合流而後東南入海。所以商船、糧船來往如梭，旅舍、貨棧、酒樓、食店櫛比鱗次，熱鬧非凡。西岸之北有望海樓一座，崇宏壯麗，正對三汊河口。海滄船從樓下駛過，入上水後停泊岸邊。張焘、王徵約了吳直往遊望海樓；舵工水手們要在此購買糧米菜蔬、日常用具，因為由此到通縣尚有三日路程，若風不順，還須雇縴夫拉船；甲長領著甲兵們全都上岸看熱鬧，他們巴不得罪犯跑脫，可這三名犯官硬是不肯逃；郝媽要到菜市買雞鴨肥鮮，調換這些天的餐餐魚蝦，把老頭子拉去幫忙；這樣，除了守船的兩名甲兵水手，艙裡只有孫元化一家三口。

床邊案頭，四方砣磯硯整整齊齊地排列著，孫元化儼然收藏家，在仔細地摩挲，翻來覆去地鑒賞，不時指出金星、雪浪給兒子看：「金星石硯不算奇，歙硯中也有金星、銀星等品。廣東瓊州萬州金星石硯頗貴重：以水溼之則金星自現，乾則隱，且極發墨，久用不退乏……但這幾端硯，金星雪浪同在，所以難能可貴……我已分派好了，你要記清楚：松壽萬年硯，送給徐太老師；花中君子硯，留給你幼蘩姐姐用；這端端方正直硯，背後刻了『枎左堂珍藏』題文的，帶回嘉定枎左堂收起來。可惜鳳舞蛟騰被人拿走……」

「爹爹，這一端呢？」和京指著五嶽朝天硯。

「用來為我陪葬吧。」孫元化淡然說，卻是很經意的。這一路第一次向兒子明確講到死。

和京頓時眼淚汪汪，又硬撐著不落下，喊道：「爹爹不要說這話！不要！」

「好，我不說。」孫元化笑笑，摸著兒子的後腦勺，「你在韃虜脅下掙扎之時都不掉淚，現下卻是怎的啦？」

和京「哇」的一聲哭出來，再也止不住。孫元化搖搖頭，沉默片刻，嘆口氣。正要勸解，幼蘅抱著一囊琵琶在和京對面坐定，強笑道：「好弟弟，莫哭，聽我彈琵琶唱歌，解悶解憂，好不好？……女兒獻醜，爹爹不要見笑……」

「哦？……是幼蘩教妳的？」

「女兒原也能彈，但這《天問》的曲是蘩妹傳的。」

「《天問》？楚辭？」

「是。」幼蘅鄭重答過，轉軸撥弦之際，情緒已深深沉入，凝眸窗外水天，左手按弦，右手幾番輪掃，似急雨敲窗，似鐵馬奔馳冰河上，悠揚動聽的歌喉透出弦索，宛轉入耳，唱出千百萬年人類的迷茫和疑惑：

曰：遂古之初，誰傳道之？
上下未形，何由考之？
冥昭瞢暗，誰能極之？
馮翼惟象，何以識之？……

是啊，世界最古老的開端，天地尚未形成，明暗不分、大氣混混沌沌，誰傳說來？誰見識過？誰考查得到？那時的人類可有這許多煩惱？……孫元化靜靜聽著，許多感慨。

歌聲漸漸激越起來：

順欲成功，帝何刑焉？……
鴟龜曳銜，鯀何聽焉？
僉曰何憂，何不課而行之？
不任汩鴻，師何以尚之？

遠古竟也如此！若說鯀不能勝任治理洪水，眾人為什麼推舉他？都對堯帝說不必擔憂，又為什麼不讓他試試？鯀有何聖德，能使鴟龜之類幫他治水？他順應民願把水治好，堯帝為什麼加刑於他？……孫元化驟然覺得鯀是在指他，鴟龜彷彿孔有德一幫遼丁，而堯帝……他看了幼蘅一眼，幼蘅的歌聲更加高亢：

比干何逆，而抑沉之？
雷開何順，而賜封之？
何聖人之德，卒其異方？
梅伯受醢，箕子佯狂？……

孫元化聽得心驚了：比干並非逆，只是忠諫紂王，就落得剖腹剜心！雷開並非順，而是諂媚奉承君主，就賜給高官厚祿！梅伯、箕子這些聖賢之臣具有一樣的高尚美德，卻一個被剁成肉醬，一個假作瘋狂！……她是在歷數賢臣忠良的悲慘下場，在爲孫元化唱輓歌嗎？他心下十分混亂，想要阻止她，但她的歌聲憤怒、激越、響遏行雲：

天命反側，何罰何佑？

齊桓九會，卒然身殺！……

最後那個「殺」字一出口，她的聲調顫抖，熱淚奔湧，再不能成音，撇了琵琶，摟住小和京，姐弟倆失聲痛哭！和京哭著小聲詛咒：「這該死的天命！該死！」

「和京！不要胡說！……」孫元化叱道。然而，《天問》的這一問，不是問到他也難解的委屈？天命反覆無常，它究竟懲罰什麼？保佑什麼？齊桓公九次會盟諸侯，功業彪炳史冊，竟落得暴陳屍骨的下場！孫元化忠心耿耿、鞠躬盡瘁，一而再撫平危局，於社稷有大功，卻也落得革職問罪，以致斬首西市的結果！人間有什麼善惡是非？天地有什麼公理公道？……孫元化悲從中來，憤從中來，一時無法克制，張臂摟住痛哭的姐弟倆，仰面朝天，幾滴滾燙的沉重的淚自眼角緩緩沿腮滾下……

「帥爺！」窗外輕輕聲喚。

「誰？」孫元化驀地回首。那人已閃身進艙，快步近前拜倒在地：「帥爺，末將呂烈等候多時了！」不等孫元化他們反應，他急急忙忙一口氣說下去：「快隨末將逃走吧！眼下沒有公道，沒有天理可講！」他看了一眼懷抱琵琶縮作一團的幼蘅，苦笑著：「姑娘唱得一點不錯啊！……」

「你怎麼會在這裡？」孫元化驚中有喜，如見親人，連忙扶起呂烈請他坐下，「有話慢慢說，不要急。」

* * *

當日呂烈逃離登州，水陸兼程，星夜趕回京師，出現在舅父舅母面前時，二老驚得說不出話來。舅母一把攥住他的大手，驚恐不已：「烈兒，你怎麼反往京師來？你……進府時可有外人看見？」

呂烈立即感到出了事，趕忙追問。舅父憂心忡忡地說：「家裡在爲你著急，來不及報信，你竟跑回來了！」

呂烈發急：「我是爲孫巡撫辯冤，要將真相稟知朝廷……」

舅舅用力搖手：「罷！罷！快不要提那個孫元化！前日聽說派去登州的視監視送回密報，聖上閱罷龍顏大怒，摔碎了龍案上的御筆筒，舉朝震恐！費了許多力氣，才打聽清楚，視監視侯公公已查明原監視官吳直與孫元化沆瀣一氣，敗壞大局，由主撫而徇私而庇護，愈演愈烈，已成反勢，似有北連金虜，回馬中原，內窺畿輔之心……」

「一派胡言！危言聳聽，用心何毒！」呂烈拍案而起。

「你還發急？還關連著你哩！說密報中提及錦衣衛派駐登州指揮使呂烈也與孫元化結黨營私……烈兒，你竟是錦衣衛的人？」舅舅盯著外甥的目光中含義很複雜，惶惑和急迫掩不住迷亂和恐懼。

呂烈進錦衣衛是上不告父母下不傳妻子的，就是此刻他也不便回答，只急忙分辯：「登州實情絕非如密報所說，孫巡撫確實忠烈無私……」他於是滔滔不絕地講起他所知道的一切，又拿出李九成寫給金國汗的信：「這是我途中截獲來的證據，最能證實孫巡撫大義凜然，絕無通敵的一絲一毫嫌疑！孫巡撫此番回京，朝廷若不問青紅皂白，將他下獄問罪，只怕登州真的要造反，真的要通敵啦！我已就此擬就一份密奏，稟告皇上……」

「你瘋了？」舅舅眼睛瞪得好大，「你此時為孫元化解說，不但一毫無用，反而坐實了你與他結黨營私，於他於你都有害無益呀！」

「可是看看李九成這封信！要盡快上奏朝廷，防備變兵與金虜勾結聯通！」

「唉，朝廷如今已定下剿策，那封信上與不上，已無關緊要。況且，坐實了變兵勾結金虜，更啓皇上對孫元化通敵的疑心，何苦來！」

「這……唉！」呂烈一捶腦袋，心裡涼了半截。

「再說哩，那個侯公公是司禮監掌印楊公公的義子，楊公公可是眼下最得皇上寵信的人物！你自認能蓋過他去嗎？」

呂烈牙根咬得「格格」響，不時喘口粗氣，終究還是不甘心：「難道眼看忠臣蒙不白之冤？」

「唉！」舅舅長嘆，低聲道，「你是不知，近日朝中是山雨欲來風滿樓，正醞釀著一場大變故！周相日漸失寵，溫相越來越紅。吳直是周相的內線，可楊公公卻是溫相的內線！明眼人都清楚，孫元化與登州，不過是周、溫兩黨爭鬥的籌碼！孫元化是忠是奸，登州是撫是剿，都無關緊要，只看兩邊相爭的結果。若周相勝，自然平安無事。但眼下……真不料此人陰險猛鷙如此，真是老奸巨猾、歹毒無雙！……」

聽得出舅舅是在罵溫體仁，顧不上同罵，呂烈仍是堅持己見：「我不管那些！若不將真情稟告皇上，任憑浮雲蔽日，孩兒枉食朝廷俸祿！」

舅舅嘆氣：「既如此，不好深阻於你，但也不可莽撞，白送了性命。你且不要出面，我再託人去打聽……」

呂烈提供了一個他在錦衣衛的拜把兄弟，還想經錦衣衛把密奏送達皇上手中。

次日深夜，呂烈的把兄弟突然來訪，竟裝扮成更夫模樣，見了呂烈，一把摟住，開口便說：「你快逃走吧！」

舅父舅母不顧內外防嫌，一起趕出來詢問。原來今日皇爺又得著密報，不知是何渠道，說是登州已反，視監視侯繼祿被殺，而殺欽差者就是錦衣衛指揮使呂烈！因侯繼祿說破了他的身分，他惱羞成怒而動了手。皇爺見報大怒，楊祿則大哭，懇求皇爺天下通緝犯上凶徒呂烈，為他的義子報仇！看情勢，通緝令數日內就會發出。

呂烈大驚：「侯繼祿是孔有德摔死的，我親眼所見，怎麼扣到我頭上？不行！我要上本辯白！……」

「哎呀傻瓜！」把兄弟急了，「此時如何辯得清？三十六著走為上！定是你在登州有對頭，故意放出此風陷害你，你還發傻！」

對頭？不是李九成便是耿仲明！

徐璜也勸：「眼下只有先逃，日後真相大白再出頭！」

呂烈猶豫：「那孫巡撫……」

把兄弟道：「孫元化嗎？誰也措手不得！這還不清楚？溫體仁如今是決意要把周延儒踩進泥裡去了！」

呂烈越發急了：「舅舅，那你……也要早作打算！」他知道舅舅與周延儒詩酒唱和、私交甚好，不免格外擔心。

徐璜沉吟道：「若要株連，我自然脫不開干係。但不能壞了大臣之體。安然待之吧！……尚有一線生機也未可知。」

「什麼？」呂烈和把兄弟乃至舅母都急煎煎地問。

「聽周相意思，近日將要援引徐光啓徐大宗伯入閣爲大學士。此人德高望重，近日修成《崇禎曆書》一百餘卷，大得皇上褒獎，稱之爲帝師。他若入閣，形勢當有緩解……眼下，烈兒卻不可大意遷延，連夜出京吧！」

舅母立即領呂烈入內室，爲他打點隨身物品銀兩，要他逃回江南錢塘江畔。

回京不到兩天，極度緊張忙迫，呂烈一直沒有精力、沒有時間說一說他自己的事情。眼下離別在即，今日一去，更不知何時才能重聚。出門之際，呂烈百感交集，心酸難忍，跪倒在舅母膝前，努力抑住胸中一陣陣哽咽，仰臉凝視那自幼稔熟、無比親切、總帶著幾分憂鬱的文靜美麗的面容。

深深地、深深地凝視，像要把她永遠鐫刻在心頭，終於輕輕地叫了一聲：

「娘！……」

舅母愣住，一雙手抖得厲害，伸出來，猶豫又膽怯地撫著呂烈的面頰，只見嘴唇翕動，聽不出聲音：

「烈兒，你……我……」

「娘，我在登州又見到呂夢龍，他說了真話……」

「烈兒！」舅母呻吟一聲，抱住呂烈的頭，母子痛哭。

此時舅舅一步踏進門，見此情景不由得發急：「你們這是做什麼！烈兒還不快走！」

舅母笑著，眼淚珠子撲簌簌往下掉，說：「老爺，烈兒遇到了呂夢龍。他，全都知道了！」

呂烈怎麼也沒想到，年過半百的舅舅——也就是他的親生父親，竟「刷」地紅了臉，紅得洶湧，像蒸熟的螃蟹殼，連耳朵、脖頸都是一片紅潮。最是那滿臉的尷尬，令人難受，令人不忍再看，也令呂烈無法出口叫一聲「爹」。

「你——」徐璜口吃吃地說，「你——」說了兩遍，沒了下文。

「烈兒，」舅母溫柔地笑著，目光一刻不離呂烈，「總該願意過繼了吧？」

「不！我不要過繼，我要歸宗，你們得認我這親骨肉！」

「可是，這樣的話……」舅母臉上又出現那種驚悸，可憐兮兮地看舅舅一眼。可不是，那就等於將他們年輕時代的「風流韻事」公諸人世，道貌岸然的舅舅能夠承受嗎？

呂烈卻一步不讓：「要是一家親骨肉還作假演戲，互相欺瞞哄騙，那我寧肯不要這個家！」

「烈兒！」舅母眼淚汪汪，又是心酸又是欣慰，「好孩子，娘答應你！有你在，娘不怕了！……」

「休要胡說！」舅舅驟然又板出他那副習慣的嘴臉，「從長計議吧！」

「老爺，我一輩子都聽你的，這件事，你就聽我一回，可行？」舅母已經是在哀求了。

「胡鬧！真正婦人之見！這教我如何立身朝堂？如何糾劾百司？況且，眼下他還是天下通緝的罪犯……」

呂烈大怒，火冒三丈，陡然起立：「罷！罷！我不歸宗，不過繼，永不改我這呂姓！絕不連累你老人家！你老人家放心去立身朝堂，做你的風憲官吧！」他轉向母親，又匆匆一跪一叩：「娘，妳多保重，兒去了！」

舅母「嗚嗚」失聲痛哭，呂烈怕自己心軟，不敢再逗留，拔腳就走。出到門外，才聽得舅母恨恨地哭著數落：

「你，你！你真是喪心病狂啊！……」

舅舅好像沒有做聲，又好似嘆了口氣。這是呂烈有生以來唯一的一次聽到舅母指責舅舅……

呂烈匆匆離京，趕到通州，又乘船來到津門。他料定孫元化定要回京，定要從這條道上走。他裝了鬍鬚，穿了儒服，在這裡候了三天，終於見到了這艘他極熟識的登州水師的海滄船……

* * *

呂烈略去他個人的那些糾葛，摘要說明了前因後果，艙內靜了好一會兒，孫元化終於開口道：

「多謝你，不顧自家性命來給我送信。只是……你也以為我能夠逃走嗎？」

「為什麼不能？」呂烈幾乎嚷起來，「掉轉船頭，南下江南，東去大海！天下這麼大，何處不能安身？末將願保帥爺走遍天涯海角，哪怕進深山隱居也罷，何苦去送死！」

孫元化搖頭：「登州變亂，我身爲巡撫，無論如何難辭其咎，逃避罪責不可取，便死也是大丈夫，須得存朝廷大臣的體面。況且，就逮回京，總還要對讞廷審，自有我辯白的餘地……」

「帥爺，只怕溫體仁蛇蠍心腸，不容你自陳啊！」

「縱然佞臣當道，但主上英明，浮雲未必蔽日。」

「那……」呂烈雙手一拱，「呂烈陪帥爺一同回京。」

「不不！」孫元化連連搖手，「你絕不可回京師！你與我不同，是遭人陷害，必須躲過風頭才好。況且你年紀輕，無牽無掛，又有一身武藝，避開追捕也還不難。還是及早遠離畿輔之地，待機洗雪冤枉吧。」

呂烈低頭沉默片刻，突然對幼蘅一拱手：「當日蒙姑娘相救，又受小姐之託，如今一無所成，實在無顏以對……」

孫元化刹那間明白了內情，是幼蘩、幼蘅姐妹設法偷偷釋放呂烈，請他回京替自己奔走的，一時心裡很覺溫暖，微微一笑，柔聲道：

「呂賢姪，相處一年有餘，總算達到相知相敬。切莫怪老夫託大，我拿你當自家子姪看待。這方砣磯石硯交付與你，你設法送到幼蘩手中。和京，幼蘅，你們須牢記爲父這番囑託，日後稟告母親。」

姐弟倆認真答應。孫元化毋須明說，這方花中君子硯已成定禮。呂烈心頭「怦怦」亂跳，氣息粗重地問：

「帥爺，她們，她們母女，已回原籍了？」

「只怕還沒有。耿仲明託來媒人，又要娶黃苓那丫頭。夫人認親、陪嫁，總還有些時日耽擱。」

「我立即去登州，護送夫人小姐回嘉定原籍。」

「若通緝令下，賢姪行動不便，登州又都是你的仇家，太危險……」

「不妨。下通緝令未必有我行動得快，我還可以改裝，大人放心！」

「你這就快走吧，上岸去的人就要回來了。」

呂烈朝孫元化一跪拜，又對幼蘅一拜，說：「拜託了！」

幼蘅慘然一笑，回拜道：「放心！」

船行三日後，到了通州。孫元化與吳直同立船頭，望著通州城樓和遠處的永通橋。吳直突然悄聲一笑：

「孫大人，過了通州，可就進京了。若是我這欽差做主，放你逃走，你逃不逃呢？」

孫元化愕然，望著吳直憔悴婦人一般的面孔，強笑著：「吳公公說笑話了！」

「不是笑話，我實在早有這分心思。那日在津門，我早就回船了，你和呂烈的話我全聽見了……」

孫元化默然。

吳直嘆道：「那會子我算明白了，合著你跟我其實也差不多，就是想逃，也沒處可去，天地不能容，自個兒的心裡頭，它也不能容啊！……」

第七章

一

七月一到，京師的燠熱就收了，日漸涼爽。承乾宮院內兩株老槐熬過喪氣垂頭的苦夏，枝葉舒展開來，溫和地用它的樹蔭覆蓋了院中數十盆荷花缸。蓮葉碧綠，荷花嬌豔，再加上御道兩側、走廊邊、玉階上，直至中殿內外擺得滿滿的蘭花、茉莉、梔子、珠蘭、米蘭等上千盆綠瑩瑩的香花，使得高大的天棚之下，整個院內殿中，處處浮動著綠色，每個角落都流溢著花香。不用說，這別出心裁的布置，自然出自心思靈巧的承乾宮主人田妃。今天是她的兒子滿月，皇上、周后和袁妃都來承乾宮中殿觀看皇三子淨胎髮。

朱由檢已有三子，都是周皇后所生：長子慈烺生於崇禎二年二月，當年九月立爲太子；次子慈烜出生不滿周歲而殤，追封懷隱王；三子慈炯已滿週歲。這正應了當年朱由檢在信王邸選妃時劉太后對她的評價：鍾祥茂苑，國色朝酣，有鳳翥之貴，有宜男之相。

田妃雖然也是信王在潛龍邸時入選，並且一直得寵，卻長時間不生育。宮中女醫，眾人稱之爲官姥姥的，受田妃之託，尋過許多方子，益母膏、當歸丸吃了無數，總算得了這個頭生子。朱由檢自然很是歡喜，一切待遇都不在周后之下：分娩之日，皇上親自拜天告廟，宣布中外，受朝廷百官拜賀三天；賜給田妃的洗兒錢也同樣是萬貫錢萬兩白銀；三朝日設的三朝宴，同樣奏樂九遍，後宮后妃齊集侍皇上飲宴；宮中侍御此日同穿一色的萬壽孩兒錦衣裙，爲新生皇子祈壽；今日滿月淨髮儀式也同樣在中殿舉行。比較起來，承乾宮雖不是坤寧正宮，但文采風流、清秀明麗似更勝一籌。

坐滿月子的田妃，養得十分滋潤白皙，髮際眉間一副用小珍珠鑲勒口、正中綴一顆大明珠的深紫色抹額勒子，裝扮得她更顯溫柔、嬌慵，平添好幾分豔麗。「她果然與眾不同，出類拔萃！」朱由檢、周后、袁妃此刻都這麼想，由此而引起的心境可就大不一樣了。但大家臉上都是一團笑容，滿是喜悅和溫存的慰問。

承乾宮管家婆宣喚一聲，兩名上歲數的承御內官進了中殿，向皇上娘娘跪叩畢，垂手恭候。乳母把裹在錦繡襁褓中的三皇子奉送到田妃懷中，田妃抱了兒子向光坐定，撫著孩子小腦瓜上的黑髮直是笑，眼裡又淚光閃閃，看看皇上，又看看周后、袁妃，他們都十分體貼，笑語安慰她不用擔心害怕。

宮女捧著鋪好繡龍袱單的金盤，舉在田妃面前準備接胎髮，兩名承御內官又一次下跪，這回是向滿月的三皇子行叩頭禮告罪。隨後，一人小心地托住嬰兒的腦瓜，另一人更加小心地用剃刀爲皇子淨髮。孩子顯然很不舒服、很害怕，嗯嗯呀呀地扭動、掙扎、反抗，終於「哦哇哦哇」地大聲啼哭了。

啼哭聲把一時陷入沉思的皇上驚醒，他遇上周后帶笑的責備目光，趕忙打起精神。只見嬰兒長滿烏黑胎髮的小腦殼已經剃淨，像一枚雪白的饅頭，白得發亮，乍一看覺得驚心。腦門心還留了一小撮「孝順髮」——可保孩兒終生孝敬父母。保母把金盤龍袱中的胎髮團成桂圓核般的小丸，捧給田妃、皇上及周后袁妃驗看，他們也就分別從袖中取出預備好的金銀絲絡小金盒放進金盤，賞給孩子裝胎髮，平日懸掛在孩子床帳間以避邪。

朱由檢眼睛還停留在小白腦殼上，心思卻不在此，一撒手，金絲絡盒「刷啦」一聲，竟落到地上！他驀地一驚，回過頭來瞪住持金盤的保母，怒氣將發。保母實在來不及接，眨眼間闖了大禍，趕忙雙膝跪倒，不住叩頭。迷信的田妃嚇白了臉，嘴唇直哆嗦：難道她的這頭生子命中注定不能得到皇家的榮華富貴嗎？……袁妃也吃驚地偷眼看皇上臉色，這樣的吉慶日子，萬歲爺若大發雷霆，可就太煞風景，也太不給田妃面子了！但她心裡暗自卻又有些喜歡，有些希望朱由檢發作……

周后莞爾一笑：「皇上天恩重比南山，小小金盤焉能盛載得起？這保母福薄不任，換一名來！妳去吧。」

一句話，皇上氣消了，田妃笑了。犯事的保母叩頭謝恩退下，另有保母拾起金絲絡盒，代皇子向父皇母后三叩謝恩。小插曲引起的不愉快，消弭在滿月宴會的笑語中。宴間，帝后及貴妃各有表裡金銀賜給承御內官和保母宮女，殿中騰起一片謝恩聲、歡笑聲。

望著平靜微笑的周后，袁妃暗暗傷感：妳身爲皇后，子爲太子，將來篤定是正宮皇太后，田妃就是再養十個兒子也奈何妳不得，自然心平氣和，說話乖巧！如今只有我沒有生養了。從今以後跑馬射箭盪秋千這些喜好都該停了，焉知不是因此而不能孕育皇子呢？……

周后其實並不似她外表那般心平氣和，她心裡一直在爲這件事生氣：田妃被貶別宮三月，原以爲是皇上處罰她冒犯皇后，誰知她那時已經有孕，按照宮規本須停罷皇上行幸的，二注合作一注，一舉而兩得，周后覺得自己受了愚弄；再者，寵妃得子，歷來於中宮不利，隱藏著奪嫡的禍根，周后內心不能沒有一點憂慮。不過，眼下令她寬慰，同時又令她擔心的，是皇上進承乾宮以後時時表露出的心不在焉。他不喜歡新生的三皇子？他數次注目宮門，在等待什麼呢？……周后微笑著舉杯向朱由檢：

「陛下，還沒有爲皇三子命名呢！」

「呃？」朱由檢從思索中回過神來，「噢，就叫慈炤吧！」

又是一團歡喜謝恩。朱由檢微笑點頭之際，瞥見乾清宮管鞋靴的小太監王承恩也站在人群中，不由得一愣：他是何時來的？王承恩見皇上已看見自己，便遠遠地跪下叩了一個頭。朱由檢立刻起身，說：

「妳們再多飲幾杯。朕要回去批本了。」

周后挽留：「難得今日聚得齊，陛下就再坐坐……」

「不必！」朱由檢說著已離席而去，周后只得率眾人跪送聖駕。田妃撫著小小的慈炤，心裡不是滋味：這孩子不得他父皇的歡心，莫非真是命不好？莫非方才御賜金絲絡盒落地，真是他此生運蹇的不祥之兆？想到此，田妃眼裡又蓄滿了淚水……

朱由檢回到乾清宮，立刻到西殿最小的明間內坐定，揮退一應侍從太監，獨召王承恩問話。

王承恩近前跪稟：「都問來了。」

「三件都問了？果是玄帝降壇？」朱由檢追問。

「是，三件都問了，是玄帝降壇。」

「不曾洩露與人？」

「奴才慎而又慎，只說是起數問父母事。」

朱由檢點點頭：「好，將神示乩語呈來朕看。」

田妃錯怪朱由檢了。實在是近日幾件朝中大事擾得皇上夢魂不安，委決不下。聽太監們說香山寺玄帝乩壇十分靈驗，他很想去起數問個凶吉。但他一向自詡英明，從不求神問鬼，若被臣輩知覺，有損威儀。所以遣心腹小太監王承恩裝作採購廚子，極其隱祕地出宮上西山去代問。這兩天他一直心神不定，既盼王承恩早來回報，又怕報來乩語不祥；一忽兒深知國運氣數早有前定，扶乩是多此一舉，一忽兒又堅信自己爲政五年，力挽狂瀾，中興有望，天心定有指示！……

他問的頭一項，是近日各地災異頻仍，不知主何徵兆？元旦前，京師大雪近十日，積厚四五尺，飛簷高閣形成巨人面形，鬚眉畢具，更有明顯的人馬交馳圖跡；三月，無錫白霧蔽空、飛雪如霰，著樹木盡成花朵、瓔珞、刀劍之形；五月，大同襄垣等縣降冰雹，大如臥牛巨石，小如拳，砸死人畜無數；六月初八，臨潁縣大雷大風，傾屋拔樹，磚瓦瓷器飛空落地無恙，而銅鐵器盡碎……災異年年有，這些情景卻不多見。朱由檢看那頭一張紅帖，上面用相當低劣的字跡寫了這樣四句乩詩：

熒惑犯南斗，玉碎瓦全當世愁。
直待月露化當道，天下英雄盡出頭。

第一句，自然是災異的原因了。天下英雄是些什麼人呢？必是出頭來輔佐朕的中興大業。玉碎瓦全？若是指瓷瓦無恙、銅鐵器皆碎，豈非賤者得志、貴者淪亡，黃鐘毀棄、瓦缶雷鳴嗎？則又是大亂之兆了！玉碎？朱由檢眼前不知爲何突然出現皇三子新剃的小腦瓜，雪白如玉……他連忙搖搖頭，趕開這不愉快的聯想，接著看第二帖。

第二帖上，只一個寫得龍飛鳳舞的字：有。他皺著眉頭，不大相信地看了又看：「就只一個字？」

王承恩哭喪著臉：「是，皇爺，只此一字。」

朱由檢問的第二項，是山陝民變。自崇禎初年，陝西西安府富室錢文俊恣橫暴戾激成民變以來，各地飢民難民、逃卒驛卒、響馬盜賊紛紛結聚，借題發揮，愈演愈烈。先後有省、府、縣及朝廷派員或招撫或進剿，賊勢也時強時弱。日前兵部奏來各賊首名號：陝西有紫金梁、滿天星、蠍子塊、老回回、一字王、領兵王、整齊王、闖塌天、過天星、八爪龍、混天猴、不沾泥、混世王、亂世王、曹操、張飛九條龍、高總管等二十四家；山西河南有混天星、荆聯子、過江王、大膽王、征西王、福壽王、齊天王、密靈王、閻和尙、上天龍、出獵雁、黑心虎、樓山虎、閻王老邢等三十二營，其中南營八大王、北營八大王、二隊八大王和西營八大王這四個名頭最響，而西營八大王張獻忠更是賊中之魁！……

朱由檢並不以這些流賊草匪爲然。在他心裡，不過如日常觀看戲文中的那些打家劫舍的小賊山大王。就看他們那名號吧，什麼混天猴、蠍子塊、不沾泥，何等鄙俗！烏合之眾，成不了氣候！何況自去年命洪承疇總督陝西三邊以來，剿撫並用，屢屢奏捷，他手下又有曹文詔、賀虎臣、賀人龍一班虎將，剿滅流賊指日可待。朱由檢主要求問天變和兵變，這不過是個捎帶題目，不想卻得著一個不可解的「有」字。是什麼意思？

是說日後民變仍然還有？仙家豈會如此淺薄！

或者，是說這三十二營、二十四家草寇必有剋星？甚至是賊平之兆？……

聽得輕聲抽泣，轉眼看到王承恩熒熒欲淚。十六七歲的小通貞，看去比實際年齡小，倒像個十三四歲的女孩兒。朱由檢不由問道：「這是怎麼了？」

王承恩忍淚道：「奴婢不敢說，奴婢不敢不說。」

朱由檢笑了笑：「這是何話！此間只有你我君臣，但講不妨。」

「皇爺赦奴婢不死，方敢說。」

「你又無罪，直言無隱。」

「是。奴婢見帖不解，回途中以此字問國事求教一測字先生，不料他連連搖頭道不佳不佳，說上半截大字少一捺，下半截明字少一日，合而觀之，大不成大，明不成明，是大明江山將失過半之兆……」

「胡說！」朱由檢勃然發怒，一拍案，立起身，「著錦衣衛拿住這妖人，問他個妖言惑眾之罪，斬首！……」

王承恩早嚇得昏頭脹腦，趕緊跪倒，不住地「嘣嘣」叩頭有聲。

「不關你事，且起來！」朱由檢心裡懊惱，不過一句市井無根謠言，何須動怒？有損人君氣度！他不信以自己的英明，以自己的勤政，不能挽回國勢！此刻他眼前又閃過皇三子剛剛剃過的潔白的小腦瓜，那麼柔嫩、那麼幼小、那麼叫人愛憐……那是他的親骨肉，他的驕傲！他的祖輩，景泰帝、正德帝，都因沒有子嗣，致使朝政紊亂；皇兄天啓帝也因爲沒有後代，才造成自己登基的結果。想想自己對皇兄爲政的不滿和反其道而行之的決心，他真慶幸自己有親子可傳！不僅有了一位太子，眼下至少已有了兩名皇儲。皇三子是田妃所生，若無須替補太子，一定封他個食邑最廣饒豐富的藩王！……大明江山將失過半？真是笑話！

朱由檢心平氣和了，重新坐下，拿起第三張帖子，還是那粗劣潦草的字跡，寫了一首六言詩：

羊尾猴頭開花，四野干戈如麻。
夫子一起回去，胡兒千員歸家。

朱由檢不禁又皺起眉頭。

他卜問的第三件事，是眼下朝野議論最多、爭論最激烈、內閣六部紛紛叫苦說已焦頭爛額的登州事變。他怎麼也沒料到，此事會如此變化，幾成大明軀體上一塊潰爛的瘡疤！

一月底，與革職待罪的孫元化、張燾、王徵等人同時到京的，是這樣一條緊急軍情：登州叛，李九成稱元帥，孔有德耿仲明稱副元帥，皮島、廣鹿島副將毛承祿、陳有時皆響應，率兵船往登州與之會合，賊勢大振，連陷黃縣、平度等地，官軍大敗。

朝野譁然，迅速分成主剿和主撫兩派。朱由檢自然心向主剿，立命新任山東巡撫徐從治、登萊巡撫謝璉平定叛亂，駐節萊州，就近調度；山東巡按王道純監軍，仍駐省城接應。同時將孫元化一干人下在詔獄。主剿派據此紛紛上書，指斥孫元化徇私庇護，釀成大亂，喪城失地罪在不赦，理應問斬。主撫派卻依據孫元化在審訊中的申辯，認爲當赦不當斬。

雙方紛爭不下之際，叛軍竟然圍攻兩位新巡撫駐節的萊州，拒絕新任登萊巡撫入境，聲稱朝廷若肯赦免孫元化並晉升李九成孔有德爲登萊巡撫、登萊總兵，永鎮登州，他們仍願俯首稱臣，立馬就撫。

消息傳來，朝野又掀起一場大波。叛賊的狂妄激怒了朱由檢，主剿派連封上書要求朝廷派大軍解萊州圍、平定叛亂，一時殺孫的呼聲又高了。朱由檢並非心慈手軟之人，只是孫元化賣女籌餉、力盡自刎及就逮回京的種種忠愛之行，令他私心感動，覺得滿朝之臣難有其匹。何況他還有後顧之憂：萬一李九成孔有德能夠就撫呢？萬一金虜再次南下入關呢？孫元化的人望和才幹，尤其是用西洋大炮防敵守城的長技，非他人可比。朱由檢沒有說殺也沒有說赦，但是，他再任兵部侍郎劉宇烈爲山東總督，調總兵鄧玘、劉澤清、監視中官吳直等率馬步軍三萬增援萊州，又命兵部尚書熊明遇總攬其事。那時軍威嚴整、兵強馬壯、同仇敵愾！叛軍充其量不過萬餘人馬，而援軍加上萊州城內及山東各衛所軍，總計不下六萬，解萊州城圍，剿平叛亂應是易如反掌！

不料五月裡，敗績送到京師：賊兵潛繞後路，焚盡大軍輜重糧草，官兵三路大敗，退回昌邑，新任山東巡撫徐從治竟中炮身亡！

兵部尚書熊明遇受命時，倒也慷慨激昂，此時見官軍無用到這種地步，只好重提撫議；首輔周延儒無可奈何，只得贊同，提請皇上聖斷。朝野上下，撫議又占上風。朱由檢有什麼辦法？剿又剿不滅，打又打不過，不撫又將如何？他只得默許。

這兩個月，不時有消息傳來：總兵陳洪範領三千昌平兵往援，因陳是遼東人，去萊州必可撫定；天津參將孫應龍奏稱與耿仲明兄弟是舊交，能令其縛李九成、孔有德來降，於是令其率兵二千從海路前往；萊州推官屈宜陽已入賊營講撫，賊軍兵將禮數周到，接送儀式極隆重；監視中官吳直、徐得時與萊州知府朱萬年出城與賊帥相見，孔有德等人叩頭匍匐，涕泣交頤，各官慰諭久之而還……

六月裡，朱由檢所尊敬的禮部尚書徐光啓，由首相周延儒薦舉、朝廷會推、皇上卜枚認可，入閣爲大學士，只要撫議成功，赦免孫元化已成定局。

對於這一切，朱由檢說不清心裡是什麼滋味。登州之亂若能撫定，孫元化若能赦免，固然能了卻一樁棘手的事，而他總有一種違逆了自己心意、想要找岔子發脾氣的煩躁。戰敗而不得不講「撫」，對他這至高無上的大明天子而言，實在是屈辱；講「撫」而不得不赦免孫元化，同樣令他心頭生出一種無可名狀的反感。

他求助於神靈，回答卻如此難解。

細想想，「羊尾猴頭開花」……去年是辛未年，今年是壬申年，登州事發正在去冬今春之際，卻不正是羊尾猴頭開花？「四野干戈如麻」，是不是應了劉宇烈大敗？後兩句呢？怎麼還有胡兒出現？難道金韃也要插手？

朱由檢站起身，在案前走來走去，直想得腦仁發脹發疼，心裡煩躁不堪。王承恩連忙出去端了一碗蓮子桂圓羹奉上皇爺。朱由檢心不在焉地接過，心不在焉地用小銀匙調著甜羹，潔白的圓圓蓮子，又叫他聯想起他的新生皇子慈炤新剃的小腦殼。他心裡長嘆著：若不能將大明江山社稷一代代傳下去，直至千年萬歲，如何對得起祖先，如何對得起投生皇家的子孫！……

院中一陣又重又忙的腳步聲，使朱由檢很不高興，他為教訓這些不知禮法不懂規矩、走路有聲說話隨便的奴才，已經杖過好幾名太監了。這又是哪個？他臉一沉，走到中殿，準備見著來人就命侍從太監拖下去打。

進來的卻是司禮監秉筆曹化淳，一進門檻就跪倒了，雖然極力抑制，仍顯得很緊張，氣喘不止：

「稟，稟皇爺，萊州，萊州來了急報……」

朱由檢心頭一驚，外表還保持著從容，端著蓮子羹喝了一口，說：「念。」

曹化淳跪讀：「題報兵部熊尚書並上內閣：叛賊李九成、孔有德等以撫愚我，稱『堅請登萊巡撫謝璉往營中宣讀撫諭』，謝巡撫同知府朱萬年、監視中官吳直、徐得時出城，賊執之繫於營中。朱知府罵賊而死，賊攻城轉急！……」

「乒乓！」朱由檢猛力將手中的羹碗摔碎地上，蓮子、瓷片及湯汁四濺，汙了他的龍袍和曹化淳的臉。皇上眼睛冒火、面色發青、嘴唇哆嗦，伸出的手都在發抖：

「去！立召溫先生來見朕！」

*　*　*

司禮監掌印太監楊祿酷愛書法。他曾發願要遍集當世名臣才子墨寶，作為他此生最珍貴的收藏。皇上賜他的休沐別館在金水河邊，百官朝賀謝恩陛辭後，他常邀至別館共飯。其間不張供桌、看桌等鋪陳排場，只設短榻小几，席間無小唱歌舞喧譁，自始至終一團清語。但酒具食具極精美，酒肴或仿御膳食，或者就是皇上撤膳賜給他的珍饈，他自稱不敢私享，分饋諸客。如此情厚，誰不感戴？所以當他於酒席間取出綾絹帛紙，向諸客乞詩索字時，無不欣然命筆。

唯有新入閣的東閣大學士徐光啓的墨寶他一直沒弄到。邀請數次，都被婉言謝絕，這反而使他更加迫不及待。今日內閣值房中當值的正好是徐光啓與周延儒、溫體仁，他便邀三位閣臣同往別館。他料想溫相與他交好，不會不應；再當著溫相邀周相，溫相不會生疑，周相也不甘不應；周、溫二相都應允了，徐光啓也就不好推託了。果然如他所料。只有徐光啓遲疑地說：「若是聖上有急事相召呢？」

楊祿笑道：「今日皇三子滿月，皇爺怕不得空。縱使有宣召，金水河不過咫尺，隨叫隨到。」

別館確實幽靜，樹木蔭深，山石疊嶂，池荷清香。進二門後，溫體仁突然右拐，楊祿阻止不迭，他已領頭走進右廂房了。一色素白的靈堂赫然在目，素簾高張，白幃垂地，香花寶燭和幾具高腳祭器供著一塊靈牌，上寫著：司禮監六品奉御義子侯繼祿之位。

周延儒與徐光啓對溫體仁這種強人所難的反常行徑很不滿意，但既已走到這裡，也只好隨他一同向楊祿道惱，說幾句安慰話。楊祿卻受不得，眼見著嘴一癟，像老婦人一般，立刻滿眼淚水、泣不成聲：「多好個孩子！……又孝順，又伶俐，寫得一筆好小楷……難得他還生得那麼俊！……」

「唉，這要怪登州兵亂，鬧得天下不寧，折了多少忠臣良將、賢士孝子！」溫體仁感慨很深，直搖頭，隨即謙恭地讓周、徐先行，自己隨後，跟著楊祿出廂房進客廳。他資歷不如周，年歲不比徐，不能僭越。

客廳擺了四張短榻，每榻前放小几三張，一几陳列酒肴，一几陳列熱膳，一几陳列瓜果甜食，樣樣精美獨到，色香味俱佳。楊祿請周延儒坐首席，徐光啓次之，溫體仁又次之，自己在側相陪。幾名行動輕悄無聲的小內監爲他們斟酒。酒過三巡，肴讓五道，周延儒笑道：

「楊公公，此酒清芬直溢齒頰，不似光祿署製酒。」

「周相果然是此中行家。」楊祿謙和地笑道，「此乃皇爺所賜，爲酒醋局所製上用御酒，是用玉泉水浸香玉糯雙蒸而成的。但此爲新酒，味稍薄……來，取那罈熟酒上席！」

熟酒斟上，色如金蠟琥珀，香甘醇美，入口滑爽，周延儒連飲數杯，讚不絕口，道：「飲寡酒無趣，楊公公又有言在先，話題絕不涉及朝政，不如行酒令，如何？」

他們行的是盛行於士人間的曲名古詩令。周延儒首先捧杯呷了一口酒，開令了：

「我有一局棋，寄與《洞中仙》，《洞中仙》不受，云：『自出洞來無敵手，得饒人處且饒人。』」

說是不涉朝政，在座者誰不解得其中意？顯然是針對著溫體仁的刻忌。

溫體仁一笑，接令道：「我有一釣竿，寄與《漁家傲》，《漁家傲》不受，云：『夜靜水寒魚不餌，滿船空載月明歸。』」

他這是什麼意思？含糊、模稜兩可。是暗示自己不上鉤，還是表白自己一無所求？或者是堅持嚴懲孫元化，嘲笑周延儒、徐光啓空費心力？

徐光啓也舉起了酒杯接令：「我有一犁鋤，寄與《使牛子》，《使牛子》不受，云：『且存方寸地，留與子孫耕。』」

溫體仁看看要變色：徐光啓等於公然告誡他爲子孫後代積點德，這與罵他缺德沒有兩樣！他剛剛豎起眉毛，但幾乎在豎起的一剎那就跌平下來，變成笑眉笑眼的一張面孔：「哈哈，早聽說老前輩於農政十分精通，果然三句話不離本行，好，好！哈哈哈哈！……」

楊祿不管如何與溫相交好，也不願客人們在自己別館爭論政事，使自己落個私干朝政的罪名，立刻出來打圓場：「來來，聽我的：我有一掃帚，寄與《菩薩蠻》，《菩薩蠻》不受，云：『各人自掃門前雪，莫管他家瓦上霜！』」

大家哈哈一笑，指說楊祿最後一句乃俚語而非古詩，楊祿認罰，連飲三杯，席間氣氛才平和下來。楊祿乘機命人取來幾幅裱好的綾絹，親自鋪在窗下那張大畫案上，請三位內閣大學士或詩或畫，爲他留下墨寶。

三名輔臣互相謙讓，首推長者徐光啓。徐光啓遜謝，溫體仁又如往常謙恭地禮讓首相周延儒，周延儒禮節性地推辭一下，抬手示意請溫體仁先執筆。溫體仁竟然就先走過去，據案提筆而作。周延儒很惱火，他當然發現，近來溫體仁常在謙恭的面貌下行不恭之舉動。不過，宰相肚裡能撐船，他裝作看不見。

溫體仁畫的大寫意山水：湖水浩淼，三山隱約，湖邊雜樹水草，點點飛鳥。上方兩句題詩：

望斷洞庭山水綠，鷓鴣啼罷子規啼。

又是模稜兩可！湖上有三山，顯見畫的是太湖，而詩中卻稱洞庭，偏偏太湖三山又名洞庭山，所以既可說是洞庭也可說是太湖；鷓鴣啼聲道：「行不得也哥哥」，子規啼聲道：「不如歸去」。意在奉勸某個不濟事的官員告退回家。此人家鄉應在太湖洞庭山邊。影射誰？周延儒是宜興人，他自己是烏程人，都在太湖邊，說誰都行。

周延儒冷笑著。近日為他曾舉薦孫元化，為他持撫議，為他任用熊明遇主持平叛大局，為他庇護三路大敗的劉宇烈，為他一向的營私納賄、私處不檢點等等，朝野上下又一次掀起攻訐他的風潮，據說已有十數名言官掛了彈章，連與他私交甚好的僉都御史徐璜也參與其事。他很憤慨，但不害怕。只要皇上信任他，多少人彈劾也沒有用。最多他做個謝罪退回私第請求致仕回籍的姿態，皇上一挽留，風波也就過去。皇帝還嫩，缺了他這明敏精幹的首相將寸步難行！……他緩步走到案前，提筆凝思片刻，大筆一揮，又是一幅寫意畫：溪邊柳下，水牛龐然。騎牛吹笛者，竟是一醜惡老嫗！

旁觀的溫、徐、楊三人都納罕。近日朝中傳看著一幅不知哪個輕薄小子作的畫，構圖用筆與此一般無二，只是題圖為「周延儒相業」，譏刺他無能不勝任，於國事無補。他自己居然也畫出同樣的意境，想必是看到過那張畫了。那麼，今日此舉何意？自詡首相的胸襟闊大？表示對那輕薄小子的蔑視？……

周延儒飽蘸濃墨，在畫的上方龍飛鳳舞地一路寫來，如江河湍流而下，是一首七言絕句：

楊妃血濺馬嵬坡，出塞昭君怨恨多。
怎及阿婆牛背穩，笛中吹出太平歌！

他擱下筆，哈哈大笑，十足的自鳴得意。楊祿拱手，溫體仁豎拇指，連聲讚美「高明」！徐光啓不得不強笑著點點頭。

楊祿雙手捧筆，笑容滿面：「徐老大人，無論如何，請賞個臉吧！」

徐光啓接筆，實在不知道寫什麼好。他不願與有權勢的大太監交往。因爲結交內臣不僅中皇上所忌，也是不正派行徑。今天卻不過同僚情面，又因楊祿掌印司禮監，與內閣公事來往最密，在救助孫元化一事上或能出力，所以勉強來了，卻目睹溫、周二人無處不有的勾心鬥角。這兩位同僚，一個浮華多欲，一個機深難測，他心裡均無好感。但同在內閣、同理國事，又不能不同舟共濟……想了半天，自覺思維遲鈍吃力，全無幾年前賦詩作文的敏捷。到底年過古稀了，不由搖頭嘆道：「老了，不中用了！……楊公公，我隨意寫個俗語聯，聊以塞責，可好？」

「好，好！隨老大人賜教！」

徐光啓捉筆的手很用勁地在紙上橫平豎直地劃著，力不從心，有些顫抖，筆下隸書字跡不免出現斷續，但總體看去，仍很有氣勢，很見功夫。寫完十六個字，老人家額頭沁出一層汗珠。看了徐光啓寫的聯語，周、溫、楊一起沉默了：

種瓜得瓜種豆得豆，
染蒼而蒼染黃而黃。

楊祿首先省悟，拱拱手道：「老大人好心，在下領受了，謹受教。」

徐光啓高興地笑了：「那好，我再寫一聯行書體的。」他在另一幅稍小的紙上流暢地寫下十字聯：

主人解余意，
仁者用其心。

徐光啓寫題款之際，兩個小內監氣喘吁吁地跑來，在客廳門口跪告：「稟楊爺！萊州遞回軍情，說賊人假意歸降，騙得謝巡撫執去做人質。皇爺震怒，著小的們宣召溫先生乾清宮見駕！……」

楊祿忙問：「只宣召溫先生？」

「是，在乾清宮西閣裡。」

小內監隨了他們四人趕忙回大內內閣值房。楊祿與溫體仁不得不告罪緊趕著先行一步。周延儒和徐光啓默默走著，無心交談。皇上獨召溫體仁使他們不安，彷彿西山那邊漸漸升上來擴開去的烏雲，他們被不幸的預感籠罩了……

＊　＊　＊

溫體仁和楊祿趕到乾清宮時，皇上的雷霆之怒已經過去，但中殿沉悶的氣氛、小內監誠惶誠恐的表情、地面濺潑的水跡以及皇上面部殘存的紅暈和亮光閃閃的不安定的眼睛，都顯示著這場風暴確是赫赫天威，不比尋常。皇上諭令的聲音也還不太平穩：

「將急報，念與，溫先生聽。」

小內監念了。情況確實令人震驚、令人憤怒：「……賊兵揚言，數月講撫，朝廷全無誠意，避而不答要緊條款。此次將以謝巡撫及二監視中官爲質，待朝廷應許赦免孫元化，並畀以登州一郡，則解萊州圍，送還人質；否則將殺謝璉、破萊州！……」

楊祿聽得目瞪口呆。兩個月來朝野一片講撫聲，竟講出這樣的結果！

「溫先生見教。」朱由檢深深地吸了口氣，說話連貫了些。

溫體仁拱手低頭似在行禮，半晌不做聲。

「溫先生！」楊祿輕聲喚他。

溫體仁猛抬頭，目光炯炯，慷慨激昂：

「講撫，實爲誤國之道！縱觀前後，實是賊人以撫愚我！一撫而六城陷，再撫而登州亡，三撫而黃縣失，四撫而萊州陷圍，豈不是越講撫事態越惡？」

朱由檢反倒冷靜了：「雖是講撫，叛軍所提的兩項條款，始終不曾應允……要嘛，先退一步，讓讓他？兩項中准其一項？……」

「陛下，千萬不可讓！半步也不能退！讓一步，就要讓十步、百步，賊人必是得寸進尺，貪得無厭，哪有滿足？萬不可示弱於賊人！若讓了登州，讓不讓萊州？讓不讓皮島？讓不讓青州？若開此先例，天下各省州縣都視登州爲法，譁變殺官、占地求封，我大明江山豈不……」溫體仁縱使擺出冒死進諫的姿態，也不敢觸皇上忌諱，說出「亡國」這樣可怕的字眼，趕忙縮住口。但見朱由檢臉色一寒，似乎打了個冷戰，用翻弄奏本的動作體面地遮掩了過去。

「再說，懲辦罪犯、調派地方官員，乃朝廷大權，令出君上，豈容跳梁小醜置喙！」溫體仁義正辭嚴，朱由檢聽得頗覺痛快，頻頻點頭，又不無疑慮地說：

「不講撫便要剿，而劉宇烈大軍三路敗退，不是對手……」

「不然！」溫體仁彷彿下了很大決心，「三路敗退並非敗在剿滅之策，而是敗於劉宇烈無謀、各師怯懦！大軍抵萊州，不思進兵，日遣十數輩往賊營議撫，又縱還所俘賊將，致使我之虛實賊兵盡知，安得不敗！熊明遇總攬剿賊事，更是惑於余大成撫議，雖督兵援萊，卻無時不念念於撫，常說一紙書賢於十萬兵；而熊明遇又是秉承周相……」

「怎麼？」朱由檢又驚又怒，猛然站起來，自覺不妥，又緩緩坐下，「他們竟敢明剿暗撫，欺朕不成？」

「他們未必敢有欺君之心，但確成欺君之行！便如周相主撫，又力救孫元化，無非要做好人，博得仁厚之名，卻不料惡名歸君……」

「哦？」朱由檢目光一閃，盯住了溫體仁，眼裡神色很是危險，不知是被此說打動，還是對此說疑心。溫體仁硬撐著，臉不變色地承受住了皇上的審視，繼續說：「皇上最以結黨爲群臣戒，眼下主撫一派豈不結黨？連徐光啓也被援引入閣……」

「徐先生德高望重，忠愛之心天下皆知！」朱由檢斷然說。

「陛下所見極是，徐老先生乃天數家、學問大師，輔政時日尙淺，爲救門生而墜入其術也未可知。然自周相以下，主撫派早已遍布朝廊了。」

「周先生大才，是朝廷棟梁。」朱由檢說著，淺淺一笑。這笑容鼓舞了溫體仁，他也帶著笑意說起周延儒的逸事：

「周相幼有神童之稱而性極頑劣，蒙師罰其頂盛水石硯跪地。友人雷一聲謁師看見講情，師曰：以頂硯爲題作文，文佳方可放起。延儒應聲道：『一方端硯一勺水，壓住烏龍難擺尾。今朝幸遇一聲雷，扶搖直上九萬里！』一聲笑曰：『此乃大貴之才！』師曰：『貴則貴矣，但奸人耳。』一聲驚問其故，師曰：『烏龍乃賊龍也，何不言人龍？』」

朱由檢默默無語，片刻後，忽然似笑非笑地看著溫體仁，說：「溫先生入閣，是周相援引，他每每讚你才幹超群，你竟如此評論他？」

溫體仁心頭一突，後背發涼，索性一不做二不休，拱手彎腰，面容及口氣都極莊嚴，有如盟誓：「臣身家性命都屬陛下，體仁心中只有皇上！」

這話很受聽，朱由檢心裡很舒服。他認識溫體仁自那次內閣九卿會議，見他與諸官辯詰舌戰、撐拒不屈，深信他孤立無黨；後來被變兵殺卻的王象春之子來京上控，無處不打點，周延儒收賄卻主撫、溫體仁拒賄而主剿，錦衣衛的報告使朱由檢稱奇。不結黨、不納賄，這正是他最賞識的臣節！所以對溫體仁日益信賴。此刻他消除了心裡的疑慮，不由得點了點頭：

「依溫先生所見，如何處？」

「平定登州，非調精兵、絕撫議不可！而絕撫議、斷賊望，則孫元化不得不殺、劉宇烈不得不戍、熊明遇不得不革！」最重要的一句他沒有說出口，但意思已到：周延儒不得不罷！

朱由檢望著他，沒有做聲；楊祿也望著他，直眨眼睛。

「還有一層。孫元化以舉人出身，驟膺節鉞是朝廷破格提拔。如今失地獲罪，唯有嚴懲不貸，方顯聖主英明公正。」

朱由檢沉吟著，幾乎看不出地點了點頭。

隨著眼簾下垂，溫體仁的聲音也低下去：「聞得此人離登州之際，軍民萬眾羅拜痛哭生祭。得人心太甚，恐非朝廷之福……」

朱由檢微微一驚，眼裡又閃爍起不安定的光澤，似有兩粒蝌蚪在亂跳。好一會兒，他才說道：

「你等且退，容朕三思。」

＊　＊　＊

出乾清宮，溫體仁一臉嚴峻，平日的溫文爾雅似被風吹卻，再不見了。今日在御前既已說開點透，那就要一條道走到頭，取周延儒而代之。大丈夫能曲能伸，他已曲夠了，曲得煩透恨透，該著伸一伸了！要當首相，要周延儒下臺，則非促使皇上下決心殺孫元化不可！這不只是剪周羽翼、貶低周在皇上心裡的地位，最要緊的是，殺卻孫元化，就絕了皇上的退路！因爲他太知道這小皇帝的心性了：自詡果斷英明、金口玉言，絕不會認錯的。周延儒就得承擔全部後果，做替罪羊……

楊祿不時驚訝地偷眼瞧瞧同行的大學士：真不料一向謙恭溫靜寡言的溫相竟這麼厲害！想起徐光啓給他的贈聯，不由動了感情，想做一做軟心腸的「仁者」了：「溫先生，天地有好生之德，孫巡撫他——非死不可嗎？」

此話大逆溫體仁心意，竟不由自主地衝口而出：「有國家律條在，該活則活，該死則死！惻隱之心，豈今日作用乎！」

「五月裡朝野一片殺孫之聲，周相、徐相等大臣還於御前力爭，徐相甚至叩頭無數，願以身代……」

溫體仁冷冷一笑：「哼，他們無非想做好人。明擺著，既做官，又要做好人，兩者可兼得耶？……」

楊祿吃了一驚，頓時閉口無言，小心地斜眼打量這張機深刺骨、外曲謹而內猛鷙、儼然以首相自居的嘴臉，脊背隱隱透過一陣寒意。

溫體仁由於今日發難，心中舒快得意，說話竟直抒胸臆，少了顧忌。確實，一年後周延儒被他拱下臺，徐光啓也因病故去，他心滿意足地當上了首相。然而不到四年，他又被崇禎帝革職放歸。如果他知道禍根其實種在今日，也許就不會如此狂妄地信口胡說了。

二

風捲著素白的衣袂飄揚，他似在雲間飛翔，在盡力升高，遠離了山巒海洋，遠離了歲月，直升入白雲頂端的殿堂。殿前御道長得沒有盡頭，他只能遙遙朝著殿中那遠得辨不清面容身姿的至聖先師跪叩禮拜。御道兩旁是先師的弟子賢人，依序排列下去，成千上萬無窮無盡。他難道不能在這行列中找到自己的位置？……

「不！你不能！」殿堂內傳來雷鳴般的回答，震得他頭暈眼花。

「爲什麼？我自幼熟讀聖賢書，一世忠義……」

「不不！」靠近他的御道左側，彷彿朱熹老夫子，微微笑曰，「忠無止境，須澈頭澈尾，澈裡澈外。」

右側的定是先儒程顥，皺眉道：「正是正是。雖死於忠卻不能死而無怨，則顯見尙有私心！」

「去吧！」殿堂內的聲音轟隆隆滾過，他似被一隻大手猛推，倒栽蔥地摔下塵世，落進一群烏黑的人形之中。他們手持棍棒兵器，有如惡魔亂跳亂舞大喊大叫：「殺！衝！殺出去！衝出去！……」然而，四周卻有一張巨大的看不見的網，他撞到網上，身體被灼熱的網絲燙燒得一道道傷痕，痛徹心腑，在地上翻滾……

渴極、倦極，身邊走過一個背水罐抱孩子的婦人。

「大嫂，」他哀告，「賜一口水吧，我要渴死了！」

清涼甘美的水剛剛潤溼乾裂的嘴脣，就被那孩子的小手打脫了！孩子奶聲奶氣地嚷：「不給他水！他要受到懲罰！」

抬頭一看，頓時怔住，這是聖母馬麗亞和她的兒子耶穌啊！他向救世主跪倒了：「爲什麼要懲罰你的虔誠信徒？」

奶聲奶氣的語調很憤慨：「你虛假！你僞善！你總爲了自己犧牲愛你的人！」

「沒有，我沒有！」他極力申辯。

「沒有？你看，那是誰？」

「爹爹！」幼蘩站在巡撫府大門前喊道，「你怎麼可以出賣親生女兒！」

「孫元化！還我命來！」瘦小的陸奇一滿身血汙，步步逼近，眼睛像兩團炭火，逼得他無路可走，想要解釋申辯，只張嘴發不出聲。陸奇一身後還有一個令他戰慄的嬌小身影，一個懷抱死嬰兒、披散著頭髮的少女，淒楚地喊了一聲：

「孫公子！……」

孫元化大驚，腳下一絆，仰面摔倒，彷彿要滾下懸崖。他連忙抱住一根枯藤……這藤怎麼變得柔軟有彈性、變得溫馨？一股熟悉的脂粉香透進鼻觀，竟是幼蘅！玉肢如藤緊緊纏繞他的全身，她笑著，火熱的眼波、火熱的嘴唇、火熱的軀體……她湊在他耳邊，似要說情話，聲音卻很大：

「爺！睡得好熟！」

孫元化陡然睜眼，幼蘅、和京站在面前，一大一小兩個書生。他一時發蒙：「妳，怎麼如此裝束？」

幼蘅把飯籃子放上桌，笑道：「天天如此，爺今日怎麼問起來了？」

「吭啷」一聲響，獄卒默默地把獄門重新落了鎖，孫元化才從夢境中完全醒過來，記起這裡是刑部監獄，幼蘅假稱是他的內姪著男裝天天給他送飯，不覺「嗐」了一聲。

「爹，來吃飯！」和京攙扶孫元化在上首坐定，自己下首相陪，幼蘅已把菜肴擺齊，打橫布菜。桌上一攢盒四葷四素下酒涼菜，一碗燕肉、一碗素燒豆腐、一碗煎魚、一碗燕窩湯。幼蘅指著那只最大的陶缽說：

「這八寶鴨是徐太老師府上著人送來的，說是徐太師母親自下廚爲爺燒的江南菜肴……」

自從孫元化轉來刑部監獄，徐府每天都要送一味菜肴，都是添了人參、當歸、田七等珍貴藥品的滋補膳食。想到年過古稀的老師，他心裡充滿感激之情：

「徐師厚恩，不知此生可能報答！……」

「正是哩！」幼蘅一面爲父子倆斟酒，將各式菜肴分別夾送到他們面前的接碟內，一面道：「或者徐太老師府上的膳食果是滋補養人，爺近日氣色好多了！再不似初離詔獄時那般形銷骨立……」她面龐清瘦卻笑容嫵媚，水汪汪的眼睛裡柔情幾乎要氾濫出來，流向孫元化。他不敢接觸，慌忙避開，信口說道：

「能活著離詔獄已是萬幸……和京，少喝酒，多吃菜。」

他忽然想起方才夢境中的幼蘅，聯想起那可怕的一天，頓覺耳根發燒，大不自在，舉酒盅仰頭慢慢喝盡，以遮掩心頭的慌亂。

「伊格那蒂歐斯！」

剛吃罷飯的三人猛一激靈，誰在喚孫元化的教名？柵欄門外的過道上，只有那個老獄卒蹣跚著巡視各牢房，還有一個背煤簍子的小販，一身骯髒，黑臉黑手黑腿子，活像個黑鬼。牢房裡陰冷潮溼，常有這些操賤業的人送煤攬生意，犯人和獄官獄卒都需要他們。

三人面面相覷，難道白日見鬼？

「伊格那蒂歐斯！」漆黑的煤販子竟手攀柵欄，又叫了一聲！他笑著，整齊的牙齒在黑臉上白得閃光，一雙碧色眼睛閃著悲憫的光芒。

「你，你是誰？」孫元化驚疑不定。

「還沒認出來？我是湯若望！」

「神父！」三人同聲喊出來，孫元化緊緊握住柵欄上那雙烏黑的大手，心裡翻上一重熱浪。

獄卒聽得喧叫，趕過來責備煤販子：「喂，你這人怎麼沒規矩？做完買賣就快走，囉唆什麼！」

「老哥，」孫元化連忙接茬兒，「他是代我父親來看我的，請老哥行個方便……」

「怎麼不早說！」獄卒對孫元化非常恭敬，立刻掏鑰匙開門放煤販子進去，「孫大人，老哥二字實不敢當，還是叫我宋二吧，有事儘管吩咐。」孫元化稱謝，他連連搖手，重新鎖了門，哈著腰慢慢走開。

「他心腸很好。」湯若望看著老獄卒的背影。

「我知道！」和京搶著說，「他跟我講過，他敬我爹爹是個大忠臣，還說他幹這行已是作孽，再不積點德，子孫後代遭不完的報應！……哎喲，神父！你手上的黑煤！」他避開湯若望撫摸他腦殼的大手。

湯若望笑道：「哦，不是煤灰，是黑色染料……伊格那蒂歐斯，你受苦了！……」他又一次握住孫元化的手，眼睛裡貯滿慈愛，銀子般純淨的聲音裡飽含著安慰和鼓舞。幼年喪母的孫元化，驟然感到他極少領會的母親般的愛撫，霎時心酸難忍，咽喉被熱淚堵塞，難以成聲：「不，神父……」

兩雙大手緊緊相握，好一陣相視無語。

孫元化記憶中的湯若望，永遠是學者風度與貴族氣質的合成，每天必須洗浴換衣的潔癖連孫元化都感到驚異，所以每靠近他，就令人想到純淨的清泉，似能嗅到冰雪的氣息。而眼前的湯若望，不僅剃掉了濃密拳曲的大鬍子、剪去了金黃色的長鬈髮，還穿上這骯髒行頭，弄得滿臉滿身烏黑……

湯若望依著孫元化的注視對自己全身看了看，聳聳肩笑道：「毫無辦法，除了親屬以外的任何人都不准探監，而你在詔獄的那段時間，好像連親屬都不許探視……」

孫元化點點頭，記起他下詔獄半月後，在鎮撫司的第三次拷問時，准許家人於堂下遙望相見。他血汙遍體幾無人形的狀貌，驚得堂下的和京、郝大痛哭，幼蘅在看到他的第一眼後就昏了過去……他不由感嘆道：「若與詔獄相比，此間堪稱天堂了。來，請坐。」

幼蘅背著身子，低頭彎腰在屋角暗處收拾食具，惴惴不安，看來不打算以真面目與神父相見，又不時停下動作傾聽他們的交談。

「天主保佑，登州事變的始末，由於你，伊格那蒂歐斯在詔獄的辯白詞傳遍朝野，幾乎無人不知了！我們的每一位教徒兄弟姐妹，都引你爲驕傲，都要求營救你！徐保爾和金利歐，還有許多正直的大臣們都在努力，很有希望！你千萬要保重。你是這樣消瘦、蒼白……」

「已經好多啦！」和京又搶過話頭，「在詔獄爹爹幾乎不得活！」

「哦，天主！」湯若望在胸前畫了個十字。他早就聽說詔獄裡很黑暗很殘酷，但還是第一次與孫元化這樣親歷詔獄而又存活下來的人交談。他很想了解內情，以充實他向羅馬教廷的報告內容，來證明教廷應該增派傳教力量以拯救這個可怕國度裡無數受苦的靈魂：「伊格那蒂歐斯，你不願意向天主訴說你在詔獄所受的磨難嗎？」

孫元化的面容突然間變得木然，彷彿戴上痴呆呆的面具，唯有眉頭在痛楚地顫抖。

「啊，對不起。」湯若望抱歉地注視著他，「這一定使你痛苦了……」

痛苦？僅僅是痛苦？不！那些可怕的回憶能教人發狂！

……記得在登州，呂烈曾說起詔獄錦衣衛行杖的規矩：輕重死活全要看監杖的司禮太監的表示。太監的靴尖向外成八字，就不往死裡打；靴尖向內一斂，休想活命！受杖者若事前有備，並吃些藥護住內臟，則心血不上衝，百杖難死；若猝然受杖，十下就足以斃命。那時還沒人知道呂烈的真實身分，只當他是在賣弄他京師子弟的無所不知，誰料竟是真的！

那日初進詔獄，頭次過堂，什麼都不問，先打三十「殺威杖」。解衣撲倒堂下的他，絕沒料到一杖下來，渾身會猛烈震動，臀股間的疼痛直鑽心腑，竟比刀割劍穿還要難忍！他拚命咬緊牙關，一聲不哼，眼前果然看得見一雙穿著黑緞薄底靴的腳，平行地穩穩站著，像年畫上的雙魚。十杖以後，股間腫起三寸高；又打了十杖，皮破肉綻，血水飛濺，他終於痛昏過去。昏迷前留在他意識中的最後印象，是那雙穿靴子的腳，腳尖微微向外一撇，成了個不大灑脫的、畏畏縮縮的八字。

受杖的疼痛，遠遠不及回獄後那從早到晚、從晚到早一天十二個時辰、無休無止的杖傷的折磨，然而他活下來了。想起行杖前，有人給他喝過一碗深棕色的、氣味古怪的濃茶，或許就是護住內臟使他得命的藥？誰送的？徐師還是周相？或者是吳公公？……

詔獄，又稱錦衣衛獄，由北鎮撫司專領。既是稱「詔」，那便是奉皇帝詔命而設，錦衣衛又是直屬皇帝指揮的貼身衛隊，所以它是超越朝廷法司以外的刑獄，除了皇帝本人，誰都不能干預其事。詔獄的審案不像刑部、都察院、大理寺叫審訊、對簿、讞勘，而稱爲拷問、打問。他先後受三次拷問，每次下來都遍體鱗傷，奄奄一息。

堂上問他三項大罪：一交通金虜；二賄買權臣內臣，結黨營私；三陷城失地。前兩項，任憑拷打，血肉橫飛死去活來，他堅挺不屈，矢口否認；而第三項，他卻不作一字解釋，毫不含糊地直認有罪，表示甘願爲此承受任何應得的懲處。他的鮮明和堅定，使拷問他的堂上官吏們都吃驚了，有人甚至私下表示敬佩，但這並不能改變他在詔獄的可怕處境。

詔獄的牢房一概低低地沒入地面，陰冷潮溼，地上牆上終年滴水生苔；十冬臘月如冰窖，犯人也不許生火取暖，飲食盡是生冷；家屬不許見面，就是送進衣物食品，也以驗查爲名盡行沒收。他一入詔獄，便有頭枷、手枷、腳枷三木加身，僵臥在潮溼冰冷的草堆上不能轉側。杖傷疼痛得他屢屢昏厥，無人過問。草中臭蟲、跳蚤吸血叮咬，癢痛並作，他還能咬牙硬忍；入夜以後，許多老鼠躥出來撕囓他的腳、腿、手、臂以至頭頸耳朵，聽著一片吱吱歡叫、磨牙咀嚼的聲音，感到傷處血流涔涔，被惡毒的小舌頭舔吃，肌膚皮肉被尖利的小牙齒撕扯，這痛苦和恐怖的折磨他實在無法忍受了，大叫「來人」！但是回答他的，僅是四壁隱隱的回震。詔獄牢房牆厚八尺，任何號叫慘呼也傳不出一絲一毫。他完全與人間隔絕了，絕對的孤獨，可怕的寂靜，他將在這裡死去，將成爲群鼠的口中食，將爛掉化光而不會有一個人知道！……

「絕望中，上帝給了我力量。」孫元化簡述了他在詔獄的經歷後，十分虔誠地對湯若望說，「我向天主祈禱，求他給我活下去的勇氣。主回答了我，支持了我，拯救了我！……」他不願意說爲了活下去，他怎樣喝自己的尿——獄中稱之爲「輪迴酒」——以解毒；怎樣打碎瓷碗，用瓷片割去腿上的腐肉……但他確實在祈乞天主拯救時，用耶穌受難的聖跡鼓勵了自己，拋棄了自殺、等死的念頭。

湯若望聽得熱淚紛紛，激動地喊：「主啊，饒恕我這失職的罪人吧！在他最爲困苦、靈魂受著煎熬的時候，我竟沒有和他在一起！……」

「不，那不是你力所能及的。」孫元化謙和地說。

「這並不能減輕我的罪過！……我定要把你的受難史寫下來，告訴兄弟姐妹們。你不愧是我們基督教的英雄！」

「不，談不上。我比不上前朝那些東林老先生。而且，說實在話，皇上登基後，清理詔獄，已將剝皮、炮烙等酷刑廢除，比前朝總歸是好多了。」

湯若望驚訝地望了他好一陣，終究還是克制不住地感嘆：「主啊！他們竟有這樣舉世無雙的忍耐力，還顧念著皇帝的好處！……伊格那蒂歐斯，聽徐保爾說，當初你巡撫登萊、海戰立功時，朝中那些忌恨你的人，如今又有許多對你在詔獄中的氣概私下裡很表敬佩……」

孫元化苦笑：「神父，這是我國士人的通病：妒忌比自己強的，同情比自己弱的，不足爲信。我也實在稱不起英雄豪傑，因爲我……也有軟弱的時候，那也是需要向天主告罪懺悔的……」他猛地感到牢房一角幼蘅射來的敏銳而驚異的目光，連忙避開，同時也縮住了後面的話。

湯若望順著孫元化的目光，發現暗處那個他認爲是陪住牢房的侍候僕人有些不一般，走近幾步，仔細看看，遲疑道：「你，好像不是……」

幼蘅見躲不過，索性近前半跪行禮：「神父，是我，瑪德萊娜，爲服侍帥爺進出牢房方便，故而這般裝束。」

孫元化補了一句：「我們老夫婦收她做義女了。」

湯若望極其讚賞：「好極了！真是難得。用你們中國俗話說：路遙知馬力，患難見真情！……怎麼，我說得不對嗎？你們怎麼都不表示贊同呢？」

「說得對，說得對！」孫元化連忙笑著回應，驅走心裡因此而突發的激動。

「徐保爾和金利歐都說，有周首相斡旋，皇帝好像表示願意赦免，原說七月裡就可以出獄了。今天已是七月初七，怎麼還沒有確實消息？真叫人著急！」

和京搖頭晃腦，滿有經驗地說：「沒關係，神父，沒關係。只要是住的刑部大牢就沒事！四月裡說是又要回詔獄，那才把人嚇死了呢！……」

「神父，」孫元化皺眉瞅了和京一眼，打斷他的嘮叨，「張燾和王徵也在此獄中，你不去看看他們？」

「哦，我剛去看過王徵，他託我帶來一幅絲絹，想請你爲他題字呢。張燾那裡，我這就去。」湯若望說著，從懷裡掏出一個紙包，遞給孫元化。孫元化心上又翻過一個熱浪頭。

「神父，我跟你一起去！張叔父說給我做了一個活動兵輪呢！」和京不顧父親阻止的示意，趕緊站到湯若望身邊。

「神父，看過張燾，請你還過來，接受我的懺悔，給我指導，拯救我的靈魂！」孫元化聲音雖低，卻飽含熱情和痛苦，使湯若望不由得深深地望了他許久，出門後還頻頻回顧。

* * *

絲絹展開了，有如潔白的雪，卻比白雪柔美滑軟，與這裡的冷酷昏暗形成令人心寒的對比；它更像一片白雲，卻又閃動著絲織品特有的光澤，竟使整個牢房爲之一亮。

王徵何出此舉？他原可於每日見面時自己送交，爲什麼要鄭重其事地請神父轉手？是以爲牢獄之災將要過去，以此聊作紀念？是覺得末日將臨，以此權作告別？是僅僅不過友情流露？或者只是文人積習？……無論如何，王徵的這番情義使孫元化深受感動。他提起筆，歷歷往事，一時都奔來眼前。他飽蘸濃墨，萬千思緒都從筆端流瀉而出，文不加點，滔滔而下，抒寫著二人交誼始末。

幼蘅磨墨在側，目不轉睛地盯著孫元化運筆，不久就帶著讚美和感念之情，輕輕念出了聲：

「……天啓七年春，元化受譴出都，兩筐一兜，蕭蕭揮手，故知不避嫌忌、坐視行色者，惟先生一人！

「……不意一片痴腸，終成大夢，潦倒詔獄，臥廢將死。先生同苦，而尙以苦余左右提挈子弟僮僕之事，周至有加……

「蓋自官於登，而無五日不一再見者半年；自乘城，而無日夜不一再見者半月；自陷城、航海、下北司、過西曹，而無日不一再見者又半年餘矣！……」

到後來，幼蘅聲淚俱下，唏噓不能成聲。

孫元化擱筆，嘆道：「有友如此，雖死何憾！」

幼蘅拭淚，感情仍然起伏不止：「錦上添花誰不能？難在雪裡送炭，更難患難與共、生死相從……」

孫元化看她一眼，立刻閃避開，他意識到又接近了危險題目，於是包起白絲絹，低頭收拾桌面，吩咐說：

「幼蘅，拿我那書稿來。」

自那件事情發生以後，每當兩人單獨相對，孫元化便如現下這樣，埋頭修改他的兩部書稿——《經武全書》和《西洋神機》。牢房裡靜得像沒有人一般，間或書頁翻動，聲音便響得驚心。

幼蘅靜靜地磨墨，注視著故意把頭伏得很低的孫元化，心頭一陣陣柔情泛起，終於輕聲問：

「爺悔了？」

沉靜中，一根針落地都能聽見。她的話卻像羽毛投進水裡，沒有回響，消失得無蹤無影。

「爺悔了？」她又問。自那日起，她又改回稱呼，不再叫爹爹了。

孫元化不抬頭，提筆的手卻有些抖，苦笑一下：「犯戒，妳不悔？」

「不悔！」幼蘅臉龐有如朝霞，眸子閃著星光，「我不悔！這輩子總算得到爺的恩寵，如願以償，死也不悔！」

孫元化心頭震動，筆終於握不住，落在紙上。

從登州啓航以來，幼蘅對於孫元化而言，既是女兒，又是婢僕，溫柔體貼地照顧他的衣食住行，照顧他的一切，連篦髮洗腳、捶腰捶腿、按摩催眠這些貼身僕人的事，她全都承擔了。晚上也與孫元化父子同艙而眠，就睡在孫元化床腳下。從詔獄移到刑部獄，她也同和京、郝大三個人輪流來獄中陪住，照看受刑後極度虛弱的老爹爹。由於她一直是男子裝束，孫元化幾乎忘了她的本來面目，習慣於她勤謹周到的侍候，習慣於她溫存的無言的撫慰，身體恢復很快。

事情出在四月裡。

那是個迷人的初夏的夜晚。牢房高高的窗口展現出暗藍色的天空和閃閃的星辰，飄進一縷縷槐花香。孫元化對著燭光下靜靜地倚桌托腮而坐的幼蘅，說起嘉靖朝名臣楊繼盛親手植在刑部獄所的那株古槐。幼蘅披著淡黃的柔光，溫靜純真，像個乖乖地聽大人講故事的孩子。孫元化感受到少有的平和、寧謐和溫柔，不由又講起故鄉嘉定老宅樂在堂的紫藤、杕左堂的玉桃、天香橋的桂花，講起出獄後再不做官，將歸田園避世度日，詩酒耕讀了此餘生……

老獄卒悄悄跑了來，滿臉緊張和悲傷地悄悄報告說：因爲萊州被圍，主剿派得勢，孫大人明早又要移回詔獄複審，請他們早作準備。

老頭踽踽而行地悄悄走開好半天了，孫元化仍木雕泥塑般呆坐在那裡，一動不動，眼睛瞪得極大。這簡直是晴天霹靂！就是在最凶險的戰事中，就是斧鉞臨頭，面對死亡，他也不曾這樣恐懼過！心頭的陣陣寒顫霎時傳遍五臟六腑，傳到嘴唇、傳到四肢、傳到全身，他像得了瘧疾一樣劇烈地顫抖著……

幼蘅也被這可怕的消息嚇壞了，她不敢接觸孫元化的目光，但又得硬著頭皮去照看。一看之下，大驚失色，撲過去拚命抱住，想要幫他止住抖索。孫元化突然跳起身，張開雙臂雙手，恐懼地亂揮，大叫一聲：

「不！——」

一向從容、沉穩、威嚴的孫元化，從不曾如此失態！幼蘅嚇得心頭「嘭嘭」亂跳，趕忙跪倒哀告：「爹爹！——」

孫元化什麼都聽不到，什麼也感不到，面容瘋狂，揮著手跳著腳大喊大叫：「不！我不去！殺了我吧！」他的嗓音陡然啞了，嘶聲嚷著：「殺了我吧！——」

到了刑部獄，如進天堂，能夠任意活動身體四肢、能夠吃熱飯喝熱茶、能夠不受刑不流血，重過人的生活，重享人間的溫馨，他覺得幸運無比。死裡逃生，再獲希望，他怎能不珍愛？突然又要他回到那十八層地獄，重受那無窮無盡的折磨，再去時時刻刻面對死亡，太可怕了！令人發瘋！他沒有勇氣像第一次進詔獄那樣硬挺下去，還不如那次就死在詔獄，反倒安生了！……正如自殺一次未成的人很難有勇氣第二次自殺一樣，此刻他頭腦亂得一塌糊塗，理智被恐懼攪得一團糟！他突然後悔起來：爲什麼在砣磯島不隨七貝勒去瀋陽？爲什麼在津門不隨呂烈南逃錢塘？爲什麼在通州不聽吳直勸告遠遁他鄉？……只要能逃脫重返詔獄的可怕苦難，他願意屈服於任何人、任何力量！……

他的精神終於崩潰了！發瘋似的從桌上抄起暖酒銅壺，猛力砸向自己的太陽穴，嘶聲大叫：

「我寧肯死！——」

不知哪兒生出的靈巧，幼蘅倏地扳住孫元化的手，並以突發的一股極大的力量，猛然緊緊抱住了他，連兩隻胳膊一起抱住，硬是止住了他的踴跳。

「靜靜心，莫急！……」幼蘅此刻卻沒了恐懼，一下子變成了充滿理性和母親般憐愛的婦人，像在安慰發脾氣的孩子一樣撫慰著他，「我在這裡，我陪著你……不要緊的，再險再惡，咱們也能對付過去！……」她緊靠在他胸口，撫摸他的背他的頸、撫摸他的頭髮他的面頰，並把她那嫵媚的眼睛、動人的臉蛋、紅潤的嘴脣越來越近地貼了過來……

他胸中狂燃的火突然找到發洩的罅口，猛地用力摟緊這嬌小的軀體，像要把它勒碎才甘心似的，發瘋般的狂吻便落在這熟悉又陌生，極親密又極疏遠的面頰、眼睛、嘴脣上……不知何時，她弄滅了燭光；不知何時，她扳著他倒在木板床上。他所有的堤壩都被沖決得沒了蹤影，於是他的瘋狂的恐懼便消融在瘋狂的快意中。他聽得她輕俏甜美的聲音，似在耳邊，又似在很遠的地方，極其體貼溫柔：

「爺的身子還弱，別傷著，讓銀翹來……」

那時，他只希望在銷魂奪魄、飄然欲仙的頂峰歡然死去，永不再受可怕的三木禁錮、尖利的鼠牙摧殘！……等他終於恢復理智，已經晚了。

從這以後，她又稱他爲爺，再不叫爹爹，雖然移回詔獄的事終於未成事實。

她伸出溫軟的小手，在他削瘦的、青筋暴起的手背上輕輕撫摸著，口氣溫柔得能讓石頭人心軟：「爺，又是七月七，牛郎織女相會的日子。去年今日，我已是爺的人了，只是那會兒爺不肯要我。今夜，我留下好嗎？」

孫元化幾乎受不了那雙漫出愛戀、哀求的水汪汪的眼睛，硬不起心腸來拒絕她誘人的懇求。但還是違著自己的心性搖搖頭：「不，還是和京陪我。」自那夜後，他不再允許幼蘅來牢房陪住。

「爺對銀翹，竟沒有一點留戀、沒有一絲情分？」即使是艾怨、傷心的話，聽來也那麼柔媚、不可抗拒。孫元化心亂如麻，要在理性與情欲的衝突中尋求出路，談何容易！他知道自己其實是怎樣渴求著她的！尤其在那一夜之後，他與這渴求作了長時間的苦苦的爭鬥……幾十年煉鑄的理性和許多次的懺悔認罪終究沒有白費，他居然有力量站起身，正視她的眼睛，說道：

「不！」

一個急轉身，他走到窗下站定，仰望著窗外青天，忽然想起一件久遠的往事：七歲的他挎著竹籃給牢房裡挨餓的爹爹送飯，家裡也已兩天揭不開鍋，娘借的麵烙了張餅時掰給他嘗了一小口，囑咐他不要偷吃。但籃裡的餅香是那樣誘人，他餓了兩天的肚子不爭氣地咕咕直叫，他很明白，不應該吃，可又非常非常想吃，只能一路走、一路哭……

「咚！」

「咚！」

從刑部大堂的方向，傳來兩響銃聲，間隔不長。孫元化仍望著天空，輕聲嘆道：

「不知又要處決何人！」

沉默片刻，聽得和京清脆的童音在走廊裡嘰嘰喳喳地響，間或插進一兩聲純淨渾厚的男中音和雜沓的腳步聲。是湯神父回來了。孫元化回過身來，望見走廊盡處呆立的獄卒，招手請他來開門。

「孫大人！」老獄卒遠遠地喊了一聲，艱難地一顛一拐跑過來，到了柵欄門前，突然跪倒，嘴脣翕動，老淚縱橫，泣不成聲，「孫大人！……」

孫元化心頭一震，低聲道：「是我嗎？」

獄卒不敢抬眼，拚命低著腦袋，點點頭。

「還有一位是……」

「張……張燾，張大人！……」

一支利箭穿透了心窩！剎那間孫元化眼前一團昏黑！他的忠誠貞烈並沒有得到承認，他不得不闔目忍過這陣劇烈的痛楚……然而，這只是一剎那，當他再睜開雙目時，痛楚已成過去，連同所有的疑慮、猶豫、欲念等等，片刻間消失淨盡。他意識到他一生中最重要的時刻來臨了，保持晚節、顯示晚節的時刻終於到了！他的目光變得清湛，氣度恢復了從容沉穩，面貌在一瞬間煥發出極其莊嚴、俊朗的神采。他微笑著，輕聲說：「請稍待，容我辦兩件後事。」

驚呆的幼蘅、和京清醒過來，一齊撲過去，和京大哭著叫喊：「爹爹，不是就要赦你出獄的嗎？」

孫元化神情威嚴：「和京，不許哭！來執筆，聽我口述，繕寫遺摺！」

他的不可抗拒的威嚴鎮住了所有的眼淚。和京抹了抹臉，坐在桌邊鋪紙提筆，聽寫父親的最後上書：

「……臣喪城失地，罪不可綰，死無憾。惟西洋火器乃我朝用兵所長，造炮築炮臺種種制度方法，盡記載於臣所著《經武全書》及《西洋神機》，特奉與朝廷，俾他年金虜南犯，為防守城地用。

「孔有德乃虎將也。若能招撫而為朝廷用，則大幸；若不能，則務必除去，否則將為大患！……」

眾人靜悄悄地聽著，大氣都不敢出，心頭充塞著恐懼、悲愴和說不清楚的震撼。

「和京，幼蘅，稟告母親，日後收埋為父骸骨於故土，切莫忘記以聖上所賜金卮陪葬，置我胸口。」囑咐家事如此簡單，孫元化臉上竟浮上微笑，當他轉向湯若望，微笑化為一片虔誠：「神父，請接受我最後的懺悔。我將以純潔無罪的靈魂去朝見天主！」

湯若望激動得聲音都在發抖：「伊格那蒂歐斯！你無愧於我們基督教兄弟姐妹對一位英雄之死的期望！美麗的安琪兒將迎接你高貴的靈魂進入天堂！……」

孫元化跪在神父面前低聲懺悔之際，其他人都退到了遠處。幼蘅的眼睛像塗了一層水銀般晶亮，目光溫柔靜美，彷彿黏在孫元化的身上。她微笑著，慢慢背過身，彎腰去擺弄她放在暗屋角的食品籃。

「哦嗯！……」幼蘅喉間發出的古怪聲音，引得大家轉眼看去時，她已慢慢地軟軟倒下，躺在她那烏黑的散開成扇面形的長髮上了！

「幼蘅！」

「姐姐！」

「瑪德萊娜！」

「大小姐！」

男人們驚呼著一齊圍上去。誰也沒有注意她什麼時候拔下綰著髮髻的玉簪，誰也沒有看見她怎樣將那長長的玉簪刺進咽喉。眼前的她已經氣息奄奄，鮮血汩汩從傷處往外流。但她在笑，彎成月牙的眼睛一片明月般的清輝，只盯著孫元化，冰涼的小手捏著孫元化的大手，翕動著失去血色的秀美的嘴唇，嘶聲說：

「我先去了，在路上等著你！……」

孫元化眼前一片模糊，胸口熱辣辣的，只點了點頭。

「到了那邊，不做父女做夫妻……可行？」

孫元化咬緊牙根，一句話也說不出來。她有些失望，目光轉向湯若望，聲音更微了：「神父，天主……能不能……原諒我？……」

她頭一垂，去了。面色很安詳，眼睛還含著笑。

過了許多年，湯若望都不知道應該怎樣回答。自殺是天主所不容的；居然相信邪教的輪迴說，以為有那邊的陰司；明知犯戒，還想嫁給有婦之夫。這都是罪過，違背天主的教義教規的罪過。然而，他卻由衷地讚美她、敬佩她——這個在苦難中滌盡汙穢的純真的婦人，並相信她是幸福的，有資格進入上帝的天堂……

「孫元化！張燾！」牢房通道上傳來粗聲呼喊，震得牆皮「沙沙」顫動，「恭喜二位大人啦！……」

孫元化輕輕撫摸幼蘅的面頰，闔上那雙美麗含情的眼睛，站起身，說：

「更衣。」

和京連忙取來一件織有歲寒三友圖紋的暗藍色綾衫，雙手奉上。

「不。」孫元化搖搖頭。

郝大抖索著一雙老手，展開了一件素白熟羅袍。孫元化伸臂入袖穿上，從容繫帶整理，回眸向眾人用目光一一告別。再看一眼幼蘅，深深地吁了一口長氣，大步走出牢房。

所有的獄卒、各牢房的犯人，都眼睜睜地注視著他：寧靜、從容，步態灑脫，風神俊朗，鳳眼斜挑，雙眉入鬢，五綹長髯同著一身雪白的羅衫在風中飄拂……

* * *

登萊巡撫孫元化和登州參將張燾，此日斬首西市。

據說劊子手揮刀砍下，孫元化頭血飛濺落地，十四歲的和京大叫著撲跪過去，爬前爬後，痛哭著舔盡父親的鮮血。是神志昏迷，還是不願父親的碧血留在這可憎的土地上？圍觀者都落了淚。

史料中有這樣一條記載：「臨刑日，西市風雷起足下，黃霾翳日。徐光啓在內閣謂溫體仁曰：『此足證登萊巡撫真冤屈矣！』」

孫元化的遺摺和兩部著作一起上呈給了皇帝。不知朱由檢是否看過，但孫元化的家族免了株連。另外，后妃和內侍們都知道，七夕後的好些天裡，皇上都悶悶不樂，脾氣很大。

三

「孔爺，只留了七位大的守登州，其餘的二十幾位都弄來啦！」曹得功亦步亦趨地跟在孔有德、耿仲明身後，在二十多門西洋大炮中巡行。這些炮是奉孔有德之命，由他曹得功領隊親自押送到萊州城外東營營地的，所以他精神頭十足，很有點表功的味道。

孔有德滿心歡喜，拍著這些安放在兩輪炮車上巨大火炮的烏亮炮身、黑洞洞的炮口，就像它們是他最喜愛的一群小孩子，臉上笑開了花：「好，好！……中炮呢？」

「中炮弄來了二百多，那邊留了一百。孔爺，調這麼些炮來，要拿萊州？」

孔有德像給小娃娃擦鼻涕挖耳朵似的，細心地用袍襟擦去炮耳和尾珠上的塵土，沒有顧上回答。耿仲明笑道：「要拿萊州，還用等到今天？大哥的意思，明日把大炮、中炮排開陣勢，拿謝璉那傢伙押出來嚇唬嚇唬他們，叫他們早早照咱們的條款講和，赦免帥爺，割給登州！」

「他們要是不肯，咱就開炮吧？」曹得功滿懷希望地問。

耿仲明哈哈大笑：「那還用說！打下萊州，咱們就拿下登萊全境，帥爺管轄的地界就都歸咱們啦！……」

「老曹，」孔有德截住耿仲明，「叫炮隊的弟兄們把這些鐵娃娃給我收拾乾淨，擦個亮堂堂，明兒上陣好好顯擺顯擺！」

「是啦，孔爺！」曹得功高聲回答，興沖沖地去了。

孔有德轉向耿仲明，拍著炮身，「這炮只能擺樣兒，不能真開火。一開火就把撫局給打跑了！」

耿仲明不語，瞅他一眼，扭開了臉。

他倆騎了馬，侍從們簇擁著回轉北營營帳。西下的夕陽把一望無垠的平原和萊州城外連營十數里的營帳軍旗染成了金紅色，人馬的影子在耀眼的地面上拖得很長。

「大哥，」耿仲明仔細選擇著說詞，「明兒排炮陣、押謝璉逼和，能成功嗎？」

「怎麼啦？」孔有德側臉看看耿仲明。

「半年多了，戰也戰過，講撫講和也講了幾十回，淨他媽花言巧語哄弄人。咱們要的那兩款，他們可從沒鬆過口哇！」

「他奶奶的！」孔有德搖頭道，「咱那兩宗有啥不好辦？放人，給官，多容易！咱就要了登萊巡撫、登州總兵，不還是給朝廷納糧上捐，爲朝廷守城護民嗎？他們咋就這麼死心眼子想不開呢？」

「講打，他們又打不過……」

「嗨，真不知道別處官軍都膿包到這步田地！」孔有德皺著眉頭笑起來，「不算咱的鐵娃娃，咱登州兵一個頂他十個！要是添上鐵娃娃，一個能頂他上百！」

「既是如此，大哥！」耿仲明的神情突然緊張而又專注，「何不自立，以圖大事？」

「圖大事？」孔有德不解地望望把弟陡然嚴肅的眼睛，尋思片刻，恍然憬悟，跟著笑道，「你又來了！……可惜我祖宗墳頭沒長那棵王命草哇！咱這號嘉祐、嘉鷹的嘍囉，哪能……」他搖搖頭。

「不然！王侯將相寧有種乎？」耿仲明掉了句古文，見孔有德茫然不懂，索性挑明，「朱家開國皇帝不也放過牛、要過飯、當過和尚，是個十足的無賴？」

孔有德依然笑著：「是啊是啊……可也得講個天時地利人和吧！」

「大哥，一月裡你推李九成爲首，咱倆輔佐他，此人如何？昨晚若非大哥及時趕到，不知要鬧出什麼事！真所謂成事不足，敗事有餘！大哥若再不起來挑頭兒，軍心一散，可就大勢去矣！」

一月裡登州起事之際，孔有德是公認的首領，論實力論人望，他都當之無愧。他卻力排眾議，推李九成爲主帥，自己爲副，他說這樣有利於撫議早成。私下與耿仲明計議時，覺得李九成出頭可以試探一下朝廷的態度，他與耿仲明也好有個退路。再說登州十二營兵馬，李九成能控制調遣的，只是他兒子李應元的那一營，料他成不了大氣候。

李九成受推戴時，再三謙讓；一旦當了元帥，可就拿出元帥派頭，很幹了幾件令人吃驚、叫人頭痛的事。

頭一件，命他的兒子李應元率兵馬圍住胡老頭的住處，把孫元化當初還回的二百多個大元寶再次搬走；居然又發現老兩口簡陋的廚房底下深藏著地窖，窖銀達十多萬兩，銀子全數進了元帥府；胡老頭夫婦拚命護財，撞在李應元的劍頭上雙雙喪命。在這次成功的鼓舞下，他又發起了好多次相同的搜尋。他先前是登州營的採買軍需官，對登州城內各商戶的貧富肥瘠一清二楚，一搜一個準。他到底弄了多少，誰也不摸底。只從他拿出其中二百萬充餉，估摸他到手的不會少於此數的三倍。

第二件，在孔有德、耿仲明率軍攻打黃縣期間，他將監禁的原府縣大小各官一一提審拷掠，追逼贓銀。從中獲得多少金銀財寶，無人作證，因爲受拷問諸官一夜之間盡都被驅出東門殺掉了，屍身就扔進東門外壕塹中，據說壕塹皆平、黃土盡赤。

第三件，在孔有德、耿仲明率軍圍萊州之際，他在登州一個月之內娶了八房如夫人，俱是破產富商及被殺官吏的妻女。

這些事，孔有德雖有耳聞，終歸不好深勸。直到耿仲明回了一趟登州，發現留守登州的三個營官中兩個已被李九成用金銀和女人打動，成了他的心腹，這才大吃一驚。兩位副元帥於是同時進言，說是萊州圍城事關重大，又僵持不下，元帥必須親臨陣前，鼓舞士氣。敦促再三，李九成才於十日前帶了隨從衛隊和兩名愛妾來到萊州城外大營。

到大營才三天，又出了事！元帥不知怎麼竟看上萊州城郊新近入營的一名小卒之妻，她來營中丈夫處取安家銀被元帥迎面撞見，元帥就此神魂失據，寢食不安。侍從中豈少奉承者、出謀劃策者？便殺夫奪妻，寵以專房，反倒把從登州帶來的如夫人靠後擱了。

誰能料到小卒之妻，一個農家少婦竟工於心計，她順從諂媚竟都是假的。昨日正午，元帥晝寢，睡眼迷離中，忽見心愛的新娘持利刃向自己逼近。舉刀欲刺之際，元帥大喝而起，一腳踢倒，奪過了刀。衛兵們趕來捆綁時，元帥怒不可遏，斥問妖婦意欲何爲？她竟敢怒目而視，尖聲大叫，帳外數十步遠都能聽到她的宣言：「爲夫報仇！爲夫報仇！爲夫報仇！……」

元帥立命侍從將妖婦牽出帳外斬首。帳外短時間內竟聚了數百兵卒，阻住元帥的侍從，揪打推搡，擁擠一團，不許開刀。孔有德恰好此時來謁見元帥，只見群情激憤如沸騰了一般：元帥奪妻殺夫，已經引起軍心憤恨，紛紛議論；現今又要殺爲夫報仇的烈女，眾怒愈不可忍，一呼百應，頃刻間就聚成反叛的人群。最激烈的十數名漢子，是烈女之夫的同村人，大喊大叫地號召著「跟他拚了！」「殺這個惡賊淫棍！」……眼看就要大亂，釀成譁變！

這支譁變起家的軍隊裡如再來一次譁變，豈不是個大笑話？孔有德日後還有臉見人嗎？他當機立斷，拔腰刀格飛了侍從用以斬首的大刀，怒沖沖大步進帳，一聲虎吼，喝住了奉元帥命將出帳彈壓的全副武裝的衛隊，恨恨地指著李九成罵道：「你這孬種！錢痨酒桶色裡餓鬼！弟兄們大事就壞在你手！」

李九成大怒，拿足元帥架子拍案喝罵：「孔有德大膽！左右，給我拿下！」

李九成的左右雖然受了他的許多好處，畢竟都是遼東人，不知是敬慕孔有德的爲人豪爽，還是知道他的神力而懾於他的虎威，竟無人動手，連回答也聽不見一聲。

孔有德鼻子裡冷冷一笑，出大帳，令隨從解開捆綁的女人，大聲對她說：「妳沒罪，妳是好樣兒的！」親自贈給她白銀三百兩安葬丈夫，回家鄉或嫁人或守節，隨她自己。而後，又命一名老卒駕車送她到家門口。女子哭著拜謝，聚集的兵卒們歡呼鼓掌，等車走遠，才慢慢散去。孔有德也立馬回營，沒有再去見李九成。回營後他把經過告訴了耿仲明。耿仲明好半天沒說話，最後卻囑咐了一句：

「大哥，今晚上多派夜哨，小心爲上！」

李九成敢對自己下手？諒他沒那個膽量！昨兒一夜也沒出什麼事。但仲明今天再次提醒，也實在是要緊關節。若是因了這個無賴，弄得弟兄們寒了心、散了架，就太不值當了！可是……

孔有德瞅瞅耿仲明，搔搔後腦勺：「你說的倒也不錯，只是一件，我老孔要是挑了頭打了旗，豈不就絕了招撫的路了嗎？」

「招撫！招撫！大哥你滿心裡就這兩個字！」耿仲明忽然冒火了。

「這是怎麼啦！」孔有德奇怪對方沒來由的火氣，「不講招撫，攻濟南？打北京？那還不斷送了帥爺的命！」

耿仲明瞪眼瞧著他，分明憋著一肚子話，卻說不出來。最終「嘿」了一聲，狠狠給馬屁股一鞭子，孔有德只好加鞭追上，一隊人馬在夕陽中飛奔，蹚起一道金紅色的塵煙。

回到北大營，孔有德逕直回自己大帳。耿仲明肚裡的話終歸要說，氣鼓鼓地還是跟來了。剛下馬，中軍急步湊近來小聲稟道：「李九成來了。」

孔有德扭頭四望，沒有見到這位元帥平日最愛炫耀的儀衛，問：「在哪兒？」

「在爺帳中等著呢。」

孔、耿二人互相交換了一道驚愕和警惕的目光，孔有德的手下意識地攥住了腰刀把，兄弟二人大步進帳。

「哎喲，二位回來啦！」李九成一見他倆，立刻站起身拱手相迎，滿臉堆著笑，乾瘦的臉上笑紋擁擠，像一塊乾柿餅，「兄弟我等了好半天啦，哈哈哈哈！……」元帥的氣派和威風哪兒去了？他怎麼又變成吳橋兵變那會兒的李應元他爹李九成了呢？

「孔兄弟，我昨兒多喝了幾斤，醉得連自家姓什麼也都忘啦！冒犯了孔兄弟虎威，真是該死！……今兒酒醒，後悔不迭，特地趕來請罪。孔兄弟，你就拿這鞭子抽我一頓吧！」李九成遞上馬鞭，順勢就要跪下。孔有德一把攙住，瞪著對方滿是笑意的甜膩膩的眼睛，不客氣地說：

「你小子玩什麼花活？」

「孔兄弟，咱們是什麼交情，我怎麼能騙你？我李九成放蕩慣了，果真是錢痨酒桶色鬼，成不了大事，你罵得千對萬對！當日我就不該上臺當這元帥，實在是你死活不挑頭兒，硬把我推上來的！昨兒的錯，我死心塌地地認了，可也明白，我這元帥是當不得了……」

「怎麼，你？……」孔有德倒吃了一驚，瞪大了眼睛。

「別急別急！這反咱是造定了，這賊船上來也不想下啦！我李九成敬你是條漢子，情願給孔兄弟你牽馬墜鐙。從此以後，我李九成只聽你孔兄弟的，叫我往東不往西，叫我打狗不抓雞！嘻嘻嘻嘻！」這個節骨眼他還有心說俏皮話。他掏出懷裡黃綢包裹的元帥金印，雙手捧上，笑道：「這元帥印、調兵符、令箭什麼的，還是孔兄弟掌著吧，旗號儀衛什麼的，我也都燒的燒、撤的撤了，等日後孔兄弟再給我一官半職那工夫，重新置！……沒別的事，我就回去啦，回去等孔兄弟的信兒！」

李九成笑咪咪地、彷彿一身輕鬆地走了。孔有德看著案上的帥印，半天回不過神來。耿仲明一直冷眼旁觀，此事好像意外，細想想又在意中。李九成這個人精明之極，能做出這種驚人之舉，必是審時度勢、細細盤算了安危得失，才下的決心。耿仲明微笑了：

「大哥，這下子責無旁貸，無可推託了吧？」

「要不，兄弟你來掛帥！」

「笑話！說句實的，兄弟若有大哥的虎威、武藝和人望，何須你推舉！」

「這事……唉，不好辦！只怕誤了招撫的大事……」

「又是招撫！」耿仲明氣得一跺腳，在帳中快步地來回走，活像一頭籠子裡發怒的狼。他突然停步，眼睛冒火，滿臉通紅，聲色俱厲：「我真弄不懂，你到底怎麼著？大鬧一場，還是爲了招撫？你說呀！你說呀！」

孔有德不明白對自己向來百依百順的耿老弟，此刻爲什麼大發脾氣，低聲下氣地勸道：「著什麼急，聽我說嘛。這回大鬧山東，我心裡想著要好好顯顯咱弟兄們的威名，叫他們知道厲害，就撫時候不敢欺負咱，手下敗將嘛！這麼著，弟兄們都能得好，升官受賞光宗耀祖，再開出關外去打韃子，立功封侯名揚四海……不好嗎？」

「唉！」耿仲明搖頭嘆氣，「你還老說，要鬧得他赦了帥爺才算完！」

「是啊，是啊！這事我心裡有譜！我估摸著朝廷早晚得赦了帥爺，咱們起兵一鬧一逼，他們就得早點放帥爺出大牢，帥爺也能少受點苦處！」

「怎見得朝廷早晚要赦帥爺？」

「嗨，他們眼又沒瞎！像帥爺這麼能幹有學問、精通西洋火器造炮臺，又這麼一片忠心的人，滿天底下、滿朝廷裡還有嗎？他們上哪兒再去找啊？……」

「罷了罷了！」耿仲明不耐煩地擺手，「合著我這些日子跟你說古論今，講了那麼些英雄豪傑，都算白費！你是真的不想圖大事啦？」

「大事大事！」孔有德也有些冒火，毛茸茸的臉泛紅了，「咱不是早說定了，先救人要緊嗎？……沒有帥爺，咱兄弟能活到今天？帥爺的恩義不報，我老孔還算個人？這些年帥爺救咱、收留咱、重用咱，我老孔才混出個人樣。就是為帥爺死了，也是心甘情願！」他聲音有些發顫，趕緊打住，緊閉了大嘴。

耿仲明見他動了感情，只好也住了口。他雖然對孫元化也懷有感激之情，但孔有德這種一條道走到黑的倔勁也叫他頭疼。眼看著會失掉圖大事的良機，他心裡火燒火燎，甚至暗暗想：朝廷若是下決心處死孫元化，反倒好了……

急促的馬蹄敲打地面的聲音，由遠而近響過來，在沉寂中有如擂鼓。孔有德怒道：

「什麼人擅闖營門，敢不下馬？抓來見我！……」

話未落音，一名滿頭大汗的騎校已衝進帳來，「撲通」跪倒，膝行數步，直抵孔有德腳下，聲嘶力竭地喊道：

「孔爺，全完了！帥爺，帥爺……死啦！」

他放聲大哭，這個曾經是孫元化貼身侍衛的小伙子，對帥爺忠心耿耿，他沒法不哭。

孔有德愣了片刻，完全不相信，雙手揪住報信人，一使勁，提著他離了地，怒吼道：「胡說八道！看我不宰了你個王八蛋！」

「孔爺！小的剛從官兵大營趕回來！帥爺，帥爺是七月初七，七天前，西市問斬升天……今日是頭七呀！……」孔有德雙手一鬆，報信的小伙子摔倒在地，伏身痛哭。帳中許多人哭出聲，耿仲明眼圈也紅了。

孔有德臉色由紅變紫，由紫轉青，半天不響不動，眼珠子都直了。突然地面一顫，半空中響了個霹靂，整座帳篷震得發抖，孔有德大吼：

「王八蛋大明朝，我操你姥姥！——」

震得人耳膜生痛的虎吼裹著孔有德旋風般衝出大帳，他發瘋般跳上報信人騎來的黑馬，抽馬狂奔，受傷野獸似的長嚎慘叫，一陣陣傳來。耿仲明和侍從們飛跑著直追到營門，孔有德和黑馬已在暮色中影影綽綽地消失，但那可怕的怒吼仍在蒼茫的原野上迴盪。

孔有德「嗬嗬」咆哮著、長嚎著，拚命地打馬飛馳，無目的地亂闖。他希望此刻颳大風、下大雨、打大雷。他希望此刻蹚火海、上刀山！他沒法忍受，他不能再忍受了！扔掉帽盔、脫掉衣袍、甩去靴子，讓勁風猛烈地拍打他多毛的胸膛，放出他所有的怒吼；讓雷電劈開他的身體，讓他的怒火把這個世界燒個精光！……

老馬識途，良駒戀主，黑馬載著瘋狂的孔有德繞了個大圈子又向營門狂奔。他毫不心疼地拚命抽打坐騎，根本不注意迎面來接應他的耿仲明和侍從的馬隊，及至衝到跟前，黑馬收束不住，猛然人立，揚蹄嘶鳴，孔有德竟「轟隆」一聲摔下馬背，揚起一團黃塵。

「大哥！」耿仲明急忙下馬。

「孔爺！」騎兵們全都圍了過來。

孔有德匍匐在塵土泥草之中，半天不動。後來緩緩直起腰，仰頭呆呆望著虛空中的那個他心目中的偶像，用嘶啞的嗓子輕輕喚著，極其淒切悲傷，大滴大滴的眼淚像沉重的水銀珠子滾滾往下淌：「帥爺，帥爺，你冤哪！……要講什麼忠義……」

他嗚咽著，泣不成聲。耿仲明正要上前攙扶，他猛地一抹眼淚，憋足了勁，撕心裂肺地吼叫得縮成一團：

「忠義是狗屎！——狗屎！——」

「大哥，回營去吧……軍情有變……」

孔有德不理睬，陡然站起身，仰天大笑：「哈哈哈哈！……」他就這麼一路笑著回了大營。笑聲時長時短、時高時低，有時對著耿仲明和弟兄們擠著眼笑，有時又是對著自己從鼻子裡冷笑。進營門那會兒，他才愉快地對耿仲明說：

「兄弟，我太傻了！是吧？」

可是，當探馬向他稟報最新軍情時，他一絲笑容也沒有了，非常冷靜地仔細聽取了這項壞消息的全部：

朝廷殺孫元化、張燾；總督劉宇烈下獄；兵部尚書熊明遇革職，罷山東總督及登萊巡撫不設，調右都御史朱大典任山東巡撫，督率大軍六萬及朝廷最精銳的關外勁旅一萬合剿，以總兵金國奇、吳襄，副將靳國臣、劉邦域、吳三桂，參將祖大弼、祖寬、張韜等分領各軍，中官高起潛監護軍餉，並徵調關外西洋大炮二十位、中炮百位，浩浩蕩蕩殺奔青州、萊州而來。

孔有德眼睛裡閃耀的光芒，是那樣冷酷、凶暴、惡毒，簡直不像人類的目光。聽罷軍報，他看了看耿仲明，脣邊掠過一絲痛快的報復的惡笑，說：

「好兄弟，這回看我的！」

耿仲明點頭，放心了，卻也不由得暗暗打了個寒顫。

次日黎明，祭旗祭炮。

祭品是三個大活人：大明登萊巡撫謝璉，監視中官吳直、徐得時。祭旗儀式上宣布：孔有德爲一軍之主，號天下招討都元帥，李九成爲副元帥，任命耿仲明、毛承祿、陳有時、曹得功爲總兵官，李應元、陳繼功、線國安、王大年爲副將，不日鑄印，大封百官，另立蓬萊國，與大明朝對頭到底！

慘烈的大戰開始了！

雙方都倚仗西洋火炮爲攻守，出現了百炮對射、炮矢如雨的大規模炮戰，其場面之壯觀，是明代乃至我國古代軍事史上空前的！山東半島的登、萊、青三州豐腴富饒之地，在一年之久的雙方拉鋸大戰中夷爲荒野廢墟。

次年，崇禎六年二月，官軍攻破登州，叛軍遁入東海。四月，傷亡慘重、走投無路的叛軍一萬三千餘軍丁家口，在孔有德、耿仲明率領下，會同鎮守廣鹿島副將尙可喜，攜帶西洋大炮四十餘位、中小炮近千位、兵船二百餘艘，浮海投金。皇太極親自出迎至渾河岸，隆禮厚待。這支明朝最精銳的火器部隊的叛逃，使明、金的軍事力量對比發生巨大變化，最終造成了明朝政壇更迭：首輔周延儒垮臺，溫體仁居首相。大學士徐光啓因學生孫元化、張燾被斬、王徵遣戍，憂憤國事，於是年十月去世，享年七十一歲。

崇禎九年，大金改國號爲大淸，皇太極稱帝。

崇禎十三年，屢起屢敗、屢敗屢起的山陝民變終於蔓延到全國，形成了百萬農民大起義。

四年後，大明朝亡於李自成的大順朝。同年四月，曾到山東圍剿過孔有德叛軍的明朝山海關總兵吳三桂開關降淸。十月，大淸順治皇帝──皇太極之子福臨即位於北京。此年爲大明崇禎十七年──大順永昌元年──大淸順治元年。

尾聲

一

楓葉紅了。菊花殘了。北雁南飛、秋霜初降之際，他來到嘉定這個江南小鎮，重溫半年前的舊路。當鎮南高大的水門關和別緻的宣文石橋遙遙在望時，佇立船頭的他，心頭惴惴不安，腦際又一次浮上那句舊詩：

近鄉情更怯，不敢問來人。

春天那次來，是不知她是否在家，是否還記得他，是否肯見他；現在再來，是擔心她是否還活在世上……

他已是不惑之年，歷盡滄桑，把人世間一切都看得很透徹了。什麼都可以忘卻，什麼都可以捨棄，唯有她的那分情義，像一顆明珠，永遠埋藏在他心底，隨著歲月的流逝，愈顯得純潔、高貴、無與倫比。

「不敢問來人」，毋寧說是「不能問來人」。他租用的客船送他進了南門，在鎮中南北向主河道練川上慢慢地行駛，從回春橋、佑文橋、賓興橋、聚星橋下一一穿過，看得見應奎山上的樹影，看得見孔廟的欞星門和門前的「仰高」、「興賢」、「育才」三座牌坊，看得見法華塔高聳的塔尖，看得見不時露面的燒得只剩屋梁的房架和熏得烏黑的殘牆斷壁，卻看不見一個行人，聽不到一點人聲。若不是進水關有幾個把守盤查的清兵，真以爲是進入無人之境了。

船搖到登龍橋，轉頭向西，駛入嘉定鎮中東西走向的主河道橫瀝，又穿過太平橋、廣平橋、孩兒橋、宮保橋，橋上和河兩邊凌亂殘破的街路上，仍是靜悄悄的沒有人影，連雞犬之聲都沒有，只有「吱吱呀呀」的櫓聲和著河水汩汩，單調得可怕。船老大夫婦面露驚惶，頻頻互使眼色，小聲道：

「當真的，人都死光了？……」

天香橋頭，終於看到一個緩緩移動的人影。爲了給船夫壯膽，他大聲喊道：「喂，借問一聲，孫中丞家中有人嗎？」

那人猛地一怔，朝這邊看了一眼，扭頭就跑，彷彿受了驚嚇，躲開什麼惡鬼似的。

船夫心裡發毛，賠著笑臉說：「先生，你就在這裡下船吧，不是說離天香橋不遠的嗎？情願算還你船錢……」

他苦笑著擺擺手，背著簡單的行囊，在天香橋邊上了岸。在窄窄的、空寂無人的鵝卵石鋪就的小街上徜徉，尋找那極難找到的、淹沒在千門萬戶之中的孫宅。春天頭一次來嘉定，也是走的這條路吧？或許不是？

記得那日下船，已是黃昏。天上下著那種江南特有的三月杏花雨，細如牛毛，綿綿密密，不覺得有雨，卻又沾衣盡溼。何止衣溼，橫瀝、練川兩條河道上，一座座石橋溼潤了，臨河的半身浸在水中的河房溼潤了，岸邊青青的垂楊、粉白的杏花溼潤了，河上一條條篷船也溼潤烏亮得像鯉魚的脊背。他在一座拱橋上倚石欄站定，滿眼是無聲流淌的綠水、水上的船、船上閃爍的燈光、船頭燒飯的火光和河面粼粼的倒影閃光。於是，米香、菜香、燒柴的特殊煙味混合著河水那輕微的並不難聞的腥氣，撲向他的鼻觀。「吱呀」櫓聲、「丁當」碗碟聲、似有若無的水流聲，還有一陣陣輕俏甜糯的吳儂軟語和細碎的笑聲，從他耳邊掠過……所有這一切，都像江南的春雨一樣柔潤嫵媚，令人心醉，更令他想起他此行要尋訪的她。她雖是純淨真誠如水晶，而且不算漂亮，但性格言談中仍然時時流露出這種嫵媚，他確信是江南水土，尤其是這江南柔潤如酥的春雨滋養出來的……

如今呢，秋風拂面，滿是肅殺之氣，跟這經過戰亂摧殘的小城鎮倒是十分相稱。仍舊是小石橋、小水灣、小窄巷、小白屋，卻都像失了生命、失了靈氣一般……他走進一條窄窄的小巷，窄得不容人抬起雙臂，兩邊高牆壁立，黝暗如幽洞。彷彿有燈光從小巷深處遠遠地送來，忽明忽暗，閃動著猶疑的、悲哀的、疲倦的光芒。他真怕從她眼睛裡看到這樣的表情，但願她不會！一陣濃郁的花香撲面而來。桂花！桂花！他精神陡然一振。記得春天來時，和京曾約他秋天來賞桂花、吃桂花茶，說隔壁邁園招隱亭前有叢桂數十株，花開之日，香遍一條隱仙巷。對，就是隱仙巷！孫宅就在隱仙巷。

果然，在幾重燒殘的、塌圮毀盡的院門之後，他找到了那兩株高大的垂柳。垂柳後面鐫有「半日讀書半日靜坐，一畝種菜一畝栽花」門聯的紫紅色大門，居然毫無損毀。他舉手叩動門環，「當當當」的聲音在寂靜中響得驚人。然而無人答應。略略一推，門開了，他大聲喊道：

「堂上有人嗎？錢塘呂之悅求見！」

沒有回音。

呂之悅斷然進大門、穿二門、走穿堂，來到庭院，不由得停步佇立。雜草叢生的院中，兩株寶珠山茶濃綠中點綴著數朵豔麗的花，開得寂寞、淒涼；一棵玉桃樹上果實纍纍，凝眸間，風吹樹動，幾枚玉桃竟「啪嗒啪嗒」落地，摔碎了。堂前那棵皂莢依舊茂盛濃密，他們叫它什麼來著？對了，叫雞棲樹。記得春天裡和京指著這棵樹告訴他，這樹關聯著父親的生死榮辱。它一向不生莢，但父親出生那年忽生一莢，登科中舉年又生一莢，臨到被禍之年再生一莢，至今十三年間不見有莢了。當時寶珠山茶開了一樹，燦如雲霞，玉桃更是花團錦簇，熱鬧得讓人心醉心慌。和京介紹說，山茶已是百餘年物，玉桃則屬上苑佳種，先父特地從徐太老師那裡求來的……

門簷下掛著「杕左堂」匾，他撩袍進門，卻見一堂空寂，四壁蕭然。正北中堂畫屏已破損不堪，堂上懸掛的崇禎皇帝手書「勞臣」欽賜御匾已經不在，只留下一處明顯的長方痕跡，花窗上窗紙的碎片在風中窸窣作響，八仙桌和茶几椅杌上積著厚厚的灰塵……

「家裡有人嗎？錢塘呂之悅拜揖！……」

他聽著自己的聲音如同悶雷在堂頂滾過，引起嗡嗡的回響，過後，又歸於寂靜。靜得可怕、可疑，他聽得自己身體內血流的轟鳴。

「呂之悅是誰？他認識呂烈嗎？」

尖細而又有點沙啞的問話驚得他一哆嗦。但他頓時清醒，這聲音發自他心中，是他春天裡，在這杕左堂上等候接待時聽到的第一句話！此刻，在一片空寂之中，他憶起當時，更像一個旁觀者看著令人神迷魂搖的一齣戲：

……

是的，人未到，聲音先到，驚得敬候在杕左堂前的呂之悅渾身一哆嗦：這難道是她？十二年不見，她會變成什麼樣子？聲音改變得這麼大？

出堂來的卻是她的母親，孫夫人沈氏；侍候在側的年輕男子，一望而知，是當年登萊巡撫府無人不識的帥爺的幼子和京。呂之悅搶上去跪拜：

「不孝姪男叩拜伯母老大人！」

「你？……」沈氏已年過花甲，瞇著昏花老眼只管看他，弄不清這個面龐清瘦蒼白、頷下疏疏三綹黑鬚的俊秀男子是什麼人。和京卻認出來了，怒氣沖沖直跳起來：

「呂烈！你！……你還有臉來！」

「你是呂烈？」老太太驚詫不已，止住恨不得衝去揪打客人的兒子，「真是跳蚤脾氣，一碰就蹦！問問清楚嘛！」她瞇著眼再次打量呂之悅：「看你這模樣，也是烏龜變黃鱔──解甲歸田了？還改了名字，叫做什麼？呂之悅？……」

「伯母，」呂之悅顧不得禮節，打斷老太太的嘮叨，「我是為幼蘩小姐來的。當年帥爺親口許親，給姪男一方砣磯硯為憑證，那時和京公子在側，請伯母、公子驗看！」他珍重地取出了那方花中君子硯。

「知道知道！」老太太嘆道，「我家又不會賴婚。你為什麼到今天才來？」

「伯母請先告訴我，幼蘗小姐她……還好嗎？」

「唉，黃連木刻娃娃，苦囡苦命，她……還好。你呢？」

呂之悅全身輕鬆下來，吁了口氣，才說起自己的遭遇。

當初在津門叩別帥爺，便直奔登州。帥爺家眷已經離登回南，他卻被變兵擒獲，押在牢裡不殺又不放。半年後，他原來游擊營的部下，趁耿仲明去海島時偷偷將他釋放，他便直接奔來嘉定。不料在揚州被當地巡查拿獲，押送進京，給關進錦衣衛南鎮撫司這個掌管本衛刑名的獄所。儘管是死罪，他也覺得幸運，因爲這裡比俗稱詔獄的北鎮撫司受罪少得多。

他的幸運還不止於此。他在錦衣衛的把兄弟已於此前調到南鎮撫司掌管簿籍，拿一個獄中病死的名叫呂之悅的犯人卷宗，偷換了他的卷宗。於是，天下通緝的欽犯呂烈便病死獄中，他便頂著呂之悅的名字轉到刑部監獄。還是因把兄弟的照應，他在獄中得到上等待遇。只是呂之悅的案子是個沒法了結的無頭案，在他的把兄弟意外亡故之後，竟無人過問。他因冒名頂替，不敢上訴要求審理，刑部獄又因錦衣衛來人打點過，也不敢虧待他。就這樣，他在獄中前後十二年。這十二年他拚命讀書，成了老莊的信徒，返璞歸真，萬事萬物都想得通、看得開了。

大明亡於流賊李自成，他認爲上天有眼；李自成敗於清兵，他也覺得勢在必然。一切事物，無論大小，但凡發生，必有因果，誰也用不著埋怨。他自己倒是這場天下大亂的得利者：闖王進京，大開刑獄之門，他在被監禁十二年之後，獲得了自由。

他的父母都已過世，二老的棺柩還存在城外一家野寺。他扶柩回錢塘故里，安葬他們進祖墳，自是責無旁貸。辦完喪事，他便起程前來嘉定，由於途中紛亂，屢有阻隔，趕到這裡，已是孟春……

老太太邊聽邊嘆息落淚，立刻就原諒了這個十二年不上門的門婿：「唉，唉，真是紙糊的琵琶——談（彈）不得呀。生在亂世，有什麼法子呢？不怪你，不怪你！難得你十二年了還記掛著我家蘗兒。她呀，跟你一個樣，鯽魚下油鍋——死不瞑目，終日只是打聽你！前年就帶了郝大老夫婦兩個去了京師，說是京師南來北往的人多……」

「她在京師？」呂之悅驚異地問。

「可不是嘛！那囡囡從小就是石獅子的五臟——實心腸，說了要去，誰也勸不住！這些日子京師大亂，天下大亂，她又沒有信來，不要急死人嗎？」

「她在京師什麼地方？」

和京連忙插進來：「在宣武門小教堂邊一家小院子，是徐太老師家留下的。她掛的行醫招牌、用的詩名都是堅白，取美玉堅而無瑕之意……」

「堅白！……」呂之悅不由喊出聲。在京師曾有友人約他去訪堅白，據說是位中年婦人，但平日冠男子冠，衣鶴氅，擅醫道，又闢詩社結客，稱謂、禮節一如丈夫，能詩能琴善畫墨梅。診病外，廣結四方士人以詩文來訪者，人極聰明瀟灑，毫無脂粉俗氣，更不涉調笑褻語，頗有朝貴名流與之來往。當時他只當笑話聽，並不深信，也不肯去訪，真辜負了她這麼不顧一切尋訪他呂烈的一片熱腸了！他後悔不迭，立刻就想奔回京師。老太太勸住了，說就是雇船買馬，也得明天。

當晚，在樂在堂，老夫人設家宴款待這位未婚女婿。他於是認識了沒有見過面的幼蘗的大哥和鼎、二哥和斗，還有幼蘩的妹夫、幼藻的丈夫侯玄泓……

* * *

對，到樂在堂去！在杕左堂呆立許久的呂之悅醒悟過來，出門下臺階，從側面一個瓶形門洞穿過，沿著一條寂靜的小廊，走到了樂在堂前。一架紫藤葉已落盡，小徑淹沒在荒草中，轉過塌圮的太湖石假山，步上空階，推開堂門，呂之悅又驚又喜，大叫出聲：

「啊呀！和斗兄！玄泓小弟！可找到你們啦！」

他已經很久不曾這樣情緒激動，歡喜到極處，一時眼圈都紅了。走進孫宅以後，一直提心吊膽，終於見到孫家的人，知道他們逃脫了嘉定三屠的大劫難，這不是恍若隔世嗎？

然而，和斗與玄泓正在對飲，都已大醉，眼睛紅、臉紅、脖子紅，連與呂之悅一樣新薙的頭頂也青裡泛紅。玄泓是二十來歲的年輕人，大笑著舉杯邀他：「來！來！來！喝它三百杯！天翻地覆、國破家亡！嘉定大劫，十餘萬生靈塗炭！什麼天理，什麼公道！什麼善惡是非黑白醜美，都是放屁！……」說著自管灌酒，酒水順著下巴，流得滿身。

「你……現在才來？」和斗似乎認出他，陰沉著臉，口齒不清地說，「來，來遲了！現今，哪裡都是、大清天下，人人都是、大清的順民啦！哈哈哈哈！」他摸著薙髮垂辮的頭，狂笑一氣，一邊笑，又一把一把地抹眼淚。

呂之悅一把攥住和斗的手：「告訴我，老太太呢？和鼎和京呢？幼蘩回來沒有？」

和斗突然受驚，又蹦又跳，拚命掙扎，嚷著：「我不知道，我不知道！我什麼也不知道！……殺了我就是！十多萬都殺了，多我一個算什麼。殺吧！殺吧！……」他的臉歪扭抽搐得變了形，聲音岔了調，變成尖叫。

呂之悅趕忙放開手，心頭升起的那點僥倖蕩然無存。他腳步沉重地離開這兩個醉人，想先到他上次去過的書房住處安置下來，明日待他們酒醒再問。

誰想書房窗下，一大堆書函文稿中，竟有一人專心致志地握筆寫作，連有人進屋都沒有發覺。呂之悅忍不住大叫一聲：「大哥！」

那是和鼎，孫元化的長子。他被這一聲驚得一跳，定睛一看：「哦，是之悅賢弟。」他的口氣神態平靜得像什麼事都沒有發生過，「快進來，請坐。」

呂之悅拎起桌上茶壺，為和鼎和自己各斟了一盞茶，謹慎地選擇著詞句：「大哥，不料半年之間，竟生此巨變！……」

和鼎搖頭長嘆：「唉，大劫呀！十數萬百姓的性命、數百年繁華富饒，毀於一旦！……家母與三弟、三弟妹，都……」他說著，流淚了。

「啊！」呂之悅心頭震動，猛地站起來，又坐下去，硬把湧出的淚吞下肚，一時面色煞白、喉頭哽塞，幾乎順不過氣。兩人默默相對，靜了許久，和鼎輕聲問道：「還記得你離嘉定前一夜，我們在此聚談嗎？」

呂之悅點頭。他記得很清楚。那日，和鼎、和斗、和京三兄弟和玄泓、呂之悅兩連襟，就在這書房裡，終夜不眠，把酒論天下事。說起偏安南都的弘光小朝廷，無不鄙夷。半壁山河岌岌可危，而弘光帝卻忙於選秀女徵歌妓，不認患難相從的童妃、囚禁千里來投的崇禎太子，還聽任阮大鋮、馬士英當國，在朝中再次掀起逐殺東林黨人的風潮。侯玄泓剛從南京回來，說起朝中事更是激憤得高談闊論：

「清兵眼看就要南下，領兵四鎭卻又內訌。左良玉揚言要沿江東下攻南京清君側；馬士英不思抵禦清兵，竟撤江防兵、淮揚兵去上游禦左，還說什麼『寧可君臣皆死於清，不可死於左良玉之手』！眞正一派糜爛，無可救藥了！」

和京仍懷著一點希望，說：「史可法史大人總歸是中流砥柱……」

「奸臣當道，他獨力能支嗎？」和斗與玄泓一樣憤慨，嗓門更大，「當年平定登州的那位朱大典，還記得嗎？聽說他含怒入朝堂，大聲言道：『少不得大家要做一個大散場了！』這小朝廷看看要樹倒猢猻散！侯伯丈果是有眼力，不肯應徵去南京做官！」

玄泓的父親侯岐曾、伯父侯峒曾，遐邇聞名的江南名士，是天啓朝東林名臣侯震暘之子。弘光立朝即位，召集各官入朝晉升，兄弟倆堅不赴召，同回嘉定故鄉隱居。所以玄泓和孫家子弟一樣，對朝廷的腐敗黑暗、苟且無能知道得一清二楚。

沉默寡言的大哥和鼎輕聲道：「莫非眞要失國於清？……」

和京憤憤地說：「失國於清就失國於清！我看大清進京就爲先帝發喪，並葬以厚禮，蠲免擾民最甚的三餉，隨後又發大兵追剿流寇李自成，替我朝報仇，弔民伐罪，不失爲義舉！總比這醉生夢死、昏庸無道的弘光有幾分作爲！」

和斗神祕地眨眨眼，突然壓低了聲音：「我也聽說了，北兵南下，要革除弘光，實施八項新政：求賢、除奸、薄稅、銷兵、均田、隨俗、定刑、逐僧。若眞能如此，也可算撫綏安定，救民於水火了！」

……

由於父親孫元化冤死而對大明朝廷不存幻想的孫氏弟兄們，既無力左右天下大事，便私下裡把希望寄託於大清的仁政。結果，一道薙髮令，毀掉了一切希望！……和鼎擺弄著桌案上的文具書籍，不住地搖頭嘆息，繼續說：

「你離嘉定北上不久，清軍便南下了，只在揚州曾遇上史可法老大人的抵抗，攻城屠城。南京不戰而降，領兵攝政王進南京安民，秋毫不犯，待崇禎太子如上賓，又建史可法祠，親自祭祀，並令弘光朝大小官員照常辦事。於是乎從南京到杭州，整個江南傳檄而定。苦於弘光暴政的江南百姓，甚至豎順旗於城頭，黏順民字於門首，焚香執壺迎大清……

「誰知六月裡，薙髮令下，留頭不留髮，留髮不留頭！一時間嘉定士紳百姓，乃至小販乞兒無不激憤，成千上萬人痛哭於家廟祖墳。市上人情洶洶，大喊長呼：『安得官軍來，爲我保此髮膚！』『但有倡義人，立即揭竿相從！』於是城中紛紛四起，殺縣令縣丞、燒清軍兵船。侯家伯丈與黃陶庵老伯受眾人公舉爲首領。七月初一，清兵大軍圍城，炮火隆隆殺聲震天，全城老少義憤填膺，盡都登城，堅守苦戰三日三夜，到了初四黎明，城還是被攻破了……」

和鼎聲音嘶啞，淚流滿面，說不下去了。

良久，和鼎的聲音緩緩又起，更加低沉，若斷若續，幾乎不能聽清：「東門先破，大隊清兵闖進城來，逢人便殺，男女老少或散或奔，盡皆逃命……我們一家數十口，也隨眾奔逃至西門。一時聚在西門的逃命百姓將近二萬，只要打開西門，這二萬人多數還能活命的……守西門的黃陶庵老伯一生以忠直自詡，嫉惡如仇，此時定要與嘉定城共存亡，他在城頭伏地大哭，以忠義激勸百姓，就是不肯開門！……

「母親當機立斷，命家中主僕各自逃生，她說：『何必陪皇上去死！我家已死過一個，足夠了！』她又再三囑我兄弟，便是忍辱也要偷生，因爲父親的著作尚有四十餘卷沒有刻印，我們各自也都在著書立說，不該廢棄……母親年邁，我們爭著背她逃難，她選了和京……直到清兵封刀，事定之後，我與二弟脫難相逢，好幾日尋找母親、三弟不著。後來，在邁園園水池中……母親和三弟、三弟妹，都……三弟還背著母親，一支箭貫穿了兩人！……」

可敬的孫夫人！可敬的和京！呂之悅胸中沸騰著痛苦，他恨極，恨得咬牙切齒！但卻又不知該恨誰！

和鼎恰恰也說到這裡：「活到今日，年過不惑，才看明白了。這個世道，崇禎朝也罷，弘光朝也罷，大清朝也罷，哪家不是視天下人爲奴？生殺予奪都在他手，一句不合，翻臉就殺！就連黃陶庵老伯到了那樣的關頭，還不肯放百姓逃生呢！……黎民百姓微若草芥，弱比蟲蟻，難道……唉！說也無益。你來看。」他領呂之悅走到牆邊幾架書櫃前，指給他看那一摞摞書稿、題簽：

「我們兄弟從此將隱姓埋名，閉門著書，研習學問。把這些文稿修撰完畢付印成書，也算一件益世之舉，不負父母教誨、不負此生了！」

呂之悅一一看過去：《春秋名系匯譜》、《經史論辯》、《春秋義例通考》、《石鼓文考》、《穎庵詩稿》等等，擠滿一架。另一架是和斗的著述：《東周通紀》、《三傳分國紀事》、《書學聖蒙》、《石鼓文辯證》、《議窳園稿》，裡面有一束紙頁最薄、墨跡最新，顯然是近日寫的：《國恤家冤錄》。

呂之悅很表敬佩，但心裡不以為然。因為他連這點事也不願做，只想追尋莊子的無知無為的忘我境界，擺脫塵世痛苦。他問：「老夫人與和京兄弟的後事……」

「入土為安，都葬在父親墓邊。」

「那麼，」呂之悅鼓足勇氣，「幼蘩回來了嗎？……我趕到京師已經入夏，百般找她不著，她……」

和鼎陡然變得冷漠平靜，跟他一直表現出的推心置腹形成奇怪的對照：「哦，她回來過，又走了。」

「這麼說，她活著？」呂之悅驟然間又有些激動，卻被對方冷冰冰的目光抑住。見和鼎不情願地微微點頭，他忙不迭地再問：「她在哪裡？她現在在哪裡？」

「跟人走了。」

「怎麼？清兵把她搶走了？」

「不，她自己願意的。不知道她現在在哪裡。你把她忘了吧，我孫家對不起你了。」這話題一下子把和鼎重新變成嚴肅寡言的學究。他彷彿對呂之悅厭倦了，又坐回他的座位上，拿起筆、埋下頭。

呂之悅不知所措。和鼎的不近情理使他感到受了侮辱，但還是隱忍住又問一句：「她還回來嗎？」

「不知道。」回答乾巴巴的，頭都沒抬。

呂之悅很尷尬，停了半天，沒話找話地笑道：「和鼎兄，我一路看來，居家房屋多半殘毀，孫宅卻完好如舊，真不幸中之大幸了……」

和鼎那嚴肅少表情的臉突然漲得通紅，憤怒地抬起頭，狠狠地看了呂之悅一眼。眼裡那灼人的火焰使他明白，他很難再留在孫宅了。

* * *

呂之悅備了祭品，來到南門外羅涇陽二圖荒圩的孫元化墓前祭掃。他驚異地發現，墓前石路剛剛修過，比春天來時乾淨規整多了，墓門及兩邊的石人石馬也完好無損。孫元化的墓、孫夫人的墓、和京夫婦的合葬墓，以及孫元化的義女孫幼蘅墓、孫元化的父親孫繼統墓，都很整潔，雜草不生。墓間松柏成林，也有新近修剪過的痕跡。或者七月十五家祭日，孫家兄弟來此掃墓時整理過？

呂之悅擺好祭品，焚香祝辭，無限感慨，往事歷歷湧上心來。此刻，他無法用道家老莊的灑脫去排遣滿腔悲愴。萬端思緒，縈迴衝盪，只得訴諸筆端。他跪在帥爺墓前，鋪紙於墳臺，揮筆如飛，讓心頭的哀思滾滾流淌……

他又分別向孫夫人、和京夫婦、孫繼統老先生跪拜，最後拜到幼蘅，也即他此生第一個情人灼灼時，心緒格外繚亂，難辨酸甜苦辣。奇怪命運捉弄人到這種地步！他不由想起自己與灼灼、灼灼與孫元化，以及幼蘅與自己的複雜交錯的往事。孫元化去了，灼灼心滿意足地隨她心愛之人去了。呂之悅還活著，幼蘅也還活著，命運卻怎麼也不肯讓他們這一對活著的情侶相逢！

當他趕回京師，終於找到堅白的寓所時，正是清兵進京、滿城大亂的節骨眼：漢人全被趕往南城，讓出北城也就是內城給滿洲人居住。堅白的住處位於內城南端的宣武門邊，卻奇跡般地保存下來。人們告訴他，這是因為堅白受小教堂西洋湯神父的保護，而湯神父受到了新朝大學士范文程的保護，成為可以居住內城的極少數非滿洲人。堅白在前朝能夠在京師行醫，以詩文結交朝貴名士，也多是由這位西洋傳教士引見的。

呂之悅在堅白寓所呆呆站了許久。院內小有山石花木，上階進門則是接待四方來客的一間廣廈，裡面精舍修潔，四壁皆名公贈答書畫，其餘惟數架書，一琴一榻一几一爐而已，別無長物。守門的老嫗告訴他，女主人最好琴，往往客集廈中，數聞琴聲出戶而不見人。久候，間或出舍一見，見也不作寒暄，相對終日，清茶清談，淡泊自如，所以客皆敬之若仙。只是因近日大兵南下，她不放心家中老母，已於一月前買舟離京回原籍了。

那麼，他是在途中與她交臂而過了？命運為什麼不賜給他們相會於某處野渡客店的機會？縱使相見能相識嗎？她必定是男子衣冠男子裝束，一時認不出；自己也已塵滿面、鬢如霜，她又怎敢相認？……

「她來過，又走了」；「她跟人走了」；「她自己願意的」……這究竟是怎麼回事？他們為什麼諱莫如深？和鼎是再不理睬他的提問，和斗被他逼問不過，只苦笑著說：「忘掉她就是了，我們孫家沒有這樣的不肖女！」

她做了什麼事？跟誰走了？那意思莫非她嫁了人？……此念一起，呂之悅打了個寒戰，不覺一陣心灰意冷。如果這半年多的奔波竟是這個結果，也太無趣了！他仰面躺在松蔭下，透過墨綠的松針望著秋天特別寧靜、特別藍的天空，開始嘲笑自己的多情，嘲笑自己的認真和難斷塵俗之念的愚蠢，心下漸漸輕鬆，竟而熟睡過去。

在夢中，他在重複自己剛才所做的一切：擺祭品、拜祭、鋪紙、提筆，一瀉千里地寫下他的哀悼和慨嘆。後來，他夢見自己拿起紙，向孫元化的墓塋大聲吟讀：

「去歲瞻遺像，英風起堂廡；於今過荒塋，石馬臥宿莽……」

不對，這不是他的聲音！他的聲音不會這樣年輕響亮，也沒有這些奇怪的口音。但他夢見自己還在讀：

「折節聞沖年，碩畫贊幕府。火攻擅神奇，貂蟒旋偉武。勵志康世屯，正色叱閹豎……」

他在夢中思索：這是怎麼回事？他漸漸感到憤怒，他絕沒有讀出聲！他從不這樣誦讀自己的詩作！可他竟然在讀，有時竟還結結巴巴：

「乘障蒞山東，士民盡安堵。恩信收材傑，紀律練營伍。授鉞威屢申，航海據非所。遭變竟罹殃，飛霜灑笳鼓。城壞值時艱，數奇悲今古……」

他已經醒了一半，繼續做著夢，沒有讀沒有張嘴沒有發聲。但他確實在大聲地吟誦著自己的悼詩！他勃然大怒，猛地驚醒，發現自己還躺在松蔭下枯萎的秋草中，聽見有人在吟誦他的詩，就在墓碑的那一面：

「『思哀本經訓，悼往尤酸楚。飢鳥啼墓門，似訴蒙冤語！』……好詩好字！真是少見！董兄不是總也聘不到可意的西席嗎？若得此位錢塘呂之悅，可稱上選。你不是即將去杭州？」

被稱為董兄的，聲音低沉和緩，顯然年歲大些：「罪過罪過，看這詩文才情，這一筆字！我敢說當今大才子也不過如此！若能得他教誨，我全家都列門牆，怎敢委屈他充西席！只是偌大嘉定蘇州府，何處去尋他？白白錯過，好生沒福！到杭州一定細細尋訪。」

「咦，這裡墨跡尚未全乾，想來此位先生去之不遠，快著人四處尋找！」

一片呼喚回應、分派僕從四路尋訪的雜亂聲音。呂之悅再灑脫，再看破紅塵，對這樣的背後褒揚讚美也不能無動於衷——背後的讚美同背後詛咒一樣，是最真的。他從墓後走出，拱手道：

「不才呂之悅，蒙二位錯愛謬讚，實在慚愧……」

薙髮垂辮，馬褂長袍，那二人全然一副新歸順大清的江南儒生模樣。年輕的看去不到二十歲，丰神秀頤，英氣勃勃；年長的三十有餘，身材魁梧，膚色黝黑，濃眉下一雙大眼很有光彩，五官位置端正得當。他們見呂之悅竟自己走出來，又驚又喜，連忙趕著申表敬慕之情，又拿起那詩箋再三吟誦讚美，並問起呂之悅何以來此祭奠。

呂之悅取過詩箋在墓碑前慢慢焚燒畢，又對孫元化之塋跪叩如儀，然後嘆息著告訴二人，十數年前，他曾在孫巡撫麾下效力，對這位忠臣十分敬仰。

二人神色更加恭敬，年長的董生竟迫不及待：「先生若不棄，恕我冒昧，祈請先生到我家做客，我們夫婦兒女願列門牆！」

「不敢當。小子才疏學淺，又逢此國變，於功名於世事已心灰意懶。如今孑然一身，無牽無掛，只想徜徉山水間，詩酒了此一生！」呂之悅說著，神色黯然。

「那麼，先生何以爲生？」董生恭敬地問。

呂之悅一時啞口無言。大亂之後眼看就是大饑荒。他家財已盡，只有幾畝薄田，耕讀二字是太平盛世的話，詩酒山水其實也只是個夢。他必須找一條活路，尋一口飯吃。

「呂先生，不如就在董兄家設館吧！董兄一家極是敬賢愛才，他那一雙兒女人稱金童玉女哩！」年輕的那一位極力攛掇，「再說，他即將往杭州安家，豈不是大方便？都說上有天堂下有蘇杭，回了杭州，還愁山水詩酒嗎？」

呂之悅動了心，拈鬚沉吟片刻，終於點頭。董生大喜，立刻向呂之悅躬身一拜，囑咐僕從回城隨呂爺去取行李。呂之悅傷感地笑了笑，說沒有行李，應用物品都隨身帶著。他指指自己裝著筆硯紙張衣物的小包袱，年輕的那位眼裡流露出憐憫，這使呂之悅很不高興，轉身背對他，向董生問道：「董君爲何到此？也聞知孫巡撫的大名？」

董生笑著指年輕的那位：「問這位岳老弟，他知道。」

呂之悅不得已，只好回身。那岳生臉上一團陰雲，見他轉過臉來，才又微微笑了，說：「我給你講個故事吧！一日，清兵捆了兩人送到領兵貝勒王營中。貝勒王問兩人以何業爲生，其中一人跪倒叩頭，急急忙忙地說：『我是窮民，家徒四壁；他家世代做官，是有錢的貴公子，只管抓了他問他要，多少金銀都有！』他又急又怕，說得很快，貝勒王聽不明白，轉向另一個被擒者：『他說的什麼？』此人從容複述道：『說他向來貧窮，說我孫某是宦家子，家中多金銀，要王爺釋放他而留我。』

「貝勒王很驚訝，對帳下將佐說：『世間竟然有這樣的直男子！有生以來少見！』便令爲孫生鬆綁設座，反把自稱窮民的首告者牽出帳去斬首。又問孫生，家中果然有許多金銀財物嗎？孫生答道，確有藏銀八百兩，埋在後園太湖石邊，儘管取去犒軍。

「派去挖銀的人很快把銀兩獻上貝勒王，藏銀地點及數目都一點不差。貝勒王驚愕之餘，對孫生說：『你的銀子都獻出來了，你日後靠什麼過活？本王只取一半賞眾，餘下一半仍還給你吧。』

「孫生竟泫然出涕，道：『家中老母弟妹均已罹難，存亡不知，我獨活無味，惟願膏王斧鉞，他非所計！……』

「細細問起孫生家族世系，原來是故明登萊巡撫孫元化的長子和鼎。貝勒王大驚，說：『幸而細問，險些違了父命！』他安慰孫和鼎說：『不要憂心，我替你全活家口。』

「貝勒王下令四處搜尋探訪，找到了孫和鼎的妻女及一個弟弟、兩個姪兒，並親自發出禁令：不許任何人去騷擾嘉定城中的孫宅，違令者斬無赦！」

怪不得和鼎對提起孫宅的完好那麼敏感，他羞於接受滿洲人的恩惠……呂之悅感嘆不已，問道：「貝勒王怎麼知道孫巡撫的大名？」

岳生笑道：「貝勒王名博洛，是大清饒餘郡王阿巴泰的第三子。早年間，郡王爺在永平、登州等處與孫巡撫交過手，對孫巡撫的人品才學很是欽敬。博洛南下蘇州，郡王爺特地囑他尋訪孫巡撫的後人，盡力保護……」

呂之悅疑心地看看岳生年輕的臉：「足下竟知道這許多底細！請問貴姓尊名？」

「我姓岳名樂。這些事，嘉定城內無人不知啊！」

「那麼，」呂之悅指指墓地，「這裡新修整的墓園，也是貝勒王的好意了？」

「哦，這倒不是。一個月以前，恭順王爺領了浩浩蕩蕩的人馬，特意來孫巡撫墓前致祭，想必是他修整的。聽說，王爺邀請孫巡撫之子出仕，兄弟二人皆辭而不就，王爺留下千金而去……」

「恭順王？」呂之悅心念一動，「可是姓孔？」

「正是。據稱原是孫巡撫麾下偏將，孫巡撫因他而死，所以他備了祭品奠酒跪拜，也算個有義氣的！此次恭順王被封爲平南大將軍，隨攝政豫親王西討流寇李自成，又移師江南，克揚州取南京攻江陰，功勞豐偉。日前應詔北歸京師，必有封賞！……你當初在孫巡撫麾下不認識他？」

岳樂年輕有神的眼睛盯住呂之悅。

「不！不認識！」呂之悅斷然道。說實在的，孔有德在他心裡留下的感情很複雜，是恨、是同情、是鄙視、是哀嘆，或者還有一絲佩服？他說不清，但絕不想重見這個當年的登州參將，今日的恭順王、平南大將軍！他當然不知道自己已犯了一個錯誤。他應該多追問幾句，甚至應該去拜訪這位早先的同僚，那樣，他就會少受許多苦痛……

「火！」

「著火啦！」

從人們突然驚慌一團，喊叫起來，都指著南面。

濃煙滾滾，火頭像許多赤練蛇四處亂鑽，有的地方火焰連成片，沖天而起，鮮紅的火舌舔著藍天。噼噼啪啪的燃燒聲遠遠傳來，炒豆子一樣連續不斷。火在延燒，在擴展，整個南邊原野成了火海，看去極雄偉壯觀，也十分可怕！

呂之悅靜靜地安慰面露恐慌之色的董生和岳樂：「不要緊的，這是燒荒。深秋經霜的野草已經焦枯乾燥，點火燒卻，把燒餘的草木灰壅在土中做肥料，來年收穫必豐。所以燒荒又叫燒發，越燒越發！有人燒荒，那便是已有農人爲來年備耕了……」

他望著遍野大火熊熊，想到了很多。

大火的灰燼能變成肥料肥田，大變亂中慘死的千千萬萬生靈，能不能變成養分使新朝政治清明、國富民強、黎民百姓安居樂業呢？

天下干戈未靜，農人已在燒荒備耕。是啊，無論誰當皇帝，無論這江山姓什麼，人們總得要活下去，總得種田吃飯、生兒育女過日子。只有福分大、命運好的芸芸眾生，能逢聖代雨露，能活得輕鬆自在些。但聖代何時出現，卻又非人所知了……

就這樣，呂之悅隨董生回到杭州。得知董生其實姓董鄂名鄂碩，是滿洲八旗的一名統領官，他沒有辭館。

他很喜愛他的兩個學生：七歲的烏雲珠和四歲的費揚古。四歲的男孩還不懂事，而小姑娘聰穎慧麗無比。這也難怪，他們的母親是蘇州世家小姐，當年有名的才女。

岳樂倒是真名，是貝勒王博洛的弟弟、饒餘郡王阿巴泰的第四子。不過一到蘇州，他就領了軍令，隨同肅親王豪格進軍四川剿滅張獻忠，再次相會，已在八年以後了。

唯有她，幼蘩、堅白，彷彿融化在天空和大地一般，沒有了音信。呂之悅在每年正月十六之夜、七月初七之夜向太陰星君、嫦娥女仙禱告讓他們相會，並常常在夜深人靜、獨處書齋時，拿出那方花中君子硯和乾枯得如一片薄紙的題詩句的荷花瓣，自言自語地問：

「妳在哪裡？……」

二

廣西桂林普陀山側，有一座壺山，又稱駱駝山，與桂林的所有山一樣，由嶙峋怪石堆積而成，正面看似一把茶壺，背後看似臥地駱駝。山前山後一片桃林，正是開花季節，又逢難得的晴好天氣，蜂蝶飛舞，桃花怒放，姹紫嫣紅，芳香瀰漫，遠望如環繞駱駝，托起壺底的一團粉紅色濃雲。

花下一張大席，杯盤狼藉，在側侍立持壺的小書童，望著頹倒在席上的人只是笑。這二位名士一杯復一杯地喝酒，高談闊論，盛讚方才遊七星洞所見的奇麗景象，互相爭辯互相補充，酒喝得痛快，談笑風生更痛快，直至兩人先後躺倒，嘴還不肯停：

「酒人酒人，酒量不過如此！」

「笑翁笑翁，笑談真能悅之！」

「哈哈哈哈！……」兩人同聲大笑。他們一個號稱酒人，別號如此；一個號稱笑翁名之悅，恰成一對聯。

「莫道酒量不豪！但願死後葬於陶坊之側，百年之後化爲土，幸見取做酒壺，那才稱心如意啊！……笑翁，花蔭不濃，太陽出頭便毒，你換個地方。」

笑翁身上盡是陽光透過桃花灑下的斑駁花影。他索性移到陽光下，悠然自得地以手捋胸摸腹，笑道：

「不礙的，我晒書。」

酒人略略一愣，復又大笑。

笑翁正是呂之悅。

他以半師半友的身分，在鄂碩家中已經七年了。鄂碩尊師重道，這在滿洲八旗將軍中可稱絕無僅有。比起大多數江南文士，呂之悅的境遇好，行動自由。中年以後，他越加喜歡遊山玩水。隨著大清兵漸次平定各地，他的足跡也從杭州錢塘漸漸向外擴展，遍遊了雁蕩山、武夷山、黃山、廬山。只是因喜愛自己的學生，每年出遊不過三個月，就回轉杭州繼續執教。去秋有隨征廣西的滿洲將軍回到杭州，說起桂林山水竟至手舞足蹈。他早年也曾讀過韓愈「江作青羅帶，山如碧玉簪」的詩句，自是更加嚮往。況且烏雲珠、費揚古已經長大，女孩尤其出落得慧麗驚人，恰逢選秀女之期，日內就要進京應選。他頓時輕鬆了一半，便決意桂林一遊。去年入冬啓程，來到桂林，正趕上百花盛開的春日。他是從湖南衡陽經永州、全州一路過來，一入境，那千姿百態的峰林、峰叢、兀立原野的孤峰，無數奇洞、溪流以及清翠碧綠的灕江，令他心醉神迷。他終日在青山秀水巖洞中徘徊徜徉，睡夢中仍然是一片旖旎風光。

那日遊象山，聽人說起隱居壺山的雷酒人是江南名士，他立即乘舟踏月去普陀山下尋訪同鄉。兩人一見如故，酒人留他在茅舍夜話一宿，第二天領他遊普陀山、七星岩。遊了一半，酒人渴酒，二人便在花下盡醉而飲。酒人名雷鳴春，字亮工，自稱祖籍紹興大禹陵邊，隱居壺山二十年，遍種桃花，竟成壺山一景。每日飲酒賞花，酒量不洪。飲輒醉，醉則登山長嘯，遠近聞名。

此刻，半醉的雷酒人起身，攜了呂之悅的手，邊說邊笑邊搖晃。兩個小童在他們身後提心吊膽地保護著，終於登上高處。春風拂面，襟懷爲之一爽，桂林全城盡收眼底，真所謂千峰環野立、一水抱城流，江山如畫，美不勝收！

酒人忽然深深吸口氣，噘起嘴脣，迎風送出一聲長嘯，清越、響亮又極悠長，鶴唳？猿啼？象鳴？他是在把鬱結心頭的無限悲愴和憤懣灑向江天！長嘯的尾聲已消失雲端，山腳下的竹叢桃花似乎還在隱隱顫震，發出嘆息般的低吟……

呂之悅被這長嘯震動，心底生發出共鳴，勾起多少淒楚的往事和國破山河在的哀思……

酒人醉態如泥，倚著兩個小童的攙扶，頹然道：「笑翁，你獨自去遊龍隱岩吧！……」

山下傳來極其厚重悠遠的鐘聲，似在回答酒人的長嘯。

呂之悅不禁問：「這是哪裡的鐘聲？」

酒人伸手一指：「那邊，疊彩山，定粵寺。」

矗立在明淨如鏡的灕江水邊的疊彩山，林木繁茂，一派蒼翠。山腳高低起落著一座嶄新的寺院，殿宇樓閣，高塔紅牆都掩映在濃綠中，能看見山門外飛舞的五色旌旗和刀槍劍戟在陽光下閃出的刺眼光芒。

「定粵寺今日佛爺開光大典，」一個小童解釋道，「寺院是定南王捐錢所建，想必王爺親臨，旌旗斧鉞是王爺的儀衛。」

另一小童補充說：「定南王爺為超渡歷年征戰而死的軍民建造此寺。他從關外一路殺過來，平了湖南、貴州、廣西，死多少人？建一個定粵寺怕不夠超渡的……」

「多嘴！」酒人瞪了小童一眼，「笑翁，這位定南王平定南方，於朝廷有大功，如今也算一方諸侯了！定南王府就是前朝的靖江王府，看見那座四壁如削、拔地而起的孤峰嗎？那叫獨秀峰，正在定南王府的後花園內。可惜你這好山之人不能登臨了……」

「啊，真似南天一柱！」呂之悅望著陽光中蒙著金色的挺拔秀麗的獨秀峰，讚嘆不已，心裡卻泛上一陣苦澀，模糊不清地低語著，「定南王何許人也？」

「定南王你也不知道？孤陋寡聞，孤陋寡聞！……此人姓孔，諱有德，前朝登州參將是也！……」說著，他搖搖欲倒，醉眼迷離地笑道，「我醉欲眠君且去，明日有意抱琴來！」酒人反覆吟著這兩句古詩，自管下山去了。

呂之悅呆立了好一陣。他怎會不知道定南王！這些年他生活平靜，陶情於山水書畫之中，往事漸已淡忘，誰想在這裡又被勾起！他懷著自己也說不清的惆悵，慢慢下山，去看看爲人稱道的龍隱岩石刻。

龍隱岩，像只深入山體的大口袋，不如七星岩那樣縈迴曲折雄奇瑰麗，很是平實，但涼風習習，開闊爽朗，別是一種格調。其間壁無完石，布滿了歷代石刻，竟有米芾、石曼卿、程節、呂師夔這些一代大師的書跡，竟有一石完整的《元祐黨籍碑》。蒼蒼古刻，鱗次櫛比，使他驚喜異常，嘆爲意外之福。岩北海螺洞口有人賣茶，用的是海螺洞中滴玉泉水。此地人有「煎茶吸石乳，長以駐華顏」之說，他也買了一盞茶，坐在石凳上細細品茶，細細觀賞《元祐黨籍碑》。

五百多年前宋徽宗的宰相蔡京，將司馬光、文彥博、蘇軾、黃庭堅、秦觀等三百零九人列爲元祐奸黨，由皇帝下令全國刻石立碑，以期使之「遺臭萬年」。孰料不得人心，只好於第三年下詔毀碑，蔡京反倒遺臭萬年，這大約是他始料未及的吧？名列碑上的人卻都不勝榮幸之至。這一塊便是其中梁燾之曾孫重刻，以顯示其祖先氣節名望的。時至五百年後的今日，徽宗皇帝也罷，蔡京也罷，元祐黨人也罷，又都在哪裡？就如大明朝廷的黨爭、明清之際的大戰亂，也有無數風雲人物，烜赫一時，此升彼降，你死我活，再過五百年，又能餘下什麼？倒是書畫詩文大家，能傳永久了……

「在這兒！《元祐黨籍碑》！」稚嫩好聽的小孩興高采烈的叫聲，把呂之悅從沉思中驚醒。一片腳步雜亂，數名婢女僕婦簇擁著一男一女兩個穿著光鮮富麗的孩子進了巖洞。男孩子頭戴翻簷小毛帽，身著繡花緞袍和團花馬褂，十足的滿洲公子；女孩不過十歲，烏黑的童髮間插著鮮花，裹著一領漳絨剔花披風，倒像漢人書香門第的小姐，歡叫聲來自女孩口中。小公子蠻橫地叉腿伸臂一擋，吆喝僕從們：「都別進來，外頭等著去！」

兩個孩子站在碑前仰頭細看，像兩只彩色小蘑菇。

「哥，元祐黨籍，是什麼？」

「反正，是宋朝的事，師父講過，沒記清……」

「那，師父叫咱們來看什麼呢？」

「說是裡面有大學問家，考考咱們知道幾個、記住幾個，還有，說有一塊米芾的字，讓找人拓了帶回去臨帖使……咦，妳看，這頭一個就是司馬光！」

「司馬光？可是拿石頭砸破水缸救小孩的司馬溫公？」

呂之悅不由得一笑，伶俐的小女孩正巧看見，不高興地說：「笑什麼？我說錯啦？」

「沒有，妳說得對。」這些年跟孩子打交道，呂之悅變得很喜歡他們了，不由得諄諄善導，「再往下看，還有沒有妳知道的名家。」

「蘇……蘇東坡！秦少游！黃山谷！……」小女孩開心地直跳腳，並賣弄地故意念出這些人的名號。

「哪裡？在哪裡？」男孩子急急忙忙地問著尋找。

小女孩面色鮮豔，桃花一樣可愛，清澈的眼睛盯住了呂之悅：「你一定知道元祐黨籍，對不對？告訴告訴我們，好不好？」

她的表情和哀告的口吻，令呂之悅想起他的學生烏雲珠。他無可奈何地笑笑，無法拒絕，於是便和顏悅色地講了元祐黨籍碑的故事，又領他們將龍隱岩中最有價值的石刻一一看過去講過去。看到孩子們又驚奇又佩服的特殊目光，他覺得心裡舒坦多了。這時，來了個機靈的小丫頭，在岩洞口笑嘻嘻地說：「公子、小姐，先生在湘南樓，叫你們這就去看那塊逍遙樓碑，說是顏真卿的真跡……」

小女孩仰望呂之悅，鮮紅的小嘴張著，想要說什麼，男孩子拽了她就走：「快點！別囉唆啦！師父要是生了氣，咱們回家又得叫咱娘罰跪兩炷香了！」

小女孩吐吐舌頭做個鬼臉，在出洞時回頭對呂之悅留戀地望了一眼，使他略感遺憾。好厲害的師父，真該去見識這位同行！……過一會兒他就把此事撇在腦後了。米芾的真跡吸引了他，他在龍隱岩坐了許久，沉迷於觀賞和揣摩之中。

待他心滿意足，緩緩出岩，轉向山腳下的龍隱洞時，發現洞內有許多人，花團錦簇，桃紅柳綠，幾聲笑語隱約可聞，純是女子和小孩的嬌音。洞口邊站了許多穿號衣的僕童，看來是官宦富貴人家女眷來遊山。他遠遠地站在一片杜鵑花叢後面，等這群人離開。果然，一些丫鬟侍女提著食盒竹籃魚貫走來，後面是剛才那兩個孩子，攙扶著一位頭戴貂皮抹額、身罩黑色漳絨披風的貴婦，在許多侍婢簇擁中款款下山，這想必就是他們的母親。那位同行是否也在？他注意於後面的男僕童兒，其中並無先生文士模樣的人。

龍隱洞實在應該獨遊，不要旁人攪擾才好。此洞竟是通透的，兩頭有出口。洞的一壁插入清澈無比的江水中，洞頂那條巨大的石槽，像煞神龍穿破石壁飛去後留下的全身痕跡，倒映水中，更加惟妙惟肖，幾疑飛龍猶在其間游動。洞中明亮奇爽，山水清幽，洞壁又有許多題刻足供玩賞。他最愛其中周進隆的石刻詩，站在水邊輕聲吟誦，十分愜意：「飛騰不知幾千載，至今點點龍鱗存……」

一陣清風穿洞而過，水面泛起密密的小波紋，這才像閃光的龍鱗呢！波紋間有一片白紙在漂浮，潔白如雪，引得他注目。它漸漸漂來岸邊。輕輕拈起，不是紙，是花瓣，散發著清香，像只調羹的玉蘭花瓣，浮在水面不就是條小白船？必是那可愛的小女孩的玩意兒，剛才那孩子手裡似乎擎著一枝白玉蘭的。

他正要重新放回水裡，忽然發現花瓣的捲邊內似有字跡，展平開來，一聯詩句赫然在目：

花憐昨夜雨，茶憶故山泉。

他被觸動了，若有所失。他並沒有讀過這句詩，但又像在什麼地方有過同樣的經歷：是在夢中？是在前世？……他竭力想著，很費勁……

記憶深處倏地閃亮，遙遠的、流逝的歲月忽然倒退，回到眼前：登州城，開元寺，七月七，那株古柳，那池荷花，還有寫在荷瓣上的、他暗暗稱之爲女兒詩的聯句：

荷葉魚兒傘，蛛絲燕子簾！

呂之悅的心跳得又沉又重又慢，打夯似的一下又一下地撞擊著胸膛，覺得難受、喘不過氣。老天！難道是她？整整二十年了！……他曾經怎樣輾轉尋找啊！……她怎麼會在這裡——廣西桂林？這不可能！……

呂之悅突然跳起身，大步向山下跑去。多少年沒有跑過了？難道此刻青春又復歸了？

呂之悅衝出山門，遠遠看到那一簇人眾已經過了宛如長虹的花橋。他甚至看到了轎子、看到了騎在馬上的那兩個孩子——是她的孩子！他猶豫片刻，還是追趕上去。他終於沒有追上。過了花橋，他們一直西行，最後竟一擁而入，進了桂林王城的東門！

桂林王城，就是定南王府啊！呂之悅遠望著王城堅固厚重的青石城垣，驚呆了。

*　　*　　*

獨秀峰下定南王府，紅牆黃瓦，雄偉壯麗，是桂林城中規模最宏大的建築群。王府的城垣周長三里，東南西北四門分別命名爲體仁、端禮、遵義、廣智，城堅門深，古樹婆娑，威風凜凜，氣勢森嚴。

更令人感到森嚴的，是王城內外無數守衛的城兵和執儀仗的儀衛兵，布滿了四門和城垣周圍，平民百姓輕易不敢靠近。就是每天因公來王府謁見王爺請示的大小官員們，進端禮門後便置身於兩行持刀侍衛之間，也覺得惴惴不安。

呂之悅跟著廣西巡撫王一品、廣西巡按王荃可同進王城。兩位大人是本省的最高行政長官了，可是進了王城、踏上承運門的石階玉陛之時，呂之悅確實感到了他們的誠惶誠恐。進了承運門，巍峨宏麗的承運殿就在眼前：朱紅大柱，黃琉璃瓦，雕梁畫棟，氣勢迫人，最是殿下那兩層漢白玉雲階玉陛和欄杆，與京師大內皇極殿前玉陛欄杆一模一樣，只是少一層，尺寸小一些而已。到了這裡，呂之悅也不由自主地莊重起來。

進殿後一套繁瑣的禮節應付過去以後，呂之悅站在王巡撫下首，趁著他們寒暄，迅速地打量定南王孔有德：他老多了！雖然還是那樣魁梧，雖然一派頤指氣使、貴重顯赫的王爺威嚴，但珍珠頂戴的紅纓貂帽掩不住額頭的深紋、鬆弛垂掉的眼皮和腮幫，精美的團龍朝褂也遮不過臃腫的身軀，華貴的珊瑚朝珠，更襯映出花白鬍鬚所顯示的蒼老……二十年的歲月啊！他暗暗感慨。

突然有人輕輕推他一下，他聽到了孔有德仍帶遼東口音的粗嗓門：「這位就是呂之悅呂先生嗎？」

「是。」呂之悅一拱手，剎那間心跳得似乎快了許多。

「遠道而來，辛苦了。王巡撫道你是他家鄉錢塘名士，薦你爲孤王作《定粵寺記》，想來已經好了？」

呂之悅略一遲疑，沒有搭腔。

爲了進王城，他啓用了特殊手段。以往出遊，鄂碩總是給他一封以杭州將軍名義出具的薦書，說此書値千金，無論在何處遇阻，出此便可安順。多年來他從未用過，這一回，他以薦書進入巡撫府，說明要一覽獨秀峰的意願。巡撫王一品竟是杭州人，竟知道呂之悅的大名，正遇定南王要請高手爲他新建的定粵寺撰寫碑文，便親自向王爺推薦呂之悅。於是才有了今日的召見。

見呂之悅猶豫，站在孔有德兩側的巡撫和巡按都有些變色，頻頻以目示意，叫他謝恩。呂之悅微微一笑，道：

「在下草野小民，初來貴地，不明所以，願聞其詳。」

王巡撫趕忙補臺：「王爺，明日請呂先生遍遊定粵寺，定有華章問世。」

孔有德皺皺眉，道：「莫要又是什麼大雄寶殿如何如何高，佛像如何如何大……」

呂之悅笑道：「學生明白了，要學生撰寫的是定粵紀功碑文！」

孔有德猛擊大案，哈哈一笑：「對！對！孤王施捨成千成萬金銀修建此寺，一爲超渡亡魂，二爲宣揚本王定粵之功！孤王能有今日，說什麼九死一生，百死一生千死一生也不爲過！」他突然一改王爺的威重森嚴，變得昂奮，猛然起身，「刷」地扯開袍襟，露出了半邊胸脯、肩背胳膊。呂之悅與二位王大人頓時目瞪口呆，被遍布其上的可怕的斑斑傷痕驚住：紅色、紫色、棕色、黑色，突起的肉丘、陷下的深坑，橫一道紫疤，豎一道血印……令人不忍卒目。「這是刀傷，這是箭傷，這裡是槍傷，這裡是炮子傷……全身上下，哪有一塊好皮肉！」他瞪著虎目，大聲大氣地說著，像是自詡英雄無畏，卻也掩不住言外的傷感。呂之悅望著他，似乎又看到了當年的登州參將孔有德……

孔有德略略平靜一下情緒，笑道：「我孔有德有今日，誰能想到？少年從軍，在鐵山、鴨綠江飄蕩，不過巴望多少立點戰功，揚名鄉里罷了。先跟從的毛大將軍，被大明朝廷斬首，再跟從的孫巡撫元化，又被大明朝廷冤殺！迫於無奈，歸命大清，歷被兩朝知遇，封親王爵、賜給藩土，榮寵至極。元年入關進京，便是從龍之臣了！哈哈哈哈！……」

他仰天大笑，聲震殿宇，滿是得意和豪氣。把衣襟掩好，他重新擺出了王爺的威嚴：「待孤王將這十數年戰功揀要緊的講給你聽，你細細地給我寫在定粵紀功碑上！」這是王命，不待呂之悅表示態度，他已滔滔不絕地開講了：當初他與耿仲明、尚可喜降金入謁時，先帝太宗如何率諸貝勒大臣出京城十里相迎，飲宴賞賜；如何令他們仍領各自兵馬，號稱天祐軍、天助軍；如何進封孔、耿、尚爲恭順王、懷順王、智順王；如何取皮島、破松山、下錦州；順治元年，如何跟從攝政豫親王西討李自成，又移師下江南克揚州取南京攻江陰；順治三年，如何受命爲平南大將軍，領耿仲明、尚可喜率大軍南征，自湖南下江西入廣東，與南明永曆抗衡；順治六年，如何受朝廷封定南王金冊金印，會同靖南王耿仲明、平南王尚可喜平定各地，收復兩粵八閩……

孔有德於大清，確有獲取天下、平定天下的大功，無愧定南王崇爵！呂之悅一面聽一面感慨：如果毛文龍不死，定南、靖南、平南三位王爺怎麼不會是大明的良將？如果孫元化不死，何至於使這麾下三傑成爲贈與今日大清的一份厚禮！……

孔有德表完功勞，仍然興頭不減：「以往兩粵阻於戰事，朝廷使者都從衡陽永州來，又原路返回。而今孤王一手開闢這一大片版圖，梧州、柳州直到南寧、欽州。各處監司郡守，許多是你們江南人。你去各處走走，看看孤王所派官吏、所定地方。王巡撫，你們爲他整治行裝，要豐厚些個！」

呂之悅辭謝：「學生要在入冬前趕回杭州，恐怕來不及遍遊了。」

定南王叱咤風雲，一向顧盼自豪，言出如山，沒有人稍遲答話。聽到呂之悅的回答，很不高興，立刻拉下臉：「孤王聽說你是位名士，才想與你結交，別的人想沾恩惠還求不到哩！」他一甩袖子，從寶座上站起來。

王巡撫、王巡按嚇得變了臉色，又在頻頻向呂之悅示意，趕快應允謝恩。呂之悅只裝作沒看見，說：「王爺，能容我一遊獨秀峰否？」

孔有德一愣，隨即大笑：「這有何難！……」突然，他眼望殿後開著的兩扇朱門，怒喝一聲：「來人！護衛哪裡去了？」所有的人被這意外一吼震得心驚膽戰，但見王爺大手指著殿外：「世子怎麼跑井邊上玩？管事的不想要腦袋啦？」

呂之悅眼前許多人影飛快晃動，朝殿後跑去。那兒有一片花木茂盛的庭園，園中一座方亭，亭中似有一個高高的井臺，一男一女兩個小孩子就在井臺和亭子臺階上跳上跳下。呂之悅一眼認出就是龍隱岩見到的那兩個娃娃。世子？那麼他們是孔有德的兒女了？……他猛地想起七年前在孫元化墓前聽說過的孔有德祭墳，想起和鼎兄弟對妹妹隨人而去的諱言和痛恨，想來，她必是隨孔有德走了。那麼，她，只能是這一雙兒女的母親，定南王妃了！……

呂之悅心頭一陣尖銳的刺痛，他想掉頭就走，他想永遠忘卻這一切，從此不做人間夢。但他也說不清是爲什麼，心灰意懶地苦笑著說：

「唉！獨秀峰不看也罷，只是……孔大哥，你當真不認識我了？」

此語一出，當場人無不驚訝。孔有德盯住呂之悅，嘴裡似問似自語：「你叫呂之悅？江南名士，呂……」

「不記得天妃宮左右守門神嘉祐、嘉鷹？」

「你？……」孔有德的濃眉驟然飛上額頭，眼睛瞪得賽過銅鈴，隨即轟雷也似的笑聲，在殿頂滾動，「哈哈哈哈！原來是你！哈哈哈哈！……」他對巡撫、巡按連連揮手，命他們退下。兩位行政長官莫名其妙地向大笑著的王爺躬身拜辭，瞠目相視，退出殿門，下陛出府去了。

孔有德繼續笑著，招來近身侍從吩咐道：「命王妃領著思訓、四貞來迎暉閣！」

他終於不笑了，上下打量呂之悅，突然起身離座，走到他跟前，一伸手，猛地攥住了他的胳膊。呂之悅驟然感到那股極其渾厚威猛的力量，幾乎是出於本能，他渾身一緊，臂腕頓時堅硬如鐵。

「好！」孔有德喝了聲采，「二十年並沒荒廢！」

「亂世須得防身。」呂之悅不動聲色。此刻他萬慮皆空，反正豁出去了！

「跟我來！」孔有德並不放手，拽了呂之悅就走。

出殿後門、下玉階、走石路、過長廊，東折西轉，滿眼是富麗堂皇的樓堂廳館、亭榭軒室，處處有濃蔭有花香，鹿臥鶴走鶯啼蝶舞。呂之悅眼花繚亂，暈頭轉向。

進了迎暉閣，呂之悅被推坐在一架太師椅上，孔有德指著他笑罵道：「呂烈！你小子還活著！」

「什麼意思？」呂之悅此刻才看到真正的二十年前的孔有德，便也拿出當年在登州的儓賴相，往椅背一仰：「我老人家坐了十二年大牢，其中半年多還是你賜給我的呢！」

「哈哈哈哈！咱老孔做的錯事多啦！你這是小小的一樁。咱對你不住！往事一筆勾銷，成不成？」

呂之悅瞪他一眼：「那麼容易？」

「後來又給關了十一年？還改了名字！怪不得幼蘗小姐死活找不著你，我也著人到處打聽……」

「幼蘗小姐？」呂之悅差點跳起來。

「是啊，她就在我家裡……」

「什麼？」呂之悅心頭又似被針刺得疼痛起來。

「父王！」孩子們清脆地叫喊著衝進來，一位舉止凝重體態豐滿的貴婦人跟在他們身後。呂之悅別過臉去，他不敢與幼蘗的目光接觸，太刺心、太難忍受了！

「思訓！四貞！快來見你們的呂烈叔！……」

「呂烈？」孩子們請安問好中，呂之悅聽到柔和低潤的這麼一聲，不得不勉強回過頭，一看之下卻呆住了：這不是幼蘗！卻又似曾相識，儘管豐潤的面容上已有了細細的皺紋，並不陌生。

定南王妃笑逐顏開：「哎呀呀，這可太好了！小姐要高興死啦！可等到這一天啦！」

「小姐？……」呂之悅迷惑地重複。

「娘，他就是在龍隱岩給我們說古的好先生！」四貞張著花蕾似的小嘴，指著呂之悅對母親說。

王妃更加高興：「哎呀呀，那麼呂公子是見到小姐的啦？」

呂之悅搖頭。果然是她！當時怎麼不注意看看呢？她在定南王府是什麼人呢？……他如墜五里霧中。

孔有德開心大笑，一拍呂之悅肩膀：「我這老婆你怎麼會不認得？原是幼蘗小姐身邊的大丫頭，叫什麼來著？哦，叫紫菀。忘了？……對，對，我們成親那會兒，你已經偷偷跑啦！你那回偷跑，她都摻和了。後來全告訴我啦。第二次拿你下獄，全然是仲明老弟吃你的醋，知道嗎？你扎他那一槍他倒不記恨，就恨你擋了他做帥爺門婿的路！那會兒，她，」他指指王妃，眨眼笑道，「成天在我耳邊聒噪，要我放了你。三十大幾娶個老婆，那還不是玉皇大帝，敢不聽嗎？可又不好傷了耿老弟的面子，才偷偷給你老部下弄點方便，借他的手放你跑了。誰料想你又叫朝廷抓了去。咳，還不如就蹲登州大牢呢，看著帥爺和小姐的面子，我總不會叫你吃虧！」說罷，又開心地笑了。

「可是，小姐她怎麼會在此？」呂之悅忍不住終於問出來。這個「此」，可說是桂林，是王城，或者是孔有德家。

王妃告訴他，順治二年由江南回轉京師，全家去嘉定祭奠孫帥爺，舊日主婢相逢，高興得落淚。小姐原是紫菀的蒙師，紫菀就有意請小姐做兒子思訓的先生。小姐原是不肯的，偏偏兩歲的小女兒四貞出疹，渾身滾燙，咳嗽咳得幾乎斷氣。小姐爲四貞診脈治病，開方煎藥，日夜護理，四貞竟也離不得小姐了。「後來我勸小姐，爲尋訪呂公子下落，還是去京師跟王爺在一起方便得多，小姐這才允諾……」

原來，她就是自己的那位「同行」！

「王爺，小姐近來身子不爽，或許以爲呂公子早已不在人世，要想個法兒讓他們見面，別嚇著小姐。」

孔有德興致勃勃地說：「我來安排！」他想悄悄躲在一旁，看這一對分別二十年的情侶重逢，一定像看戲文那麼有滋味。他沒想到，一切都那麼簡單。

*　*　*

當夕陽把獨秀峰點染得一片光華、宛如紫袍金帶的時候，峰腳下那形似初月的月牙池明潔如鏡，倒映著金光閃閃的青峰翠壁，倒映著池南桃林的粉紅、池北柳園的青翠、池西竹圃搖動的森森鳳尾，也倒映出沿池一帶亭閣水榭和池中畫舫、小亭、曲橋。曲橋上照例有個清瘦的身影慢慢移動、輕聲吟哦，那便是幼蘩，天天如此。

她終於走到曲橋終端的水亭，那裡有專爲她設的石几石凳，石几上的托盤裡有文房四寶和她心愛的杭州西湖龍井茶。坐定，取了紙筆，記下這一路吟得的詩句，端著茶盞呷了一口清香的綠茶水，移步亭邊，注視水面。她是在看那池面初上的半輪明月，還是在注視小荷才露尖尖角的那片荷田？她又想起了什麼？輕聲又曼長地吟出她最喜愛、最自詡、最能表述她心緒的句子：

「花憐昨夜雨，茶憶故山泉……」

不知何處，像在回答她，遠遠送來低低的柔聲吟哦，長長的尾音在水面顫抖：

「荷葉魚兒傘，蛛絲燕子簾……」

她驀然一驚，朝聲音所來望去，曲橋的另一端，佇立著身披夕陽的人影，明亮得不可逼視。

她轉眼去看水中倒影，若有所感，放下茶盞，從亭內走下曲橋，那人也向橋亭這邊移動。

「花憐昨夜雨，茶憶故山泉。」那個低沉而顫動的聲音吟誦著，問道，「是城外的花山泉、臥龍泉、金沙泉、白石泉、七里泉的泉水，還是城內化龍井、玉寒井、鳳眼井、甜井的井水？……」

他們面對面地站在曲橋中間，一動不動，披了一身燦爛的夕陽，同水中倒影相映生輝，只有互相凝視，深深的凝視，千言萬語，盡在目光中交流……

過了很久很久，呂之悅才記起那件重要的信物，把花中君子硯從懷中取出，雙手捧上，他說：

「幼蘩……」

幼蘩把一雙手放在硯上，也即放在呂之悅手上，輕聲地、輕聲地說：

「你終於回來了，我等到了……」

她收回雙手合在胸前，無限虔誠、無限感動地望著晚霞燃燒的天空，說：「感謝天主！……」雙目閉合，熱淚終於像流泉一樣從兩道濃黑的睫毛底湧出，沿著蒼白的面頰滾落，灑在呂之悅的胸口……

「哈！這可不關天主的事！」池北柳林那濃密如綠絲條一樣的垂柳中，傳來了孔有德打雷般的喊叫和王妃、孩子們的歡呼笑語。

*　　*　　*

呂之悅夫婦在定南王府住了兩個月，屢次告辭東歸，都被孔有德一家苦苦挽留，沒有走得成。到了六月初八，孔有德突然把呂之悅請到涵碧小廳，笑著對他說：

「咱老孔也不強留客了！明日我撥一條好船，送你們兩口兒沿江下行。灕江一路山水奇奇怪怪，最是你們這些文人名士歡喜不夠的！乾脆遍遊兩粵，得便，就由廣州、韶州，過大庾嶺東歸，怎麼樣？」他指著桌上一堆光燦燦的金銀錠，「這裡三百兩金，一千兩銀，且做盤纏，由桂林回浙江，足夠了吧？」

呂之悅想了想，說：「孔大哥好意，小弟領受了。無以爲謝，這裡有小弟代大哥所修奏疏一本，大哥可領情？」

孔有德又高興又好奇：「上疏的奏本嗎？快念給我聽！」

呂之悅於是朗朗誦讀他替孔有德熟思幾夜擬就的奏本：

「臣荷先帝節錄微勞，賜以王爵。恭逢聖主當陽，而兩粵八閩未入版圖。臣謬辱廷推，駐防閩海，同時有固辭粵西之役者，蓋以其地最荒僻，民少山多，百蠻雜處，諸孽環集，底定難預期也。臣自念受恩至渥，必遠闢岩疆，始敢伸首丘夙願，故毅然以粵西爲請。

「受命以來，道過湖南，伏莽蔓延，六郡拮据，一載咸與掃除。乃進征粵西，仰藉威靈，所向克捷，賊黨或竄或降，雖土司瑤、僮、俍、侗，古稱叛順無常者，亦漸次招徠，受我戎索，粵西底定。

「然臣生長北方，與南荒煙瘴不習。解衣自視，刀箭瘢痕，宛如刻畫，風雨之夕，骨痛痰湧，一昏幾絕。臣年邁子幼，乞恩敕能臣受代，俾臣得早覲天顏，優遊終老。」

奏本並不長，但讀至終結，孔有德已淚流滿面，喉頭哽咽，不能成聲了。

呂之悅望著孔有德，著實費解。數日前，他寫好《定粵寺記》後，讀給孔有德聽，他顯出十分的得意、驕豪。呂之悅便開玩笑似的問他：

「孔大哥，人說你是懺悔殺人太多，爲消罪孽才修定粵寺的，真的嗎？」

「放屁！」他隨口罵道，「超渡亡魂是真的。懺悔？有什麼好悔！這些年殺來殺去，那是應幾百年一大劫的天下大勢！撞到我刀口下的人就是應劫，老天爺不過借我的手殺人夠數罷了。我有什麼罪孽？或者是天殺星下凡也說不定哩！……要說悔，只悔一個，登州總兵張可大，雖不是我殺的，卻是因我逼迫而死。他算是個忠烈人！……」

既是不悔，今日的淚從何來？

孔有德終於收淚，道：「老弟你寫得太好了，別笑話我老頭子。我懂得你的好意，叫作……什麼來著？哦，叫急流勇退，對不對？多謝你了，老弟。疏本我一定上，只怕來不及了……」

「爲什麼？」

孔有德對他注視片刻：「實話告訴你，但不可給幼蘩小姐說，女人家經不住驚嚇的。永曆桂王那邊李定國敗而復振，桂林勢必有一場大戰。要是運氣不好，咱兄弟就算最後一次相聚了！」

「孔大哥神勇無敵……」

「不是這個說法！」孔有德沉著臉直搖頭，「老弟如今是書生名士，又有幼蘩小姐在，不必捲進來，叫我老孔對不住帥爺的在天之靈！」

「你，真要爲大清盡忠？」呂之悅直直地看定孔有德的眼睛，另一句話沒有問出聲：當初爲什麼不爲大明盡忠？

孔有德完全聽懂了，懾人的虎目中掠過一道強光，似要發作，終於平靜、穩定了，說：

「還記得陸奇一過堂的最後那句話嗎？」

良久，呂之悅微微地、幾乎看不出地點了點頭。

＊　　＊　　＊

桂林到陽朔，其間二百餘里，奇峰羅列，綠水迂迴，千姿百態的青山，倒映在清澈見底又平滑如鏡的灕江中，真山與水影相連相映，在薄霧細雨中若隱若現，那奇峭秀麗，宛如置身仙境，真是天下最美、最高、最大、最長的畫屏。呂之悅夫婦心神俱醉，每每停舟流連，探幽尋勝，放情於山水明月、晨霧夕陽之間，飲酒賦詩，享盡新婚的唱和之樂。二十年的劫難和相思之苦，似乎都在這二十天中獲得了報償。

到達平樂，平樂知府聞訊來舟中拜望，告訴他們，李定國已破衡陽、永州，直逼桂林。幼蘩記掛紫菀，尤其擔心兩個孩子，竟想溯江而上回桂林去救助。知府極力勸止，說待王師破賊解圍，再行不遲。

誰知次日午後，上游沖下許多屍體，越來越多，幾至蔽蓋江面。男女老少都有，既有垂辮的大清官兵，也有滿頭亂髮飄浮水中的南明士卒。好幾次屍身貼著呂之悅夫妻的船邊順流而下，或露出慘不忍睹的頸上刀口，或睜著死魚一樣的眼睛……望著這可怕的淒慘景象，兩人面色慘白如紙，相對無言。

傍晚消息來了：桂林城潰，王城大火，定南王自殺，家口一百二十人均死……幼蘩痛哭出聲，呂之悅也潸然淚下。

第二天清晨，江上又恢復了青山秀水的寧靜。呂之悅夫婦倚欄觀望，心思已不在山水間了。

「我們回家吧。」幼蘩嘆了一聲，說。

「回哪裡？嘉定，還是杭州？」

「嘉定，我回不去了。」幼蘩帶著淡淡哀愁，微笑著，「大哥二哥認定孔有德是無恥叛逆賣國之徒，對他來祭掃先父墳塋都覺得恥辱，更不要說我隨他走了。況且我又獨自在京師行醫結客……其實這全都是爲了尋你……」

「這件事我一直不大明白，妳怎麼會想到要去京師尋我的呢？」

「說來很巧。湯神父的一名教友是獄卒，懺悔說他幹過倒換死囚的事，並說替換下來的人姓呂……結果在京裡等了三年，也沒得著一點兒消息。誰知你竟去了刑部獄！」

「真難爲妳了。」呂之悅感動地捏住妻子的手，「要不，我還改回去，叫呂烈，好嗎？」

「就叫呂之悅吧，這名字比呂烈好。況且人家替你一死，也該永世不忘啊！」

「妳真是個好心人，善人！」

「其實，誰都有善有惡，天主早就指示過了。」

「嘿嘿，老生常談！」

「唉，誰也不是生來就惡的。每個人都有自己的追尋、自己不得已的苦衷，也許只有天主知道。像孔有德，姆媽跟和京在登州住過，知道前因後果。你去嘉定，他們若是活著，你我就不至於多隔這後來七年了。」

「孔有德……是啊，他已經按自己的心願，盡忠了！」呂之悅望著山間的浮雲，一時心緒繚亂。最後那次談話又響在耳邊，那張滿是淚水的蒼老面容又出現在眼前，多少年了，他仍然牢牢記著陸奇一的話……

陸奇一是怎麼說的？

「俺們草頭百姓，小兵卒子，認不得啥君啊臣的，誰對咱好，咱對誰也好；誰對咱孬，咱也不尿他！……」

其實，又何止草頭百姓、小兵卒子呢？

歷代各姓朝廷看來並非不懂這個理，不然爲什麼總是講仁政講愛民呢？崇禎皇帝臨上吊不是還留下血詔，請求李自成「毋苦我百姓」的嗎？可知他也想愛民、想對百姓好。但那些「流賊」，原本不也都是他的子民嗎？……

是啊，連孫元化、孔有德都得不著皇上仁政愛民的好處，又何況芸芸眾生、草頭小民？……

幼蘗發現他神色淒苦，忙關切地摸摸他前額：「你怎麼啦？不舒服嗎？」

他按住妻子溫暖的手，貼在面頰上，道：「說來說去，幼蘗，只有妳的醫道救死扶傷、起死回生，是真的愛民、真的仁啊！」

草稿　一九八二年九月十六日
初稿　一九八三年二月二十二日
二稿　一九八九年七月十五日
三稿　一九八九年十一月十九日
四稿　一九九〇年四月十六日

GOBOOKS
& SITAK
GROUP ©